커피향
청춘

청봉 정승수 단편소설집

커피 향 청춘

발행일	2019년 10월 23일

지은이	정승수		
펴낸이	손형국		
펴낸곳	(주)북랩		
편집인	선일영	편집	오경진, 강대건, 최예은, 최승헌, 김경무
디자인	이현수, 김민하, 한수희, 김윤주, 허지혜	제작	박기성, 황동현, 구성우, 장홍석
마케팅	김회란, 박진관, 조하라, 장은별		
출판등록	2004. 12. 1(제2012-000051호)		
주소	서울시 금천구 가산디지털 1로 168, 우림라이온스밸리 B동 B113, 114호		
홈페이지	www.book.co.kr		
전화번호	(02)2026-5777	팩스	(02)2026-5747

ISBN	979-11-6299-950-9 03810 (종이책)	979-11-6299-951-6 05810 (전자책)

청봉 정승수 단편소설집

커피 향
청춘

북랩 book Lab

목차

혈맥 血脈

오대산과 계방산에서 시작한 물줄기는 두멧골 살둔에서 만난다. 산 골짜기 사이로 똬리를 틀며 흐르다가 갑자기 방향을 돌려 ㄹ자 꼴로 성 난 물줄기는 서슬 퍼렇게 양구로 내달렸다. 제법 큰물을 이룬 강줄기는 천천히 흐르다가 소양호에서 휴식을 취했다.

소양호는 춘천에 있다. 문득 어디론가 떠나고 싶을 때 호반의 도시 춘 천을 떠올리게 된다. 특히 사진애호가들은 겨울상고대를 찍으려고 소양 강으로 몰려든다. 그 강 건너에 작은 동산이 보이니, 이곳이 바로 우두 산이다.

우두산은 어미산인 용화산 줄기를 따라 남으로 달려오면서 동으로는 발산리 벌판을 뒤로하고, 서로는 우두 벌 한복판으로 들어와 소양강 웃 머리에 섰다. 마치 하늘에서 소가 내려와 강을 건너는 모양새다. 그 산 에 오르면 사방이 확 틔어 멀리 바라보는 데까지 넓은 들이 한눈에 들 어온다. 분지를 이룬 산들은 어깨동무하고 올망졸망 정답게 서 있다.

우두산 위에 오래된 무덤이 있는데, 이 무덤자리는 멀리서 박을 던져

커피 향 청춘

놓은 듯 봉우리로 솟아있다. 이 산은 천 리를 달리던 용이 머문 곳이라 하여 조상들은 이곳에 천제단을 쌓아 옛날부터 신성시하고 있었다.

이 우두산을 우리말로 풀면 소머리 산으로 산 위에는 솟을뫼란 솟아나는 신기한 무덤이 있다. 이 솟을뫼에 대해 자세히 알아보려고 국립문화재연구소장인 이정규 박사가 옛날 사학자들을 초청하여 춘천박물관 소회의실에서 3차원 화상세미나를 열었다. 이 토론에 나온 분들을 소개하면 한국사의 국통 맥을 세운 『삼성기』 상·하편을 쓴 신라 십성十聖 중 한 분이신 안함로, 『환단고기』를 태소암(현 춘천 청평사)에 보관했던 고려 때의 소전거사, 고조선사의 전모를 밝힌 『단군세기』를 쓴 고려 공민왕 때의 이암, 한민족사를 집대성하여 『태백일사』를 쓴 조선 초기의 문신 이맥 등이다.

사회자인 이 박사가 말머리를 열었다.

― 춘천은 시대변천에 따라 우두 - 수약 - 수차약 - 오근내 - 삭주 - 광

해-봉산-안양-춘주로 불렸어요. 이런 명칭 중에서 먼저 사용한 지명이 우두였지요. 한글이 만들어지기 전에 우두라 적힌 것으로 보아 그때 사람들이 부른 이름은 소머리였을 것입니다. 이 소머리 산에 대해 아는 바를 말씀해주시기 바랍니다.

먼저 안함로가 말문을 열었다.

— 우리나라는 6천 년 역사의 계보입니다. 환인의 환국에서 환웅의 배달국을 거쳐 단군조선에 이르는 상고사는 신화가 아니라 실존한 국가였습니다.

이어서 소전거사가 말했다.

— 예맥은 단군조선의 핵심 주족主族이었고, 단군조선이 망하자 나라를 잃은 예맥족은 남으로 이동하여 춘천 우두촌에 정착했습니다. 춘천에는 맥국이 있었고, 이 나라가 고조선유민이 세운 나라였다는 사실이 확인되었습니다.

이암이 말했다

— 맥국은 지금의 춘천 북방 발산리인 우두대촌입니다. 이 마을에 왕대산이 있고 조천지와 마을 한복판에 맥둑이 있었습니다.

마지막으로 이맥이 말했다.

— 제가 쓴 『태백일사』에 맥국은 단군조선의 일부라고 했습니다. 물론 이 맥국도 북쪽에 두고 온 부여와 남으로 내려온 맥국을 가리킨 말입니다. 이 우두산은 백성들이 한마음으로 조상을 받들어 모시는 성역이었고, 그 꼭대기에 있는 솟을뫼는 신성의 상징이었지요. 아마 맥국을 건국한 시조의 묘일지도 모르겠습니다.

사회자는 끝말을 했다.

— 역사로서 솟을뫼 전설이 영원히 새롭게 솟아오르는 동기의 중심사

커피 향 청춘

상을 가지고 있는 이유는 무엇이겠습니까? 우리의 이상적인 삶을 주기적으로 갱신하는 제의를 통해 정화와 재생을 체험하는 것이지요. 그러한 체험을 실현하려면 솟을뫼의 제의와 역사가 새롭게 솟아오르는 이미지를 형상화하고 있다는 점을 이용해야지요. 성스러운 출현으로서의 -새로 솟아오름- 이것이 이 지방 재생의식의 원형이라 할 수 있습니다. 맥국은 고조선과 삼국을 이어주는 고리의 역할을 한 것입니다.

토의를 마친 이 박사는 곧바로 문화부 장관과 의논하여 그 고총을 발굴하기로 했다. 고총발굴의 달인인 김영민 반장을 중심으로 현장에서 일할 사람들을 선발했다. 김 반장은 평생 고고학발굴현장에서 직접 땅을 파며 선조들의 유적을 찾아낸 경험이 많았다. 그의 큰 업적은 경주 천마총을 비롯하여 안압지와 황룡사지, 익산 미륵사지 등의 유적지를 찾아낸 것으로, 늘 종횡무진 하며 역사현장을 누비고 다녔다. 이런 공로로 그는 보관문화훈장을 받은 바 있다.

김 반장이 이 박사와 함께 우두산 솟을뫼를 답사하러 가는 길이었다. 넓은 우두벌엔 한창 벼들이 익어가고 있었다. 이삭들은 가을바람에 넘실넘실 춤을 추며 그들을 맞이했다. 벌판 여기저기에 옹기종기 모여사는 농촌 마을은 정겨웠다. 소양강은 넓은 앞치마를 벌려 정오의 해 조각을 받아 안고 있었다.

예산을 배정받고 사전준비를 하느라고 솟을뫼 발굴은 그해 겨울부터 시작됐다. 우선 산속을 투시기로 촬영했다. 그 속에 분명히 무엇인가가 들어 있었다. 발굴을 시작한 첫날 밤, 김 반장에게 갑옷을 입은 장군이 나타나 말했다.

― 빨리 누가 와서 이 두꺼운 벽을 헐어다오. 침묵의 잠 속에 갇힌 오랜 세월, 내 눈을 깨우고 입을 열게 해다오. 후손에게 보여주리라, 찬란했던 역사를! 그리고 용감하게 지켰던 이 땅을⋯. 후손들에게 말하리라, 사랑 이야기를. 영원히 삭일 수 없는 그 시절의 기쁨과 슬픔을. 아름답게 살았던 그 시절의 해와 꽃들과 그리움을. 지나간 역사는 아주 잊혀져 없어진 것이 아니라 언제라도 다시 살아나고 그 생명의 핏줄기가 후손들에게 굽이쳐 흘러내리고 있다는 사실을⋯!

김 반장은 꿈속에서도 응대했다.

― 죽는 것은 장군만이 아닙니다. 솔숲에서 부는 바람도 내 몸속에 드나들며 죽음은 언제 올지 모릅니다. 그럴 때마다 내 누운 방은 한 채의 상여가 되기도 하고 땅속의 무덤이 되기도 합니다. 죽은 자와 산 자는 사이에 벽 하나를 두고 있을 뿐입니다.

그는 투시사진과 경험을 근거로 산봉우리가 솟은 중간지점을 파고 들어갔다. 이름 모를 그분의 나라에 들어설 때는 함박눈이 펄펄 내렸다. 하늘에서 흰 조각들이 떨어져 내려 흙을 퍼내는 굴착기에 부딪혔다. 눈이 부딪힐 때마다 하늘에서 음성이 들렸다.

― 비밀이 열린다. 비밀이 열려, 몇천 년 전 잃어버린 조상을 찾으라.

웅웅거리는 굴착기소리와 함께 김 반장의 귀에 하늘의 음성이 들려왔다. 흙을 나르는 기계는 공중에서 춤추듯 쉴 새 없이 움직였다. 거푸집을 세우면서 금광에서 금을 캐듯 조심조심 앞으로 나갔다. 삼 일째 되던 날, 드디어 네모난 벽돌이 보이기 시작했다.

평양지역에서 출토된 무덤들은 연대별로 나무곽무덤, 귀틀무덤, 벽돌

무덤 등으로 동이족의 무덤과 흡사했다. 이 무덤은 모양으로 보아 북방 계통의 민족이 남으로 내려와 만든 것으로 보였다. 이 무덤은 고구려계통의 장군총과 같은 양식의 무덤이었다. 토대의 가로·세로가 각각 30미터로, 규모로 보아 왕의 능으로 짐작이 갔다.

오랜 시간 침묵하며 잠자던 흙덩이를 인부들이 부지런히 캐내고 있었다. 그 흙덩이는 굴착기의 시끄러운 소리와 고통 속에서도 재로 날려 사라지지 않고, 오히려 한 송이의 생명으로 피어나려 했다.

그분 나라의 출입구가 보였다. 문지기 하나 서 있지 않은 문은 누구나 자유롭게 드나들 수 있게 활짝 열린 것만 같았다. 기다렸던 연극의 시작을 알리는 징 소리처럼 곡괭이는 금속성을 쩌렁쩌렁 내고 푸른 정적을 가르며 사라졌다. 이 문을 열면 몇천 년을 간직한 신비한 나라로 들어갈 수 있겠지? 문 입구에는 -맥국貊國의 시조 부루夫婁 왕-이라는 지석이 비스듬하게 서 있었다. 문헌상으로 춘천은 고대맥국으로부터 시작했을 것이다. 가탐이 쓴 『고금군국지』를 인용한 『삼국사기』를 읽어본 김 반장의 머릿속에서 그 생각이 떠올랐다.

문을 여니 바람과 함께 소리가 들렸다.

― 네가 오기 전까지는 아무도 오지 않았어. 짙은 물안개가 말없이 머물고 있었을 뿐. 솟을뫼 등성이에선 장난꾸러기 바람이 놀다 가곤 했지. 소머리벌 위를 건너는 시간의 발자국 소리가 가끔 무거운 밤의 정적을 깨곤 했지. 네가 오니 소양강 물소리도 또렷하게 들리는구나. 땅에 묻혔던 내 영혼은 어둠이 홍수처럼 지나가고 광명한 세상에서 부활하게 되었다.

옛 무덤은 네모꼴이었는데, 외부는 강돌로 쌓아 올리고 내부는 벽돌과 덧널에 이중으로 회벽을 칠해 놓았다. 바닥에는 숯을 넣은 후 주먹만 한 크기의 자갈을 깔고 회로 다졌다. 벽에는 벽화를 그려 놓았는데, 한쪽 벽은 기나긴 세월 속에 누렇게 바래었다. 다행히 남아있는 벽화에는 조상들의 훤칠한 삶의 멋이 깃들어 있었다.

북벽에는 부루왕이 해를 들고 오른쪽에 서 있고, 해 속에는 봉황이 그려있다. 왕후는 왼쪽에서 둥근 달을 들고 있었는데, 그 속에는 두꺼비가 들어있다. 안개가 피어오르더니 벽 속에서 부루가 뚜벅뚜벅 걸어 나왔다. 김 반장은 몹시 놀라 그 자리에 주저앉고 말았다.

커피 향 청춘

어느새 배경이 백두산 신단수 아래로 바뀌었다. 단군 고열가高列加 왕이 왕좌에 앉아 있고, 그 앞에는 부루가 읍하고 서 있었다.

— 왕이시여! 저도 장성했으니 남쪽 땅으로 가서 새로운 나라를 세우려고 합니다.

이때 왕후가 나오며

— 여기엔 불과 물, 땅과 나무가 다 갖추어져 있다. 너는 어찌 황무지이자 뱀과 잡초만 우거진 곳으로 가려 하느냐?

— 이곳은 국운이 다한 것 같습니다. 중화의 한고군이 끊임없이 침략하고 있으며, 왕의 명령이 제대로 이행되지 않고 있습니다. 그리하여 여러 장수가 환란을 자주 일으키고, 나라 살림이 쪼들리니 백성의 기운도 쇠약해졌습니다. 그러하니 부모님을 모시고 새로운 나라를 개척하겠습니다.

부왕은 결심한 듯 말했다.

— 그래, 가거라. 새 땅으로 가서 나라를 세우고, 사랑을 하고, 고통도 배워라.

— 감사합니다. 미래의 땅은 희망의 땅이요 생명의 땅입니다. 생명은 죽음을 이깁니다. 거기서 사랑도 찾겠습니다. 큰 꿈을 이루기 위해 미지의 세계로 떠나가겠습니다.

— 짐은 백성들과 함께 여기 남아있으련다. 어서 떠나가거라.

왕의 승낙을 받고 부루 왕자는 남쪽으로 떠났다. 이때가 단군조선을 세운 지 1,900년 되는 해였다. 한나라 광무제의 잦은 침략이 있었으며, 해모수가 태어난 고향에 북부여를 세운 시기였다. 왕자가 떠나고 왕은 제위를 버린 뒤 묘향산으로 들어가 선인이 되었다.

부루 왕자는 불과 비, 구름과 곡식, 치유와 형벌, 제륜製輪과 교육을 담당하는 신하들을 거느리고 남동진하여 나아갔다. 하루는 철원 한탄 강가에서 야영을 하게 되었다. 한밤중에 부루에게 단군시조가 나타났다. 그분이 소를 타고 오는데 몸통은 없고 소머리만 보였다. 소뿔을 보니 힘이 느껴졌다. 선하게 패인 쌍꺼풀 깊은 눈동자에는 호소력이 있고 애절함이 담겨 있었다.

단군시조가 말하기를

— 소의 미덕은 세 가지니라. 그것은 희생정신과 근면함, 그리고 대기
　만성이다. 소머리같이 생긴 산을 찾아가 그 밑에 나라를 세워라.

부루 왕자는 시조 단군에게 절을 올렸다.

— 그래, 조급하게 굴지 말고 우직한 소처럼 천천히 천 리를 가리라.—

사람의 힘으로 농사를 짓던 시절에 그는 들소를 깃들여 논밭을 갈고 수레를 끌면 편리하겠다는 생각을 했다. 바퀴는 이동과 운반을 용이하게 함으로써 인류문명의 커다란 변화를 가져온 도구였다. 회전하는 바퀴와 같이 순환하는 삶을 살리라.

부루는 마침내 새 아침의 땅, 소머리 벌판으로 왔다. 지세를 살피니 물이 풍부하고 농사짓기에 알맞을 뿐만 아니라 진산인 용화산은 저절로 만들어진 성이요, 방어가 용이한 요충지였다.

먼저 소머리산 위에 시조 단군천신을 모신 숫터를 만들었다. 이 신성한 곳은 함부로 가까이할 수 없는 성역이라 살인하고 도망친 자, 죄짓고 포졸에게 쫓기거나 원수에게 쫓기는 자, 부부싸움으로 남편에게 쫓기는 아내가 이곳으로 들어오면 더 이상 추적하지 못하게 돼 있는 곳이었다. 사사로운 감정으로 저지르는 살생을 막고자 함이었다.

긴장대로 만든 숫대에는 북과 방울을 달았다. 북은 신의 내림을 기원하여 맞이하는 알림이며, 방울은 신의 도착을 알리는 초인종 역할을 했

커피 향 청춘

다. 또 솟대 끝에는 나무로 만든 새를 부착해 놓았으니, 이 새는 영매조靈媒鳥로서 천신과 인간의 뜻을 전달하는 새였다.

이 영매조는 봉황이다. 봉황은 부부가 사이좋게 오동나무에 살며 깨끗한 샘물을 마시고 대나무 열매를 먹고 산다는 새였다. 봉은 수컷이며 황은 암컷을 말한다. 봉황은 새 중에서 으뜸으로 상서로움을 나타낸다. 한번 창공을 나르면 천 리를 가고, 지조가 높고 품위가 있어 훌륭한 인물을 상징하고 있다.

부루는 신단수 아래에서 감사의 제를 하느님께 올렸다. 금강소나무는 상승하는 기상으로 항상 발돋움하고 서서 하늘을 향해 손을 뻗어 손을 맞잡고자 하고 있다. 백성들은 큰 나무가 하늘에 잇대어 구원에 이른다고 믿고 있었다. 여기에 나무가 지니는 신앙은 구원을 뜻하며, 진심으로 간구하면 구원에 이른다고 믿었다. 이런 제의를 통해 하느님을 만날 수 있다고 믿는 토속신앙이 싹 터 왔다.

큰 소나무는 신비롭고 놀라웠다. 땅 아래 어두운 곳에 뿌리를 내리고 밝은 하늘로 가지를 쳐든 모습은 장엄하면서도 섬세하다. 의연하고 신선한 이 나무에 신이 밟고 내려오는 푸른 계단으로 여겼던 것이다.

수천 년이라는 장구한 시간의 흐름 속에 파묻혀 버린 유물들이 역사의 대단원으로 다가올 때, 그들은 신비로운 빛을 띠고 현현하였다. 김 반장은 유물이 있는 풍경 앞에서 상상의 날개를 펴 보았다. 때 묻은 시간과 내재된 역사성을 따라 거슬러 올라간 그는 경탄해 마지않았다. 이미 오래전 망각되고 사라진 줄 알았던 맥국왕조의 역사가 숨 쉬고 있음을 느낄 수 있었다. 귀중한 유물들을 찾으려고 붓으로 조심조심 흙을 쓸고 나갔다. 이때는 세심한 주의가 필요했다.

왕의 목관 부근에서 도자기로 만든 등잔을 발견했다. 오랜 세월 속에 오히려 꺼질까 삼베심지에 배어드는 들기름은 왕의 머리맡에서 노랗게 익어가는 백골을 비추고 있었겠지. 자유롭게 나래 펴는 영혼을 밝히고, 그의 너털웃음이 새빨간 꽃잎에서도 따사롭게 타고 있었을 것이다. 사방으로 둥근 도자기 가장자리에 영계靈界의 묵향으로 번지는 그을음은 지금 붓끝에 묻어 새로웠다.

불은 생명이다. 불의 이미지는 상승이고 불이 타오르는 모습은 춤이었다. 생의 희열을 나타내는 춤사위지. 나래를 편 자유야. 살아서 춤추는 불을 본 듯싶다. 정점에서 타오르는 꽃봉오리와 꽃잎을 보라. 그것들은 어린아이의 방긋거리는 웃음처럼 해맑고 정화된 빛이었다.

다시 두 뼘쯤 파니 과연 살아서 천 년, 죽어도 천 년 간다는 주목으로 만든 봉황이 있다. 저승과 이승을 오가는 가교를 새로 나타낸 거야. 맥국인은 새를 영혼을 새로운 세계로 인도하는 안내자로 여겼다. 새는 어디든지 오갈 수 있는 날개를 가지고 있기 때문이지. 봉황의 자유로운 비상은 인간이 자신의 운명을 초월하고자 하는 의지의 발현이다. 세상과 단절되는 죽음이란 절망 속에서 부활을 바라며 하강과 상승의 비상을 하는 새 모양을 만들어 넣은 것이다.

머리와 가슴으로 날아드는 새, 이승의 슬픔 끝에서 저승의 벼랑 아래로 떨어지는 바람 소리. 벼랑 아래로 떨어져 방황하는 영혼을 품에 안고 하염없이 날아서 여기까지 살아온 새는, 이제 피곤한 날개를 접고 부활의 몸짓으로 서성이는 영혼을 위해 노래하고 있었다. 저승의 어느 산골 깊은 숲의 소나무 잎새 끝에서 생겨나는 피리를 부니, 마땅히 흘러 대대손손 후손의 귀에까지 생생하게 들리게 하렴. 나무는 반이 썩었으나 그 형체는 남아 있었다.

큰 칼은 손잡이만 남고 녹슨 형체로 놓여 있다. 표적을 베고 누워 있는 칼끝에 푸른 허공이 보였지. 허공의 천길만길 깊은 곳에서 가랑잎이 우수수 날아들었다. 모든 빛은 여기에 모여 허공을 채는 푸르름이 되고, 모든 소리는 여기에 닿아 허공을 쌓는 침묵이 되었구나. 누구도 와서 열지 못하는 문, 그 문의 둘레를 에워싸는 후광이 되었다.

적들이 몰려왔다. 둥—둥—둥— 북을 울려라. 군사들의 함성소리가 천지를 울린다. 부루왕은 이 칼을 빼 들고 적군에게 돌격했으리라. 나라를 지킨 장검이 피곤한 듯 편히 누워 주인과 함께 휴식을 취하고 있었다.

신비의 세계가 서서히 벗겨지고 드러나는 유물들. 노출보다는 한편으로 암흑인 채 그대로 영원한 수수께끼처럼 있지 못하고 발굴되어 버린 유물들이 안타깝게 보이기도 했다. 어둠은 때로 무겁고 싱싱했지. 무덤인 채로, 어둠에 묻힌 채로, 신비인 채로 장중하게 존재하지 못하고 드러난 유물들은 대낮의 적나라함이었지. 발굴되지 말아야 할 유물들이 드러남에 약간의 분노를 느끼기도 했다. 신비의 지하궁전 속 유물들이 하나하나 거침없이 드러났다. 그 중에는 영원히 어둠에 묻힌 채 신비이고자 하는 것도 있었을 것이다.

이번엔 청동 잔이 보이는구나. 넘치게 담겨 있는 것은, 투명한 몸으로 잠든 바람이지. 천 년을 익어서 혀끝에 닿기만 해도 취해서 쓰러질 독한 바람의 목소리야. 청동 둥근 둘레, 여기에 뿌리를 내린 나무가 금속성의 피리소리를 달고 둥지를 흔들며 춤을 추었어. 깊어서 속이 들여다보이지 않는 미궁의 우물. 그림자를 드리우고, 지나가던 수많은 구름이 자지러져 스미고, 날개에 불을 댕겨 나르던 군중의 혼백도 녹아들었다. 넘치게 고여 있는 것은 두레박이 닳도록 퍼내도 끊임없이 샘솟는 맑은 술이었을 것이고, 우물 안에 가득 담겨 있었겠지.

여기는 왕이 마시던 물병. 한 송이 화염으로 피어오르는 이승의 그리움을 다스리기 위해, 혼은 여기에 물을 담았지. 바위 속을 누비며 출렁이다가 투명한 알몸으로 뿜어 오르는 시리도록 푸른 샘물을 담았지. 홀로 가는 저승길, 해질녘이면 불타는 가슴을 풀어헤치고 눈감으며 뛰어들 소양강 물을 담았지.

계속 땅을 파고 나가니 동관이 나왔다. 상상도 안 했던 곳에서 나오니 소름이 끼치게 기분이 좋았다. 놀라워라! 동으로 만든 왕관을 발견한 거야. 김 반장은 이 왕관을 보고 그 자리에 주저앉고 말았다. 그는 이내 조심조심 들고 밖으로 나왔지. 밀폐된 공간에 바람이 들어오면서 삭아 무너졌다. 왕은 불속에 들어앉아 계셨구나. 심지를 돌아 삼계를 두루 밝히며, 한 송이 영혼으로 타고 있는 청옥. 맥국장인의 손자국이 살아서 꿈틀거리며 김 반장 앞으로 지나갔지. 다시 머나먼 선계에 이르니 왕의 머리위에

커피 향 청춘

서 타던 불, 천하를 호령하던 위엄 있던 음성이, 저 불꽃이 넘실대는 헛바닥 갈피갈피마다 스며있었을 거야. 불길은 길 잃은 백성들을 비추어 선정을 베풀었겠지. 찰랑찰랑 마법의 방울 소리를 내며 인간의 마른 덤불에 댕기는 불. 왕이시여! 그분은 이 불 속에 들어가 앉아계셨구나. 나무와 철은 썩어 없어지나 옥은 여전히 그대로였다.

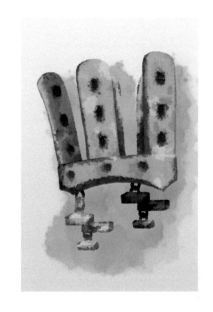

청동으로 만든 신발도 있구나. 하늘이 주신 목숨을 다 사시고, 하루도 빠지지 않고 구석구석 다 사시고, 백발을 날리며 우두벌을 다녔겠지. 둥근 달도 뜨고 시퍼런 바람도 지나갈 때 추수하는 재미도 있었겠다. 이윽고 옷 갈아입고 백성이며 신하들을 다 놓아두고 혼자 길을 나섰어. 구부러진 막대기 골라잡고, 미끄러운 저승길로 가실 때 이 신을 신으셨구나.

돌밭길, 가시밭길, 펄길 위에서 허리춤 추켜세우며 달음질도 하고 쉬엄쉬엄 걷기도 했겠지. 저승까지 잘 모신 후, 이제 다시 여기에 돌아온 쇠못 박힌 신발은 누구를 다시 모셔 가려 함일까? 하늘이 정해준 목숨 다 산 후, 웃으며 떠날 사람 중 누구를 모셔 가려 하느냐?

김 반장이 다시 벽화를 들여다보는 순간, 안개 속에서 아리따운 처녀가 물동이를 이고 샘물가로 나왔다. 때마침 용화산에서 노루사냥을 하고 내려온 부루는 목이 말랐다.

— 실례하오. 물 좀 주시겠습니까?

가희가 보니 용모가 준수한 청년이었다. 바가지를 씻은 후 두 손으로 공손히 물을 떠주는데 그 손이 떨렸다.

— 웬일일까? 거역할 수 없는 이 떨림은….

부루는 보았다. 샘터에 서 있는 어여쁜 자태를…. 바가지를 통해 그대의 떨림을 느꼈다. 순결한 옷소매가 스칠 때 피어나는 애정을 그의 가슴에 심었다. 서로가 아쉬운 마음으로 헤어졌다.

가희는 얼굴에 수심이 가득했다. 사연이 있어 저녁밥을 지으며 눈물을 흘렸다. 부뚜막에 앉아 있는 두꺼비에게 먹이를 주면서 말했다.

— 두꺼비야, 너하고는 오늘이 마지막이로구나.

십여 년간 두꺼비에게 밥을 주어 키웠다. 두꺼비를 기르는 마음은 참고 기다리며 애정으로 기르는 정성이었다. 또 징그러운 두꺼비를 멸시하거나 못생겼다고 구박하지 않고 받아들인다는 것은 혐오감 없이 수용하는 넓은 마음을 가지고 있다는 뜻이었다.

지내리라는 곳은 매년 삼월 삼짇날이면 동굴에 살고 있는 몇백 년 묵은 지네에게 처녀를 바치는 풍속이 있었다. 그래야만 지네가 동네로 내려와 닭이나 소를 잡아먹어 사람에게 해를 끼치는 일을 하지 않을 뿐만 아니라 풍년을 가져다주고 편안하게 살 수 있다고 믿었다. 그래서 제물로 바치는 처녀를 정하는 방법으로 제비뽑기를 하였는데, 그 결과 이 고을을 다스리는 삼로三老의 딸인 가희가 제물이 되었다.

제물이 된 가희는 깨끗한 흰옷으로 갈아입고 무당의 안내로 봉화산 깊은 굴속으로 들어갔다. 그 처녀는 너럭바위 제단에 앉아서 죽을 때만 기다리고 있었다. 자정쯤 될 무렵에 휙 소리와 함께 찬바람이 일어났다.

-마침내 홀아버지를 두고 죽는구나!- 하며 눈을 감는 순간, 두꺼비의 눈에서 빛이 나고 독을 뿜어 지네에게 쏘았다.

-꿍!- 하고 떨어지는 소리가 났다. 그때 봉조를 타고 날아온 부루가 칼로 지네의 목을 쳤다. 두꺼비는 지네에게 물려 함께 죽었다.

가희는 두꺼비에게 달려갔다.

— 두꺼비야, 정신 차려!

그녀는 죽은 두꺼비를 붙잡고 울었다. 두꺼비는 수년 동안 키워준 아기씨의 은혜에 목숨을 바쳐 보답했다. 그 후 두꺼비를 보은하는 동물로 여겨 가희가 들고 있는 달 속에 그려 넣었다. 가희를 구해준 분은 바로 위급함을 듣고 달려온 부루 왕자였다. 그는 오랜 악습을 고쳤고 이 마을은 평온을 되찾았다.

그 처녀를 수소문해 알고 보니 구 노인의 외동딸 가희었다. 가희는 얼굴이 예쁠 뿐만 아니라 효성이 지극했다. 품행이 바르고 재주도 있어, 누구나 아내로 맞이하기 위해 욕심을 낼만한 처자였다.

부루는 가희의 집을 방문하였다.

— 드릴 말씀이 있어 체면 불고하고 찾아왔습니다.

가희는 너무 뜻밖의 일이라 어쩔 줄 몰라 했다.

시골집이지만 집안은 깨끗하게 정돈되어 있었다. 가희는 아버지에게 자기의 목숨을 구해준 청년이 왔다고 소개했다. 그는 구 노인에게 엎드려 절을 올린 후, 가희와 결혼하게 해달라고 허락을 구했다.

— 내 딸의 목숨을 구해주어서 감사하오. 일찍 어미를 잃고 자랐는데, 그래도 좋으시다면…:

허락을 받은 그들은 자주 만났다. 고즈넉한 저녁 북배산 머리로 노을 지는 들길을 걷기도 하고, 소양강변을 함께 산책하기도 했다.

― 나라를 세우세요. 그리하여 소머리 백성들에게 문명을 주소서.

― 정과 신이 합쳐져 정신이 되듯이 우리가 합쳐져 부부가 됩시다. 그
　리하여 이 백성들을 돌봅시다.

이런 인연으로 두 사람은 살구꽃과 복숭아꽃이 만발한 봄날에 동네
사람들의 축복을 받으며 결혼을 했다. 안정을 찾은 부루는 황무지 땅
우두벌을 개척하기 시작했다.

그는 함께 온 신하들에게 일을 맡기면서 동시에 백성들을 가르치라고
부탁했다. 불의 신하는 나무와 나무를 비벼 불을 일으켜 음식을 익혀
먹는 방법을 가르쳤고, 철의 부하는 쇠로 낫이나 호미, 칼을 만드는 방
법을 가르쳐 주었다. 제륜의 부하는 소머리벌에 길을 내고 마차가 다니
도록 했다. 농사의 부하는 가지고 온 벼와 보리, 채소 등 여러 식물의 씨
앗을 심는 방법을 가르쳐 주었으며, 고기 잡는 일을 맡은 부하는 그물
과 배를 만들어 소양강에서 물고기 잡는 법을 가르쳤다. 농사를 사람의
힘으로만 하니 너무 힘들어서 들소를 길들여 고삐를 채우고 멍에를 씌
워 논과 밭을 갈게 했다.

여러 신하들 가운데 교육을 맡은 신하는 부루 왕자에게 돌아와서 실
패한 원인을 말했다. 불이나 철로 농기구를 만드는 방법은 그 일을 해
보기 전에 잘 알아들었으나, 교육은 왜 받아야 하는지를 이해하지 못했
다. 교육은 불이나 철을 만드는 방법보다 더 중요한 일이었다. 앞으로 국
가를 세우는데 핵심이 되기 때문이다. 부루는 말했다.

― 교육을 받지 않으면 어떤 개인도 사회적 지위를 누리지 못하며, 교
　육을 받지 않으면 어떤 집단도 물질적 번영에 이르지 못할 것이다.

이 명령을 받은 교육의 신하는 백성들에게 말했다.

― 교육을 받으면 재물을 얻어 부자가 되고 벼슬을 하여 높은 지위를

커피 향 청춘

얻게 될 것이다.

그리하여 서당을 세우고 글을 가르치기 시작했다. 우선 제천을 가르치고 수련을 연마했다. 백성들에게 진·선·미를 가르쳤는데, 이는 곧 하늘의 하느님을 섬기며 땅을 열어 길을 내는 것이요, 그리고 사람의 마음을 깨우쳐 사람다운 삶을 누리는 것이었다. 즉 하늘을 열고 땅을 열고 사람을 여는 교육인데 곧 홍익인간 이화세계를 말한다. 이것이 바로 우리 민족 고유의 삼신 문화였다. 그것은 환국의 환인이 환웅에게 전수한 교지였다. 맥국에는 모든 읍락에 우두머리가 있었는데 이를 삼로三老로서 어른이요 스승이란 뜻이다.

이렇게 백성들에게 교육을 시켜 문명이 발달했다. 교육을 받은 백성들은 도둑질이나 살인을 하지 않았다. 춘천지방은 산악지대여서 작은 부락이 많이 생겼다. 인구는 이만호로 살기 좋은 곳이 되었다. 이 땅은 삼로를 두고 하호를 통솔했다. 화백 제도가 있었는데 삼로들이 모여 부루 왕자를 맥국의 왕으로 추대했다.

이 나라에서 가장 큰 행사는 상달 초사흘에 하느님께 제사를 드리는 무천舞天이란 행사였다. 이날엔 남녀노소 할 것 없이 모두 옷깃이 둥근 곡령을 입고 나들이를 했다. 소머리산 제단 위에는 천신을 위한 단을 모셔 놓고, 옆에는 산신령인 곰을 그려 붙였다. 곰은 환웅과 결혼하여 단군시조를 낳아준 어머니를 상징한 것이었다.

그 밑에는 여러 음식을 진설해 놓았다. 제사장 부루왕이 나와 절을 하니 그 하단에 있던 삼로들도 같이 절을 올렸다. 모든 백성도 엎드려 절을 했다. 술을 부어 올리니 음악이 울려 퍼졌다. 음악에 맞추어 모두 노래를 부르며 덩실덩실 춤을 추었다. 남녀가 마주 서서 느리게 춤추는 모습은 마치 하늘에서 신선이 내려온 느낌이었다. 사이를 두고 따로따로 떨어져서 느릿느릿 점잖게 춤가락을 펴고 있었다. 이는 춤에서 넉넉하고 행복한 느낌을 갖게 하는 제천 문화였다.

　제사가 끝나면 술을 마시고 함께 음식을 먹었다. 농경제의에 쓰는 술은 수확의 산물인 곡물을 상징하고, 동시에 신에게 바치는 제물이었다. 술은 묵은 것을 보내고 새것의 생산이 이루어지는 순환적인 질서에 대한 염원이 담겨 있었다.

　그중에서도 떡은 빼놓을 수 없는 음식이었다. 떡만큼 불행이나 재해를 막을 수 있도록 하는 음식도 드물었다. 떡에는 접착력이 있고, 그 떡을 함께 먹으면서 한마음을 다지는 음식이었다. 밤이 되면 제단 위에 횃불을 밝혔는데, 그 주위에도 많이 켜 놓아 환했다.

　김 반장은 다시 유물발굴을 시작했다. 어두운 무덤 속에서 그는 자신이 죽어 누워있는 느낌을 받았다. 작업 인부들에게도 정숙한 자세를 요구했다. 큰소리로 말하지 말고 웃거나 콧노래를 부르지 말라고 주의를 주었다. 수천 년 전에 땅속에 묻혔던 유물들이 무사할 수는 없었다. 공기가 밀폐된 공간에 있다가 갑자기 외부 공기에 노출되면, 다 썩은 유물들의 경우 손을 대는 순간 가루가 될지도 모른다. 나와서는 안 될 것이 나올 때, 잘못하면 그가 죽는다고 느낄 때도 있었다.

　이번엔 왕비의 관 주위를 붓으로 흙을 쓸고 나갔다. 작업시간엔 세심한 주의가 필요했다. 용이 새겨진 은팔찌가 나왔다. 김 반장이 혼자 중얼거렸다.

　— 가희님, 내가 그대를 얼마나 사모했는지 아세요? 이미 멀리 떠나셨군요. 이승과 저승 사이에는 까마득히 먼 강, 건너지 못할 강이 흐

르고 있군요. 그대를 잊어가는 세월 속에서, 바라는 건 한낱 팔찌가 아니라 그대에게 달려가려는 내 그리움의 몸부림이지요. 가희님, 그대에게 날아가는 용은 작은 손목에 머무르지 않고 그대의 온몸을 휘감을 것이며 마침내 온몸 구석구석에 스며들겠지요. 그러다가 지쳐 쓰러지더라도 끝까지 파고들어 불탈 것입니다. 그리하여 저승의 침실 안까지도 따라 들어가고 싶어요.

왕비의 어금니도 발견됐다. 그대의 육신은 벌써 훨훨 날아가 버렸다. 어쩌면 소양강 맑은 물에 두둥실 흘러가 버렸겠지. 어쩌면 한 덩이 초록 색깔이 되어 저 하늘 한구석에 반짝이는 별이 되었겠지. 가희의 육신은 사라지고 어금니 하나만이 남아 세월을 씹고 있어. 한없이 자라는 세월의 끝을 씹고 있다. 세월이 자라지 못하도록. 그리하여 어금니는 부루왕을 모시듯 남아 있구나.

옥 귀걸이 한 짝을 찾았다. 손끝에 잡히는 귀걸이. 백옥의 잎사귀들이 왕비의 신화를 이야기하며 주렁주렁 매달려 내리다가 이슬 한 방울 흘러내렸지. 춘천은 백옥의 고장이라 조상들은 옥으로 칼과 무기를 만들기도 했어. 하늘은 삼천 년의 긴 세월을 한꺼번에 몰고 날아와 지금 흰빛으로 반짝이며 머릿속 한 뼘의 쓸쓸한 공간과 만나고 있지. 밝아지는 머릿속, 어둠에 묻혀 잠자던 피가 깨어나 출렁거리고 있어. 몸속에 수많은 지류를 뻗쳐 맥국 시대, 그 기쁨과 슬픔이 풀려 소리 내며 흐르고 있다. 귀걸이 한 짝은 누가 가져갔을까?

청동거울도 나왔다. 거울 앞에 앉아 먼지 낀 휘장을 젖혔지. 현란한 음악 속에 열리는 불멸의 궁전. 고스란히 살아나는 순박한 백성들의 환호에 환한 웃음으로 답했겠지. 밤이 없는 왕국, 해와 달이 함께 어우러져 떠오르고, 구슬을 단 손목은 날갯짓으로 하늘에서 떠는구나. 땅속의 오랜 침묵을 밝히던 둥근 광채가 눈부시다. 녹을 닦아내면 타임머신으로 시간여행을 떠날 수 있겠지.

당초에 발굴할 때 무덤 속에 있던 흙을 따로 보관해 두었다. 흙 속에는 시신과 그분이 입고 있던 옷이 썩어 있겠지. 흙이 바로 무덤 주인인 것이다. 무덤이 아직 살아있다고 생각한 이유이다. 육신은 죽으면 원소로 분해돼 흙과 공기로 돌아가고 영혼은 하늘나라로 올라간다고 믿고 있었다.

용화산을 진산으로 삼아 뻗어 내려온 왕대산 밑에 큰 궁궐을 세웠다. 매년 풍년이 들어 백성들은 평화를 누렸다. 그러나 몇 년째 흉년이 든 낙랑 태수는 부루 왕에게 쌀 만 석을 꾸어달라고 억지를 썼다. 거절하자 태수 유무가 이만의 군사를 이끌고 화천에 도달했다는 전령의 보고를 받았다.

침공을 받은 맥국백성들은 모두 천해의 요새인 삼악산성으로 들어가 적과 싸울 준비를 했다. 그 나라에서는 평소 봄과 가을에 장성한 남녀 모두를 불러 모아 활쏘기 대회를 열었고, 이를 국기로 장려했다. 그래서 중국에서는 동쪽에 활 잘 쏘는 부족이 살고 있다고 하여 동이족이라 칭했고, 이는 부루왕이 세운 맥국을 지칭했다.

한 번 전쟁이 일어나면 삼로들이 앞장서서 부하들을 지휘했다. 단궁이라는 단단한 박달나무로 만든 활을 들고 나가는 단궁대와 길이 3미터나 되는 긴 창을 들고 나서는 장창대 등의 보병으로 나라를 지켰다. 과하마果下馬라는 작고도 단단한 말을 탄 기병대는 반어피 가죽과 호랑이 가죽으로 무장하고 백성들이 삼악산으로 다 들어갈 때까지 게릴라전으로 적을 혼란에 빠뜨리는 부대였다.

낙랑 군사들은 기병과 보병이 한데 어울려 삼악산으로 쳐들어왔다. 큰말을 탄 적군은 평야에서 싸울 때는 유리하나 산악지대로 들어오면 과하마 기병을 못 당했다. 과하마는 산길을 잘 넘나들고 돌이 많은 비탈길도 잘 달렸다. 삼악산을 에워싼 적군은 계속 후속 부대를 동원해 싸움은 장기전으로 들어갔다. 부녀자들은 삼베옷과 비단옷을 만들어 군사들의 옷을 해 입히고 식사를 제공해 주었다.

낙랑군이 맥국으로 쳐들어온 때는 막 추수가 끝난 무렵이었다. 백성들은 왕을 중심으로 단결하여 두 배가 넘는 적과 대항했다. 추수한 곡식을 싣고 모두 삼악산성으로 들어갔다. 그 산은 적이 접근하지 못하도록 하는 천연의 둥근 산성으로, 험준한 바위산의 높이는 650미터가 넘었다.

북으로는 계관산과 마주하고, 동남으로는 신영강이 흐르는 가파른 절벽이며, 서쪽으로 당임리 부락이 있었다. 단단한 차돌로 쌓은 성은 높이가 20~30미터였으며, 성의 길이는 약 16킬로나 되었다. 외침이 있을 때마다 백성들은 집과 곡식을 모두 불태우고 산성 안에서 보호하는 청야전법을 썼다. 부루왕은 삼악산 제일 높은 깃대봉에 대장기를 꽂고, 성루에서 북을 울리고 깃대를 흔들어 맥군을 지휘했다.

드디어 적군은 삼악산을 겹겹이 포위하고 맹렬한 공격을 해왔다. 북문으로 5백 명의 적군이 큰 수레에 나무를 쌓고 그 속에 숨어서 성문으로 습격해 왔다. 성에서는 횃불을 던져 수레와 나무를 태우니 많은 병사들이 죽고 남은 자들은 도망을 갔다.

서문으로 적군이 화살을 막고자 누차에 커다란 상자를 만들어 그 속에 숨어서 들어 왔으나, 아군은 기름 묻힌 불꾸러미를 던져 누차를 불태워 버렸다. 남쪽으로는 적이 화살을 쏘며 긴 사다리로 성을 기어오르고 있었다. 큰 돌로 사다리에 올라오는 적병을 굴려 떨어뜨렸다. 낙랑군은 다시 사람 기름을 바른 불덩이를 성안으로 던졌으나, 미리 준비한 물로 모두 진화시켰다. 적은 당황하여 도망치고 말았다. 워낙 산세가 험준하고 요소요소에 견고한 방어진지를 구축해 놓았기 때문이다. 지형 지물을 잘 이용하고 위에서 밑을 내려다보며 응전하니 쉽사리 함락시킬 수가 없었다.

적은 공격할 때마다 적지 않은 손실을 입었다. 힘으로 밀어붙이는 공격이 헛일임을 깨닫고 적은 꾀를 냈다. 삼악산 동남쪽 강 건너 강촌 산등성과 계곡에 짚으로 만든 허수아비에 옷을 입히고, 안장 없는 빈 말들을 한 곳에 모아 놓았다. 산 위에서 멀리 내려다 본 맥국 군사들이 봤을 때 자신들은 공격할 의사가 없는 것처럼 보이도록 위장시켜 놓았다. 또 강촌 강변 위에 솟은 칼봉에 늙고 쇠약한 군사들로 군사 조련을 가장한 칼싸움을 해보였다. 넓은 바위와 백사장에는 군사들의 빨래를 많이 널어놓아 맥국 파수병들이 봤을 때 병력의 이동도 공격도 없이 쉬고 있는 것처럼 보이며 그들을 안심시켰다. 그때 그 지역의 이름이 의암리가 되었다.

며칠을 두고 보니 적병들이 수상한 행태가 한두 가지가 아니었다. 정찰병들은 몰래 신연강을 건너 적군의 동태를 살폈다. 부루왕은 직접 봉을 타고 하늘에서 의암리 일대를 정찰했다.

예상했던 대로 적군은 위장술을 쓰고 있었다. 군사들은 긴장을 풀지 않고 경계를 더욱 철저히 했다. 부루왕은 명하여 한강을 오르내리며 무역하던 배 5척에 군사를 싣고 몰래 신영강을 건너갔다. 이 배는 산에서 나는 황토라는 식물의 섬유질로 만든 돛을 달았다. 바닥은 소나무로 평편하게 만들어 물살에 쓰러지지 않을 뿐만 아니라 강이 얕은 곳에서는 사람들이 밀고 갈 수 있도록 만든 배였다. 왕은 아군을 의암과 강촌나루에 매복시켜 놓았다.

드디어 그믐밤을 틈타 정병으로 편성된 낙랑의 군사들이 맥국 대궐이 있는 동문으로 공격해 들어왔다. 동시에 덕두원리에서 구름다리를 놓아 북문을 치기 시작했다. 미리 정해놓은 공격 시간인 자정에 습격을 해온 것이다.

동문에 미리 매복하고 있던 복병들은 방울장수 할멈을 앞세워 문을 열게 했다.

— 누구요?

보초병이 물으니,

— 왕비가 부탁한 화장품을 가지고 왔소.

화장품을 보이며 문지기를 속이려고 할 때, 왕비가 지휘하던 단궁대가 모두 횃불을 밝히며 화살을 빗발치듯 쏘았다.

동시에 적군이 북문을 부수려고 줄사다리에 매달려 있을 때 봉화 불을 대낮같이 밝히고 함성을 질렀다. 줄사다리를 끊으니 적군은 절벽 아래로 떨어졌다. 낙랑군이 많은 병사를 잃고 후퇴하여 의암과 강촌강을 건널 무렵, 나루터에 매복하고 있던 아군은 부교를 끊고 올라오는 적군을 기습하니 적은 몹시 놀라 죽고 도망가기에 바빴다. 3년이나 계속됐던 싸움은 맥국의 승리로 끝났다.

부루왕은 강릉 지방의 예부족을 후국으로 삼았다. 권력을 분배하여 통치자와 지배층을 그대로 존속시켜 포용함으로써 동해안과 남으로 진천까지 국토를 넓혔다.

숯을뫼 발굴을 마친 후 천상과 지상에서 3차원 화상학술회를 가졌다. 사회를 맡은 손호석 춘천 박물관장이 말문을 열었다.

— 오늘은 춘천의 아름다운 자연을 묘사하고 예찬하는 것으로 그치지 않고, 이러한 자연 속에서 처음으로 나라를 세우고 삶의 터전을 닦아 놓은 부루왕을 평가하는 학술회를 갖기로 하겠습니다. 이분의 은덕을 기려 우두벌에 통도비通道碑를 세웠지요. 선배 학자님들의 맥국에 대한 고견을 듣고 싶습니다.

토론자로 나온 분은 『동국역대총목』을 쓴 홍만종, 『택리지』를 쓴 이중환, 춘천 부사를 지냈고 『경수당전』을 쓴 신위와 『규원사화』를 쓴 북애자, 『사기』를 쓴 중국학자 사마천과 조선 실학자 정약용이었다.

홍만종이 말했다.

— 47대 단군 고열가의 아들 부루가 고조선이 망하자 유민들과 함께 내려와 나라를 세운 곳이 바로 우두지요. 본기와 통감에 이르기를 우수주에 통도비가 있다고 기록되어 있습니다. 김시습의 시에 수춘은 맥국이니 부루가 처음으로 길을 놓았다고 했습니다. 이 글로 보아 우수주는 오늘의 춘천이고, 춘천에 맥국이 있다는 것은 고조선과 삼국을 연결하는 중요한 역사적 고리라고 할 수 있습니다.

이중환이 말을 받았다.

— 그렇습니다. 춘천은 맥국이 천 년 동안이나 도읍을 했던 터로, 소양강 주위에 우두라는 큰 마을이 있었지요. 발산리의 왕대산은 지금까지 남아 있는 문헌에도 나온 이름으로, 맥국은 그 아래에 궁궐을 지었어요. 북으로는 수리봉이 솟아 있고 그 위에는 지금도 성터와 성을 쌓았던 활석을 쉽게 볼 수 있습니다. 아침 못이 있는데 환인, 환웅, 단군을 상징하는 바위인 조천석朝天石이 있었습니다. 후대 사람들도 이를 삼신이라고 숭배했습니다. 삼신할머니가 자식을 준다는 말의 삼신할머니도 이 삼신을 말합니다.

커피 향 청춘

이어 신위가 말했다.

— 우두벌에 통도비가 있었다고 하는데, 제가 부임할 때에는 없었어
요. 전해 오는 말에 의하면 한나라 팽오를 기리기 위한 비라고 하
는데, 사대사상이 팽배했던 때라 중국 사람을 거기다가 갖다 놓았
지요. 신라 기림왕이 순행하여 우두벌에 이르렀는데, 이때부터 한
나라가 손을 뗴었다고 합니다.

중국학자 사마천이 주장하기를

— 팽오는 한무제 때 맥을 침략하여 멸망시키고 그 자리에 창해군을
설치한 인물이지요.

이에 북애자가 반론을 폈다.

— 맥국의 산천을 다스려 백성이 잘살 곳을 정해준 이는 팽오가 아니
라 단군의 아들 부루라고 합니다.

정약용이 말했다.

— 맥국은 단군의 후예인 우리 조선족이 세운 나라입니다. 산속은 넓
게 트이고 강의 흐름이 감고 도는데 이곳이 맥국의 옛 도읍지입니
다. 맥국 역시 단군지세에서 나왔기 때문에, 도읍을 세울 때 그 이
름을 이어받은 것이 당연합니다. 청평사의 전신인 태소암에 고려
말 소전거사가 은거했습니다. 소전은 환단시대부터 전해 내려온 진
결을 보관하고 있었습니다. 몽골이 쳐들어와 모든 역사책을 불태웠
으나 다행히 이곳에 보전되어 조선 역사의 진실을 알려 주었지요.

끝으로 솟을뫼 발굴의 책임자인 이 박사가 말했다.

— 맥국을 말하기 전에 환단고기를 보면 8천 년 전에 내몽고 추평에
서 빗살무늬 토기와 옥 귀걸이가 발견되어 신석기 문화가 형성되었
습니다. 그 문화가 랴오닝으로 이동해 중화 제1봉 유적지에서 봉황

과 솟대가 발견되었습니다. 새 토템으로 천신상이 나왔고 비파형 동검도 나왔지요. 유어랑 유적지는 5천 년 전쯤 형성된 것으로 추정하는데, 동이족이 살았다는 증거로 옥 귀걸이와 옥대, 옥 팔찌가 나온 것을 보면 그들은 최고의 가공기술을 가지고 있었습니다. 여기서 곰 토템과 여인상이 나왔는데 곰의 형상을 한 귀걸이는 웅녀를 상징하고 웅녀는 단군을 낳았다고 하지요. 곰을 어머니 신으로 섬긴 듯해요. 동이족은 환인이 환국을 세운 이후 환웅이 세운 배달국과 단군의 고조선, 그리고 부여와 맥국으로 이어진 뒤 삼국시대가 열렸습니다. 이렇게 본다면 우리나라의 역사는 6천 년이 맞습니다. 위의 유적으로 보아 고조선의 땅은 북으로는 내몽고부터 만주까지, 남으로는 한강까지가 아닐까 추측합니다.

마지막으로 사회자가 마무리를 했다.

— 솟을뫼에서 부루의 지석이 나옴으로써 그가 맥국의 시조라는 것이 증명되었습니다. 그리고 옥 귀걸이와 옥팔찌 등의 유물과 묘실 건축 형태가 고구려와 같다는 것이 이 사실을 뒷받침하고 있습니다. 지금 경계해야 할 일은 중국의 동북정책으로, 한강 이북은 자기네 땅이었다며 역사를 조작하고 있습니다. 만주와 한반도에 우리 조상이 살았다는 역사적인 증거를 학술적으로 증명할 필요가 있다고 생각합니다. 맥국 고총 현장을 처음 봤을 땐 이렇게 웅대할 줄 몰랐습니다. 조상들의 웅혼한 기상을 본받아, 경제 영토를 만주 벌판과 내몽고로 더 뻗어 나가야만 합니다. 맥국이 우리 조상들이 세운 나라임을 알리고, 후손인 우리에게 이 자랑스러운 역사를 이어받아 세계에 우뚝 서는 부강한 나라를 만들 책무가 있음을 느낍니다. 장시간 감사합니다.

커피 향 청춘

비가 내린다. 젖 줄기 같은 단비를 목마른 푸나무들이 저마다 빨고 있다. -빛나는 꿈의 계절아 등불을 들라!-고 어느 시인은 말했다. 나뭇잎이 연초록 옷으로 갈아입는 자연의 아름다움, 온 누리에 살아 움직이는 경이로움에 주먹이 불끈 쥐어졌다.

5월 초순, 서원석·오수진 부부는 산나물잔치가 열리고 있는 홍천 내면으로 가는 길이다. 어느덧 비는 그치고 화창한 봄빛이 넓은 땅에 흐른다. 산모퉁이를 돌아갈 때 스미는 공기가 상쾌하다. 나무들도 우람차게 서서 그들을 환영하는 듯했다. 그러나 백두대간 등줄기에는 아직도 나뭇가지들이 흐느적거리고 있었고, 봄은 게으르게 찾아오고 있었다.

을지전망대처럼 험한 고갯길 꼭대기에는 과거와 현재의 경계선, 재 너머에는 새록새록 옛이야기들이 산머루처럼 열려있다. 태백산맥이 공룡의 등뼈처럼 북으로 달리는 중간지점에 있는 곳, 작은 함지땅으로 둘러싸인 골짜기에 점점이 박혀있는 집들이 보였다. 세상에서는 멀고 자연 속에 있는 산촌마을이다. 뱃재를 넘어가는 굽이굽이마다 첫 발령을 받고 이곳으로 오던 추억이 산안개처럼 밀려왔다.

그간 농촌이 얼마나 많은 발전을 해왔는가. 짐차에 터덜거리며 먼지를 쓰고 가던 자갈길이 얼음에 미끄러지듯 말끔히 포장되었다. 두메산골에도 집집마다 TV안테나가 솟대처럼 높이 솟아있었다.

산나물 잔치가 열리는 공설운동장이 가까워질수록 자동차들이 종로 네거리처럼 붐볐다. 구경꾼들이 진부에서 굽이굽이 운두령을 넘어 구름 떼처럼 몰려왔다. 아홉 용이 하늘로 올라갔다는 구룡령 너머 양양에서도 연어 떼처럼 헤엄쳐 왔다. 뱃재를 넘어 서석에서도 참새 떼처럼 날아왔다. 마치 명동거리인 듯 사람 바다를 이루고 있다. 구성진 정선 아리랑 가락이 확성기에서 흘러나왔다.

제자인 노병근 내면 농협 조합장이 마중을 나왔다.

— 어서 오세유 선상님. 한참 기다렷드래유.

아직도 지방사투리를 쓰고 있다. 그는 두터운 손으로 서원석 손을 덥석 잡았다. 아버지 노상사를 쏙 닮았다. 공설운동장 주변에는 곰 발바닥을 닮았다 해서 곰취나물, 맛에 취해 취나물, 가짜가 많은 세상에 참나물, 장졸들을 덕으로 다스렸다는 덕장德將 더덕, 술 한 잔에 취해 곤드레만드레 곤드레나물을 파는 가게가 즐비하게 늘어서 있다. 이 나물들이 돈을 많이 벌어들이는 황금초로 보였다. -부자 되세요!-라고 격려하며 농민들과 함께 낮밤으로 애쓰던 지난날들이 영화를 보듯 생생하게 떠올랐다.

한편에서는 떡판에 쑥떡을 치고 있었다.

— 쿵— 떡, 쿵— 떡…

떡 치는 소리가 요란했다.

서원석이 떡은 먹고, 쑥은 학교로 가니 아이들이 쑥쑥 자랄 것이다.

쑥은 나물 밭으로 가니 나물들이 쑥쑥 자랄 것이다. 쑥은 농협으로 가니 나물 판 돈이 쑥쑥 자랄 것이다.

옥수수 막걸리 한두 잔에 얼씨구절씨구 잔치판이 벌어졌다.

— 눈이 즐거워. 입이 즐거워. 잔치 즐거워….

사물놀이 굿 장단에 으쓱으쓱 춤사위가 저절로 나왔다.

드디어 서원석이 작사한

— 나물 잔치 열렸네 백두대간 내면에서 나물 잔치 열렸네….

창촌초등학교 학생들의 우렁찬 합창으로 이틀 동안 진행되는 나물 잔치의 막이 올랐다.

서원석은 노상사의 묘를 찾았다. 오르는 길가에 보름 정도 지각한 진달래가 만발했다. 누가 그 많은 꽃을 청구했을까? 매년 봄소식을 가지고 찾아오건만, 새롭게 느껴지는 소박한 꽃은 먼 길을 온 비구니처럼 애잔했다. 야들야들 닿는 느낌에 윤기 흐르는 그 꽃은 온 산이 붉게 타오르며, 그저 생긴 대로 산기슭에 피어 있다. 누구에게 인정받고 싶어 피는 것이 아니니 쓸데없는 욕망으로 고통을 주지 않으며, 분수에 맞지 않게 뽐내지도 않는다. 그 꽃은 예뻐지려고 화장도 안 하고 열정을 가지고 살다가 말없이 가 버린다. 진달래의 매력은 그 무심함에 있는가. 봄 따라 왔다가 봄 따라 가버리는 진달래꽃이다.

노상사는 계방산줄기가 살포시 내려앉은 고즈넉한 남향에 잠들고 있었다.

— 여기 농민의 아들 잠들다—

묘비명을 보니 눈물이 핑 돌았다. 묘소에 묵념을 드렸다. 한 줌 흙으로 돌아가신 분, 한 줌 바람으로 날아간 노상사를 보았다. 땅 위에는 아무것도 없다. 땅 위에는 빈 그릇뿐. 그분이 숨을 쉬다 돌아가신 발자국의 크기. 바람이 숨을 쉬다 돌아가신 허공의 크기. 뻥 뚫린 하늘이다. 살아 있는 동안 나보다 남을 위하여, 내가 잘살기보다 이웃이 더 잘살기를 바라며 저토록 몸부림쳤던 분이 아니었던가.

— 살아라. 헛되지 않게 잘 살아라. 진달래처럼 열정을 가지고 열심히….

바람결에 그분의 음성이 들리는 듯했다.

보라매가 하늘 높이 떠 있다. 그는 생전에 자유롭게 계방, 설악, 금강산을 날아다니는 보라매가 되고 싶다고 했었다. 아버지가 남긴 말에 따라 병근이는 농과대학을 나와 대를 이어 고향에서 부자마을 만들기 운동을 열심히 하고 있었다.

내려오는 길에 자운분교장에 들렀다. 힘들게 지은 교사가 헐려 없어지고 머릿돌만이 쓸쓸히 놓여 있다. 아동들은 모두 통학버스로 본교로 가고, 운동장 모퉁이에 작은 간판이 서 있었다.

— 이곳은 조국 근대화의 원동력이 되었던 국민의 요람지 창촌국민학교 자운분교장 터입니다. 1952년 12월 24일 7,971제곱미터 부지에 개교한 이래 384명의 재학생들이 오손도손 공부하던 값진 배움의 전당이었습니다. 농촌인구의 감소로 인해 부득이하게 1994년 3월 1일 정부방침에 따라 교문을 닫게 되었습니다.

마침 산머리 해거름 노을빛도 추억에 잠긴 듯 꽃구름을 피워 올리고 있었다.

봄볕 내리는 찔레꽃 머리였다. 서원석 부부는 해뜰참에 거닐기로 했다. 덤부렁 듬쑥에서 꺼병이들이 풀숲을 헤치며 놀고 있다. 딱따구리는 아침 준비에 한창이다. 뻐꾸기 먼 소리는 영 넘어가고 있다. 막혔던 콧구멍이 뻥 뚫리는 상쾌한 아침이다. 길가에는 제비꽃이 한들거리며 그들을 반겼다. 내린천은 손을 흔들며 여행을 떠난다.

수진이 가슴속에 작은 숲 하나쯤 가꾸며 살고 싶다. 그 속에 푸르른 나뭇잎 사이로 반짝이는 햇살과 땅 위로 꼬물꼬물 기어가는 개미 떼, 바람에 흔들리는 나리꽃과 춤추는 억새풀, 앞자락 넓은 팥배나무와 간들거리는 광대싸리, 노래하는 꾀꼬리와 장단 맞추어 드럼 치는 딱따구리까지. 숲에 들어오면 화난 사람도 웃고, 짜증난 사람도 즐겁고, 울고 있는 사람은 웃음꽃 피는 그런 숲을 가꾸어 아이도 어른도 모두 푸른 꿈을 안고 가는, 넓은 숲 한 칸을 떼어주고 싶었다.

고마운 산들이다. 산의 됨됨이는 성자를 쏙 빼닮았다. 늘 가꾸고 사랑해주면 산도 사람에게 많은 선물을 준다. 풀과 열매 뿌리마져도 내주는 비움이요 기쁨이고 자비며 채움이다. 오르기만 하면 건강도 지켜준다. 햇살은 젖가슴, 냇물은 아기 웃음소리, 나뭇가지 사이로 보이는 조각 바다, 이 싱싱한 멧갓山林은 우리의 허파가 아니겠는가? 수진이는 산이 좋아 언제나 산처럼 살까 하고 산비둘기처럼 산을 바라보고 살아왔다.

서원석은 노병근 농협장과 함께 운두령으로 올라갔다. 그곳에서는 자운리 일대가 내려다보였다. 계방산은 말 잔등에 비루먹듯이 여기저기 버려둔 멧갓이 되어가고 있었다.

산은 어머니의 품과 같구나. 어릴 적에는 가난한 젖가슴을 헤쳐 허기를 채웠다. 어른이 되어서는 어머니가 가엽고 안쓰럽게 보이기 시작했다. 늙으신 어머니의 무릎관절 수술도 해드렸다. 어머니를 잘 모시듯 이젠 산을 돌봐주어야 하겠다.

지난해 여름 장마철이었다. 갑자기 돌개바람이 불고 무더기 비가 쏟아졌다. 고랭지 민둥산에 물길이 막혀 가는 물줄기와 큰 물줄기가 모여 땅이 파이기 시작했다. 골짜기가 파이고 삽시간에 흙탕물이 나면서 애써

가꾼 배추밭이 망가지고 있었다. 에돌만한 물길이 없으니까 물이 땅속으로 스며들어 산사태가 나서 아예 농경지를 덮어버렸다. 깜짝할 새 한 마을을 쓸어버려, 못 쓰는 땅이 되어버렸다. 어처구니없는 광경이었다.

— 안 돼, 안 돼!

노병근 농협장은 손사래를 흔들며 외쳤단다. 등에 땀이 흥건히 배어나왔다. 그렇구나. 산을 업신여기고 내버려 두면 영화에서 본 성난 고릴라처럼 태도가 별안간 달라질 것이다.

비가 오면 고랭지 배추 재배지에서 일어나는 흙탕물이 수도권의 젖줄인 소양호로 들어간다. 앞으로 고랭지에 사과나무를 심어야겠다. 나머지 땅에는 나무를 심어 다시 푸른 백두대간으로 되돌리는 문제를 산림청에서 중점사업으로 계획하고 있다고 한다. 고랭지 배추를 심지 않는 대신 비닐하우스에 산나물을 가꾸어 농가 소득을 올리고 있는 것이다.

— 깨끗한 두메를 잘 간직하고 살려 쓰기 위해서, 세계 여러 도시가 모임을 가져유. 그 비결을 함께 나누어 아름다운 비경과 모험이 있는 내면을 휴양지로 만들어보겠어유.

노 조합장은 말했다. 그가 품은 꿈은 망망대해에 희망의 돛을 올린 듯했다. 서원석에게 있어 이런 훌륭한 제자를 둔 것이 평생 교단에 선 보람이 있는 일이었다. 이틀간의 나물 잔치는 큰 성과를 거두고 막을 내렸다.

이제 자운리 농민들은 농가 소득이 연 삼사천만 원이나 된다고 하니, 서원석이 꿈꾸던 부자마을 이루어가고 있는 셈이다. 그는 지난해 서울 교육청에서 기획한 스승 찾아주기 날에 노병근 조합장의 노력으로 다시 만나게 되었다. 참으로 강산이 세 번이나 변한 세월이었다.

4월 상순, 서원석 선생이 첫발을 내디딘 곳이 창촌국민학교였다.

읍내에서 동쪽으로 백육십여 리를 들어가야 하는 산골학교였다. 낡은 짐차에 몸을 실었다. 높은 고개와 기암절벽 사이로 요리조리 돌아가는 길은 흡사 그의 앞길이 얼마나 험한가를 말해주는 듯했다.

교사로서의 영광된 출발을 하기에 앞서, 어머니는 하숙손님을 쳐가며 뒷바라지를 했던 애옥살림에서 벗어나게 되었다.

— 네가 선생이 되었구나! 장하다.

어머니는 원석이의 손을 꼭 잡고 눈물 고인 얼굴로 바라보셨다. 그리고 밤늦도록 새 이부자리를 꾸려주셨다. 양복값이 비싸 헐렁한 장내기옷을 사 입었다. 그는 새 옷을 입으니 기분이 좋아 날개가 돋힌 듯 훨훨 날아올랐다. 중앙로 큰 길거리도 눈 아래 있고 봉의산도 발밑에 있었다. 그가 일하고 싶은 학교에 가서 마음껏 꿈을 펼쳐 보고 싶었다. 단화를 처음 신고 용수철을 단 기분으로 캥거루처럼 발걸음도 가볍게, 발령을 받아 일할 곳을 향해 뛰었다. 알지 못하는 곳, 낯설고 산설은 산골 어린이들을 찾아가는 길이었다. 어떤 어린이들이 그를 기다리고 있을까? 불안하기도 했지만 풍선처럼 부푼 가슴으로 희망찬 첫걸음을 내딛고 있었다.

면장 집 사랑채를 얻어 살림을 차렸다. 한 부엌을 쓰고 있는 터라 메밀전병이며 올챙이국수, 감자떡 등 여러 산촌 별식을 나누어 먹었다. 살가운 면장 댁은 손재봉틀로 옥양목 노타이셔츠를 만들어 원석이에게 선물까지 했다.

면장 댁 딸 선희는 앵두같이 빨간 십칠 세 소녀였다. 원석은 함께 텃밭에 나가 감자를 캤다. 눈부신 햇살이 비늘을 털어내며 부드러운 빛으로 어르고 만져 땅속 깊이 따뜻한 입김을 불어 넣었다. 호미로 검은 땅을 파니 주먹만 한 흰 감자가 솟아올랐다. 놀라워라! 흙은 낮은 자리에서 자궁처럼 포근하게 감싸 새로운 생명을 탄생시켰구나. 쪼그리고 앉아 호미질을 하니 오금이 아팠다. 허리를 폈다. 저 산처럼 그윽할 수 있다면. 저 하늘만큼 맑을 수 있다면. 푸른 하늘을 이고 사는 이 기쁨이여!

서원석 선생은 3학년 담임이었다. 교실에 들어서면 돼지우리처럼 퀴퀴한 냄새가 코를 찔렀다. 목욕탕이 없는 이곳은 모기도 없다. 일 년에 부지런해야 세 번 목욕한다는 말이 있듯이, 삼복더위에도 물이 차 손이 시렸다. 그래서 아이들 손등이 터지고 옷에서 냄새가 났다. 손을 깨끗이 씻고 오라고 약속한 날이었다.

아이들은 손을 양 무릎 사이에 감춘 채 할긋거리며 곱송그리고 앉아 있다. 기다림이 무너지는 순간,

— 이 게으름뱅이들아 손도 못 씻고 오니?

서 선생은 소리쳤다. 그도 그럴 것이, 농사일에 바쁜 학부모들인데 때를 씻길 여유가 없었으리라. 방과 후에 손이 더러운 아이들 두서너 명씩 데리고 숙직실에 가서 따뜻한 물로 씻겼다.

— 손등이 터져 얼마나 아프니!

거친 손에 크림을 발라 주었다.

운동장에 나갔다. 서 선생이 뛰니 병아리 떼처럼 아이들이 꽁무니를 바싹 따라다녔다. 선생님 손 한번 잡아보려고.

— 저요…. 저도요….

방울토마토처럼 얼굴을 내밀며, 참새 발 같은 손을 잡아주기만 바랐다. 모두 교실로 들어간 뒤였다. 신발장에는 검은 고무신들이 짝을 지어 사이좋게 앉아 있다. 헐렁하고 못생긴 검정 고무신들이 꼬마 주인 오기만을 기다리고 있다. 기다림은 사랑이구나! 신발을 깨끗이 씻어야 발도

깨끗하겠지.

자신감을 얻은 서 선생은 아이들에게 이 닦는 습관을 들였다.

— 치카 치카. 하루에 세 번씩 이를 닦으세요. 거울보고 웃어 보세요.

입속의 하얀 이도 하하하 호호호 웃고 있잖아요.

교실 뒷벽에 각자 칫솔을 걸어 놓고 점심시간에 이를 닦은 후 거울을 보게 했다.

수업 시간에 장난만 치던 종철이가 사흘 내내 말없이 빠졌다. 오후에 가정방문을 갔다. 석화산 중턱 숯가마를 찾아가는 산등성이에는 제철 맞은 분홍 싸리꽃이 성글게 피어있다. 마침 종철이 아버지는 숯가마 속에서 숯을 꺼내고 있었다. 참나무가 검정 숯으로 변해 나오는 모습이 놀라웠다.

너는 참나무로구나. 높고 험한 산속에서 홀로 자라 여름에는 푸른 옷 입고 찬 바람 부는 한겨울엔 알몸으로 서 있는 당당한 나무. 너는 참나무로구나. 둥거리로 잘려 뜨거운 불길 속에서 일주일을 참으니 참숯으로 변했구나. 참는 자는 복되구나. 너의 몸은 다시 되살아났다. 스스로 불살라 뜨거운 열을 내어 남을 돕는 거룩한 희생이여!

종철이는 집에 없었다. 학교에 간다고 했단다. 서 선생은 어디로 갔는지 미루어 생각해 보았다. 깊고 깊은 산속에는 얼마나 놀라운 일들이 벌어지고 있을까? 노루 마냥 뛰어다니겠지. 자유로운 세계. 선생 눈치 안보고 자연 속에서 산다는 것이 얼마나 즐거울까. 입이 궁금하면 아카시아 꽃잎도 한 줌 따 먹을 게다. 비릿한 젖 냄새, 문득 엄마가 그립다. 어제 보아두었던 굴뚝새 둥지 속 새끼들도 들여다보겠지. 어미 새가 먹이를 물어다 주면 먼저 받아먹으려고 노란 주둥이를 벌리고 있다. 살려고 발버둥 치는 새끼들. 종철이는 저녁때가 다 되어서야 오소리 새끼를 품에 안고 집으로 돌아왔다. 개선장군인 양 어깨를 으쓱거리며 돌아왔다. 사흘 동안 바위굴을 파서 얻은 날찍이所得라고 했다. 종철이는 어머니가 집을 나가고 아버지와 단둘이 살고 있었다.

학교는 즐거운 곳이라는 마음이 들도록 생활해보자. 친구들과 어울려 놀도록 축구공을 사 가지고 돌아왔다. 수업이 끝난 서 선생은 아이들과 함께 공을 찼다. 종철이가 공을 찰 때면 검정 고무신이 째져, 벌름벌름 엄지발가락이 나와 발주저리가 흙투성이가 되었다.

마침 창촌장이 서는 날이다. 먹거리 많아서 오일장이냐, 볼거리 많아서 오일장이냐. 곰취나물, 참나물, 고사리, 느타리버섯, 노루궁뎅이버섯 등 봄을 팔러온 아낙네들이 좌판을 벌렸다. 백령도에서 올라온 꽃게가 맞붙어 레슬링을 하고, 팔뚝만한 동태가 눈을 부릅뜨고 북해를 그리워한다. 먹음직한 시루떡은 김이 나고, 마른 목을 추길 막걸리도 있다네. 삼겹살 편육도 먹음직스럽고, 기름내 풍기는 녹두 부침도 침 넘어가네. 엿장수 가위 장단에 각설이 타령 신나고, 구경꾼들은 송사리 끓듯 몰려들어 흥을 돋우네. 흥정이 오고가는 난장은 시끌벅적하지만, 사람 냄새 싣고 오는 만남의 정거장이라네.

서 선생은 신발 가게에 들러 종철이의 운동화를 샀다. 신발 파는 처녀는 수줍은 듯 서 선생에게 인사를 했다.

— 정구 누나 오수진이라고 해요.

우리 반 반장 정구 누나였다. 지난해 춘천여고를 졸업했단다. 호수처럼 시원한 눈에 오똑한 코며 윤기 흐르는 단발머리 처녀였다. 첫인상은 순박하고 친절한 처녀였다. 그 처녀의 귓불을 스치는 맨드리는 산길에 핀 패랭이꽃을 떠올리게 만들었다.

서 선생은 새 운동화와 쪽지를 함께 종철이 책상 속에 넣었다.

　─ 종철아! 이 운동화를 신고 공을 차 보렴. 찬만큼 기쁨도 클 것이
　　다. 기쁨 속에 희망을 가져다오.

　우리 반에서 키가 큰 종철이가 체육부장으로 뽑혔다. 구령에 따라 아
이들이 좌우 앞뒤로 움직이니 신바람이 났다. 축구공을 가지고 다니게
했다. 종철이는 어떤 일이 있어도 학교는 꼭 가야 한다는 마음가짐을
갖게 되었다.

　어느 날 체육 시간에 종철이 아버지가 참숯 한 섬을 지고 와서 구령
대 옆에 내려놓았다.

　─ 이 녀석이 구령을 부른다고 어쩌나 자랑을 하는지유.

　구령대 위에 올라와서 서 선생 손을 덥석 잡았다. 종철이는 앞산이 쩌
렁쩌렁 울리도록 큰소리로 구령을 불렀다. 아들 모습이 흐뭇하고 자랑
스럽던지 입을 다물지 못했다. 버릇처럼 옷을 툭툭 털고 가는 뒷모습에
때 묻지 않는 소박한 산촌 인심을 맛보았다.

　제자들은 밤하늘에 떠 있는 별들. 이 별들이 만나고 헤어지며 사라지

　　　　　　　　　　　　　　　　　　　　커피 향 청춘

는 것은 하늘의 섭리. 이 별들이 소중한 것은 반짝이기 때문이다. 선생은 제자들의 빛을 받고 제자들은 선생의 빛을 받아 되돌려줄 때 별들은 비로소 인연이라는 존재가 되는 것이지. 제자들은 누구나 빛을 간직하고 있다. 하지만 혼자서 빛을 발할 수 없단다. 이럴 때 스승과 제자의 만남이라는 것이 얼마나 소중하냐? 밤하늘에 별이 빛나듯 원석이를 선생님이라고 불러주는 아이들이 고맙구나.

미루나무 매미소리와 아이들이 재잘대는 운동장을 지나, 빨간 가방을 맨 집배원이 서 선생에게 편지 한 통을 주고 갔다. 흰 봉투를 뜯어보니 편지는 활짝 종이 등을 밝혔다. 까만 눈동자를 굴려가며 기차가 철로로 지나가듯 예쁜 글씨를 따라 읽어 내려갔다.

— 문화 수준이 낮은 두메 사람을 구해주실 분은 선생님이십니다. 아는 것이 부족하고 어리석은 이곳 사람들입니다. 교육의 힘으로 깨우친다면, 가난한 농촌이 잘사는 동네가 될 것이라고 꼭 믿습니다.

정다운 속삭임은 교실 안에 가득한데, 옥수수 익어가듯 재미있는 이야기를 누가 이토록 익혀놓았을까? 움직이는 글씨 속에 하얀 이를 드러내놓고 웃고 있는 수진이의 얼굴이 겹쳐졌다. 서 선생은 부끄러웠다. 그렇게 큰일을 하려고 온 것은 아닌 데. 그 편지는 서선생에게 자존심을 심어 주었다. 가르치는 일이 얼마나 보람된 것인가를 알게 되었다. 난생처음 처녀에게 편지를 받아보니 상을 탄 것보다 기뻤다.

패랭이꽃 같은 처자. 그녀는 깊은 산속 길 잃은 나그네처럼 외로운 서 선생이 문득 만난 반가운 등불이었다. 그 꽃과 같은 얼굴은 고적孤寂하고, 그 한 잎은 수줍고, 그 한 잎은 겸손하고, 그 한 잎은 애잔했다. 아무도 찾는 이 없건만 꽃잎이 끊길 듯, 동공이 번질 듯, 솔바람이 불면 바람 따라가는 허리를 간들거리듯 그녀의 맨드리가 눈에 선했다.

잘나지 못한 서 선생을 인정해준 수진이. 산촌 사람들의 눈을 뜨게 해줄 수 있는 사람은 원석뿐이라고, 보잘것없는 새내기 선생을 높이 평가해 주었다. 그녀가 그를 인정해주었다는 사실 하나만으로도 무엇이든지 할 수 있다는 자신감이 생겼다. 자신이 소중한 존재로 인식될 때 교직에 대한 보람을 느끼기 시작했다.

시간이 있으면 학교에 놀러 오라고 정구 편에 쪽 편지를 보냈다. 추석날 서 선생은 일직이었다. 창 넘어 코스모스는 막새바람에 어우러져 일렁거렸다. 고추잠자리가 날아가는 교문 쪽을 보니, 수진이가 교무실을 향해 오고 있었다.

그대 오시는 길에 코스모스가 마중한다. 산들바람에 흔들며 꽃잎은 춤추고, 고추잠자리 날개 끝에 방울 소리 울린다. 그대 오시는 길에 코스모스 꽃잎마다 맺힌 이슬같이, 학창 시절 꿈도 달아주자. 귀뚜라미 청아한 소리처럼 그대 고운 노래도 달아주자. 코스모스 꽃길을 걸어오노라면 즐거운 국민학교 시절도 생각나리라. 나비처럼 춤추며 오는 그대여! 어서 내게로 오라.

— 정구가 선생님 갖다 드리라고 해서… .

송편을 책상 위에 꺼내 놓았다. 솔 냄새 싱그러운 송편을 한 입 깨무니 달콤한 꿀밤이 들어있다. 청솔 잎을 뽑아 햇곡으로 송편을 빚고, 햇밤으로 밤떡을 동글동글 만들어 왔구나. 세화연풍歲和年豊이라. 한가위 즐거운 날 집집마다 술 익는 냄새 굴뚝마다 송편 찌는 파란 연기, 객지에서 모여든 고향 사람들이다. 밤늦도록 담소하는 정다운 소리에 배부르리라.

수진이의 희망은 국민학교 교사라고 했다. 강사시험을 보는 길이 있다고 일러주었다. 오르간 실기시험이 문제라고 했다. 옆에 있는 오르간으로 갔다. 운지법을 가르쳐 주었다. 하얀 손가락이 건판에서 집오리 걸어 가듯 뒤뚱뒤뚱 움직였다. 몇 번 반복하여 도 레 미 파 솔 라 시 도를 칠 수 있게 되었다. 서 선생은 오르간을 쳤다. -사우-, -내 고향 남쪽바다-, -데니보이-를 치니 따라서 수진이가 노래를 불렀다. 교무실 안 가득히 고운 노래가 퍼져나갔다. 그 노래는 금속 한 조각처럼 서 선생의 가슴 속에 빛나고 있다. 여러 번 와서 일학년 음악책을 연습한 수진은 단음으로 몇 곡을 칠 수 있게 되었다.

가을 운동회가 열렸다. 정문 아치는 청솔가지로 엮고 말끔히 청소한 운동장 옆으로 흰 천막도 서너 개 쳐놓았다. 만국기가 형형색색으로 산골짝 하늘 가득 펄럭였다. 벌써 부모들이 어린아이들에게 고운 옷 입혀, 구경을 나와 와자지껄했다. 통돼지를 잡고 막걸리를 들여오니 동네 잔치가 열렸다. 학생 없는 평창 댁도 구경 왔다.

응원 깃발이 물결처럼 춤춘다.

— 청군 이겨라…!

— 백군 이겨라…!

목청껏 외치니 신바람 난 선수들은 저마다 힘을 다해 뛰고 뛰었다. 백 미터 달리기, 손님 찾기, 부채춤과 기마전으로 이어졌다.

일학년 지구 공 터뜨리기 순서였다. 강아지 같은 팔로 모래주머니를 우박 떨어지듯 힘껏 지구를 향해 던졌다. 찢어진 지구가 입을 벌리는 순간 오색종이가 꽃비 오듯 날렸다.

(두 기둥 사이로 영화를 보듯 스크린이 나타났다. 태산이 무너지듯 빙산이 녹아내렸다. 어름조각을 타고 북극곰이 소리를 질렀다.

─ 곰 살려! 곰 살려!

에스키모가 눈썰매 대신 물 썰매를 타고 달린다. 아마존강 유역의 나무 벌채가 한창이다. 한 해에 여의도 면적만 한 산림이 없어진다니, 지구의 허파가 병날 지경이었다. 하늘이 시커멓게 변한다 싶더니 순식간에 물 폭탄이 떨어진다. 베네치아가 점점 가라앉는다.

─ 하나밖에 없는 지구를 살리자!

자막과 함께 스크린이 사라졌다.)

앞으로 이런 특수 장비로 주민들에게 홍보를 했으면 하는 것이 원석의 바람이었다.

서 선생이 한 달 전부터 열심히 지도한 기계체조를 발표할 차례였다. 상급생 남자아이들이 흰 모자에 흰 운동복을 입고 행진곡에 맞추어 씩씩하게 들어갔다. 호루라기 소리에 부채 모양을 만들기도 하고 탑 쌓기, 물구나무서기, 다리 만들기 등 다채로운 재주를 선보였다. 구경꾼들은 동작이 바뀔 때마다 손바닥이 부서져라 박수를 쳐댔다.

드디어 창촌 농악대가 등장했다.

─ 깽마강 깽마강… 둥더쿵 둥더쿵… 삐비리 릴리리….

소리도 드높게 고깔 쓴 무동舞童들이 들어섰다. 농악패들이 외마치장단에 덩실덩실 춤추며 운동장을 둥글게 휩싸 안고 돌았다. 사발막걸리에 취해 갓을 삐딱하게 쓴 시골늙은이도 흥에 겨워 으쓱으쓱 어깨춤을 추며 들어섰다. 힘든 농사일은 잠시 잊고, 남녀노소 가릴 것 없이 모두 나와 춤판이 벌어졌다.

학부모 행사로 촛불 들고 뛰기, 바늘귀 꿰기, 모래 가마 들고 뛰기, 줄다리기가 이어진 끝에 동네 대항 계주가 있다는 안내방송이 나왔다. 창촌, 자운, 운두, 원당, 뱃재, 갈둔 등 여러 곳의 청년들이 우르르 몰려나

커피 향 청춘

왔다. 마을의 명예를 건 한 판 시합이기에 모두 흥미롭게 바라보았다. 출발을 알리는 총소리가 -땅!- 하고 터지자마자 무섭게들 달려 나갔다. 앞서거니 뒤서거니 다투다가 굽이돌이에서 넘어지는 선수도 있었다. 앞서 뛰던 선수의 한복 바지가 갑자기 벗겨졌다. 그 바람에 남자 권총을 드러내 일등을 놓치고 말았다. 청백 계주로 응원 열기가 뜨거웠다. 진 팀에게도 공책 한 권씩을 상으로 주었다. 산 그림자가 길게 운동장에 누울 때, 정리체조를 마지막으로 운동회는 끝났다.

푸짐한 계절. 따사로운 햇살에 메밀은 여물고, 서리 맞은 돌배도 익어갔다. 벗지 않는 산은 지금이 더 아름답다. 그래. 저 단풍처럼 우리 아이들도 지금이 아름답다. 붉은 물감을 누가 엎질러 놓았을까? 햇볕은 더욱 바빴다. 서리 오기 전에 고냉지 배춧속도 앉게 해야 하고, 들에 서있는 찔레열매도 빨갛게 익도록 도와주어야 한다. 땅속의 무도 여물게 하고 지붕 위의 호박도 쓰다듬고 갔다. 들깨도 고루 익도록 비춰주고 놀고 있는 강아지도 보살펴 주어야 한다. 마당에 너른 고추도 말려야 하고 다람쥐 겨우살이로 도토리 아람 불게 해주어야만 했다.

찬 이슬 스치는 들판은 삭발을 하고 산들은 알몸을 보여준다. 텅 빈 가슴에 만산홍엽滿山紅葉처럼 그리움을 채색할 즈음 가을걷이가 한창이다. 조, 수수, 들깨, 고구마, 메밀, 박 거두기. 서리태가 완전히 여물었나 알맹이를 캐물어 본다. 지금 타작마당에서는 도리깨로 서리태 타작이 한창이다. 콩들은 외양간으로 부엌으로 마루 밑으로 콩콩 튀고, 쥐구멍 속으로도 콩 들어갔다. 농부들은 눈코 뜰 새 없이 바빠 가을햇볕 한 뼘도 아쉬운 계절이었다.

수진에게서 편지가 왔다. 운동회를 재미있게 보았다는 말과 함께 산촌의 불쌍한 영혼들을 구원하고 싶은 것이 소원이라고 했다.

— 성공하는 그날까지 산골짜기와 소녀를 잊지 말아 주세요. 선생님을 위해 늘 기도합니다.

이 글 한 토막을 본 서 선생은 기쁨으로 가득 찼고 세상이 온통 아름답게 보였다. 수진의 마음이 그에게 향하고 있음을 알았다. -소녀를 잊지 말아 달라.-는 그 한마디가 사랑이라는 흔들림으로 다가왔다. 떨림, 감격이 물밀 듯이 다가왔다. 잠자고 있던 그의 감정을 흔들어놓았다. 이 편지 한 장이 산다는 의미를 깨우쳐 주었으며, 삶을 헛되게 살지 않도록 인도해주는 한줄기 닻별이 되어주었다. 새로운 만남이며 미지의 세계로 함께 가자는 인연이었다. 옷깃만 스쳐도 인연을 살려낸다는데…. 사막처럼 권태롭던 하루하루가 보석처럼 빛나는 특별한 시간으로 변해 갔다.

청명한 가을날, 수진과 함께 석화산으로 등산을 갔다. 밤새 누가 뿌려놓았나 영롱한 오색 물감을. 향기롭고 달콤한 형형색색의 단풍잎은 바위 뒤에 숨어서 색동옷 갈아입고 하늘로 올라갈 채비를 하고 있었다.

오솔길을 지나 돌밭 길로 이어졌다. 나지막한 산도 나름대로 비탈길을 품고 있었다. 수진은 짧은 치마를 입고 있었는데, 다리에 억세풀이 스치는 것이 안쓰러웠다. 사랑의 시작은 관심인가. 관심은 시켜보는 것이리라. 가까이 다가가서 깊이 바라보는 것이며, 그대 생각 속에 들어가 보는 것일 게다.

산에 오르면서 마음은 수진이에게 가 있었다. 그대의 눈빛은 불타는 단풍, 그 뜨거운 불길로 가슴이 타오른다. 황홀한 눈빛은 사랑한다는 신호. 그 신호로 생명을 교감한다. 멈출 수 없는 눈길. 멈출 수 없는 떨림의 눈망울. 온몸은 신열로 빨갛게 물들어 갔다. 단풍잎 속에 진실이 숨어 있어 행복으로 피는 당신. 그 사랑 이 세상 온 천지에 그대 눈망울 단풍으로 물든다. 원석은 단풍 속에서 가을바람처럼 흔들렸다.

그대, 눈빛만 보아도 기쁜 사람. 사랑하는 사람아! 즐거운 사람, 다정한 사람이 바로 곁에 있다. 손 내밀면 잡힐 것만 같은 그대는 무지개를 쫓아가듯 아무리 따라붙어도 언제나 격정激情 저편에 서 있다. 행운의 무지개는 어디쯤 있을까? 원석의 영혼에 있는가, 아니면 산봉우리 위에 있는가?

험한 길에 들어서니 꼭대기가 가깝다는 알림판이 보였다. 힘들여 정상에 오르면 확 트인 전망으로 보상해 주는 산이다. 산 넘어 산…. 큰 산은 올망졸망 작은 산들을 거느리고, 앞산은 낮게 엎드려 늦잠을 자고 있다. 몸을 번쩍 일으켜 의연히 솟아 운무에 묻혀 가물가물 사라지는 산줄기를 타고, 수많은 봉우리를 만들며 파도처럼 출렁거렸다. 텅 빈 산에 불타는 단풍 원석의 마음도 불타고 있었다.

참을성 없이는 맛 높은 봉우리에 오를 수 없겠구나. 속세를 떠나 자연의 품에 안긴 이 한 시간이 얼마나 소중한가. 아름다운 세계가 눈앞에 펼쳐져 있다. 그대와 함께라면 쓸쓸하고 고요한 산속에서도 이렇게 즐

거운 것을…. 이 세상에서 가장 진귀한 것은 수진이 하나뿐, 이것이 사
랑의 기쁨이요 젊음의 향연이 아니겠는가. 그들이 함께 멀리 태백산맥
너머 동해 쪽을 바라보고 확인한 것은, 아직 살아보지 않는 미래의 세계
였다.

　가을은 삶의 의미를 음미하는 계절. 그런 가을의 풍경 뒤에 숨어있는
의미를 반추한다. 마음속 깊은 연못으로 줄을 타고 내려갔다. 바람에
맑게 닦인 단풍은 눈부신 점묘화點描花. 계곡에 풀어놓은 빨간 물감. 원
석이가 오기 전에 단풍나무들이 물장구를 치고 나온 뒤였구나. 떨어지
기 아쉬워 피 맺힌 아우성이 들릴 듯, 끝내 낙엽은 뿌리로 돌아가고 말
았다. 버려야 얻는다는 순리를 나무들은 알기에 옷을 벗는다. 낙엽지면
허공에 흔적도 없이 날려 보내고 벌거숭이로 서 있는 나무들은 다시 봄
을 기다리고 있겠지. 겨울 나뭇잎들은 뿌리와 함께 어디에 숨어 살까?

　입동을 지나니 낙엽은 바람에 실려 떠돌았고, 겨울을 알리는 엽서가
되어 쌓여만 갔다. 창밖의 휘몰아치는 높새바람 소리에 잠 못 이루는 시
간이 더욱 길어졌다. 몸속으로 파고드는 고추바람, 벌거숭이 숲, 갈색
으로 마른 풀들 죽어가는 누런색은 생명을 거부하는 빛깔이었다. 동장
군은 벌써 개울물도 꽁꽁 묶어놓고 도망쳤다. 겨울 산골이 더 황폐하고
쓸쓸함은 보이는 곳마다 산이요, 성처럼 둘러친 산에는 흰 눈뿐이다. 산
촌에 단조로운 풍경을 선사하는 겨울은 지루한 계절이었다.

　깊은 백색의 골짜기를 메우며 굵은 눈발이 휘몰아친다. 까마득하게
내리는 눈보라 사이로 작은 굴뚝새 한 마리 날아간다. 외딴 두메 마을
의 길을 끊어놓을 듯 치워도 치워도 쌓여만 가는 눈. 빗자루는 고만두
고라도 삽으로도 안 되고, 넉가래로 치우는 소낙눈이다.

　눈 오는 그날 밤에 크리스마스카드를 그렸다. 호롱불 밑에서 이불을

　　　　　　　　　　　　　　　　　　　　　　커피 향 청춘

뒤집어쓴 채, 언 손을 불어가면서 밤늦도록 만든 카드를 수진에게 보냈다. 그림 솜씨는 보잘것없지만, 사랑하는 사람에게 보내는 카드. 그 속에는 다정한 사연이 담겨 있다. 한 장의 카드를 통해 따듯한 정이 전해지기를 바랐다. 보석보다 귀한 선물을 주고픈 심정으로 카드를 보냈다.

수진에게서 온 아기예수의 예쁜 카드를 받아보니 기뻤다. 마치 벚꽃 피는 날 화사한 꽃잎이 그에게 안겨온 느낌이었다. 함초롬히 이슬 내린 넓은 풀밭에서 네잎클로버를 찾은 그런 기분이었다. 바람같이 원석에게로 온 그대. 사랑은 감격과 함께 시작되고, 그 작은 몸짓도 놀랍다. 사랑은 그 눈의 안경으로 보이는 것일까? 과대포장 속에는 무엇이 들어 있을까? 이렇게 사랑은 신비 속에 쌓이기 시작했다. 작은 가슴은 천둥소리로, 원석의 얼굴은 달빛처럼 환해졌다.

정월초순. 어머니가 고향으로 가시던 날은 하루 종일 눈발이 오락가락했다. 뽀얀 저녁연기가 굴뚝마다 피어오고, 골짜기는 잿빛 어둠 속으로 빠져들었다. 고요를 깨며 개 짖는 소리가 들렸다. 잠시 후

— 선생님….

들릴까 말까 한 소리에 방문을 열었다. 뜻밖에도 수진이가 함박웃음을 지은 채 뜰에 서 있다. 반가운 손님을 아랫목에 앉히고, 손님의 몸이 녹는 동안 원석은 학창 시절 앨범을 보였다. 등잔불에 비친 그의 볼은 잘 익은 사과처럼 발그스레했다. 한 입 꽉 깨물면 달콤한 과즙이 나올 것만 같았다. 단둘이 호젓한 방에서 마주 보니 꼭 안아주고 싶었다. 그의 순결한 몸에 손을 댈 수 있을까? 젊은 남녀가 한방에 있는 것이 거북하여 밖으로 나왔다.

어느새 바람은 구름을 걷어갔고 앙상한 돌배나무에 버선달이 걸렸다. 달빛에 반사된 산과 집들은 한 폭의 동양화, 눈빛도 희고 달빛도 희

다. 산도 그림 같고 집들도 그림 같다. 상서祥瑞로운 숫눈길을 둘이서 걸었다.

— 선생님, 누가 선생님 말만하면 얼굴이 붉어져요.

환한 달빛 아래 꽃인 듯 이야기인 듯 그런 얼굴을 한 수진이의 음성은 떨렸다.

— 우리의 만남은 첫눈 내린 석화산같이 순결하고, 흐르는 내린천같이 영원할 것이요.

원석은 시인처럼 말했다. 우리함께 가고자 하는 길이 진실이라면, 약속된 행복이 여기에 있다. 그보다 더 소중한 것이 있을까 보냐. 좁은 가슴으로는 설명을 할 수 없는 순간이었다. 사랑의 기쁨이란 이런 것일까? 영혼이 눈 뜨는 시간이란 이렇게 경이로웠다. 이것이 사랑이라면 보배보다 더 깊이 간직해야 할 일이다. 우리의 사랑이 샘물로 시작하여 한강을 이루듯이, 우리 함께 교사가 되어 가난한 동네를 잘사는 동네로 변화시켜 보자고 약속했다. 사람관계란 우연히 만나 관심을 가지면 인연이 되고, 공을 들이면 필연이 된다고 했던가.

어제 헤어졌는데도, 목련 봉오리가 봄을 기다리듯이 원석은 수진이 애타게 기다려졌다.

— 너는 나의 기쁨이다 너는 향기다 너는 찔레꽃이다. 너는 분홍색이
다 너는 나의 혼란이다 너는 기다림이다. 너는 장미다 너는 유혹이
다 너는 슬픔이다 너는 미혼의 잉태다. 너는 애벌레, 내게로 와서
노랑나비 되어 훨훨 날개 펴고 날아가라.

한집에 사는 선희는 국민학교 밖에 나오지 못했다. 그러나 교회주일학교 반사로 열심히 봉사했다. 틈만 나면 원석과 함께 옥수수를 따기도 하고, 산으로 땔감도 하러 다녀 동생처럼 귀여워해 주었다. 그러던 어느

날, 저녁을 먹으며 어머니가 말했다. 면장님이 -내 딸을 달라면 얼른 주겠습니다.- 이렇게 청혼을 했다고 한다. 그는 빙그레 웃고 말았다.

며칠 후, 조 교장이 불쑥 말머리를 꺼냈다.

― 한 집에서 국수 먹여주면 어때?

우스갯소리로 들었다. 그가 아무런 반응을 보이지 않자, 교장실로 불렀다. 싫다면 그 이유가 무엇이냐고 따져 들었다.

서 선생은 딱한 처지에 놓여 등줄기에서 땀이 났다. 문득 지나가는 말로 한 어머니 생각이 났다.

― 얼굴이 말상이어서요.

이 순간을 면하려고 불쑥 던졌다. 교장 얼굴이 흑색으로 확 변했다.

-아차! 실수를 했구나.-

그렇다고 내뱉은 말을 다시 주워 담을 수도 없는 노릇이었다.

김 면장은 본교 육성회장이었다. ○○당 면 위원장으로 이 지역 출신 국회 부의장과 선이 닿아 있었다. 그 셋줄로 목상을 해, 허가 맡은 지역에서 덤까지 벌채를 했다. 연필을 만드는 피나무며 고급가구를 만드는 주목과 다름나무, 건축자재로 쓰는 황백나무며 금강소나무 등, 비싼 나무를 서울에 내다 팔아 돈도 넉넉했다. 이런 분의 첫 사위가 된다면 서 선생으로서는 분에 넘치는 행운이었다. 그렇다고 수진을 버리고 재물을 탐한다면, 사람으로서 옳은 도리가 아닐 것이다.

그 후로 조 교장은 세밀인데 현관 환경정리를 새로 하라고 서 선생에게 시켰다.

― 이게 환경정리 한 거요? 미술이 전공이라더니 뭐 다른 게 있어야지….

여러 동료 앞에서 무안을 주었다. 그에게도 벌써反抗는 마음이 생겼다.

— 일 년이 다 가도록 당직비는 왜 안 줍니까?

직원회 자리에서 따졌다.

이듬해 봄, 서 선생은 자운분교장으로 좌천되었다. 학부모들은 실력이 없어서 쫓겨 간다고 쑤군거렸다. 장바닥 소문은 면장의 딸을 건드렸다느니, 아니 땐 굴뚝에서 연기 날 리 없다느니 난리였다. 말이 꼬리를 물고 결국 본인의 귀에 들어왔다.

억약부강抑弱扶强이라 했던가? 조 교장은 김 면장에게 빌붙어 갈개발을 쳤다. 악한 꽃은 희고 선한 꽃은 검지 않을까? 누가 무수한 헛소문에 이름과 숫자를 부여했던가?

서 선생은 억울했다. 그래서 분노했다. 분노는 감정을 갉아먹는 송충이, 미래의 희망을 끊어버리는 훼방꾼이다. 분노는 인간관계를 깨뜨리는 무서운 적이다. 분노는 마음속에 잠시 머물다 가는 가욋손님이니 화를 참자. 화는 화약고에 불을 댕기듯 온몸에 번져 폭발할 것이다. 화는 시간이 지날수록 흙탕물이 차차 가라앉듯이 잠잠히 기다리면 스스로 사라질 것이다. 억울한 일을 당했어도 행동으로 옮기지 말자. 잠자리에 들기 전에 분노를 풀면, 찌든 마음도 따듯한 물로 씻은 듯 개운해지겠지.

이렇게 참으려고 그는 애썼다.

어떻게 알고 수진이 찾아왔다. 좋은 날에 함께 했던 사람도 힘들 때 떠난 사람도 있는데, 원석이 필요할 때 찾아주어 고마웠다.

— 고난 후에 더 큰 보람이 있을 거예요. 힘을 내세요.

이렇게 위로해주었다. 수진이 말대로 고난은 축복인가? 고난이란 어려움을 통하여 변화하는 기회가 올 것인지. 참담한 현실을 보는 것이 아니라 문제 속에서 미래를 바라보자. 고난을 참고 정성과 눈물로 거두는 자만이 그 일을 통해 나타나는 전화위복의 축복을 누리리라. 지금

원석에게 가장 필요한 것은 그를 감싸 안아줄 사랑하는 수진의 따뜻한 말 한마디, 용기를 북돋아 줄 한 방울의 따뜻한 눈물이었다.

분교장으로 떠나는 아침이었다.

— 수진이 오빠는 빨갱이야 빨갱이! 알기나 해? 6·25 전쟁 때 면민청 위원장을 했단 말이야!

선희는 부엌에서 밥주걱을 두드리며 몸태질을 쳤다.

— 고난아! 내가 죽기 전에 절대로 진 것이 아니다.

그는 다짐했다.

서원석 선생은 피난살이 같은 봇짐을 지고 본교에서 12킬로나 떨어진 산골로 걸어 들어갔다. 춘삼월인데도 계방산 깊은 골짜기는 늦은 눈이 젖소 등처럼 남아있다. 갑자기 눈보라가 친다. 함박눈이 내린다. 밭이랑처럼 굽이치는 백색의 산들, 깊은 골짜기도 백설로 가득 메워졌다.

— 커다란 산맥에 휘몰아치는 눈보라여! 오라, 눈보라를 이기며 걸어가리라. 언젠가 그 언젠가는 겨울이 가면 꽃피는 내 인생의 봄이 오리라.

그는 외치며 힘을 냈다. 다래 넝쿨이 우거져 멧돼지가 쿵—쿵— 거리며 곧 나올 듯한 깊은 산골이었다. 분교장 들머리엔 띄엄띄엄 두어 채의 초옥이 있을 뿐 쓸쓸한 곳이었다.

부잣집 앞마당만 한 운동장가로 감기를 앓는 듯 얼음장 속 개울물이 골골거리며 흘렀다. 정문은 나무 기둥에 자운紫雲분교장이라고 쓴 검정 글씨가 빛바랜 채 피곤한 듯 바람에 건들거렸다. 초가지붕은 몇 년째 이엉을 안 갈았는지 줄줄이 밭고랑처럼 파여 있다. 한지로 바른 창문도 빗물에 누렇게 찢어져 이파리가 바람에 떨듯 팔랑거렸다. 책걸상이 없는 흙바닥엔 가마니를 깔고, 드럼통 난로가 뚱뚱한 몸매를 자랑하며 한가운데 떡하니 버티고 서 있다. 눅눅한 실내공기는 곰팡이 냄새로 코를 찔렀다. 컴컴한 삼간초옥은 마치 머리 푼 처녀 귀신이 나올 것만 같은 흉갓집이었다.

왱—왱— 귀신 소리를 내며 부는 골짜기 바람 소리를 들으며 밤늦도록 잠을 설쳤다. 교실 수리는 어떻게 하며 학교 운영은 어떻게 해나갈지, 경험 없는 햇내기 선생은 바위를 안고 있듯 가슴이 무거웠다. 그러나 여기가 그에게 맡겨진 구실로 알고 차근차근 일을 시작해 나갔다. 깨진 창문에 창호지를 바르고, 교실 벽도 회칠을 하니 마치 시골 아줌마 분 바른 것 같았다. 비가 새는 초가지붕은 학부형의 도움으로 손질을 했다. 손쉽게 할 수 있는 일을 마치고 개학 첫날을 맞이했다.

제자들에게 있는 정성 다 쏟아보자고 스스로 다짐하며 종 줄을 힘껏 잡아당겼다. 서까래 끝에 매달린 사발만 한 종을 치니 모이를 보고 모여드는 병아리 떼처럼 운동장 가운데로 어린이들이 몰려들었다. 1학년부터 4학년까지 해서 모두 43명이었다. 손등이 터진 아이, 콧물을 줄줄 흘리는 아이, 목이 까맣고 내복 없이 홑바지저고리만 입고 있는 아이도 있다. 양말 없이 맨발에 검정 고무신을 신었다. 누렇게 떠서 얼굴에 노랑꽃이 핀 아이도 있었다.

— 만나서 반가워요. 가난한 산골을 잘 사는 동네로 만드는 일꾼이
  됩시다. 훌륭한 일꾼이 되려면 힘이 필요해요. 힘은 아는 데서 나
  옵니다. 알려면 열심히 공부합시다.

하고 첫인사를 했다.

4개 학년을 겹치기로 가르치기 시작했다. 10분씩 학년별로 돌아가면

커피 향 청춘

서 가르쳤고, 예체능은 같은 글제로 가르쳤다. 4학년은 1학년 동생을 돌보도록 옆자리에 앉혔다. 분교장장이 되어 학생들을 가르치고, 사무 보고, 바깥일까지 했다. 전달부도 없이 한 몸으로 세 가지 일을 하니 하루 해가 짧았다.

어디서 앵— 앵— 사이렌 소리가 들렸다. 꿀벌이 구름 너머 산고개로, 얼음 녹은 골짜기로, 양지바른 비탈길로 땀을 흘리며 봄을 끌고 오고 있었다. 이곳 산촌에도 어김없이 소소리 바람이 불어와 진달래꽃이 피고 개구리 뛰는 봄이 왔다. 우리 아이들에게 아프지 않은 봄 배고프지 않은 봄 때 거리 걱정하지 않는 봄 잘사는 부자 동네의 봄, 사람들 사이에 인심 좋은 향기 나는 봄이 오기를 몹시 기다렸다.

아이들과 함께 호흡을 맞춰갈 무렵, 한 가지 골칫거리가 생겼다. 학교 운동장이 윗동네로 가는 길이 되어버린 것이다. 수업시간에 소달구지가 지나가는가 하면 꽃상여도 지나갔다. 바깥이 어수선하여 수업에 지장을 주었다. 운동장에 말뚝을 박고 울타리를 둘러쳤다. 그리하여 개울가로 돌아가도록 작은 길을 새로 냈다. 윗말 사람들은 돌아다니기 귀찮다고 투정을 했다.

경찰지서도 없어 법이 미치지 못하는 이곳이다. 나무 베기를 하는 여러 멧갓山坂을 찾아다니며 돈을 뜯어내는 상이군인들이 있었다. 어느 장날 오후, 이 건달패들이 학교에 돌을 던졌다. 교실로 돌멩이가 날아 들어왔다. 몇 장 남지 않은 유리창마저 산산조각이 나고 말았다. 서 선생은 올 것이 왔구나 맘을 단단히 먹고 밖으로 나갔다. 노상사를 중심으로 한 서너 명이 그를 둘러쌌다. 술 냄새가 확 풍겼다.

— 새로 오셨다기에 인사하러 왔수다. 울타리를 당장 치울 거요, 보따리 쌀 거요?

　노상사는 눈을 부릅뜨고 으름장을 놓았다. 그의 훤칠한 장골은 텁석부리 임꺽정을 닮았다. 또 한 사람은 왼쪽 다리가 없어 덧목을 짚었다. 그 옆 사람은 오른팔에 갈퀴손을 하고 있다. 모두들 낡은 군복과 모자를 쓴 헤살꾼들이었다. 서 선생은 학창 시절 태권도 반이었다. 주먹이 불끈 주어졌다. 주먹은 망치다. 주먹은 적개심이다. 주먹은 위협이며 가격이다. 목화송이 피듯 주먹을 펴자. 주먹을 펴야 악수도 할 수 있고 주먹을 펴야 이 고장을 위해 함께 일할 수 있지 않겠는가.

　서 선생은 숨을 깊이 들여 마신 후 조용히 그의 아들 이름을 불렀다.

　― 병근 아버지! 이 학교는 여러분의 학교입니다. 나는 어린이들을 바르게 키우기 위해 온 것이고요. 이러시면 불쌍한 어린이들은 누가 가르칩니까?

　기죽지 않으려고 노상사의 눈을 똑바로 보며 힘주어 말했다. 그는 아들의 이름을 듣는 순간 들었던 돌을 오른손으로 갈마쥐며 힘껏 운동장

　　　　　　　　　　　　　　　　　　　　　　　　　커피 향 청춘

밖으로 내던졌다.

― 제기랄! 애가 4학년이 되도록 까막눈인데, 그런 학교가 무슨 소용
있어…!

게정대며 땅바닥에 침을 탁 뱉었다. 모두 겸연쩍은지 하나둘 가버렸
다. 휴전 직후라 국가에서 상이용사들에게 보훈을 해주지 못했다. 서 선
생은 의문이 생겼다. 누구한테 물어볼 수 있지? 내가 무슨 일을 하려고
이곳에 왔지? 산골 사람들은 서로를 믿지 못했다. 그들의 뿌리 깊은 불
신은 이른바 배운 놈 때문에 사기를 당했거나, 재산을 빼앗겼다는 피해
의식 탓이 강했다. 땅 한 평도 없어 화전을 일구어 풀칠을 하고 사는 화
전민들이었다. 이들은 배우지 못하고 돈도 없어 가난했다. 희망 없이 하
루하루 사는 사람들은 앞이 보이지 않고 캄캄했다. 가난한 사람들의 모
든 기억은 지금도 마을에 떼 지어 몰려 있을까?

노상사가 말한 까막눈이란 말이 마음에 걸렸다. 까막눈에는 두 가지
뜻이 있을 게다. 순수한 모습의 맑은 눈동자란 뜻과 글자를 모른다는
뜻이 있다. 그중 병근이는 글자를 모르는 까막눈이었다. 이는 모두 학교
의 책임이다. 까막눈을 어떻게 가르쳐야 글을 빨리 깨우치게 될까? 서
선생은 이 문제가 급히 해결해야 할 일이라 보았다.

병근이가 눈에 밟혀 가정방문 가는 길이다. 자드락길을 걸으며 보니
하늘 외에는 어느 한쪽도 시원하게 트인 곳이 없다. 깎아 세운 바위 벼
랑이 휘장인 듯 둘러쳐져 있다. 높이 오를수록 크고 작은 산들이 한눈
에 들어왔다.

병근이네 집은 마치 까치둥우리처럼 북으로 산을 의지하고 남향에 걸
터앉은 단칸 귀틀집이었다. 바람이 떠다가 흙을 바르고, 밤하늘 별들이
몸을 비벼 떨군 굴참나무 조각들로 지붕을 해 덮었는가. 붙박이 바위와

닭기도 하고 휘어진 산등허리를 닮기도 한 첩첩 산골의 귀틀집 한 채. 호박꼬지 따가운 바위에 말리는 노파의 손등처럼 갈라진 흙벽은 잔주름투성이다. 지나가는 바람도 가끔 틈새로 들여다보고, 먹이를 찾다 지친 산새들이 쉬었다 가는 곳이다. 흙벽에 걸어둔 씨앗 옥수수를 박새가 쪼다가 서 선생 발소리에 놀라 날아갔다.

마침 병근은 닭 모이를 주고 있었다. 환한 밖에서 방문을 열고 들어갔다. 갑자기 전기가 나간 듯 동굴처럼 어두침침했다. 다만 문손잡이 옆에 화투장만 한 밝은 유리가 달려 있다. 그곳에서 눈부신 빛이 손전등처럼 들어 왔다. 차차 눈이 어둠에 알맞게 적응했다. 아랫목에는 병근이 어머니가 누워 있었다. 몸은 북어처럼 말랐고, 가래 끓는 소리가 낡은 자동차 엔진소리를 냈다. 폐병을 앓고 누워 있은 지가 꽤 오래되었다고 했다.

병근이 흙벽에 붙은 고콜에 불을 밝히니 창문도 없는 방안이 환해졌다. 관솔이 탈 때 뿜어나오는 소나무 향내가 그윽했다. 산죽자리를 깐 윗목에는 병근이 엄마가 시집올 때 가지고 온 듯한 피나무반닫이가 놓여있다. 그 위에 검은 무명이불이 얹혀있다. 벽에는 6·25 전쟁 때 받은 무공훈장이 눈에 띄었다. 노상사가 산판을 돌아다니며 구걸하는 속내를 서 선생은 이제야 알게 되었다.

노상사는 나라 땅에 몰래 화전을 일구어 양귀비를 심으려고 했다. 4월 중순 눈이 녹고 나무에 새순이 돋기 전에 나무를 베었다. 만여 평의 화전을 만들 계획이었다. 밭머리에 작은 모닥불을 피워놓고 억새풀로 만든 불꾸러미에 불을 붙여 위쪽에서 아래로 태워 내려갔다. 훨훨 타오르는 불길을 보는 순간, 양구 도솔산 전투 때 굴속에 숨어있던 중공군 일개 분대를 화염방사기로 태워 죽인 게 생각났다. 그 환상이 떠올라 공황장애를 일으켰다. 산속에서 연기가 구름처럼 피어올랐다. 노상사가 산

커피 향 청춘

림경찰에게 잡혀 취조를 받고 있다고 이장이 분교장으로 뛰어왔다.

서 선생은 급히 자전거를 타고 12킬로가 넘는 영림소로 달려갔다. 노상사는 수갑을 찬 채 창백한 얼굴이 되어 조사를 받고 있었다. 처음 저지른 범죄로, 나무를 조금 태웠으며 훈장 받은 것을 헤아려 달라고 속내를 말하고 있다. 서 선생이 보증을 섰다. 다시는 화전을 안 하겠다는 각서를 쓰고 풀려나왔다. 주막에 들려 막걸리와 해장국을 대접하고 함께 집으로 올라왔다. 병근 엄마는 서둘러 국가유공자 가족으로 서울적십자병원에 입원을 시켰다.

일학년을 빼고도 한글을 모르는 아동이 절반이 넘었다. 그들에게 일학년 국어를 가르쳤으나 별 성과가 없었다. 그 까닭은 상급생임에도 일학년 책을 배운다는 사실이 어린자존심을 상하게 했기 때문이다. 학습방법을 달리해보리라고 생각한 끝에, 어느 영화의 장면이 떠올랐다. 한의사가 벙어리소년에게 손짓과 표정으로 글을 가르치는 방법이었다.

— 옳거니!

서 선생은 무릎을 쳤다. 우리 아이들은 말을 듣고 할 줄 아니까 벙어리보다 빨리 글을 익힐 수 있으리라는 자신을 가졌다. 며칠을 궁리하여 교본을 만들었다. 지면 관계상 자세한 학습지도 방법 중 몇 가지만 소개한다.

가나다라마바사아자 글자를 상형문자와 같은 글자 형태로 소리에 따라 다음과 같이 가르쳤다.

가는 가위바위보 할 때 엄지와 검지를 펴면서 가위 **가**
나는 너와 나 할 때, 팔을 굽히면서 너와 나의 **나**
다는 다리미질 하는 흉내를 내며 다리미 **다**

라는 라디오 모양을, 그리고 스위치를 켜는 흉내를 내면서 라디오 **라**

마는 마루의 네모난 모양을 그리며 마루 **마**

바는 바가지 속에 물이 담긴 손바닥 모양으로 바가지 **바**

사는 사람이 서 있는 한문의 人자를 검지와 중지를 짚으며 사람 **사**

아는 아가의 둥근 얼굴을 그리며 아가 **아**

자는 자전거 타는 흉내를 내며 자전거 **자**

위 글자로 낱말을 만들어보면 가마, 나라, 가다, 사자, 아가, 가자, 다 나가자 등이 있다.

모음과 쌍받침, 중모음도 손동작과 몸짓으로 가르쳤다.

한두 달이 지난 후 한글을 깨우친 아이들에게 쉬운 그림책을 소리 내어 읽혔다. 처음엔 더듬거리며 읽던 아이들은 낱말을 함께 읽도록 눈동자를 옆으로 굴리는 방법을 터득했다. 처음엔 소리 내어 읽다가 입술로만 움직이며 읽기, 다음으로 입 다물고 눈으로만 읽기를 지도했다.

동화책을 읽혔다. 독서는 상상력을 일으켜 생각을 바꾸어 주었다. 독서는 감동이 있어 기억 속에 오래 남고, 좋은 책은 영혼의 밥이니 책 속에 길이 있었다. 일기를 쓰게 했다. 아이들은 보잘것없는 작은 꽃도 자세히 보게 되었다. 생각하는 범위가 넓어지고 표현력이 향상되었다. 굴러다니는 도토리도 의미 있게 보고, 개 짖는 소리도 교훈으로 받아들였다.

문장을 고쳐주면서 칭찬을 아끼지 않았다. 칭찬을 해주면 아이들은 좋아했다. 칭찬은 잘하라는 격려가 되어 행동으로 옮기는 힘이 되었다. 부족한 결점도 칭찬으로 가려졌다. 서 선생은 아이들의 일기 쓰기를 보아주면서 그들의 생활을 이해하게 되었다.

사랑하는 아이들아! 산양이 험한 산등을 타고 넘어가듯, 선생님 등을 밟고 넘어가거라. 선생님 등 너머에는 넓은 들이 있고, 그 너머에는 끝없이 넓은 바다도 있단다. 사막에서 길을 잃어버린 이들을 오아시스가 기다리고 있듯이, 살기 힘든 가난 너머엔 정금같이 값진 성공이 있단다. 사랑하는 제자들아! 희망과 노력과 열정이 있다면 어떠한 험한 산등도 무사히 넘어갈 것이다. 태평양 너머의 세계로, 무한한 우주로 뻗어 나가거라.

양귀비를 심어 부자가 되려는 생뚱맞은 일로 혼쭐이 난 후, 노상사는 행동이 달라졌다. 학교에 관심을 가지기 시작했다. 교무실로 쓰고 있던 방을 도배하여 동네 사랑방으로 터놓았다. 일주일 치 신문을 묶어 한 번에 배달하던 시절이었다. 그 신문과 이야기책을 준비했다. 초저녁 때면 동네 사람들이 하나둘 모여 농사이야기며 세상 돌아가는 소식을 나눌 수 있었다. 이들은 의논하여 자운애향단紫雲愛鄉團이라는 봉사단체를 만들었다. 목대잡이로 노상사가 단장이 되었다. 총무는 서 선생이 보기로 했다. 단원들은 아침 일찍 운동장에 모여 맨손체조를 한 다음 애향가를 불렀다. 가락이 서툴기는 했지만 밤새워 서 선생이 작곡한 노래였다.

― 우뚝 솟은 계방산 장엄도 하다. 오색구름 감도는 자운고을에…

노랫소리가 새벽 공기를 뚫고 산골짜기에 메아리쳤다. 서로 만날 때는 −부자 되세요!− 하고 인사했다. 이 −부자 되세요−는 애향단의 외침소리口號이자 목표였다. 회원 수는 점점 늘어 십오륙 명이나 되었다. 첫 사업으로 운동장 옆 돌밭 삼백여 평을 넓히기로 했다. 이렇게 시작한 공사로 축구도 할 수 있는 넓은 운동장이 되었다.

단원들은 뜻을 모아 낡은 교실을 헐고 새로 짓기로 계획을 세웠다. 서 선생은 기성회장 댁을 찾아갔다. 풍채가 좋으신 분이셨다. 칠순의 노인이 긴 수염에 상투를 틀고, 한복을 단정히 입고 앉아 있다. 기성회장은 허드렛일에 끌어 쓸 일꾼을 맡고, 서 선생은 교육청에서 예산을 타올 책임을 졌다.

교육청에 공문과 함께 여러 장의 교사전경을 찍은 사진을 보낸 지 며칠 후, 회답이 왔다. 금년사업에 없는 예산이라 뒷받침할 수 없다. 다만 제힘으로 짓겠다면 승인하겠다는 내용이었다. 맨주먹으로 어떻게 학교를 지을까? 고민 끝에 좋은 생각이 떠올랐다. 노상사와 의논하여 피나무골 산판으로 갔다. 트럭 앞바퀴에 피대를 걸고 제재도 하는, 제법 규모가 큰 산판이었다. 마침 지목상이 서울에서 막 도착했다기에 장맞이가 잘되었구나 싶었다.

— 학교를 새로 지으려는데 목재를 구하려고 왔습니다.

노상사가 말문을 열었다. 개발코 얼굴을 한 지목상은 성격이 화통했다. 만무방인 노상사가 새로운 사람이 된 것이 기쁜 듯, 기둥감 10개와 서까래 30여 개를 선뜻 기부해주었다. 이런 방법으로 몇 군데 산판을 돌아다니며 나무를 얻어 들였다. 낡은 교사를 헐었다. 일에 동원된 일꾼들이 황소처럼 부지런히 일해 하루 만에 땅 고르기가 끝났다.

교실을 잃어버린 아이들을 이끌고 뒷산으로 올라가 들판수업을 했다. 적십자에서 보내준 우유 가루를 끓여 먹였다. 우유를 처음 먹은 아이들은 줄줄이 설사를 해 화장실에 들락날락했다. 태평양 건너 파란 눈을 가진 사람들이 보내준 분유가 우리 아이들을 굶주린 가축으로 보았나 보다.

산촌의 오뉴월은 춘궁기였다. 굶주리는 아이들이 있었다. 몇 끼를 굶었을까? 꼬르륵 배고픈 소리. 쪼르륵 굶주린 소리. 서 선생이 보면 알 수 있는 굶주린 얼굴들이다. 아이들은 찬물을 마시며 배고픔을 참았다. 새로 돋는 깨끗한 잎 하나라도 시들게 해서는 안 되겠다. 그런 어린이는

커피 향 청춘

손잡아 주자. 어머니들이 나서서 큰 가마솥을 걸고 우유가루와 옥수수 가루를 반죽하여 빵을 만들어 먹였다. 덕분에 보릿고개임에도 점심을 때울 수 있었다.

서 선생도 수업이 끝나는 대로 교실 짓는 일을 거들었다. 스스로 일을 찾아서 하니 보람된 삶의 기쁨이었다. 아침에 눈만 뜨면 어린아이가 소풍가는 날을 기다리듯이 교사가 변해가는 모습에 한 걸음 두 걸음 다가서는 설레는 마음으로 살았다. 비로써 그의 방식대로 살아가는 미지의 세계를 열어, 한층 풍요롭고 기쁜 생활을 할 수 있었다. 서투른 삽질에 삭신이 쑤셨다. 허리에서 아야 소리가 저절로 났지만, 구슬땀을 흘린 후에 시원한 느낌은 노동의 값진 보답이었다.

공사를 시작한 지 두 달이 지나서 대들보가 올라가는 상량식을 가졌다. 김 면장과 본교의 조 교장, 애향단원들과 잡일에 수고한 학부형들이 참석했다. 조 교장은 대들보 위에 붓글씨로 정성을 다해 상량문을 썼다. 좌우 끝에는 하늘로 올라가듯 龍자를 쓰고, 바다를 헤엄쳐가듯 龜자를 썼다. 한가운데에는 이 학교를 짓고 좋은 일만 있으라는 소원을 담아 開工大吉이라고 썼다.

기둥을 세우고 머리 부분에 보를 결합시켜 뼈대를 세우는 작업이 상량식이었다. 대목은 기둥 세우는 날을 집 세우는 날이라고 하는데, 이는 건물의 뼈대가 완성됨을 뜻한다. 대들보를 얹어야 그 위에 동자주를 세우고, 종도리를 얹었다. 광목 한끝을 대들보에 감아 천천히 올려놓았다. 마치 선녀가 흰옷을 입고 하늘로 올라가는 느낌이었다. 대목은 그동안 수고한 보답으로 광목과 함께 부줏돈을 가져갔다.

토종돼지를 잡았다. 살코기는 구워 먹고, 뼈다귀는 감자탕으로, 창자는 순댓국으로, 심지어 족발까지 모두 사람의 먹이가 되었다. 이렇게 온

몸을 내주고도 돼지머리는 군자의 얼굴로 마지막까지 웃으며 용서와 화해를 가르쳐주는 듯했다. 돼지국밥과 좁쌀 술, 무럭무럭 김이 나는 콩시루 떡을 차려놓고 잔치를 벌였다.

지붕 덮을 전나무를 베러 산으로 올라갔다. 산허리에는 한창 들꽃 잔치가 벌어지고 있었다. 오리 떼가 옹기종기 모여든 흰진범꽃, 소의 긴 혀를 닮았다는 쇠서나물, 조밥과 함께 먹으면 맛난다는 조밥나물, 복슬복슬 분홍색 저고리 입고 나온 새 각시취, 바둑이가 달랑달랑 달고 다니는 쌍방울 개불알꽃, 레이스가 달린 흰 양산을 쓰고 가는 여인 여수리까지. 한여름 이 고운 꽃들이 진다고 한들 어찌 슬퍼만 하랴. 머지않아 그 자리에 보석 같은 열매를 맺을 것이다.

골짜기로 내려갔다. 산새도 울지 않는 괴괴함에 뼈가 시려왔다. 아름드리 전나무를 골랐다. 백수를 지난 고목이었다. 땅에서 하늘로 올라가는 통로처럼 키가 자랐다. 나무가 하늘과 대화할 수 있게 되기 위해 땅에서 배운 게 무엇일까?

— 산속에서 홀로 살다 고사목이 되기보다는 학교의 지붕이 되어다오. 너와 지붕이 되어 낮에는 아이들의 공부하는 소리를 듣고, 밤에는 총총히 뜬 별들과 이야기하렴.

한 아름이 넘는 전나무는 마치 삿갓을 쓴 것처럼 가지 끝이 밑으로 늘어져 있다. 뿌리를 땅속 깊이 박고 나무줄기를 뻗어, 위로 하늘 높이 솟아 있다. 무슨 힘으로 오랜 세월 한자리에 붙박이로, 저토록 끄떡없이 서 있을까? 사시사철 잎이 청청한 전나무는 두 팔 벌려 푸른 세상 만드는 젊음의 상징이었다.

서슬 퍼런 틀톱으로 두 사람이 번갈아 나무 베는 소리에 쩌렁쩌렁 산이 울었다. 베어낸 나무를 70 센티미터씩 토막을 냈다. 도끼로 나무의 동맥인 결을 찾아 쪼갰다. 이렇게 쪼갠 너와는 수년을 넘게 간다. 결을 살려두면 빗물이 결을 타고 흐르지만, 내릴톱으로 자른 너와는 결을 뭉개버렸기에 쉽게 썩어버린다. 나무 한쪽을 이용하는 데도 생명을 아끼는 슬기를 엿볼 수 있었다.

지붕을 해 덮었다. 너와와 너와 사이에 틈이 생겨 공기를 바꾸어 주는 구실을 했다. 햇빛을 막아주어 여름엔 시원하고 겨울에 눈이 덮이면 안의 따듯한 기운이 밖으로 빠져나가지 못해 열 막이 효과도 크다. 불을 때면 굴뚝으로 나가고 남은 연기는 바로 너와 사이로 새어 나갔다. 이 너와 지붕이야말로 산촌 사리의 친자연 문화였다.

애향단원들은 싸리나무 가지로 엮고 진흙으로 벽치는 일을 서둘렀다. 드디어 정규교실 두 칸에 교무실과 사택까지 구색을 갖춘 아담한 교사가 완성되었다. 지성이면 감천이라더니 주민들의 정성이 모여 새로운 교실로 변할 줄이야! 비로소 실감이 났다. 진정한 보람이란 시련의 긴 터널을 지난 후에 찾아오는 삶의 소중한 열매라는 사실을 깨닫기 시작했다. 행복도 어떤 것을 가졌을 때가 아니라, 어떤 것을 갖기 위해 흘리는 땀과 눈물과 시간 속에서 찾을 수 있는 것이리라. 고중유락苦中有樂이라더니 힘들고 괴로운 가운데 즐거움이 있었다.

서 선생은 애면글면 지은 새집으로 이사를 왔다. 은하수 쏟아지는 산골짝 너와 지붕, 창문에 손기척 하는 바람 소리와 부엉 부엉 구슬픈 소리에, 그대 얼굴 보고 싶다. 서 선생이 잘 때 꿈속에서 사랑한 여인은 누구일까?

겨울이 오고 있구나. 깊은 골짜기 자운리에서 살자. 종일 있어도 찾아오는 사람 없는, 낙엽송 그늘과 늦가을만이 잠자는 곳. 부엉이 우는 골짜기보다 더 깊은 마음으로 너를 기다린다. 온갖 외로움을 다 살아본

듯, 빈 마음으로 너를 맞이하리라. 손에 묻은 먼지를 털듯 탁탁 털고, 알몸으로 너를 맞이할 수 있는 곳. 내린천 물로 씻기어 흰 바위처럼 깨끗해진 나는 삶을 헛되이 다 써버리고 빈 마음으로 너를 기다린다. 어서 오라! 편안한 보금자리로. 네가 오면 어느새 낙원으로 변하리니. 사랑하는 사람아, 함께 살자. 함께 먹고 함께 잠자고 즐거이 텃밭 매며, 아들 딸 낳고 고소한 참깨 맛처럼 살자. 모아둔 천량은 없을지라도 내린천가 너와집 조롱박 올리고 하하 호호 웃으며 오소소 참깨 쏟듯 그렇게 여기에 살자.

외로움은 누군가 채워줄 수 있지만, 그리움은 수진이 아니면 채울 수 없었다. 이토록 늘 수진을 기다리고 있는 원석은 아무도 기다리지 않는 사람에 비해 더 고통스러운 것인가?

홍천 교육청 학무과장이 첫돌보기로 왔다. 학교를 새로 지어 위로차 나왔다고 했다.

— 옛날 유대 땅에 랍비들이 모여 후세들의 교육에 대해 의논을 했다네. 용맹한 사자로 키우자고, 하늘 높이 나르는 독수리로 키우자고, 헤엄을 잘 치는 고래로 키우자고 각자 주장을 했지. 한 가지 방향으로만 키울 게 아니라 모두 잘하는 교육 방법이 없을까? 땅에서는 잘 뛰고 하늘에서는 잘 날고 물에서는 잘 헤엄치는, 모두 다 잘하는 사람으로 만들자고. 의논을 거듭한 끝에 집오리로 만들었다네.

그는 -우매한 랍비들의 교육 방법은 개성을 무시하는 평준화-라고 말했다. 또한 여관에 손님이 들어오면 주인은 손님이 잠든 사이에 침대 길이보다 키가 큰 사람의 다리를 줄이고, 키 작은 사람은 크게 늘여놓는다는 옛 그리스 신화를 언급하기도 했다.

까만 씨앗을 땅에 심으면, 싹이 터야 그게 봉숭화인지 채송화인지 안다. 그 꽃의 특징에 따라 키우는 교사는 원예사와 같다. 말과 거북이를 같은 출발점에 세운 뒤 뛰게 하면 누가 이길까? 말과 거북이가 바다에서 헤엄치면 누가 더 빠를까? 학무과장은 이런 예시를 들며 그 학생의 개성을 존중하고 능력에 알맞은 교육을 해야 유능한 인재를 기를 수 있다고 했다. 좋은 수업이란, 학습 목표가 뚜렷하고 아동 스스로 하고자 하는 동기유발이 잘 되어야 한다. 주의집중이 되어야 하고, 개별 학습평가를 하여 학생이 목표를 달성했는지 보고, 각 학생의 모자라는 목표를 다시 되먹임(feed back)하는 학습 방법이라는 장학지도도 받았다.

마침 수진이 초등강사 시험에 합격하여 강습을 마쳤다는 반가운 소식이 들려왔다.

향수 냄새와 연애하는 것을 남이 먼저 안다고 했다. 서 선생과 수진이 연애한다는 소문이 장바닥에 파다하게 퍼졌다. 연애와 바람피우는 것을 같이 보았기에, 연애하는 사람은 인격적으로 떨어진다고 인식되었던 시대였다.

연애는 장난이 아니요 감정의 흔들림도 아니다. 영혼의 떨림이다. 사랑을 주신 하나님이기에 사랑은 빛이요, 힘이다. 끊임없이 솟구쳐오르는 새뜨기천間浈川이다. 사랑만이 진정한 부유함이요, 유산이다. 재산이나 명예는 두고 갈지라도, 서 선생 가슴에 품고 갈 수 있는 것은 오직 사랑뿐이다. 사랑은 영원하기 그지없다. 그러므로 사랑 외에는 세상을 변화시킬 것이 아무것도 없다. 사랑아! 수진아! 듣기만 하여도 뛰는 가슴 그 이름. 용광로처럼 뜨거운 청춘이여, 들꽃처럼 아름다운 청춘이여! 인생의 봄이 가기 전에 열애하자. 천사도 할 수 없는 특권을 누리리라. 진실

된 연애는 하늘도 감동하리라.

면장 딸 선회는 영림서에 다니는 승구와 눈이 맞아 야반도주를 했다고 한다. 이런 소문을 듣고, 수진을 밖에 나가지 못하도록 단속했다. 그의 오빠는 갈가위같이 재산과 이익에 밝은 장사꾼이었다. 그의 욕망에게 꿀을 발라 주어야 한다는 건 맞는 말일까? 서 선생이 가난하다는 이유로 사귀지 말라며 달구쳤다. 그의 어머니도 거들며 달램 수를 썼다.

— 사랑이 밥 먹여 주냐? 눈 한번 질끈 감고 새 신을 신어봐라. 기회
  란 일생에 한 번밖에 오지 않아.

원석은 밭 한 뙈기, 통장 하나 없이 가난하지만, 가난하다고 사랑도 할 수 없다면 너무 가혹하지 않는가? 가난은 사랑을 빼앗길 수 있다. 그러나 가난은 죄도 아니요, 부끄러운 것도 아니다. 다만 불편한 것뿐이다. 가난이 행동과 말을 얽매게 하는 것은 사실이지만, 가난에서 벗어나 잘살 수 있는 의지가 있다는 사실이다. 서 선생의 가난은 그가 태어나기 전 아버지의 유산이기 때문이다. 결국 그들의 사랑은 꺼진 화산 속으로 떨어지고 말 것인가?

첫사랑은 이른 봄 땅속을 뚫고 나오는 꽃봉오리, 꽃샘바람처럼 격렬한 감정의 파도, 갓 태어난 송아지처럼 비틀거리는 발걸음, 여러 모양으로 감정을 만드는 목화 구름, 화려한 모란꽃 꽃잎, 지는 장미꽃 감정들, 가을비에 젖은 바람 소리, 바람 앞에 꺼질 듯 펄럭이는 촛불의 떨림. 그 떨림 속에서 수진은 춤춘다. 흔들리고 있었다.

바보 애인들인가? 전화도 없는 시절이었다. 원석은 편지를 써 놓고 부칠까 말까 망설였다. 그 집 앞에 가서 행여나 만날 수 있을까 조바심 내다가 달빛만 안고 돌아왔다. 물불을 가릴 줄 모르는 어린아이처럼 사랑이 돈보다 귀하다는 것을 모르는 수진이일까? 그의 애타는 심정을 모르

는 그녀는 관심이 없어 보였다.

가난해도 너를 바라볼 수 있을 때가 행복했다. 별이 되어 만날 수 없고 바람으로도 만날 수 없다면 차라리 뇌성마비 아이처럼 바보가 되어 바보인 네가 영원한 애인이 되었으면 좋겠다.

매 순간 만났어도 잊고 지내는 사람이 있는가 하면, 한순간 만났어도 잊지 못하고 기억 속에 머무는 사람이 있다. 이제 미꾸라지 같은 원석의 이름은 수진의 가슴으로 기어들어가 없어질 것인가? 원석은 죽도록 사랑하며 괴로워하겠는가? 아니면 덜 사랑하고 덜 괴로워하겠는가?

첫사랑. 그 아름답고 찬란했던 순간들. 깊은 슬픔에 잠긴 그때가 행복했다. 첫사랑은 삶의 방향을 영원히 정해 버리는 것일까? 얼마나 사랑할지 결정하고 억제할 수 있다면 그건 사랑이 아니다.

연애는 언제 닥쳐올지 모를 재난인가? 불안하다. 뜬소문으로는 수진이가 약혼을 한단다. 서 선생은 자기 귀를 의심했다. 갑자기 앞이 캄캄하고 하늘이 핑 돌았다. 분노가 분수처럼 치솟았다. 당장 그의 집이 있는 장거리를 향해 내달리고 싶었다. 약혼을 축하한다, 행복하게 잘 살아라 해야 할지, 그럴 수 있느냐, 의리를 배반해도 되느냐고 뺨을 후려갈겨야 할지…. 멍청하게 먼 산만 쳐다보았다. 슬픔은 진하고 우울은 엷다는 건 사실일까?

계방산 위에 하늘이 있다. 하늘 아래 첫 동네 너와 교실, 마룻바닥에 원석은 엎드려 있다. 얼굴을 파묻고 울고 있다. 그가 흘린 눈물은 보이지 않는 강물일까? 그대를 사랑하는 것이 너무 힘들어 잊게 해달라고 기도했다. 빈손으로 사랑했다. 가난한 마음으로 사랑했다. 잡초는 초가지붕에서는 살아도 아스팔트에서는 못 산다고 했지만, 돈은 현실이고 사랑은 꿈이라고 수진은 돈에 끌려 서울로 가려는 것인가? 그대를 잃지

커피 향 청춘

않으려고 허허벌판에 앉아 빈 하늘만 쳐다보며 기도 드렸다. 왜 우리는 다만 헤어지기 위해 그렇게 많은 시간을 사랑하는데 썼을까? 사랑하는 수진아! 난 원치 않는다. 우리를 구속하는 모든 것들을….

돈이냐, 사랑이냐. 선택해야 할 갈림길에 서 있는 것이다. 중국에서는 원숭이를 잡을 때, 목이 좁은 항아리에 땅콩을 넣고 줄로 묶어둔다고 한다. 원숭이가 항아리 속에 있는 땅콩을 잡으면, 주먹을 항아리에서 뺄 수가 없다. 그때 잡는 것이라고 한다. 욕심이라는 항아리를 깨고 나와야 순수한 사랑이 보인다. 버릴 것을 버릴 줄 아는 것이 신념이며 용기다. 욕심은 생명을 빼앗아간다는 것을 알아다오. 원석은 산을 향해 소리쳤다.

놀던 아이들이 다 돌아간 뒤, 텅 빈 운동장을 내다보았다. 수진이네 집에서 약혼식을 한다고 생각하니, 산그늘이 개울을 건너듯이 외롭고 쓸쓸했다. 진달래가 피는가 싶더니 서둘러 간 것처럼, 사랑하는 사람도 금방 왔다가 금방 가버리는 것일까. 사랑. 그와 그녀의 사랑. 그게 가버렸다면 그것은 어디로 갔을까? 산이 무너지듯 억장이 무너져 내리는 느낌이었다.

차라리 그때 그녀의 목덜미를 잡고 석화산 너럭바위에서 떨어져 진달래꽃이 되었더라면. 차라리 밤길을 둘이서 걷다가 눈사태를 맞아 눈사람이 되었더라면. 차라리 함께 노래 부르다가 밤새 피를 토하는 쪽박새가 되었더라면. 차라리 돌배나무 쌍그네를 타고 하늘로 올라가 작은 두 별이 되었더라면. 차라리 사랑을 고백하고 종탑에 거꾸로 매달려 종소리를 크게 울렸더라면. 이렇게 하얗게 밤이 새도록 헛된 후회만 했다. 슬픔과 후회 중에서 어떤 게 목덜미에 더 무겁게 달릴까?

천박한 자본주의에 오염된 족속들. 깨끗한 마음이 부서져 망할 세상,

돈을 보면 사랑도 헌신짝처럼 팽개쳐버리는 쩨쩨한 인간들이 판치는 세상이다. 서울 가서 잘살 거라. 나 같은 시골 선생을 따른다는 것은 전혀 맞지 않는 일이라고. 떨어져 돌 위에 앉은 꽃잎처럼 애틋하고 잔잔한 슬픔으로 다가왔다. 옷에 묻은 개털처럼 수진은 원석을 떼어버릴는지?

수진은 앞날을 결정하지 못하고 답답한 마음에 새벽기도를 나갔다가 정 목사를 만났다.

— 오 선생, 약혼을 한다지요? 커피에 카페인이 들어있듯이 사랑에는 고통이 따르지요. 커피는 쓴맛과 단맛 다 들어있어요. 폭풍 후에 햇빛이 찬란하듯이 고통을 이겨내야 참사랑이지요. 아무런 노력 없이 비단 방석에 앉는다면 떳떳하지 못해요. 사랑의 적은 환경이 아니라 욕심입니다. 믿음으로 유혹을 물리치세요. 원석 안에 잠들어 있는 보석을 볼 줄 아는 눈을 가지세요.

물질은 채우라 하고, 사랑은 비우라고 한다. 돈이 보이면 사람은 보이지 않는다. 마음 한구석엔 못 사는 산골을 떠나 화려한 서울생활에 대한 동경이 있었다. 수진은 곰곰이 생각했다. 늘 부모 말씀에 순종해 온 수진이었다. 결혼문제는 그의 일생에 있어 중요한 문제였다. 그의 일생은 그가 책임질 일이다.

의리를 버리는 것은 생명을 버리는 일이야. 믿음이란 보이지도 잡히지도 않지만, 돈에 홀리게 된다면 신앙 없는 사람과 무엇이 다르겠어? 영혼을 파는 일이야. 세상의 눈으로 본다면, 나도 서울에 가서 잘 먹고 잘 살고 싶어. 그러나 서 선생과의 약속이 목에 걸려. 가난과 두려움을 이기고 정절의 고귀한 가치를 지켜야만 할까? 당장은 손해 보고 고통이 따를지라도, 그 너머에는 행복한 미래가 기다리고 있을 거야. 견디어 보자. 서원석을 믿어 보자. 물질은 잠깐이요 의리는 영원한 것이지. 내 인생에 애인은 한 사람뿐이야. 여기서 절개가 변한다면 우리 집 진돗개보다 못한 인간이 되고 말 거야. 버티어 보자. 참아 보자. 믿어 보자. 그리하면 앞날의 행복은 내 것이 될 거야.

그날 아침을 먹으면서도 부모에게 끝내 싫다고 했으나, 부모는 억지로 선을 보게 했다. 그녀의 오빠는 수진을 징검다리 삼아 알밤처럼 붙어 길러야 할, 동생 셋을 서울로 유학 보내자는 계획을 마음속에 품고 있었다. 한편 매부가 된다면 장사 뒷배도 봐주겠다는 중매쟁이의 말도 있었다.

서울서 시내버스를 몇 대 굴린다는 삼십 중반이 넘어 보이는 홀아비는 민머리에 메밀 눈을 한 채 약혼반지를 내놓았다. 야바윗속에 홀리지 말자. 욕심은 고난을 가져오니 헛된 탐욕에 빠지지 말고 정조를 지키리라. 나비눈으로 그를 보며 드레질 해 보았다.

— 세상은 재산을 보고 사람을 평가하지만, 저는 인격을 보고 선택한
  분이 있어요. 황금 반지로 유혹할지라도 그를 향한 내 사랑은 변함
  없어요.

갈마들던 마음을 굳히고 약혼을 거절했단다. 이 말을 들은 서 선생은 두름성 없이 오해한 것이 부끄러웠다. 시달림을 이겨낸 수진이가 대견하고 고마웠다. 그를 따르면 고생길이 훤한데도 믿음으로 맞선 그가 훌륭했다. 흙탕물에서 핀 연꽃처럼 세월 속에서 더러운 늪을 헤쳐 깨끗한 사랑 하나를 닦아 세울 연인아! 결기가 서려 있는 수진을 평생 목숨같이 애만지리라.

사랑받을 수 있는 사람이 사랑할 수 있는 것이다. 사랑이란 기쁨과 슬픔, 고통과 환희, 삶과 죽음까지도 책임을 지는 일이라는 것을 깨달았다. 사랑이란 고통스러운 것일까? 우리가 시련을 이겨냈으니 우연을 필연으로 만들어 보자.

그 후 수진이는 희망하여 자운분교장으로 발령을 받았다. 서 선생은 천군만마를 얻은 것처럼 든든했다.

― 미안해요. 어떠한 운명도, 어떠한 죽음도 우리의 사랑을 끊을 수 없어요.

출근한 수진이는 떨리는 음성으로 말했다.

서 선생은 그녀의 손을 잡아주면서

― 고마워요, 수진 씨. 우리 결혼해요.

마음속에 있는 말을 털어놓았다. 청춘이 빛나는 것은 재산이나 권력이 아니라 바르게 사는 지혜라고 생각했다.

수진은 떨리는 음성으로 말했다.

― 저를 진심으로 사랑한다면, 사랑만을 위해 사랑해 주세요. 저의 외모, 직장, 재산 등 조건 때문에 사랑하지 마세요. 이런 것들을 붙잡지 마세요. 세월이 흐르면 모두 소멸하는 것입니다. 오직 한 사람만의 사랑을 원합니다.

서 선생은 그녀를 품에 안아줌으로써 화답했다.

1학년과 2학년을 맡은 오수진 선생은 미리 배울 차림도 열심히 했다. 노래와 무용을 가르치니 아이들이 좋아했다.

서원석 선생은 부자마을 만들어 보자는 꿈을 애향단원들에게 귀에 바늘이 박히도록 말했다. 이곳은 해발 8백미터의 높은 곳으로, 땅이 차서 식물이 자랄 수 있는 기간이 짧다. 그래서 논도 없고 밤도 여물지 못했다. 밭농사로는 감자와 옥수수가 으뜸이었다. 하루라도 농사일을 하지 않으면 그 하루는 굶는다는 一日不耕一日不食이란 말 그대로 조상 대대로 그들의 생활은 쪼들려왔다.

감자와 옥수수는 5월 중순에 씨를 뿌려 9월에 거두어들인다. 배추와 무는 6월 중순에 심어서 9월에 거두어들이면 된다. 감자와 옥수수보다는 고랭지 배추가 가꾸는 기간이 짧다. 농가 수입도 배로 올라갈 수 있다. 여러 농가에서 배추를 심었다. 미리 짐작한대로 김장 시기에 배추가 잘 자라고 가격도 좋았다.

그러나 문제점도 있었다. 매년 배추 값이 널뛰듯 했다. 어떻게 아는지 도매상들이 모종 낼 때 계약을 미리 하면 배추 값이 올랐다. 밑천이 달린 농민들은 배추를 밭에 세워 놓고 헐값으로 팔기도 했다. 마치 땅 임자가 땅 부쳐 먹는 농사꾼이 지은 곡식을 모두 챙겨가듯, 도매상들의 잔꾀로 힘들게 농사를 지어도 이익은 그들이 가져갔다. 나쁜 밑천은 농민들을 향해 날카로운 이빨 대신 돈을 흔들며 야수처럼 달려들었다.

밭이 적은 농가에서 기르기 알맞은 산나물이 있는지를 홍천 농촌지도소장을 강사로 강연을 듣기로 했다.

— 이 자운리는 경제 활동층이 70%로 사람자원은 좋은 편입니다. 날찍所得이 높고 일하는 힘이 적게 드는 비닐하우스에서 기르는 농작물로 가리는 것이 현명한 일입니다. 산마늘과 취나물을 재배하는 것이 어떻겠습니까? 그러면 연 삼사천만 원 날찍이 가구가 생깁니다. 이런 이익을 높여갈 수 있는 방법을 생각해보는 것이 부자마을로 가는 지름길입니다. 노인들도 손만 움직이면 할 수 있어, 손이 덜 가는 농사로 나이 많은 이들에게 맞다고 합니다.

일반 교통은 읍내에서 하루에 버스 한 대가 오가는 게 전부였다. 자운리 들목에도 버스가 섰다. 각 세대가 골짜기마다 흩어져 있어 주민들이 서로 협동하는 것이 중요하다. 마을 사업의 성공 여부는 마을 사람들의 화합에 달려 있다는 것을 알았다.

자운애향 회원들은 산마늘 재배를 하는 홍천 농촌지도소에 견학을 갔다. 설명은 농촌지도원 연구사가 했다.

— 산마늘은 높은 산 8백미터 이상에서 자랍니다. 주로 북쪽 비탈진 응달에 퍼져있습니다. 기르는 시기는 4월 상순서부터 하순까지의 20일간입니다. 여름 최고 온도 28℃ 이하 지역으로 30%의 빛 가리 개가 필요합니다. 물 빠짐이 잘 되는 모래 건흙이 알맞습니다. 해로운 병에는 무름병, 잎마름병이 있고, 방아벌레, 파좀나방, 굴파리, 고자리파리 등의 벌레를 조심해야 하고요. 이용은 쌈, 장아찌, 염장, 무침, 초절임, 튀김, 볶음 등이 있습니다

보고 배우기를 마치고 나온 회원들은 각자의 생각을 말했다. 앞으로 산마늘이 상품 가치가 있을 것인가? 산마늘에는 오대산 마늘과 울릉도 산마늘이 있는데 어느 것을 선택해야 할 것인가? 다른 산나물보다는 한 달 당겨 4월에 상품화할 수 있는 장점도 있었다. 애향 회원들은 먼저 본보기 마을을 만들어 취나물과 울릉도 산마늘 모종을 심기로 했다. 그러나 늦추위로 땅이 얼어 상품으로 낼 철이 늦어지는 게 흠이었다. 때마침 비닐이 나와 농사 혁명을 일으켰다. 비닐하우스를 지으려면 밑천이 필요했다. 애향단원이 서로 보증을 서주고 특용작물 구입비와 시설물 비용을 내면 농협에서 대출받기로 했다. 여럿이 함께 두레를 하고, 일주일에 한 번 모여 경험담을 나누기로 했다. 이때 반가운 소식이 농촌지도소로부터 왔다. 시범공동영농자금 10억을 사업자금으로 주겠다고 했다.

산채는 농협에서 맡아팔기로 했다. 한해가 지나서 마감 셈을 해보니 목포 액에는 못 미쳤지만 배추 농사보다 산채 이익이 훨씬 많았다. 첫술

에 배부르랴. 시달림 없이 얻는 것은 없다. 몹시 추운겨울을 지난 모란 꽃이 더 아름답듯이 어려운 고생 끝에 결실은 값지다. 주는 만큼 받고 노력한 만큼 얻는 자연의 진리를 깨달은 순박한 농민들이었다. 더 좋은 상품을 얻으려면 흙의 기운을 북돋고, 난방비를 줄이려는 연구가 있어 야 하겠다.

참취는 성인병 예방, 무공해 건강식품으로 소비가 늘고 있었다. 노상 사는 직접 참취를 기르기로 했다. 먼저 가꾸기 환경을 반 그늘진 곳으 로 정했다. 흙은 부식질이 많고 적당한 습도를 머금고 있는 것으로 썼 다. 그만큼 물 빠짐에 조심했다. 밑거름으로 퇴비를 넣고 계분과 요소, 용성안비와 염화가리는 조금 넣었다. 유기질 흙을 사용했다. 여기에 물 대기 시설 등을 추가해 알맞게 가꾸는 조건을 갖추어주었다. 종묘는 농 업지도소에서 사 왔다. 우선 좋은 씨를 골라 심어야 풍년의 기쁨을 맞 을 것이다. 그와 마찬가지로 마음도 씨가 있어 꽃도 되고 가시도 되는 사람의 일이다. 마음씨가 행·불행을 부른다.

모든 일에 감사하며 그리 여김으로 씨앗을 뿌렸다. 뿌린 씨앗은 때가 오면 지층을 뚫고 솟았다. 그 누가 봄이 오는 기색을 감출 수 있으랴. 서 슬 푸른 꽃샘추위 속에서도 참취 싹이 얼굴을 내밀었다. 모진 시련도 자손 번식을 위한 한 때의 힘든 고비다. 참취 싹이 올라오는 그 모습을 보노라면 스승이 따로 없다. 밑거름을 주고 깊게 갈아주었다. 90센티의 넓이로 두둑을 만들고, 줄 사이는 20센티 정도, 포기는 10센티 정도로 심었다. 습기가 많아 두둑을 높여주었다. 비 온 뒤 참취 싹은 소망의 날 개를 펴 봄 하늘을 날아오르듯 부쩍 자랐다.

봄철 싹트기 전부터 수확하기까지는 충분히 물주기를 하니 나타남이 빠르고 튼튼하게 커서 수량이 늘어났다. 낮은 자리에서 생명을 품어 나날이 자라나니 만물을 낳고 기르는 흙은 아기집처럼 포근했다. 물주기는 분사 호수로 1회 30미리 정도 주었다. 물 빠짐이 좋지 않으면 뿌리 부분이 썩게 되므로 장마철에는 조심했다.

흙 속에는 넓은 땅을 짓는 이가 살고 있었다. 온종일 흙을 삼켜 토해내는 일을 되풀이하고 있다. 흙 속에 질산을 늘여 흙을 기름지게 만든다. 그 덕에 식물들이 자라고 퍼지는데 큰 도움이 되고 있다. 독침도 이빨도 없고, 발톱뿐만 아니라 속임 장치도 없다. 새와 물고기, 개미의 먹이가 되지만 어떤 무기도 없다. 먹다가 남겨놓으면 다시 살아날 수 있는 능력이 있다. 그러기에 그를 위대한 경작자라고도 하고, 가장 덕성스러운 대자연의 스승이라고 기릴 만하다. 그는 눈도 귀도 없지만 밟으면 꿈틀한다. 그는 누구일까?

노상사는 오늘도 분사 호수로 물을 뿌려주었다. 손으로 흙을 만지니 촉촉한 감촉이 부드럽다. 햇살도 잘 어르고 만져 따뜻한 입김을 불어넣어준다. 음악을 들려주었다. 잎들이 즐거운 듯 춤추는 느낌이 들었다. 그는 심고 물주는 일밖에 하는 일이 없는데, 새싹이 나고 한 뼘이나 자랐다. 신비한 흙이다. 흙 속에서 누가 손끝으로 쏙쏙 새싹을 내밀어 주는 것 같다. 땅 위에서는 누가 일을 더 열심히 할까? 농부일까? 아니면 태양일까?

참취는 비교적 비료를 많이 빨아들였다. 한 차례 수확을 하고 싹이 바르게 돋아나게 하기 위해서 6월과 7월 하순에도 웃거름을 줄 것이다.

여름철 바른 빛살에 드러나자 잎과 줄기가 딱딱하게 굳어 자라나는데 거침새가 나타났다. 곧 해가림을 하고 짚으로 덮어주었다. 8월 하순까지 거두기를 할 수 있었다. 거두기를 많이 하면 원 대궁이 약해지므로 7월 하순 이후에는 거두기를 하지 않고 양분을 대주고 햇빛을 넉넉히

받도록 도와주었다. 흙은 어머니의 품 같다. 없는 것은 있게 하고 남루한 것도 명품으로 변했다. 잡초도 함께 살면서 쑥쑥 잘도 자랐다.

풀 뽑기에 가장 많은 노동력이 들었다. 검은 비닐을 덮어주었더니 힘이 덜 들었다. 수확은 4월 중순에서 6월 하순까지라 했다. 한 번 심으면 5년까지 거두어들이는 취나물이다.

병해충도 막아주었다. 병해로는 흰가루병이 나타났다. 농촌지도소의 지도를 받아 알맞은 농약을 뿌렸다. 해로운 벌레로는 담배거세미나방, 파밤나방과 달팽이가 있다.

버릇처럼 아침에 참취밭을 살펴보았다. 달팽이가 지나간 참취 잎은 골짜기가 파여 있다. 무형의 무늬 속으로 늦여름이 빠져나간다. 사각사각 이파리를 기어나갈 때 점액질의 한 몸뚱이는 불어난다. 여름 막바지에 보양을 하려고 열심히 갉아 먹는다. 달팽이의 뒤를 쫓듯 서서히 가을이 기어 오고 있었다.

올 한해는 불볕더위에 지쳐 쪽빛 가을하늘만 기다렸다. 흙을 사랑하고 참취를 사랑하니 심고 가꿔 거둔 결실로 보람을 느꼈다. 싱싱한 참취나물을 나누어도 먹고 무쳐 먹으니 꿀맛이다. 서너 번씩 참취를 뜯으니 한해의 진한 땀방울이 보석처럼 익어가는 가을이었다. 넣은 만큼 나오고 드린 만큼 열매를 준다는 진리를 노상사는 흙에서 배웠다.

기나긴 겨울 농사 쉴 철에 모여서 술 마시고 투전하던 습관을 버렸다. 가까운 서석 농촌 지도분소에 가서 새로운 농업기술을 배웠다. 게다가 농기계 다루는 기술도 익혔다. 농민들이 못사는 이유 중 하나는 모르고 게으른 탓이었다. 모두 배워야 부자가 된다는 생각을 가지게 되었다.

첫눈이 내렸다. 서 선생이 눈코 뜰 새 없이 방향을 잡아갈 무렵, 군에 입대하라는 영장이 나왔다. 이제 하룻밤만 자면 정든 고장을 떠난다.

삼거리 주막은 안방과 부엌 사이에 벽이 없는 함경도식 토방이다. 검둥이는 부뚜막 구석에 앉아 졸고 있다. 부엌에선 기차 화통처럼 김이 솟아올랐다. 뜨거운 물이 파도처럼 흔들리는 가마솥 위에 국수틀을 앉혔다. 장정 둘이 지렛대를 서서히 눌렀다. 이내 희끄무레하고 부드럽고 수수하고 심심한 메밀 반죽이 분틀을 타고 긴 머리를 풀어 헤친 채 물속으로 들어갔다. 열탕에서 나온 메밀 발을 냉탕에서 몇 번이고 씻어냈다.

도란도란 이야기꽃이 한창이다. 얼음이 씹히는 퍼런 갓김치 국물에 메밀국수를 말았다. 그 위에 꿩고기 고명을 얹고 들여 마셨다. 팥빙수 맛보다 짜릿한 느낌이 온몸을 오싹하게 만들었다. 수숫대 떨듯 흔들리는 몸에 뜨거운 육수를 마시니 냉탕에서 온탕으로 옮겨온 듯 몸이 아른아른했다. 담배와 육수 냄새, 자욱한 김 속에서 끓는 아랫목에 익은 궁둥짝을 들썩거렸다.

깊어가는 겨울밤 조용한 마을에 송별회가 무르익어갔다. 이 순박한 산골 사람들과 살뜰하니 친한 것은 무엇인가? 누에가 실을 뽑아내듯 지난 이야기와 앞으로 해야 할 일들로 달이 기울도록 이야기꽃을 피웠다. 특용작물 재배에 꼭 성공해 부자마을 만들고야 말겠다고 노상사는 서 선생의 두 손을 꼭 잡았다. 그간 자운애향 회원들과 한올져 한속으로 일해 왔다. 올제來日면 정든 이곳을 떠나야 한다. 등 밀려온 자운분교장이지만 서 선생의 땀이 듬뿍 배어있는 곳이며 보람을 느낀 곳이기도 했다.

드디어 해뜰참에 헤어져야만 했다. 병근은 서 선생 저고리 끝을 잡고 울었다.

— 가지 말아유, 선상님! 우리 같이 살면 안 돼유?

커피 향 청춘

— 더 훌륭한 선생님이 오셔서 가르쳐주실 거야. 모두 튼실하게 자라 거라. 공부 열심히 하여 쓸모 있는 사람이 돼야 해. 모르면 아무것 도 못해. 이것은 너희와 나의 약속이야.

목이 메어 말끝을 맺지 못했다. 애향회원들, 낯익은 학부모, 어린 아이들의 얼굴이 눈물에 가려 제대로 보이질 않았다. 한사코 서 선생의 봇짐을 지고 앞서가는 노상사의 뒷모습은 믿음직스러웠다. 서 선생 손을 잡고 바짝 붙어가는 수진의 옆 모양도 보기에 좋았다. 제대하면 결혼하자는 언약도, 그들의 사랑도 영원하리라.

돌배가 익어가듯이 모진 풍파와 긴 장마, 냉해와 병충해를 다 겪어야 열매를 맺듯이, 그들의 사랑도 얼마나 많은 아픔이 있었던가? 고통과 갈등, 상실과 상처는 얼마나 많았던가? 그 모든 것이 쌓여 오늘날 사랑이 되고 행복이 되었다. 그들의 사랑은 샘물로 시작하여 바다를 이루리라.

밤새 도둑눈이 내려 온 천지가 은빛 세상이다. 흰 눈 밟는 소리가 사각사각 청무 깨무는 소리로 들렸다. 청무 소리를 밟고 산모퉁이를 돌아가는 일행. 아무도 밟지 않은 이 하얀 길이 그들의 앞날을 축복해주는 듯했다. 버스 타러 가는 길에 밝은 햇살이 그들의 얼굴을 비춰주었다.

모
수
물
골

아
이

멀리 있는 것은 아름답다. 사막산 위로 노을이 지면, 우두벌판에 익은 벼가 황금물결치듯, 하늘가득 황금빛으로 물들었다. 하늘뿐만 아니라 잔잔한 호수도 얼음 조각처럼 반짝반짝 작은 손을 흔들며 송별하고 있다. 황금물결 속으로 빨려 들어가듯 가마우지들이 연줄을 풀어내어 시옷자종대로 제집을 찾아 날아가고 있다. 온 힘을 다해 날아가고 있다. 다리를 살짝 가슴에 붙이고, 두 날개만을 힘차게 지으며 날아간다. 날갯짓엔 생존을 향한 사투가 있었다.

기러기도 호수 위로 날아간다. 북쪽 시베리아를 향해 날아가는 기러기들은 밤이 와도 쉬지 않고 별빛을 보고 길을 찾는다. 그 작고 어린 눈을 똑바로 뜨고 찬바람을 가르며 나는 새들의 모습은 경이롭다. 새들의 생체시계의 나침반이 감지하는 길은 절대로 오류가 없다. 철새들로 하여금 하늘이 커져 간다. 석호의 눈도 커지고 마음도 커진다. 노을을 보는 마음으로 그리워하던 고향 하늘에 안겼다.

어두워지면 봉황도 날아오를 것이다. 넓은 창공을 향해 푸드덕 금빛

커피 향 청춘

찬란한 날개를 펴고 나아갈 것이다. 봉황은 우두벌을 지나 모진강을 건너 화악산을 넘을 것이다. 휴전선 원시림을 넘어 백두산 천지의 물을 마시고 올 것이다. 이런 상상을 하고 검푸른 봉의산을 쳐다보니 과연 큰 날개를 펴고 하늘 높이 비상하려 한다.

봉황은 수천 년부터 제자리로 돌아오는 버릇을 한 번도 거스르지 않았다. 정기가 살아있는 새. 석호도 살아있어 봉황을 바라보니 얼마나 고마운 일인가? 멀리서 보는 봉의산은 아름답다. 지는 해를 바라보며 밤마다 일어나는 일들을 기대하는 봉의산은 신비롭다. 평화를 상징하는 봉황새, 그 평화는 언제 올 것인가? 이 소원은 춘천 시민뿐만 아니라 한국 국민이 바라는 모두의 소망일 것이다.

수컷인 봉조는 봉의산을 두고 하는 말이다. 봉의산은 북으로 오봉산 지대, 서로 삼악산 지대, 동남으로 대룡산과 봉화산 지대를 두르고 있다. 마치 봉의산은 동백꽃잎 속의 꽃술처럼 춘천 시내 중심에 봉긋 솟아 있다. 큰 용이 꿈틀거리듯 대룡산에서 맥이 나와 줄기줄기 북으로 수십

리를 달려서 유연히 솟았으니 우러러보면 봉조가 앉아 있다.

봉조는 두 날개로 춘천 시가지를 품고 있다. 남쪽에서 바라보면 마치 봉조가 두 날개를 펴고 창공을 향해 훨훨 날아갈 기세다. 의암호를 옆에 끼고 낮에는 쉬었다가 밤만 되면 푸드덕 날아오를 것만 같은 봉의산은 진산이다. 남쪽으로 멀리 물러나 두 손을 모아 허리 굽혀 절을 하는 산이 향로봉이다. 이 산이 암컷인 황조로, 알을 품고 있는 모양인 안산이다. 황조는 지금도 알을 품듯 희망을 품어 시민들에게 나누어 주고 있다. 이 한 쌍의 봉황을 깃들이자면 먹이와 보금자리를 마련해 주어야 한다. 만일 봉황이 다른 곳으로 날아가 버리면 춘천은 서기를 잃은 땅이 되어 그대로 가라앉는다는 말이 옛날부터 입에서 입으로 전해 내려오고 있다.

봉황은 주로 대나무 열매를 먹고 산다. 백성들은 그 열매를 얻으려고 죽림동에 대나무를 심었다. MBC 방송국 앞에 보이는 강가에 대나무 숲을 이루었다. 지금은 의암댐으로 물에 잠겼으나, 이곳을 대바지강이라고 불렀다. 봉황새의 보금자리도 마련해 주어야 한다. 그 새는 오동나무에 깃들이기를 좋아했다. 모수물 골짜기에 벽오동이 서 있었다. 그 나무 밑에 우물이 있었으니 그 유명한 모수물이었다.

예로부터 땅에서 물이 나는 자리를 샘터라고 했고, 물이 깊어서 두레박으로 긷는 곳을 우물이라고 했다. 우물은 바닥부터 땅 위까지 돌로 벽을 쌓고 그 위에 나무틀을 얹었다. 틀은 우물 정자 모양이었다.

마을의 정자나무 주위가 남성의 공간이라면, 샘은 여성 전용 공간이었다. 여인네들은 샘에서 물을 긷는 일 이외에도 채소를 다듬거나 빨래를 함으로써 이곳에 머무는 시간이 길었다. 여인들은 우물가에 모여 세상 돌아가는 이야기며 마을 소식을 주고받았다. 이처럼 우물은 식수와 생활용수로 쓰였을 뿐만 아니라, 사귐과 정보교환의 장소가 되기도 했다. 우물은 주민들의 생명수였다. 맑은 물이 솟아나는 우물은 그 어느 공간보다 정갈하게 다루고 그 주변을 깨끗하게 가꾸었다. 모수물골 사람들은 우물을 자연의 순리에 맞게 관리해 왔다.

석호 동네 우물이 유명한 모수물이다. 이 물은 봉황이 마시는 예천이다. 가뭄이 심해도 항상 똑같은 양의 물이 나왔다. 물맛은 달고 여름에는 차고 겨울에는 따뜻했다. 수돗물이 끊어진 6·25전쟁 속에도 모수물은 여전히 나왔다. 인근 요선동과 소양로 기와집 골에서도 물 지개로 밤새도록 길어갔다. 이 물을 길러 넘나든 재가 모수물 고개다.

이런 전설 속에 석호네 동네를 모수물골이라고 불렀다. 춘천은 산의 도시요, 산을 의지하고 산의 정기 속에 살고 있다. 석호는 청년이 되도록 모수물을 먹고 자랐으니 봉의산은 어머니요, 모수물은 젖줄이었다. 봉황은 새로운 성인과 함께 세상을 변화시킨다고 한다. 오색의 깃털을 지니고 울음소리는 묘 음을 내며 뭇 새들의 왕으로서 귀하게 여기는 영리한 새다.

봉황의 울음에 비유한 악기가 생황이다. 에밀레종에 새겨진 비천상에서 천녀가 연주하는 악기, 영화 취화선에서 화가 장승업의 여인이 불던 악기가 바로 생황이다.

봉황은 고귀함과 빼어남을 상징함으로 우리나라 대통령의 문장으로 사용한다. 모든 경사스러운 일에 봉자를 쓴다. 좋은 벗을 봉려鳳侶, 아름다운 누각을 봉루鳳樓, 모두가 기다리는 평화로운 세상을 봉황래의鳳凰來儀라고 한다. 위의 네 글자 중 봉과 의를 따서 산 이름을 봉의산鳳儀山이라고 지었다.

조선 궁중 잔치에도 격식을 갖추어 아름답고 정중하게 치렀다. 그런 자리에서 거행된 의식 가운데 봉래의가 있었다. 봉황이 날아옴을 기뻐하는 의식이라는 뜻이었다. 봉황은 태평성대에 나타나는 상상의 길조다. 그러므로 봉래의란, 나라는 태평하고 백성들은 편안을 빌던 국왕의 표현이었다.

1896년 정월 초하루 새벽, 함성소리가 천지를 뒤흔들었다. 큰소리로 외치며 을미의병들은 춘천 본영을 습격했다. 위봉문 앞에 커다란 은행나무가 이들을 지켜보고 있었다.

— 초관 박상구는 직무에 부정했고, 먼저 삭발한 까닭에 즉시 처형한다.

기찰군관 정연회는 엄숙하게 죄상을 밝혔다. 포교가 칼을 높이 들어 의병들이 보는 앞에서 목을 베었다. 붉은 피가 분수처럼 솟고 머리는 낙엽 떨어지듯 힘없이 땅에 굴렀다. 베어진 머리는 위봉문 위에 매달았다.

정연회는 춘천부에서 단발령을 시행하려는 정월 초하루를 택하여 의병을 일으켰다. 군인 중 신뢰할 수 있는 군관 성익현은 비밀리에 갑둔개에 숨었다가 병정 3백 명과 포수 4백 명을 인솔하고 나왔다. 지략에 뛰어난 군관 박현성과 비밀리에 사발통문을 돌려 저잣거리에서 천여 명을 동원했다. 깃발을 앞세운 군대와 의병들이 함성을 지르며 군영과 관사를 습격했다.

정이품 외관직인 유수 민두호는 뱀장어같이 밤중에 빠져나가고 빈 조개껍질 같은 관사만 남았다. 그는 왕명을 받고 초대 유수 김기석의 뒤를 이어 이궁을 지었다. 이궁은 임금의 침실인 문소각, 문소각 문루로 사용했던 조양루와 내아로 출입하는 귀창문, 내삼문인 위봉문 등 27채의 크

커피 향 청춘

고 작은 건물들로 이루는 작은 궁궐이었다. 문소각이란 순임금의 음악이 들리면 봉황이 나타나 춤을 추었다는 중국 고사에 유래했다. 순임금 때와 같이 태평성대를 기원하는 뜻에서 붙여진 이름이었다. 2년 반 동안 지방 재정을 총동원하여 이궁을 지었다. 이 건물을 지을 때 군민들에게 부역을 시켰다. 게다가 이궁을 짓는 예산보다 더 많은 돈을 거두었다. 옳지 않게 재산을 모으고 백성에게 지나치게 일을 시켜 나라의 일을 그르친 국사범이었다. 내친김에 그 돈으로 자기 조상의 사당을 새로 지었는데, 그때도 백성에게 일을 시켰다. 백성들은 그 사당에 불을 질렀다. 화염이 충천하여 읍내가 환이 보였다.

1880년은 대원군의 쇄국정책이 국제정세에 밀려났다. 세상이 개벽하듯 개화를 위한 갑신정변이 나라 안을 흔들어 놓았다. 여우같은 일본이 악마의 손길을 뻗어 오는가 하면, 이 빠진 호랑이 청나라는 나라 일에 감 나라 대추 나라 참견하려 들었다. 아편전쟁을 일으킨 영국은 거문도에 군대를 주둔시키고, 능청맞은 북극곰 러시아는 얼지 않는 항구를 얻으려고 원산을 넘나들어 세상이 몹시 뒤숭숭했다. 이어 동학난이 일어나고 청과 일본의 전쟁터가 되니 민심이 흉흉했다.

이때 고종황제는 조정이 위급할 때 몽진할 곳을 미리 보아두어야겠다고 생각했다. 북쪽은 러시아가, 남쪽은 일본이 엿보고 있다. 갈 곳이라곤 한강 상류 내륙 깊숙이 있는 춘천뿐이었다. 고종 27년(1890년)에 봉의산 남향 산자락에 이궁을 짓기 시작했다. 비상식품으로 소금 백석과 간장 백 동이를 산속 깊이 묻어두었다고 한다. 이 후 별궁은 도청이 원주에서 춘천으로 옮기는 계기가 되었다.

의병들은 군영을 점령하여 춘천 의병본영으로 삼았다. 국적 토벌, 국모 복수, 단발 반대 등 삼대 강령의 격문을 방방곡곡에 붙여 의병을 모집하니, 불과 며칠 만에 그 수가 오륙천에 달했다. 도포에 유건을 쓴 유생, 물푸레 막대기에 패랭이를 쓴 보부상, 노랑 망태에 노랑 수건을 쓴 직업 포수, 뽕나무 활에 목창을 가진 농민 등 수많은 인물이 직업 전시장인 양 각양각색의 인간들이 다 모여들었다.

이에 기찰군관 정연회는 나이 지극하고 믿음직스러운 이를 모셔다가 대장을 삼는 것이 좋겠다고 생각했다. 이만응과 이경응 등 여러 지도자와 상의한 끝에 명망이 높은 이소응 선생을 대장으로 삼았다. 정연회는 참모장이 되었다. 봉의산에 제단을 모시고 의로움을 하늘에 맹세하는 여의서천제與義誓天祭를 지냈다. 군량으로 쓰려고 양식을 산더미처럼 쌓아 놓았다. 국고를 열어 백성들에게 쌀 반 말씩 나누어 주었다. 일반 의병들에게 무기를 주고 그날 밤낮으로 훈련을 시켰다.

이 소문이 서울에 올라오니 정부에서는 조연승으로 춘천 부사 겸 선무사를 삼아 춘천으로 내려보냈다. 전세를 보니 몹시 위험하므로 감히 춘천 경내는 들어가지 못하고 덕두원에서 며칠을 묵으며 형세를 관망하고 있었다. 이 소식을 안 참모장 정연회는 날쌘 군관과 포졸 몇을 뽑아 새벽에 기습하게 했다. 조연승 이하 수행원과 가평호사 신경주를 자루 속에 보쌈하여 쥐 잡듯이 잡아 왔다. 그들을 잡아오던 날은 큰 구경거리였다. 모든 의병은 어깨 바람을 일으키며 희희낙락 춤을 추었다. 남녀노소 할 것 없이 역적 놈을 잡아 왔느니, 개화당을 잡아왔느니 떠들며 새 떼처럼 구경들을 나왔다.

군인들은 일행을 잡아다가 죽림 개못가에 에워싸고 있었다. 잠시 후 사형선언문을 가진 군관이 와서 조연승을 향해 낭독했다.

— 의병 해산을 요구한 피고는 친일개화파의 앞잡이다. 뿐만 아니라 단발을 명하니 시대의 역적임으로 사형에 처한다.

입고 있는 관복은 국가의 것이니 함부로 부릴 수 없다 하여, 군졸을 시켜 거두게 했다. 일행 십여 명 중에서 종들은 다 석방했다. 조연승과 신경주는 결박하여 앉게 했다. 여러 명의 포졸을 호령하여 일시에 사격했다. 불과 한두 방에 두 사람의 형체는 화약 연기에 휩쓸여 보이지 않게 되었고 불빛만 번쩍번쩍했다. 군인들은 다시 본영으로 돌아가고 시체는 개못가에 그냥 버려져 있었다.

의병들은 사기충천했다. 서울을 습격하려는 준비가 한창이었다. 드디어 이월 초하루를 택하여 서울을 향해 출발했다. 앞에는 나팔과 북, 삼현육각을 불고 두드리고 나갔다. 그 소리는 만휘군상 온 천지를 울렸다. 울긋불긋 마치 서낭당에 걸어놓은 천처럼 기기묘묘한 글자가 펄럭이는 깃발을 앞세우고 보무당당하게 앞으로 나갔다.

대장 이소응은 사인교에 일산을 받고 앞뒤로 병정과 포수가 감싸고 나갔다. 참모장 정연회는 백마에 높이 타고 그 뒤를 따랐다. 군관도 말과 노새를 탔다. 한 마리의 당나귀가 울어대면 이곳저곳에서 끙까 끙까 따라서 울었다. 창검은 해와 달도 함께 춤추는 듯했다. 병기와 군량미를 실은 말까지 어찌 그 수가 많은지 춘천 본영에서 팔인씩 짝을 지어나가도 가평군 경계까지 긴 줄이 이어졌다. 그때의 기백을 표현하자면, 서울 점령은 물론 천하라도 다 삼킬 듯한 기세였다. 인원수는 많으나 원래 훈련이 부족한 오합지졸이었다. 행로가 정돈되지 못한 것은 물론 복장도 가지각색이었다. 사기는 충천하나 기동력은 마치 시멘트는 적고 모래와 자갈이 많아 콘크리트가 굳지 않는 예와 같았다.

어찌 된 일이냐? 뜻밖에 큰 장애물이 나타났다. 정부에서 파송된 토벌대가 내려와 가평을 점령했다. 의병은 진군하지 못했다. 가평 앞 벌엽산에 진을 치고 대항했다. 첫날에는 의병 수가 많고 강한 까닭에 관군은 총만 쏘며 방어만 했다. 의병은 여유가 많아 보였다. 관군은 이길 수 없는 적을 만났기에 방어 위주로 나갔다. 그때만 해도 의병은 구식 화승총을 가졌다. 이 총은 손이 여러 번 가야 총을 쏠 수 있게 되어 있었다.

선봉장 성익현은 새벽을 틈타 벌엽산에서 내려와 북한강을 건너 관군 본영을 습격했다. 관군은 기습에 대비해 천막을 비우고 잠복하고 있었다. 성대장은 뜻밖의 역공을 맞았다. 게다가 관군은 기관총을 발사했다. 전멸한다 싶어 후퇴했다.

2월 초순인데 비가 내렸다. 이튿날은 마침 큰 비가 왔다. 관군은 이길 수 있는 기회를 놓치지 않았다. 의병을 뒤쫓아 왔다. 화승총은 비만 오면 화약에 불이 붙지 않아서 도저히 총을 쏠 수가 없었다. 그 약점을 알고 비 오는 때를 타서 벌엽산 밑에서부터 총을 쏘며 공격했다. 훈련도 안 되고 무기도 변변치 못한 의병이 어찌 당할 수 있겠는가? 전열이 무너지면서 전군이 둑이 떠져 물이 흩어지듯이 꽁지 빠지게 도망치기 바빴다.

그러나 관군은 원래 인원수가 적어 감히 뒤쫓아가 치지를 못했다. 의병은 다행히 사상자 수가 많지 않았다. 그때 의병들 사이에서는 이런 아리랑 타령이 유행이었다.

춘천아 봉의산아 너 잘 있거라/ 신영강 배터가 하직일세/
아리랑 아리랑 아라리로구나/ 아리랑 고개로 나를 넘겨주게
우리네 부모가 날 기르실 제/ 성 대장 주려고 날 길렀나
아리랑 아리랑 아라리로구나/ 아리랑 고개로 나를 넘겨주게
귀약통 납날개 양총을 메고/ 벌엽산 접전에서 승전을 했네
아리랑 아리랑 아라리로구나/ 아리랑 고개로 나를 넘겨주게

커피 향 청춘

이 노래에는 비장함이 서려 있다. 전쟁터로 나가는 사람들 중에서 누군들 죽음을 두려워하지 않을 수 있으랴. 봉의산과 하직하는 대목에선 의병들의 비장함을 넘어 가슴이 찡해진다. 전쟁터로 가는 아들과 지아비를 보내면서 모두 가슴 아프고 콧등이 시큰했을 것이다. 가족들은 눈물을 흘리면서 전송했다. 적을 알지 못하고 나도 알지 못했기에 벌엽산 싸움에서 패했다. 선봉장 성익현의 미련한 전술로 의병이 관군에게 졌다는 뜻이 담겨 있다. 화력의 열세와 더불어 이소응이 병법을 모르는 유학자라는 것도 싸움에 진 원인이 되었다. 그 후로 약사원 뒷산에서 크게 패했다.

정연회는 쫓기어 제천으로 갔다. 8도 의병 도총재 유인석 대장 휘하로 들어갔다. 정연회는 석호의 할아버지였다. 세상이 뒤바뀌니 집은 불에 타고 할머니는 적도들에게 맞아 죽었다. 아버지는 도랑에 숨어 있어 겨우 목숨을 구했다. 가장이 없다 보니 아버지는 고아가 되고 말았다.

봄이 오는 소리가 들린다. 겨울에서 힘차게 걸어 나오는 소리가 들린다. 굳은 땅에서 걸어 나오는 새싹 소리. 딱딱한 껍질에서 걸어 나오는 꽃잎 소리. 얼음에서 걸어 나오는 시냇물 소리. 방에서 걸어 나오는 아기 웃음소리가 들린다.

봄의 왈츠가 울려 퍼진다. 산골짜기 고드름에서 떨어지는 물방울 소리에 긴 잠에서 깨어난다. 뽀얀 새싹들이 땅을 뚫고 나오며 새 생명의 탄생을 알린다. 버들강아지도 배시시 눈을 떠 새봄을 알린다. 산수유 꽃봉오리에서 봄 노래가 흘러나온다.

우리의 삶이 아름다운 것은 어딘가로부터 나오는 희망이 있기 때문이다. 우리 마음이 늘 설레는 것은 희망의 소리가 들리기 때문이다. 희망의 소리가 들려온다. 강가에 얼음 깨지는 소리, 새싹들이 움트는 소리, 쑥부쟁이가 쏘—옥 나오는 소리가 들린다. 물오리들의 자맥질하는 소리와 함께 봄이 왔다. 이렇게 봄은 모든 생명에게 새바람을 넣고, 일어나게 하는 기운을 가지고 있다.

두고 온 고향 땅에도 봄은 왔다. 고향 떠난 길손은 나물 캐는 여인들에게서 어머니의 모습을 그려본다. 흙냄새 나는 오솔길을 따라 고향으로 달려간다. 고향 땅에는 진달래 피는 꽃동산이 있었다. 봄 마중을 가려고 기차를 탔다. 고향은 봄날 흰여울 전설처럼 그렇게 나붓나붓 다가왔다. 석호의 고향은 봄내 여울이라는 예쁜 이름을 가지고 있다. 모자란 듯 촌색시 같으면서 정감이 가는 그 이름은 춘천春川이었다.

석호는 물맛이 좋기로 이름난 모수물골에서 자랐다. 봉의산과 터가 높은 도청이 마주 선 골짜기에 있는 아늑하고 작은 동네였다. 산이 높아 골짜기도 깊고 좁았다. 몇 집 안 되는 그 동네는 유난히 해가 짧았다. 해가 한나절 만에 떴다 가버렸다. 그러나 봄이 오면 산불이 타오르듯 진달래를 볼 수 있었고, 창문을 열면 선풍기보다 시원한 바람이 들어왔다. 산자락엔 굴참나무와 벚나무, 소나무들이 푸른 잎사귀로 춤추는 동네였다.

봉의산을 우리 동네에선 봉산이라고 불렀다. 이 산은 석호의 놀이터였다. 그 산에 진달래가 피기 시작했다. 진달래는 그를 산으로 불러냈다. 꼬마 친구들은 진달래를 따 먹으러 산으로 갔다. 썩 양지바르지 못해서 꽃들이 떼를 이루지 못하고 드문드문 피었다. 무리 지어 힘을 자랑하지 않고, 혼자서 청승 떨지도 않으며 모인 듯 서로 떨어져 담담하게 피어 우리들을 맞이했다.

커피 향 청춘

진달래는 잎이 나오기 전에 꽃이 피었다. 이 꽃은 생으로 먹거나 화전이나 두견주의 재료로 사용했다. 독이 없는 진달래를 참꽃이라고 불렀다. 꽃잎을 따먹으니 상큼 쌉쌀하여 새봄을 씹는 기분이었다. 높이 올라갈수록 꽃은 만발하였다. 꽃잎을 따먹으며 정신없이 올라갔다. 엄성바위에 누군가 앉아 있었다.

— 아가야, 이리 온. 이 꽃 줄게!

참꽃을 한 다발 들고 꾀어낸 후 간을 빼 먹는다는 말이 생각났다. 문득 겁이 났다.

— 문둥이다…!

석호가 소리쳤다. 친구들은 영문도 모른 채 걸음아 날 살려라 뛰어내려왔다. 문둥병은 하늘이 내린 형벌이라고 했다. 이 병은 마땅한 약이 없기에 사람의 간을 빼 먹으면 낫는다는 속설이 있었다. 어머니는 높은 산에 올라가지 말라는 경고였다.

수돗물 정수장으로 올라가는 양쪽 길가로 벚나무 수십 그루가 열병식을 하고 있었다. 그 나무들을 세면서 올라갔다. 나무를 세다 보면 한 그루 한 그루의 모양과 특징을 알게 된다. 낮은 데서 높은 곳으로 올라가는 길은 지루하지 않았다. 쉬운 문제부터 어려운 문제로 올라가는 수학공부 같은 이치였다. 좀 어렵게 말해서 그것이 바로 사물의 이치를 연구하여 지식을 확실히 아는 격물치지格物致知가 아닌가 생각했다. 같은 벚나무라 하더라도 잎이 떨어졌던 흔적만 보고 그 잎이 가까이 달렸는지, 어긋나 있었는지 나타났다. 마디 사이의 길이를 들여다보면 지난해 동안 그 나무가 얼마나 자랐는지 짐작할 수 있었다. 늦게까지 잎을 떨어뜨리지 않다가 얼어 죽게 된 가지도 있다. 상처를 입어 열심히 치유하여 회복된 흔적도 남아 있었다.

나뭇가지들은 조금이라도 햇볕을 더 받으려고 주어진 공간을 쓸모 있게 나누며 살고 있다. 가지 끝에 옆 나무와 다투었던 치열한 경쟁의 모습도 보인다. 하지만 그 경쟁은 싸우다가 서로에게 상처를 입히는 그런 것이 아니었다. 최선을 다하면서 결국은 조화롭게 공존하는 지혜가 있다. 그 나무들에겐 평화가 있다. 석호는 하늘을 우러러보며 펼쳐진 나뭇가지들의 아름다운 삶을 구경했다.

나무들은 봄맞이에 한창이다. 겨울엔 들리지 않던 새들의 노래 소리가 들린다. 노란 애기풀꽃 길을 걸으면 훈훈한 땅 기운이 올라왔다. 누군가 등 뒤에서 석호를 부르는 소리가 들린다. 부르는 소리에 뒤돌아보면 아무도 없다. 아지랑이 아른거리는 언덕엔 그리움이 피어오른다. 다정한 동생의 이름을 불러본다. 봄이 깊을수록 찬란한 슬픔이 복받쳐 온다. 아무리 둘러보아도 없는 동생 생각에 슬퍼진다. 잎 돋는 가지 끝에서 누군가 부르는 소리에 목이 메었다.

나무에서 소리가 들린다. 생동하는 봄 소리가 들린다. 나무 기둥에 귀를 대어 보라. 쿵—쿵 심장이 뛰는 소리가 들린다. 뿌리로부터 나뭇가지 위로 올라가는 물소리가 들린다. 벚나무 한 그루마다 인사를 나누고 이야기를 주고받았다. 나무도 매일 만나면 반겨주었다. 말 없는 나무와 이야기를 나누노라면 친구처럼 다정한 사이가 된다. 나무도 한 그루마다 모양이 다르듯이 사정도 달랐다.

나무는 모든 고독을 안다. 부슬비 내리는 가을 저녁의 고독을 알고 함박눈 펄펄 내리는 아침의 고독도 안다. 이런 무서운 고독을 참고 봄날을 기다렸다. 산길 따라 올라갔다. 어머니 품 같은 따스한 봄바람이 불면, 벚나무 가지마다 꽃눈이 텄다. 눈부시다! 화사한 꽃들은 그늘을 만들어 주었다. 꽃그늘 속에 앉아 있으면 얼마나 편한지 모른다. 온몸에

꽃 향이 스며든다. 분홍빛 꽃물이 배어들어 왔다. 꽃그늘에 앉아 있노라면 벚꽃 스친 바람이 노래가 되어 들려온다. 석호도 꽃이 되어 홍얼홍얼 콧노래를 불렀다. 벚꽃을 보고 있노라면 마음은 뭉게구름 되어 둥실 떠올랐다.

벚나무들은 분주히 움직이고 있다. 한나절 땡볕 아래 벚나무는 봉산을 먹이고 있다. 말 없는 엄성바위도 먹이고 있다. 땅 속의 매미 유충도 먹이고, 두리번거리는 딱따구리도 먹이고, 꼼실거리는 두릅나무를 먹이고 있다. 옷고름 풀어 헤친 벚나무들의 퉁퉁 불어터진 젖무덤이 명동거리로 흘러들어 단물을 풀어먹이고 있다. 벚나무들이 자식들을 주렁주렁 달고 젖먹이기에 분주한 하루였다.

검정고무신을 베개 삼아 누워 하늘을 본다. 수만 송이 꽃들이 나비가 되어 훨훨 하늘로 날아올랐다. 외워오라는 구구단도, 써오라는 국어 숙제도, 집안의 속상한 일도 몽땅 잊어버렸다. 어린 마음을 짓누르던 짐 같은 시름이 말끔히 없어지고 말았다. 벚꽃 그늘에 찾아가 벚꽃을 닮은 아이로 누워 있었다. 벚꽃에 왕왕거리는 벌 떼처럼 석호의 몸은 힘이 솟고 마음은 편안해졌다.

열정을 가지고 단 며칠 동안 만개하는 벚꽃은, 한꺼번에 피는 화려함과 잠깐 동안 지나간 매력이 환영처럼 지나갔다. 심술꾸러기 꽃샘바람이 불면 화려한 꽃비가 되어 팔랑팔랑 떨어져 나간다. 봄소식을 화려하게 알린 후 한순간에 미련 없이 사라져 갔다.

어린 시절 간식이라고는 거의 없었다. 헛헛한 아이들이 주전부리할 수 있는 것이라고 해봐야 겨우 칡뿌리 캐 먹기, 아카시아 꽃잎 훑어 먹기, 옥수수 대 잘라먹기가 고작이었다.

어느 날 봉산 끝자락 한우물 고개 아래, 이성길네 과수원에 친구들과 사과서리 하러 가기로 했다. 서리 짓을 하기 전에, 잡히더라도 다른 아이의 이름을 대지 않겠다는 의식을 했다. 오지그릇 파편을 주워서 네 조각을 냈다. 그 조각을 각기 들고 침을 세 번 뱉고 각자 주머니에 넣었다. 이로써 신의를 지키겠다는 의식은 끝났다.

현장에 도착하니 철조망이 높게 쳐져 있었다.

— 사냥개가 있을 걸….

석호가 걱정을 했다.

— 전부터 개를 잘 사귀어 두었으니 문제없어.

상운이가 큰소리쳤다. 빨갛게 익은 사과가 주렁주렁 달렸다. 입안에서 군침이 돌았다. 한 사람은 망을 보고 모두 철조망을 뚫고 들어갔다. 사과를 따서 주머니에 넣으려는 순간 망아지만 한 개가 짖으며 달려왔다. 걸음아 날 살려라, 도망쳐 나왔다. 안전한 곳까지 와서 사과 한 개를 넷이서 나누어 먹었다.

병정놀이도 했다. 같은 또래 아이들이 칠팔 명 되었다. 석호는 대장 노릇을 했다. 군인 계급장도 그려서 팔에 달았다. 무기라 해보았자 목총이나 나무막대기를 칼로 대신해서 들고 겨누는 정도였다. 대장이 돌격 명령을 내리면 쏜살같이 공격 목표를 향해 뛰었다. 야—! 소리를 내면서 엄성 바위를 향해 내달렸다. 병정놀이로 시간 가는 줄 모르고 노루마냥 봉산을 누비고 다녔다.

전쟁놀이는 전쟁과 놀이라는 말이 결합돼 있다. 참으로 어울리지 않는 두 말이 결합돼 있는 모순된 말이다. 알다시피 전쟁은 살생과 승리를 목표로 하는 행위지만, 놀이란 재미와 우정을 쌓기 위한 행동이기 때문이다. 절대로 져서는 안 되는 것이 전쟁이지만, 일부러 져줄 수 있는 것이 놀이다. 그러다 보니 전쟁은 아이들에게까지 관심사가 되었고, 아이들마저도 전쟁놀이에 열중하게 되었다. 춘천은 38선 근처라 보고 듣는 것이 군인들의 군사훈련 장면이었다.

전쟁놀이가 끝나면 엄성바위에 모여 앉아서, 오락도 하고 때로는 친구 생일 축가도 불러주었다. 두어 평 되는 그 바위는 우리의 사랑방이었다. 친구가 없어 혼자 놀 때도 그 바위에 자주 올라갔다. 굴참나무에 붙어 사는 보라금풍뎅이를 잡아서 목을 비틀어 놓았다. 그러면 날갯짓을 하면서 땅바닥을 빙글빙글 돌았다. 그날 밤 꿈에서 석호는 풍뎅이가 되었다. 목이 비틀어져 방바닥에서 빙글빙글 돌다가 깨어났다.

6·25 전쟁 때 인민군은 엄성바위에 비행기를 쏘기 위한 대공포를 설치해 놓았다. 그들이 후퇴하고 간 후, 엄성바위에 올라가 보았다. 여기저기 기관총알과 박격 포탄이 널브러져 있었다. 동네 친구들이 모여 화약놀이를 했다. 기관총알 속에 있는 화약을 빼냈다. 좁쌀 같은 화약을 길바닥에 길게 뿌렸다. 성냥불을 대면 불길이 화약을 따라 후드득 타들어 가는 모습이 재미있었다.

포탄날개에 붙어있는 다시마 같은 폭약을 떼어냈다. 그 폭약을 기관총 탄피 속에 쑤셔 넣고 불을 당기였다. 탄피가 이리저리 움직이면서 미친 듯이 불을 뿜어대는 모습은 아슬아슬함 만점이었다. 적당한 장난감이 없는 때라 겁도 없이 포탄을 가지고 놀았다. 이웃집 아저씨는 수류탄으로 물고기를 잡으려다 손목이 날아갔다. 옆 동네 아이들은 포탄 뇌관을 쳐서 몇 명이 죽은 사고도 있었다.

아이들에게는 마땅한 놀이터가 없었다. 그래서 텅 빈 신사 안에 있는 넓은 마당에서 축구를 했다. 일제시대에는 경례만 했지 들어가지 못했던 금지의 땅이었다. 해방 후 이곳에서 모수물과 잣고개에 사는 아이들이 편을 갈라 축구시합을 했다. 공이라고 해봐야 말랑말랑한 정구공이었다.

맨발로 공을 차기도 하고, 고무신에 끈을 매어 차기도 했다. 그러다가 끈이 풀리면 공보다 신발이 더 멀리 날아가기도 했다. 축구가 끝나면 서로 시원한 등목을 해주었다. 이렇게 운동을 통해 우정을 다졌다. 마음껏 뛰어놀면 혈액순환과 신진대사가 잘되고 심폐기능이 자연스럽게 높아졌다. 어렸을 때 운동은 평생 건강을 유지할 수 있는 바탕이 되었다.

때로는 앞두루를 가로질러 춘천역 근처에 있는 부서진 비행기에 올라탔다. 두 사람이 함께 조종간을 잡는 작은 비행기였다. 하늘로 올라가는 비행사가 된 기분으로 시간 가는 줄 모르고 놀았다. 그러다가 기차가 기적을 울리며 들어왔다. 모두 열차 칸 세기에 바빴다.

— 하나, 둘, 셋 … 모두 열 칸이다.

— 아니야, 열한 칸이야.

이해관계 없이 세는 것에만 열중했다. 비행기를 타면 비행사가 되고 싶고, 기차를 보면 기관사가 되고 싶었다. 하늘에 뜬 잠자리비행기도 세어보고, 달리는 탱크도 세었다. 어른이 되어서도 움직이는 물체는 세어보아야 직성이 풀렸다.

뜨거운 여름이 돌아왔다. 잣고개 넘어서 뒷두루를 돌아 소양강으로 갔다. 발가벗고 강물에 들어가 물장구를 쳤다. 물보라를 일으키며 물쌈도 했다. 은모래 고운 백사장에서 두꺼비집을 지었다. 모래성도 높이 쌓았다. 물길을 열어 놓으면 모래성은 힘없이 쓰러졌다. 해가 구름 속으로 숨어버리고, 소낙비가 쏟아졌다. 옷을 모래 속에 파묻고 물속으로 피했다. 소나기 삼 형제가 지나갔다. 호랑이 장가갔다며 모여 앉아 찐 감자를 나누어 먹었다. 이렇게 소양강 물고기처럼 모수물골 아이들은 자유롭게 놀았다.

정월 대보름이면 달맞이를 갔다. 홰는 싸리나무를 베어 칡덩굴로 묶어 만들었다. 끝에는 솜뭉치를 넣고 기름을 발라 불이 오래 타도록 만들었다. 대보름달은 남보다 먼저 보는 것이 좋다고 했다. 달이 잘 보이는 봉산에 올라가 달맞이를 했다. 석호는 봉산 중턱 가까이 올라갔다. 농구공 같은 둥근달이 떴다. 횃불을 밝히고, 대보름달을 향해 간절히 소원을 빌었다.

— 제발 올해는 공부를 잘하게 해 주세요.

두 손 모아 합장을 했다. 두 귀를 잡고 나이 수대로 큰절을 했다. 4학년이 되도록 구구단을 5단밖에 못 외웠다. 그래서 산수시험을 보면 0점을 겨우 면했다.

겨울은 겨울대로 즐거웠다. 논에 물이 얼면 앉은뱅이 스케이트로 얼음 위를 지쳤다. 추운 날이라도 논을 한 바퀴 돌면 몸이 훈훈해졌다. 팽이도 쳤다. 채찍으로 때리면 무지개 색깔로 웅—웅 소리를 내며 잘도 돌았다. 모수물고개에 눈이 쌓이면 대나무를 휘어 스키를 즐겼다.

6·25전쟁 때는 폭격에 부서진 건물에서 나무를 주워서 땠다. 질서가 잡힌 후로는 봉산으로 올라갔다. 처음엔 나무삭정이를 잘라왔다. 그것도 한계가 있어 소나무를 베어 올 때는 마음이 찔렸다. 톱으로 소나무를 자르면 나뭇가지가 너풀너풀 춤추다가 -우두둑 뚝딱- 하고 마지막 비명을 지르며 쓰러졌다. 간이 콩알만치 오그라들었다. 산림간수에게 들키면 톱도 빼앗기고 잡혀가기 때문이다. 연탄이나 기름이 없었던 시대

였다.

봉산은 석호에게 필요한 모든 것을 아낌없이 주고 다 받아들였다. 어려서는 놀이터이자 주전부리 장소요, 열매와 땔감까지 모두 내어주었다. 봉산은 친구처럼 즐거운 놀이동산이며 생명력이 넘치는 산이었다. 그러나 석호는 이 고마운 산에 나무 한 그루 심지 못한 채 타향살이로 사십 년을 보냈다.

봉산은 예쁜 꽃을 피우고도 자랑하지 않았다. 아름다운 열매를 맺고도 으쓱거리지 않았다. 산새들 작은 식구가 늘어도 속으로만 기뻐하는 산이었다. 이렇게 봉산은 겸손하고 말이 없다. 변덕스럽지도 않았다. 사랑을 주면서도 불평 한마디 없었다. 석호는 위험한 고비를 넘을 때마다 봉산을 생각했다. 이런 위기는 욕심에서 비롯되었다. 봉산은 석호를 다시 일으켜 세웠으며, 세상을 넓게 볼 수 있는 지혜를 주었다. 우둔한 그 아이가 제자리에 바로 서도록 끊임없이 인내하며 지켜봐 주었다.

이제 모수물골에서 놀던 어린 시절은 아름다운 색깔로 채색되어 다가왔다. 어린 시절이 우리에게 아름다운 추억으로 다가오는 또 한 가지 이유는, 그 시간이야말로 현실성이 없지만 더할 나위 없는 놀이 과정이기 때문이다. 더할 나위 없는 놀이 과정은 인생에 있어서 최상의 즐거움을 보장해 주는 시간이었다. 그 시간 속에서 우리에게는 노는 것만이 유일한 일일뿐이었다.

봉의산은 유구한 역사 속에서 춘천 사람들과 생사고락을 함께 해왔다. 즐거움도 있었지만, 위기가 닥칠 때 죽음으로 함께 지켰다. 그 산이 아픈 역사를 간직했기에 과거를 돌아봄으로써 미래를 발전시킬 수 있었

커피 향 청춘

다. 뼈아픈 지난 역사에서 지혜를 배운다. 역사를 잊은 민족에게 미래는 없다. 멀리 보면 아름다우나, 먼 옛날이야기는 후손에게 교훈을 준다.

봉의산 순의비를 찾았을 때는 낙엽이 떨어지는 11월 초순이었다. 순의비 주변에 떨어져 굴러다니는 낙엽은, 마치 전란 속에 스러진 조상들의 혼인 듯싶었다.

나라를 지키려다가 뿌린 선열의 숭고한 피가 스며 있는 산성은, 허물어진 채 오늘까지 그 잔영이 전해지고 있으나, 대의에 순殉한 이름 모를 수많은 선열의 절의는 세월 속에 잊혀가고 있기에, 여기 이분들의 고혼을 달래고 그 충절을 후세에 기리기 위해 이 비를 세운다.

비문을 읽어 내려가는 석호의 눈시울이 뜨거웠다. 봉의산성은 몽골군의 침략을 막아내는 전쟁터로 알려졌다. 그 산은 둘레로부터 들어오는 적을 바라보기에 알맞은 곳이었다. 역사의 현장인 봉의산성을 둘러보았

충주박물관 전시자료 인용

다. 그 산성 위에서 두 눈에 불을 켠 조효립 장수가 적토마를 타고 달려 나왔다.

— 활을 쏘아라! 돌을 굴려라!

적군이 산성 턱밑까지 다가왔다. 몽골 야굴군이 대군을 이끌고 봉의 산성을 압박하면서 계속 포위 공격하고 있었다. 성내 군민들은 전력을 다해 싸우고 또 싸웠다.

몽골족은 거란이나 여진족의 나라인 요나 금의 세력에 눌려 있던 서북방의 보잘것없는 유목민이었다. 12세기 말 칭기즈칸이란 민족지도자가 나타나 당대로부터 삼대에 걸쳐, 아시아에서 유럽에 이르는 대제국을 건설했다.

몽골과 고려의 불신의 시작은 17대 고종 초에 시작되었다. 몽골은 28년 동안 7차례나 침입해 왔다. 세계강국이었던 몽골에 대항하여 버티어 온 고려의 무사정신은 역사에 길이 빛나는 이야기다. 그렇지만 무차별적으로 학살하고 무자비하게 욕보이는 몽골군에 의해 민생은 도탄에 빠졌고, 그 형편으로 기나긴 세월을 보낸 것을 생각하면 고려백성이 겪은 피해는 이만저만이 아니었다.

왕실과 귀족은 무단정치의 최 씨 집권에 들어가 있었다. 그래서 몽골군의 손이 닿지 않은 강화도에 피난 가서 편안함을 누리고 있었다. 그 오랜 세월동안 왕실이 버리고 간 백성들은 몽골군에게 잡혔다. 그들은 노예가 되고 창녀가 되었지만, 끝까지 몽골군에 대한 항쟁을 계속했다. 몽골군이 7차에 걸쳐 침입을 했다. 1—2차는 살례탑군이 처들어왔고, 5—7차는 차라대군이 침입했다. 춘천지방에서 유례없는 혈전을 벌인 것은 제4차 야굴군의 침입에서였다.

가을 추수기에 몽골군이 철원으로부터 들어왔다. 철원의 방호별감 백

돈명은 적이 수 백리 밖에서 가까이 왔다는 소문을 들었다. 서둘러 백성들을 산성에 모두 들어가게 하고 출입을 금했다.

— 추수할 때니 벼를 베게 해주시오!

농민들은 벼를 베게 해줄 것을 요구했다. 관리 하나가 동조하여 교대로 나가 벼를 베게 하자고 건의했다. 백돈령은 그 사람을 처형했다. 이에 농민들이 격분하여 백돈령을 결박하고 죽이려고 했다. 이렇게 다투는 사이에 갑자기 몽골군이 쳐들어왔다. 지도자의 폭행에 실망한 군졸들은 힘써 싸우지 않고 백기를 들었다. 결국 몽골군은 철원에 무혈 입성했다. 철원을 점령한 몽골군은 그 여세를 몰아 춘천에 침입했다.

— 몽골군이 쳐들어와요. 어서 서둘러 봉의산성으로 들어가시오.

안찰사 박천기는 명하여 방을 붙이고 관원들이 독촉하며 다녔다. 추수를 미처 끝내지 못한 백성들은 곡식을 이고 지고 다투어 봉의산성으로 피난을 갔다. 청야전법으로 적들이 먹을 만한 논과 밭에 쌓인 곡식과 집을 모두 태웠다.

그 다음날 야굴은 대군을 이끌고 춘천에 들어 닥쳤다. 포로로 붙잡아 온 고려인들을 동원해 봉의산성 둘레에 목책을 두 겹으로 세우고 참호를 한 길 넘게 파놓았다. 철원과 화천에서 잡혀 온 포로들은 거지 중에서도 상거지였다. 한때에 옥수수 두어 자루를 줄 뿐 제때 먹이지 않아 겨우 숨만 쉬고 있는 짐승이나 다름없었다. 야굴은 하루 종일 참호를 파게 했다. 쓰러지면 그 자리에서 처형했다.

고려군이 성 밖으로 출입을 못하도록 가두어 두었다. 그리고 산성을 포위, 압박하면서 계속 공격을 퍼부었다. 몽골군은 항복할 것을 요구했으나 박천기의 군사와 백성들은 항복을 거부하고 끝까지 항전했다.

봉의산성은 남으로 춘천시가와 멀리 신영강 삼악산을 한눈에 볼 수

있다. 북으로는 소양강에 접해 있고, 그 뒤로 펼쳐진 우두평야를 굽어볼 수 있는 곳이다. 모양은 현 봉의사 앞에 놓인 계곡에서 위로 정상능선을 따라 서쪽으로 뻗어 일주하여 다시 계곡에서 마주치는 타원형을 이루고 있다. 봉의산성의 석축 길이는 약 8킬로이고, 높이는 3미터 정도였다.

삼국사기에 수약주에 주양성을 건축했다는 기록이 있다. 신라 문무왕은 북방을 위협하는 세력인 당을 비롯하여 거란과 말갈의 무리를 막기 위하여 춘천에 주양성을 축조했는데, 그것이 봉의산성이라고 추측된다. 이 산성은 계곡을 둘러싸는 포곡형 산성으로, 넓은 계곡을 포용하고 능선을 따라 성벽을 축조했다. 계류는 수구를 통해 밖으로 흐르고 성문도 자연히 수구부근에 설치했다. 또한 성내 여러 곳에 장대를 만들어 지휘했다. 산정에서 북쪽 소양강으로 흐르는 계곡을 포용하고 북방을 견제하는 포곡식 산성이었다.

지속되는 전쟁에 군민들은 시간이 갈수록 지쳐 갔다. 아군의 군량과 방어용 화살과 돌이 고갈되었다. 밖으로 나갈 수 없으니 보급을 계속 받을 수 없는 형편이었다. 더구나 성내의 우물은 식수로 쓰기에 원래 부족했다. 병법이 월등히 뛰어나고 사기가 충천해도 수성의 기본인 물과 화살이 부족하니 계속 전쟁을 할 수 없는 처지에 놓였다.

조효립 장수가 걱정을 했다.

— 당장 마실 물이 부족하니 어찌하면 좋겠소?

— 우선 말과 소의 머리를 베어 피를 마십시다.

안찰사 박천기가 말했다. 목이 말라 죽어가는 어린아이들을 볼 때면 생지옥이 따로 없었다. 할 수 없이 말과 소의 머리를 베어 그 피를 내어 마시는 극한의 상황에 이르렀다. 하지만 임시방편일 뿐 당장 샘물을 팔 수 있는 일도 아니었다.

춘천 지방은 전란이 있을 때마다 피비린내 나는 혈투를 했다. 춘천은 지형상으로 북방민족이 침략할 때 어김없이 통로가 되어 있다. 외적들이 북으로부터 내려오면 장양강과 소양강을 끼고 있는 춘천에 들어올 수밖에 없었다. 철원 지방에서 들어온 적도 춘천을 거쳐야 하고, 양구 북방에서 쳐들어온 적도 춘천을 거쳐 가게 되어 있었다.

몽골 장수 야굴이 편지를 보내왔다.

— 너희들은 독 안에 든 쥐 같은 신세가 되었다. 얼마나 버틸 셈인가?

이제라도 항복하면 목숨은 살려 주마.

전투가 벌어지고 보름이 지난 뒤, 먹고 마실 수 있는 물이 떨어졌다. 봉의산성의 군민은 생쌀을 먹으며 항전했다. 군민들의 고통은 한계에 이르렀다. 조효립 장수는 결심했다.

— 여보! 이제 헤어져 저세상에서 다시 만납시다. 미안하오.

몽골군에게 욕보이는 것보다는 낫다며 자기 손으로 사랑하는 처를 단칼로 베었다. 그리고 적진의 불속으로 뛰어 들어가 산화했다.

안찰사 박천기도 도저히 이 난국을 타개할 대책이 없었다. 성안의 모든 군인과 백성에게 말했다.

— 친애하는 부민 여러분! 보름 동안 생사고락을 같이 했습니다. 그러나 우리 앞에는 죽음의 함정이 놓여 있습니다. 살려고 하면 죽고 죽고자 하면 삽니다. 어차피 죽을 상황이니 결사대를 조직하여 이 죽음의 장벽을 뚫고 나가려고 합니다. 자원자는 앞으로 나오시오.

6백 명의 결사대를 조직했다. 성안의 재물과 양식을 모두 불살랐다. 보름날 밤을 택하여 결사대는 성을 뛰쳐나가 기습 공격했다. 적이 쌓아놓은 목책을 부수고 전진했다. 그러나 한 길이 넘는 참호에 빠져 전원 옥사했다. 이윽고 동남문 방향에서 몽골군의 강력한 공격을 받았다. 성벽은 무너지고 끝내 점령당했다. 성내에 남아 있던 3백여 명의 성인남자는 무자비하게 살육되었다. 여자와 아이들은 포로로 잡혔다. 이로 인해 남녀노소 가릴 것 없이 학살당하고 여자는 욕보였다. 남은 민가와 곡식이 익은 들판은 모두 불을 질러 백성들은 도탄에 빠진 채 긴 한숨을 쉬었다.

초원의 돼지 같은 몽골족! 살기 좋은 금수강산에 재물을 탐내어 7차례나 침공해 왔다. 빼앗기고 짓밟히고 끌려가고 죽임을 당했다. 약탈당하고 불타고 겁탈당했다. 악몽 같은 28년의 세월. 말발굽과 더러운 칼에 겨레는 짓밟혔고, 삼천리 한반도는 피로 물들었었다. 그러나 춘천시민은 오늘 여기 봉의산 기슭에 서 있다. 한민족의 연면한 죽살이를 이겨왔다. 이름 없는 장수들과 이름 없는 백성들의 피와 눈물, 뼈와 살로 봉의산성을 지켜왔다. 지는 듯 몰아내고 이기는 듯 견디어 지켰다. 이 봉의산성을… 기어코 몽골군을 목숨 바쳐 막아냈다.

춘천이 고향인 박항은 문과에 급제하여 벼슬자리에 있었다. 춘천이 함락되었다는 소식을 듣고 부랴부랴 고향으로 내려왔다. 부모의 안부가 걱정이 되어서 바쁜 일을 뒤로 미루고 춘천에 당도했다. 소식을 듣고 달려온 터라 이미 여러 날이 지났다. 수백구의 시체가 여기저기 산재해 있었다. 여우가 뜯어먹거나 썩어가는 시체를 헤쳐 가며 부모의 시체를 찾았으나 찾을 길이 없었다.

— 아버지 어머니, 불효자식을 용서하소서!

허공에다 대고 울부짖었다. 부모와 비슷한 시체 3백구를 장사 지내고 울며 돌아갔다.

아! 몽골의 난. 우리들의 슬픔 뒤에 시인 있어 이렇게 흐느껴 울고 있다. 누가 알리요, 선혈로 소양강 한바퀴, 천천히 봉의산을 띠 두른 그 넋들을. 서로 안고 오늘을 울어댐을… 몽골군과 용감하게 싸워 전원 옥사한 춘천부민들의 위대한 피가 봉의산 흙속에 지금도 살아있다. 모든 조건이 불리함에도 끝까지 항쟁한 조상들의 호국정신을 기리 잊지 말아야하겠다.

— 봉의 정신—

이 봉의산 항전을 귀감으로 삼아, 한 민족의 구심점을 봉의정신에서 찾을 수 있다. 이 불굴의 애국정신을 승화시키면 훌륭한 봉의정신이 될 것이다.

세도가로 정치 무대를 주름잡던 이자겸이 고려 왕실을 뒤흔들어 권력을 부릴 때였다. 그의 4촌인 이자현이 그 권력으로부터 도피하여 문수원에서 서른일곱 해 동안 숨어 살았다. 식암息庵은 청평사 암자 중 한 곳으로 그가 선학禪學을 닦던 곳이다. 이자현은 고려 문종 때 과거에 급제하고 성종 때 대락서승이 되었으나 벼슬을 버리고 이곳 청평사에 들어와 문수원을 중수하고 청평사 여러 곳에 암자를 짓고 수도했다.

이자현은 청평사에서 좀 떨어진 산 중턱 전망 좋은 반석 위에 암자를 세웠다. 그 암벽에는 -청평식암-이라는 큰 글자를 새겨 놓았다. 그는 선禪의 즐거움을 느끼며 고요한 곳을 가려 암자를 지었다. 그 크기는 둥글기가 따오기 알 같아서 다만 두 무릎을 편히 할 수 있을 정도였다. 그 가운데 묵묵히 앉아 있으니 수개월 안에 도적들의 침입이 없어졌다. 호랑이의 발자취까지 끊어지니 산사를 청평사라고 바꾸었다.

청봉 작가가 배낭에 카메라를 메고 청평사로 향했다. 영지에서 고려 복색을 하고 다정히 이야기하는 두 학자를 만났다. 어릴 때 친구였던 곽여가 관동 가는 길에 들러서 이자현에게 시를 지어 낭송하는 중이었다.

청평산 물이 맑아 상강 같은데/ 우연히 옛 친구 만나보네
삼십 년 전에 같이 뛰어놀던 친구/ 천 리 밖 서로 떨어져 살았네
구름이 골에 드니 조용하기 그지없고/ 달이 개울에 밝으니 세속에 물들지 않네
서로 보고 말없이 오래 있는 곳에/ 환히 옛 생각 떠오르네

이 친구의 시에 자현이 답하였다.

따뜻한 계곡에 봄은 바뀌는데/ 문득 친구가 지팡이 짚고 나를 찾았네
백이숙제는 세상 피하여 오직 성품이 온전했고
직엽稷葉은 나라에 충성하여 몸을 돌보지 아니하였네

부름 받은 이때 임금의 음성도/ 관복 벗은 후일에는 세상 먼지 벗으리
이 땅에 같이 숨어 삶이 어떠한가/ 오래 살며 종래는 불사신 되리라

이자현이 만들었다는 영지를 돌며 시를 지어 화답하고 있었다. 이 영지를 둘러보았다. 구천 평에 이르는 넓은 땅에 꾸며져 있었다. 『고려도경』에 적힌 대로 돌을 쌓아서 산을 만들고 앞마당 끝에 물을 끌어들여 연못을 만들었다. 고려 시대 정원의 특징을 고스란히 지니고 있었다.

영지는 산골짜기 물줄기를 끌어들인 못에 청평사 뒷산인 오봉산의 빼어난 모습이 거꾸로 비치도록 만들었다. 가운데 놓인 큰 돌 세 개가 있으니, 고조선의 시조인 환인, 환웅, 단군 세 분을 상징했다. 산모에게 아기를 점지해준다는 삼신三神인 것이다. 그 돌 사이로 갈대를 심어 단순하면서도 아름답게 보이도록 꾸몄다. 그 언저리에는 팽나무, 고로쇠나무, 단풍나무, 느티나무, 황매화나무 같은 나무를 고루 심었다. 바위나 물줄기가 자연경관과 조화가 잘 이루어졌다.

이 정원은 일본 사람들이 세계에 자랑거리로 내세우는 가마쿠라 시대의 것으로, 교토에 있는 절 사이호오지의 정원보다 250년쯤이나 더 오래 되었다. 뿐만 아니라 그 규모나 짜임새도 훨씬 뛰어났다고 한다.

이 절이 자리 잡은 오봉산은 그 이름이 본디 경운산이었다. 이자현이 그 산과 물이 맑음을 보고 절 이름과 마찬가지로 청평산이라 불렀다. 요즘에 봉우리가 다섯이라 하여 오봉산이라 부르게 된 것이다. 이 절에 와서 이자현이 만들었다는 연못인 영지를 눈여겨보았다.

무르익어가는 봄날, 구름 한 점 없이 맑은 옥색 하늘이다. 승려 두 장정이 종 앞으로 걸어 나왔다. 당목 앞에 마주서서 호흡을 맞추었다. 드디어 첫 번째 종소리가 들려왔다.

— 우왕………

그 맑은 종소리가 사방으로 울려 퍼졌다. 지긋이 눈을 감았다. 바람에 날려 눈송이처럼 퍼지는 종소리였다. 천 년 전에 듣던 그 소리를 지금 듣고 있다. 그 순간 눈물이 핑 돌았다. 눈물을 감추려고 먼 하늘을 바라보았다. 청봉 작가가 이고 있는 하늘이 시리도록 푸르렀다. 천 년 전에 고려인들이 듣던 그 소리를 지금 들을 수 있다는 것은 소리의 부활이요 고려의 음성이었다.

종소리는 은은하게 가슴에 와 닿았다. 이 종소리는 어디로 갈까? 저 오봉산 능선을 넘어 우주 끝까지 날아갈 것이다. 종소리에 근심과 걱정이 사라지고, 깨달음이 하나둘 허공을 메웠다. 욕심을 버리고 고집을 떠나서, 훨훨 자유로운 세계로 오라고 손짓하였다. 한차례 종을 친 다음 여운이 사라질 무렵, 새로운 종소리로 이어졌다. 이렇게 종소리는 끊어질 듯 이어지고 있었다.

저 종소리처럼 우리의 역사도 외세의 침략을 받으면서도 끊어질 듯 끊어질 듯 지금까지 명맥을 이어왔다. 이렇게 명맥을 이어온 것은 약소민족으로서 기적에 가까운 일이었다.

춘천에 몽골 야굴군이 침입하여 남은 것이라고는 봉의산과 소양강뿐이었다. 그곳에서 멀리 떨어진 산골 청평산 태소암에는 네 학자가 모여 고조선의 역사를 복원하려는 열망으로 가득 차 있었다.

『단군세기』를 쓴 향촌 이암(1297~1364)은 고려 공민왕 때 수문하시중을 지냈다. 당시는 몽골이 침략하여 내정간섭이 극에 이르렀다. 우리나라의 고유문화와 역사책을 모조리 찾아내 불살라버릴 때이기도 했다. 그는 태소암에서 소전거사를 만나 석굴 속에 감춰두었던 고서적을 나눠받았다. 그 내용은 환국—배달—고조선 시대를 기록한 역사책이었다.

그곳에서 이암은 이명과 범장을 만나 한민족사 회복을 위한 사서史書 집필을 결의했다. 복애거사 범장은 『북부여기』를, 청평거사 이명은 『진역유기』를 지었다.

이암은 소전거사에게 들은 이야기와 전수받은 책으로 『단군세기』를 지었다. 그는 오늘날의 국무총리격인 수문하시중에 오른 정치가요, 당대 최고의 지성과 학식을 갖춘 대학자였다. 그는 지금의 청평사 작은 암자에 숨어서 역사를 바로 아는 것이 왜 중한지 피력했다. 국통을 바로 세우는 것이 곧 구국의 길임을 토로했다. 망해가는 국운을 보고 비분강개하여 동북아의 종주였던 옛 조선의 영화로운 역사를 만천하에 드러내고자 저술한 역작이 바로 『단군세기』다.

『단군세기』 서문에 보면, 나라를 위하는 길에는 선비의 기개보다 앞서는 것이 없고, 사학史學보다 더 급한 것이 없다. 사학이 분명치 않으면 선비의 기개를 진작시킬 수 없고, 선비의 기개가 진작되지 못하면 국가의 근본이 흔들리고 나라를 다스리는 법도가 달라지기 때문이다.

대저 삼신일체의 도는 무한히 크고 원융무애하며 하나 되는 정신에 있다. 조화신이 내 몸에 내려 나의 성품이 되고, 교화신이 내려 삼신의 영원한 생명인 나의 목숨이 된다. 치화신이 내려 나의 정기가 되는 것이다. 그러므로 오직 사람이 만물 가운데 가장 고귀하고 존엄한 존재가 된다고 했다. 후세학자들은 『환단고기』를 집필하여 조상의 얼을 실었다.

우리 민족은 언제까지 강대국의 설움 속에서 살아야 하는 것일까? 종소리는 단절인가 싶으면 연속이다. 연속인가 싶으면 단절되어 들려온다. 그 두 음정 사이에는 너무도 애틋한 감정이 깃들어 있다. 종소리에 감정을 느끼게 하는 것은 맥놀이 현상 때문이었다. 맥놀이 현상은 주파수 차이가 근소한 두 개의 파동이 서로 간섭하면서 진폭이 주기적으로 변하는 합성파가 이루어지는 현상이었다.

종소리를 들을 때 은은히 울려 퍼지는 -우왕- 하는 여운이나 끊어질 듯 이어지는 현상은 맥놀이 효과로 발생했다. 맥놀이 현상은 종을 만들 때 재질이나 종 두께가 균일하지 않고 종이 완전한 대칭을 이루지 않은 탓에 진동수가 미세하게 차이나는 소리가 나오기 때문이다.

서양의 종은 이와 같은 비대칭성, 비균일성을 제거하고자 하기 때문에 맥놀이 현상이 제대로 발생하지 않는다. 그뿐만 아니라 종설鐘舌이 내벽을 난타하는 금속성 파적破寂 소리이기 때문에 멀리 울려 퍼지나, 쨍쨍 울리며 귀를 자극한다. 이에 비해 당목으로 종벽을 치는 외타형 한국 종은 아랫부분이 오므라들어 소리를 종 벽 속에 가두고 아낄 대로 아끼며 인색하게 누설시키기에 여운이 길다.

한국종이 멎은 지 한참 만에 종벽에 나 있는 종유에 손가락을 얹어 보았다. 전기에 살짝 감전된 듯, 한동안 진동을 느낄 수 있었다. 진동이 있으면 소리가 나고 있을 터인데, 사람의 귀가 감지하지 못할 따름이다. 어느 경지에 이르면 들린다고 하니, 이 얼마나 형이상학적인 한국의 종소리인가! 곧 생리적 청각 영역에서 초월적인 청각 영역으로 맥놀이가 옮겨가 마음에 파장이 접속되어 경건하지 않을 수 없게 했다.

종 가운데 둥근 연꽃 모양이 종의 타점이었다. 이 타점 위치를 당좌라고 한다. 종의 안전이나 수명에도 유리하다. 종소리의 여운도 길어지도록 절묘하게 제작되었다. 종에 새긴 하늘을 나는 비천상飛天像은 종소리와 함께 끝까지 훨훨 날아다니는 자유인을 상상하며 조각했을 것이다. 이 천녀는 시각적인 맥놀이의 촉매가 된다. 서양의 천사들은 날개로 난다. 이는 물리적이다. 서양 문화의 발생지인 희랍이 해양성이기에 나는 새처럼 날개를 연상했을 것이다. 반면에 한국의 천녀들은 산악성이므로, 산을 넘어가는 구름을 연상하여 천의天衣를 날개로 삼았으리라. 종소리는 산등성이를 넘어가는 구름처럼 현실 세계에서 초월세계로, 상념의 비상을 시각적으로 구현시킨 천녀들이었다.

맑고 힘차게 울려 퍼지는 종소리는 한반도전국 방방곡곡으로 퍼져 나갔다. 슬픔 속에서 살아온 우리 한민족의 마음속에 기쁨으로 메아리치고 있으리라. 마음속에 잠자고 있던 배달의 혼이 서서히 깨어나는 순간이었다.

제2차 세계대전이 일어나기 몇 해 전에 석호는 요선동 빨간 양철집에서 태어났다. 부유한 가정으로 누나와 함께 오순도순 살았다. 아버지는 고아로 중국집 요리배달을 시작했다. 근검절약하여 자수성가를 했다. 사십대에 아들을 본 아버지는 그 애를 금이야 옥이야 애지중지 키웠다. 석호를 안고 다니다가 팔이 아프면 한복 조끼 주머니에 아들의 양다리를 넣고 다녔다. 아버지의 체온은 따스하고 체취도 군밤처럼 구수했다.

장마당 약장수의 구경거리가 있으면 얼른 목마를 태워 석호가 잘 보이도록 배려했다. 무희들이 장단에 맞추어 춤추며 노래를 불렀다. 한창 흥을 돋았다.

— 산에 가면 범을 잡고 바다에 가면 고래 잡는다. 배 아프고 골치 아프고 허리 어깨 쑤시는 분들 걱정일랑 마세요. 여기 만병통치약이 나왔습니다. 웅담, 산삼, 진시왕이 먹었다는 불로초 모두 저리 가라! 돌아서서 후회하면 못 삽니다. 기회는 단 한 번뿐! 단돈 10원. 10원에 모시겠습니다.

발로는 북을 둥둥 울리고 하모니카를 불어댔다. 무희들은 약을 들고

다니며 팔았다

아버지는 석호가 북두칠성님께 빌어 낳은 자식이라고 하셨다. 칠월칠석이 돌아오면, 마당에 누런 황토를 폈다. 첫 새벽에 모수물 두레박으로 퍼온 물로 목욕재계하셨다. 어머니는 쌀과 붉은 팥을 켜켜이 앉은 시루떡에 김이 솔솔 오르면 베 보자기를 걷어내고 식칼로 넓적넓적 먹음직스럽게 떡을 잘랐다. 시루떡을 장독대와 굴뚝 뒤, 부뚜막 등 집안 곳곳에 차려 놓았다. 아버지는 흰 두마기를 입고 마당에 멍석을 깔고 북두칠성님께 제사를 지냈다. 그 고사떡을 석호는 이웃집에 돌려 고루 나누어 먹었다. 칠월 칠석은 고구려 때부터 내려오던 명절이었다. 견우와 직녀가 은하수를 사이에 두고 서로 떨어져 있다가 만나는 날이다. 견우는 소를 몰고 하던 농사일을 상징하고, 직녀는 옷감을 짜는 일을 상징했다.

석호가 여섯 살 나던 봄날, 마내 육촌 댁에 갔었다. 곡식이 귀한 때라 쌀과 잡곡을 얻었다. 아버지는 그 곡식을 한 짐 지고 이십 리 길을 걸었다. 한참을 걸으니 다리가 아팠다. 안아달라고 칭얼거렸다. 응석을 받아주실 줄 알았다. 아버지는 뜻밖에도 휭 하니 앞으로 혼자 걸어가셨다. 기대에 어긋나자 무안도 하고 어린 마음에 기분이 나빴다. 나머지 십리 길은 울면서 혼자 집으로 왔다. 어머니를 보자 큰 소리로 울음을 터트렸다.

— 어린애를 이렇게 울리면 어떻게 해요?

어머니는 눈이 퉁퉁 부은 석호 역성을 들어주었다. 눈물로 얼룩진 얼굴을 씻어주었다. 아버지는 나약한 아들에게 독립심을 길러주기 위한 훈련을 시킨 것이었다.

아버지는 밖에 나갔다가 들어오실 때마다 머리통만 한 돌을 하나씩 들고 오셨다. 돌은 오래도록 혼자 있어도 조용하다石体長年靜고 하셨다.

그 돌이 하나둘 쌓여 트럭 두 차분이나 되었다. 훗날에 외삼촌이 새집을 짓는데 기초 돌로 사용했다. 부전자전이란 말이 있다. 석호도 어른이 되어 돌을 모으는 취미를 가졌다. 철들어 아버지가 돌을 사랑하는 마음을 겨우 알 것 같았다.

돌은 자랑하지 않는 겸손함이 있고, 오래 참고 견디는 인내가 있다. 어머니 품처럼 따스함이 있고, 산을 의지한 마을처럼 아늑함이 있어 좋다. 우리의 삶도 그런 아늑함이 있으면 한다. 아무리 화가 나도 참을 줄 알고, 조그만 것보다 큰 것을 생각하며 경쟁하기보다는 서로 돕는 그런 삶을 살고 싶다.

돌 한 개. 그것은 흙탕물이 온몸을 할퀴고 지나가며 살을 깎아내는 아픔도 참아내는 의지가 있다. 자갈에 눌리고 모래에 덮여도 되살아나는 생명력이 있다. 우리의 삶도 그렇게 의젓했으면 좋겠다. 꺼질 듯 꺼질 듯하면서도 이어지는 물줄기처럼 끈질긴 의지를 지녔으면 좋겠다. 어떠한 고난과 역경 속에서도 다시 일어나는 의지, 불행과 슬픔까지도 삭힐 수 있는 그런 의지가 있다.

돌 한 개. 그것을 얻어 가질 때 개선장군과 같은 정복감을 맛볼 때도 있고, 전생의 인연을 다시 만나는 깊은 인연에 젖을 때도 있다. 애인을 만나는 반가움이 있는가 하면 친구나 부모형제를 만나는 친근감 같은 것도 있다. 초월적인 인격, 인간이 지니고 있는 나약함을 알아주고 포용해 주는 관대함으로 나타날 때가 있다. 그런가 하면 추상같이 준엄하고 열화같이 뜨겁고, 석호를 속속들이 꿰뚫어 보는 도덕적 비판자로 나타날 때도 있다.

돌 한 개. 거기에는 산이 있고, 넓은 바다, 푸른 하늘, 그리고 우주가 보인다. 무지개가 뜨고 별이 반짝이며 해와 달이 있다. 비바람, 눈사태,

꽃무늬가 있고 아침저녁이 있다. 새와 들짐승, 지옥과 천국, 꿈과 사랑, 고독과 희열, 지나온 역사의 온 세계가 황홀경에 휩싸인다. 이렇듯 석호는 아버지의 돌 사랑이 겸손과 인내, 생명의 의지, 정과 참, 그리고 신비한 세계로 안내하고 있다는 것을 깨달았다.

석호의 아버지는 인쇄소를 경영하셨다. 하루는 일본 형사가 들이닥쳤다. 일본을 반대하는 불온문서를 인쇄해주었다는 이유로 붙잡혀 가셨다. 그때까지도 춘천 가정리를 근거지로 지하에서 의병들이 항일투쟁을 계속하고 있을 때였다. 의병을 일으킨 정연희 할아버지와 달리, 아버지는 반일사상을 가진 분이 아니셨다. 직업상 돈 받고 그들의 삐라를 인쇄해주었을 뿐이다. 그 일로 경찰서에 끌려갔다. 주리 틀기, 콧구멍에 고춧가루 물 넣기, 비행기태우기 등 모진 고문을 받았다.

가막소에서 재판을 받으러 재판소로 들어온 아버지는 무슨 큰 죄라도 지었다는 듯이 머리에 대나무로 만든 용수를 썼다. 포승줄로 꽁꽁 묶여 있었으며 수갑이 채워져 있었다. 그런 모습을 본 어린 석호는 가슴이 철렁 내려앉았다. 잃어버린 내 나라를 찾겠다는 것이 큰 죄란 말인가? 징역 6개월의 유죄판결을 받았다. 집안은 점점 못살게 되었다.

변호사 비용을 대는 와중에 인쇄소는 헐값에 일본인 구무久武의 손에 넘어갔다. 이 사건으로 중앙로 1가에서, 강원도 일대의 인쇄물을 독차지하게 되었다. 뿐만 아니라 큰 과수원도 사 가지고 거들먹거렸다.

요선동 양철집을 팔고 모수물골 초가집으로 이사를 했다. 가족들이 먹고살려고 어머니는 하숙 손님을 쳤다. 사랑채에는 마루보시라는 역전화물 창고에서 일하는 형제가 있었고, 그 옆방에는 목재소에 다니는 최 서방이 숙식하고 있었다. 태평양전쟁 때라 시멘트가 귀했다. 하숙하고 있는 형제에게 부탁했다. 점심 먹은 빈 도시락에 시멘트가루를 가져

오게 했다. 한 달쯤 모으니 그것도 어지간한 양이 되었다. 그 시멘트와 모래를 섞어서 장독대를 만들었다. 석호 어머니는 장독대를 가꾸는 정성이 유별났다. 그 집안의 음식 솜씨는 장맛에서부터 나온다고 하셨다. 앞마당 모퉁이에 있는 장독들은 올망졸망 키 순서대로 나란히 서 있었다. 앞에는 고추장항아리부터 막장항아리, 뒤로 갈수록 몇 년씩 묵은 된장항아리며 간장항아리들이 반짝반짝 반짝이며 뚱뚱한 몸매를 뽐내고 서 있었다. 장독대는 때에 따라 정화수를 떠 놓고 소원을 비는 신성한 제단이기도 했다.

목재소에 다니는 최 서방은 석호의 밥이었다.

— 엎드려!

말을 만들어 등에 타기도 하고 권투하면 얻어맞는 선수였다. 그의 몸에서는 늘 나무 냄새가 배어 있었다. 사십이 넘은 늙은 총각이었다. 그리고 유달리 발 구린내가 코를 찔렀다. 마마를 앓아 콩밭에 넘어지듯 얽은 얼굴에 눈곱이나 코딱지를 떼어 화롯불에 넣는 습관이 있었다.

한겨울, 건장하던 그가 갑자기 누어버렸다. 염병이라는 장질부사에 걸렸다. 보리 먹고 싼 개똥이 약이 된다기에 석호는 밭에서 소중하게 받아왔다. 숯불 위에 양철을 놓고 그것을 불에 볶았다. 그 물을 따라 마셨다. 구수하고 좋다고 했다. 아무튼지 간에 털고 일어났다.

아버지는 석호에게 천자문을 가르쳐 주셨다. 그 실력이야 오죽했을까마는, 손잡고 나들이 갈 때였다. 한문 간판을 한두 자 읽으면 대견해하셨다. 기분이 좋으실 때면 관동별곡을 유창하게 읊으셨다. 송강 할아버지는 우리 정씨 집안의 문장 대가라고 자랑하셨다.

해방되던 해 정월이었다. 아버지는 고문으로 인한 후유증으로 시름시름 앓으셨다. 기력을 회복하지 못하고 끝내 운명하셨다. 학교에서 막 돌아온 석호에게 한지 한 장을 주시면서 크면 읽어보라고 하셨다.

— 염장백석鹽藏白石 봉산청송鳳山靑松—.

후일에 그 뜻을 알았다. 썩어가는 사회의 소금이 되고 맛을 내는 간장이 되어라. 그리하여 봉산의 소나무처럼 싱싱하고 푸르게 사는 삶이야말로 값어치가 있다는 뜻이리라.

어리둥절한 상황에서 채울 길 없는 허전함을 느꼈다. 앞으로 누구를 의지하고 살아야 할지 눈앞이 깜깜했다. 운구를 앞세우고 소복을 한 어머니와 석호는 인력거를 타고 운교동화장터로 가는 길이었다. 울 엄마 눈물이 많기도 했다. 철없는 그 애는 친구들이 보면 창피하다면서 어머니 머리에 쓴 볏짚 관을 벗으라고 떼를 썼다. 따라 울면서 울지 말라고 했다. 그러나 엄마는 자꾸자꾸 소리 내어 울었다.

아버지의 유골은 수목장을 지냈다. 소나무 밑에 뿌려달라는 유언에 따라 한 줌의 재를 금강소나무 밑에 잘 모셨다. 그 소나무 밑에 큰 돌을 세워 놓았다. 평생 돌을 좋아하시던 아버지. 그분은 한 덩이 별이 떨어진 것처럼 나그네로 왔다가 나라마저 빼앗긴 험난한 세상에서 숨결마저 끊긴 채, 이름 없는 돌로 되돌아가셨다.

소나무 아래서 태어나 소나무와 더불어 살다가 소나무 그늘에서 죽는다는 말이 있듯이, 아버지는 소나무와 더불어 새로운 삶을 시작할 것이다. 비바람, 눈보라와 같은 자연의 역경 속에서 변함없이 늘 푸른 모습을 간직하고 있는 소나무의 기상은, 꿋꿋한 절개와 의지를 나타내는 상징으로 쓰여 왔다. 솔은 장소에 따라 형태가 변하고 멋지게 적응하는 운치 있는 나무다. 소나무를 통하는 바람 소리는, 청아하고 솔 냄새로 가득한 신선한 향기를 퍼뜨린다. 공기를 청신하게 해주는 점은 다른 나무들이 당할 수 없다.

소나무에 참마음이 있어 사철 푸르다가 겨울이 지나서야 낡은 잎을
털어 버릴 뿐이다. 아버지는 소나무 아래에서 풍입송風入松을 맞을 것이
다. 솔잎을 가르는 장엄한 바람소리를 온몸으로 맞아, 미운사람이며 시
기, 질투, 원한 등 모든 앙금을 가라앉히고 나면 한결 마음이 가벼워 허

령불매虛靈不昧의 경지까지 이르게 될 것이다. 추운 겨울 눈보라 속에서도 욱욱청청郁郁青青한 소나무야말로 아버지의 강한 정신을 상징하고 있다. 소나무는 자연과 인간을 조화롭게 이어주는 연결고리고, 우리의 정신과 정서를 살찌우는 자양분이다. 오늘도 변함없이 우리의 정체성을 간직한 생명문화유산이다.

소나무는 천여 년 전부터 한국을 대표하는 나무로 -남산 위에 저 소나무로- 시작하는 애국가 가사에도 드러나듯 우리 민족과 고락을 함께 해온 나무다. 척박한 토양에서 오히려 더 잘 자라는 소나무는 여러 차례의 외국침입에도 불구하고 단일민족을 유지해온 우리의 모습 그 자체였다.

목木과 공公 두 글자로 이루어진 한자 송松을 분석해 보면, 공이 고대 중국의 벼슬 품계를 나타내는 글자라는 것을 알 수 있다. 속리산 길가에 정2품 소나무도 같은 맥락에서 붙여진 이름일 것이다. 이렇듯 소나무는 높은 신분을 상징한다. 또한 소나무는 집을 지켜주는 나무로 신격화되어 안전과 변영을 도와주는 나무로 인식되어 왔다. 풍수신앙에서도 소나무는 중요한 위치를 차지하고 있다. 조선 시대 궁궐에서는 소나무를 심어 가꾸고 지키기 위한 다양한 노력이 있었다. 왕의 무덤뿐만이 아니라 일반인의 묘 주변에도 소나무를 심었다.

아버지는 기분이 좋을 때 헛기침을 하시고, 어려운 일이 생겼을 땐 너털웃음을 지으셨다. 아버지는 석호가 넘어졌을 때 -괜찮니?- 하지만 속으로 몹시 걱정하셨다. 아버지의 마음은 우유유리 같다. 그래서 속은 잘 보이지 않는다. 아버지는 울 장소가 없어 더욱 슬픈 분이다. 아버지가 아침식탁에서 급하게 일어나서 나가는 직장은 즐거운 일만 기다리고 있는 곳이 아니다. 아버지는 일본 놈들과 싸워야 했다. 뻔히 질 줄 알면

커피 향 청춘

서도. 그것은 끊임없는 일 뒤의 피로와 나라 없는 슬픔이었다.

— 아버지란 내가 아버지 노릇을 제대로 하고 있나? 내가 정말 아버지
　　다운가?

이런 자책을 날마다 하고 있다. 아버지는 늘 자식들에게 그럴듯한 훈계를 하면서도 실제 자신이 모범을 보이지 못하기 때문에 미안하게 생각한다. 아버지는 이중적인 태도를 곧잘 취한다. 그 이유는 자식들이 날 닮아 주었으면 하다가도, 나를 닮지 않아 주었으면 하는 생각을 동시에 하기 때문이다.

아버지는 결코 무관심한 분이 아니다. 아버지가 무관심한 것처럼 보이는 것은 체면과 자존심과 미안함 같은 것이 어우러져서 그 마음을 쉽게 나타내지 못하기 때문이다. 아버지의 웃음은 어머니 웃음의 두 배쯤 농도가 진하다. 울음은 그 열 배쯤 될 것이다. 아버지는 가정에서 어른인 척해야 하지만, 친한 친구를 만나면 꾸러기가 된다. 아버지는 어머니 앞에서 기도하지 않지만 혼자서 기도문을 외기도 한다. 어머니의 가슴은 봄과 여름을 왔다 갔다 하지만, 아버지 가슴은 가을과 겨울을 오고 간다.

오늘날 가정에는 아버지가 없다. 다만 돈을 벌어들이는 자동출납기가 있을 뿐이다. 강하고 활동적인 아버지의 정신을 잃어버렸다. 남성다운 남성미를 잃어버리고 가장의 권위를 박탈당했다. 과거의 아버지가 지녔던 자신감과 가정의 호주라는 인식이 부족하다. 그 자신감은 자녀에게 안정을 주고, 그들을 옳은 길로 인도해주는 향도역할을 해야 한다. 인생에 대한 바른 시각을 갖게 하고 자녀들에게 남성다운 기백을 보여주어야 한다.

아버지란 돌아가신 뒤에도 두고두고 그 말씀이 생각나는 분이다. 아

버지는 돌아가신 후에야 보고 싶은 얼굴이다. 아버지! 봉산의 범 바위 같은 이름이다. 금강송 같은 큰 이름이다. 아버지는 어떠한 억압에도 굴하지 아니하고 바르게 사시다가 조국의 광복을 보지 못하시고 한 많은 삶을 살다가 세상을 떠나셨다.

한복 조끼 주머니에 아들 밤을 넣고, 늦둥이라고 항상 안고 다니시던 아버지. 장날 곡마단 구경거리가 생기면 광대놀이가 잘 보이도록 무동을 태웠지. 첫사랑이 아쉽듯이 아버지께 효도 한번 못한 것이 늘 가슴이 저려온다. 연말연시가 되면 이승을 떠난 아버지가 철새처럼 돌아오실까? 해가 바뀔수록 주름살은 늘어만 가는데 거울에 비친 석호의 얼굴도 서서히 아버지를 닮아가고 있었다.

성탄절 다음날, 사복 차림의 낯선 청년이 석호를 찾아왔다. 군 첩보대에서 나왔다고 했다. 마침 이웃에 사는 상운이가 놀러 와 있었다.

— 백미 한 가마씩 주겠으니 화천에 가서 정보를 수집해 올 수 있겠나?

어머니가 만류하는데도 두 친구는 애국하는 길이라며 지원했다. 옛날에는 그 나이에 호패를 차지 않았던가? 인민군에 끌려가지 않는 것만으로도 다행히 여겼다. 조국을 위해 보람 있는 일을 해야겠다는 생각으로 의기양양해 있었다. 바지 끝단속에 첩보요원이라는 증서를 넣었다. 암호는 성탄절—산타로 정했다. 다음날 스리코터를 타고 전방으로 갔다.

사창리는 삼태기처럼 생긴 좁은 지형이었다. 초산 압록강까지 갔다 온 국군 6사단과 장전 전투에서 후퇴한 미군 및 영국군 탱크들, 많은 기계화 부대들이 모여 있었다. 아군 1개 대대가 전방을 방위하고 있었다.

커피 향 청춘

점심때가 되자 방어 임무보다는 밥 해 먹기에 바빴다. 이틈을 노리고 있던 중공군 63군 3개 사단이 포위 작전을 펼쳤다.

중공군을 총지휘했던 양용楊勇은 모택동작전을 시행했다. 운동전을 전개하면서 부분적으로 아군진지 깊숙이 들어가 유격전으로 혼란에 빠뜨렸다. 야간에 대담한 근접전과 백병전을 속전속결 전개했다. 차지한 고지는 일개 중대씩 배치해 포위작전을 전개했다.

한참 뒤에야 깜짝 놀란 아군 각 부대들은 어디다 대고 포를 쏠지 몰랐다. 게다가 좁은 구유골에 전차마저 운신하지 못했다. 차들이 서로 뒤엉켜 빠져나갈 수 없게 되었다. 중요한 화기를 모두 버리고 맨몸으로 37도선까지 후퇴하게 되었다. 친구 상운이는 행방불명이 되었다. 석호는 6사단 장병들과 함께 포위망을 뚫고 구사일생 살아서 돌아왔다. 중공군 주력 부대는 작은 길을 택해 춘천 팔미리를 거쳐 용문산전투에서 아군 6사단과 크게 싸워 패망했다.

정월 초순, 삼마치 고개는 눈이 한 길이나 쌓였다. 그 길을 남부여대하고 피난민 행렬이 끝없이 이어지고 있었다. 눈 덮인 길은 미끄러웠다. 네 식구는 조심조심 걸어서 고개 중턱에 이르렀다. 그때 아군의 포격이 시작되었다. 여기저기 포탄이 작렬했다. 갑자기 당한 일이라 피난민들은 우왕좌왕했다. 그대로 생지옥이요, 아비규환이었다.

—퍼—ㅇ!

포탄이 석호 옆에 떨어졌다. 반사적으로 도랑 밑에 엎드렸다. 곳곳에 구덩이가 파이고 여기저기 시체가 쓰러져 있었다. 흰 눈 위에 붉은 피가 점점이 물들었다. 이 끔찍한 광경을 어찌 글로 다 표현하랴. 그보다 눈물겨운 광경은 죽은 엄마 등에 업혀 울고 있는 갓난아기 울음소리였다. 민간인 복장을 한 적군이 피난민 틈에 끼어 넘어오고 있었다. 선발대 중공군도 피난민과 뒤엉켜 죽은 것이다. 우리 가족은 무사했다. 언제 이런 불행을 당할지 모르는 순간을 사는 하루살이 목숨이었다. 죄 없는 백성들이 왜 끔찍하게 죽어가야 하는지 알 수 없는 수수께끼였다.

하느님! 너무하십니다. 작년에는 그 뜨거운 여름에 옥수수를 가마솥에 넣어 찌듯 백성들을 찜통에 넣어 흔들었습니다. 얼마나 많은 생명이 죽었습니까? 그도 시원치 않으셨는지요? 올 정초부터 차가운 냉동실에 처넣어 얼린 동태처럼, 눈 위에서 얼어 죽고 포탄에 맞아 생죽음을 당하고 있습니다. 앞으로 얼마나 많은 피를 제단에 뿌려야만 식성이 풀리시겠습니까?

피난민이 밀물같이 몰려가는 길을 이리저리 비켜가면서 헤쳐나갔다. 잠깐 소변을 보는 사이에 어머니 일행이 보이질 않았다. 석호는 뛰다시피 부지런히 걸었다. 눈에 보이는 것은 하얀 눈뿐. 들판도 산 위에도 온통 눈뿐이었다. 가족을 잃었다는 절망감, 혼자뿐이라는 공포가 서서히

스며왔다. 하는 수 없이 마을로 내려와 마당에 피워놓은 장작불에 발을 녹이고 몸도 쉬었다. 눈물과 콧물이 범벅이 되었다. 콧물을 힝 하고 풀었다. 그때 등 뒤에서,

— 형아 저기 있다.

동생 석주의 음성이 들렸다. 순간에 이산가족이 될 뻔했다. 석호네 가족은 원주를 향해 남쪽으로 뻗은 길을 걷

고 또 걸었다. 여섯 살짜리 동생은 팔만 휘둘렀지 걸음을 걷지 못했다. 발등이 퉁퉁 부어올라 복숭아뼈가 보이질 않았다. 어머니는 이불 봇짐 위에 동생을 지고 갈 수밖에 없었다. 하루 밤낮을 걸어 원주시내에 들어섰다. 길가 집에 들어갔다. 소를 잡아먹고 소머리만 버리고 갔다. 그 고기를 몇 점 뜯어 국을 끓여 먹었다.

갑자기 시내가 온통 총소리가 생밤 터지듯 요란했다. 적군이 금방이라도 앞에 나타날 것만 같았다. 시커먼 불기둥이 고모라 성 같이 하늘 높이 치솟아 올랐다. 쾅—쾅! 날벼락 치는 소리가 귀를 때렸다. 아군이 후퇴하면서 화약고에 불을 지른 것이었다. 부랴부랴 먹던 밥을 치우고 역으로 향했다. 마침 남쪽으로 떠나가는 화차를 탈 수 있었다. 마지막 기차라고 했다. 곡간 차 안에는 피난민들이 보따리를 깔고 감자를 실듯이 다닥다닥 모여 앉아 있었다. 자리가 없는 사람은 지붕 위에도, 난간에도 감 달리듯 붙어 있었다. 살려고 하는 집념, 자유를 찾아가는 행렬은 이처럼 처절했다.

기차는 기적을 울리며 떠났다. 치악산똬리굴로 들어갔다. 힘에 겨운지 기차는 느릿느릿 올라갔다. 굴뚝에서 시꺼먼 석탄연기를 쉴 새 없이 뿜어냈다. 탄재도 날아들었다. 코가 맵고 가슴이 답답했다. 수건으로 코와 입을 막았다. 한동안 무덤 속 같은 어둠에 갇혀 있었다. 기차는 환한 밖으로 나왔다. 앞사람 옆 사람 누구의 얼굴 가릴 것 없이 검댕이로 새카맣게 그을려 있었다. 피난 열차는 가다 서다를 반복하다가 이틀 후 제천역에 도착했다.

피난 열차가 잠시 쉬었다 가려니 했다. 하지만 하루, 이틀, 사흘이 지나도 기차는 움직이지 않았다. 석호의 어머니는 화차 속에서 몸살이 났다. 열이 오르고 온몸이 쑤신다고 했다. 동생석주를 짐 위에 지고 백 리

길을 걸었으니 몸과 마음이 소금 먹은 배추처럼 지쳐 있었다. 하는 수 없이 가까운 민가에 들어갔다. 모두 피난 가고 집안은 텅 비어있었다. 아랫목에 힘없이 누워있는 어머니를 바라보았다. 만약에 돌아가신다면, 타향 땅에서 우리 삼 남매는 고아가 되고 말 것이다. 어찌하면 좋을까? 겁이 털컥 났다. 눈물이 핑 돌았다. 전쟁통이라 약도 구할 수 없는 형편이었다.

흰 눈 덮인 들에는 나무 한 까치 구할 수 없었다. 아궁이에 볏 집단을 태웠다. 입김으로 불길을 호호 부니 매운 연기가 코와 눈으로 들어왔다. 최후의 수단으로 하느님께 기도드리고 싶은 마음이 생겼다. 석호는 어떻게 기도하는지 몰랐다. 두 손을 모으고,

— 하나님, 우리 어머니 꼭 살려주세요. 네!

아궁이에서 나오는 연기에 눈을 비벼가면서 이 한마디를 반복하며 간절히 기도했다. 눈이 뻘겋게 부어 방에 들어온 석호를 본 어머니는 말했다.

— 나를 위해 기도했구나. 염려 말아라, 곧 일어나게 될 터이니.

며칠 후 어머니는 굼닐게 되었다. 그날 오후에 미군 깜둥이들이 부락을 뒤지며 돌아다니는 것을 보았다. 급히 어머니와 누나를 헛간으로 피난시키고 볏 집단으로 가렸다. 이미 검둥이 병사 서너 명이 마당에 들어섰다.

— 색시— 색시 해부에스.

석호에게 총을 겨누며 엄포를 놓았다.

— 노오, 노오…

연거푸 소리치며 손을 내저었다. 새까만 오지항아리 같은 얼굴에 달걀 흰자위가 유난히 빛났다. 구척만 한 키에 그놈이 그놈 같아서 구분

이 되지 못했다. 흑인 병사들이 안방, 건넌방과 부엌을 거쳐 드디어 헛간을 들어다보려는 순간이었다. 석호의 심장이 쾅쾅 뛰기 시작했다.

— 휙— 휙—휙—

이때 어디선가 호루라기 소리가 들렸다. 그 소리에 헌병이 오는 줄 알고 그들은 후닥닥 도망을 쳤다. 겨우 위험한 고비를 넘겼다. 다리가 후들후들 떨렸다. 뒤돌아보니 동생 석주 목에 호루라기가 걸려 있었다.

제천은 지도상 37도로 최전방 저지선이었다. 부랴부랴 봇짐을 챙겨 역으로 달렸다. 다행히 기차는 떠나지 않고 그대로 서 있었다. 저녁밥을 짓고 있을 무렵, 기차는 움직이기 시작했다. 내려갔던 누나는 울며불며 뛰었다. 무정한 기차는 남쪽을 향해 떠나갔다. 죽령에 가로막고 있던 공비를 제거하고 급히 떠나야만 했다.

누나 생각에 가슴이 미어졌다. 마치 상어 떼가 들끓는 바다에 버리고 온 정어리 같은 위험지역에서 어떻게 살아남을지 걱정이었다. 누나의 치마폭을 잡고 먹을 것을 내놓으라고 떼를 썼던 철부지였다. 어머니가 매를 들면 누나 등으로 피했다. 누나의 사랑을 흠뻑 받으며 자란 석호였다. 누구나 마음에 상처를 받는다. 흔히 인생의 주제를 만남, 사랑, 이별 그리고 죽음이라고 한다. 죽음 다음으로 아픈 것이 이별이다. 누나와의 생이별은 어린 가슴속 깊이 상처를 냈다.

하나님! 1·4 후퇴는 무슨 뜻입니까? 더 크고 깊은 뜻이 있습니까? 생명은 신비롭고 귀한 것입니다. 역사의 심판은 준엄합니다. 죽음은 삶의 시작입니까? 후퇴는 새 세대의 어떤 약속이 담겨 있는지요? 후퇴 후에 전진이 있고 죽음 후에 새 생명이 태어납니다. 씨가 떨어지면 나무가 자라고, 비가 스며들어 샘이 생깁니다. 6·25전쟁, 1·4후퇴 모두 백성들이 매 맞는 환란이지만 그 속에 새 생명이 자라고 있을까요?

우리 역사상 이런 환란은 없었습니다. 거란 침략, 몽골의 난, 임진왜란, 병자호란을 끔찍한 변란이라고 하지요. 그러나 이번 전란에 비할 바는 못 되지요. 그렇다고 우리 민족이 몽땅 망하지는 않습니다. 나뭇가지가 부러지면 상처를 안고 자라듯 우리 백성들도 타격을 받고 피눈물을 흘리지만 새 시대의 국민으로 자라겠지요.

낯선 안동 땅을 밟았다. 발길 닿는 대로 걸었다. 갈 곳도 반겨줄 사람도 없는 막막한 발길이었다. 우리가족이 멈추어 선 곳은 뾰족탑 성당이 산등성이로 보이는 기와집 마을이었다. 해는 뉘엿뉘엿 넘어가는데 석호네 가족은 담 모퉁이에서 오들오들 떨고 서 있었다. 저녁 준비로 진저리 꾸러미를 들고 지나가는 아주머니가 있었다.

— 피난민인 겨?

— 갈 곳이 없어서요….

어머니가 힘없이 말했다. 그러자 집주인이 피난 갔으니 올 때까지 사랑채에 살라고 했다. 이런 고마운 분이 있나. 그 아주머니를 따라갔다. 옛날 기와집이었다. 어머니가 아끼던 금반지를 팔아 쌀을 샀다.

살을 에이는 듯한 겨울도 봄바람에 저만치 도망갔다. 이 땅에도 새봄이 왔다. 뒷동산에 올라갔다. 3월은 하늘과 땅, 산과 강이 온통 기지개를 켜며 걸어 나오고 있다. 바람은 아직 찬데 땅 위로는 파릇파릇 새싹이 돋아나고 있었다. 땅속에 누가 있기에 파란 싹을 쏙쏙 올려 내밀고 있을까? 전쟁 중에도 노란 꽃다지가 피었다. 봄은 피카소의 그림이며, 잔잔히 흐르는 브람스의 음악이었다.

석호는 심심도 하고 새 길을 익힐 겸 돌아다니다 새로운 풍경을 발견했다. 장마당에서 하회별신굿판이 벌어졌다. 하회탈을 쓰고 춤을 추고 있다.

지나온 세월 서러운 눈물을 감춘다. 가슴에 품은 한도 감춘다. 모두 감추고 춤을 춘다. 얼—쑤 얼—쑤. 굿거리장단에 맞추어 춤사위가 벌어진다. 훔치고 싶은 건넛마을 과수댁 그 아릿거리는 몸매도, 엉큼한 마음도 바짓가랑이에 감추고 얼—쑤 얼—쑤, 하늘 보고 훨훨 땅을 차고 팔짝, 꽃이 피는 이유도 새가 나는 이유도 모른다. 하회탈 뒤에서는 모두 망각된다. 걱정이 비수가 되어 온몸을 찔러도, 저녁쌀이 떨어졌어도, 얼굴만 감추면 그만인 것을. 얼—쑤 얼—쑤 춤을 춘다. 구경꾼들은 허허허, 호호호, 히히히, 후후후, 까르르, 깔깔 웃음과 함께 걱정도 봄바람에 모두 날려 보내고 있었다.

이 땅에 약속처럼 화신이 손짓하며 달려오는 모습이 아지랑이 속으로 보이는 계절, 고향의 봉의산을 그려 본다. 산마다 굽이치는 새봄의 기운. 소양강에 출렁이는 새봄의 환희! 언제 고향에 돌아가 친구들도 만나고 학교도 다닐는지. 까마득한 북쪽 하늘을 바라보았다.

풍문에 국군이 북으로 진격한다는 반가운 소식이 들렸다. 석호는 빨리 고향으로 가자고 어머니께 졸랐다. 어디쯤까지 전진했는지, 라디오나 신문이 없으니 눈뜬장님이었다. 집주인이 온다기에 석호가족은 봇짐을 지고 고향으로 떠났다. 하룻길을 걸어 영주로 가는 제비마을에 도착했다. 동산 위에 큰 부처가 돌 갓을 쓰고 서 있다. 석호는 신기해서 부처님께 물어보았다.

— 그 무거운 갓은 왜 쓰고 계시나요?

부처는 빙그레 웃었다.

— 너희들이 진 죄의 무거운 업보니라.

석호는 봇짐을 내려놓고 돌 위에 앉아 물끄러미 쳐다보았다. 이 전쟁은 언제 끝나려나. 말세이려나. 우주의 중심축에 굳건히 눌러 서 있는 그 자세. 왜 부처는 귀가 유달리 큰가? 들리지 않는 소리를 들으려면, 귀가 셋이라야 한다. 그것을 섭리攝理라고 했다.

— 귀가 열리면 하늘의 소리를 들을 수 있지. 번개소리에도 없고 대포 소리에도 없다. 미세한 바람소리를 들어보아라. 마음이 깨끗한 자만이 들을 수 있느니라.

— 자비로우신 부처님, 왜 사람들이 죽게 내버려 두십니까?

— 더 많이 죽을 것을 이 두 손으로 막고 있지 않느냐?

중요 도로마다 검문소가 서 있었다. 밤에는 패잔병이나 공비들이 출몰하고 있단다. 어느 전투경찰관이 말을 건넸다.

— 어디로 가는 피난민이요?

— 춘천으로 가요.

석호는 무심코 대답했다.

— 춘천이요, 춘천!

그러자 검문소에서 경찰관이 뛰어나오며 반겼다. 그 경찰관도 고향이 춘천이란다. 고향 까마귀만 보아도 반갑다는데 춘천 고등학교 2학년에 재학 중 이곳까지 왔다고 했다. 며칠 쉬어가라며 방을 구해주었다. 저녁 쌀을 구하려고 마을로 들어갔다. 김 순경은 동구 밖에서 카빈총을 팡팡 쏘아냈다. 석호 보고 쏘아보란다. 호기심에 산에다 대고 선 자세로 쏘았다. 반동도 그리 크지 않고 목표물에 명중했다. 동네 입구에 들어서면서 총을 쏘는 이유는 경찰이 간다는 신호였다. 대문을 열고 들어가면서

— 쌀 좀 주세요.

말이 끝나기가 무섭게 석호가 들고 간 자루에 한 되의 쌀을 넣어주

었다. 대여섯 집을 돌아다녔다. 쌀 반 말을 지고 왔다. 그곳에서 사흘을 묵었다. 김 순경과 고향에서 만나자고 약속한 뒤 이별을 했다. 이별은 다시 만나자는 약속이었다. 도요다 군인 트럭에 타고 원주로 가는 길이었다. 죽령에 접어들었다. 비포장도로로 먼지를 날리며 굽이굽이 나사못 같은 길을 돌아 돌아서 올라갔다. 희방폭포에서 흐르는 물에 잠깐 손을 씻었다. 전쟁 속에서도 여전히 물은 살아서 움직였다. 높은 곳에서 낮은 곳으로 쉼 없이 흐르고 있었다. 고개 주변에는 며칠 전 전사한 시체가 여기저기 묻혀 있다. 죽은 병사들의 팔다리가 삐죽삐죽 나와 있어, 얼마나 치열한 전투가 벌어졌는지 섬쩍지근한 무서움에 휘감겨 있다. 무서움을 잊기 위해 나무이름을 불러보았다. 혼자 잘랐다고 층층나무, 티 나게 생겼다고 난티나무, 보송보송 솜털 가득한 다릅나무, 봄밤을 밝힌다는 야광나무, 한눈에 반한다는 함박꽃나무, 날 때부터 타오른다는 붉은병꽃나무, 새빨간 배자랑 예쁘기만 한 무당개구리가 나뭇잎에 앉아 있었다.

죽령 정상에서 바라보는 소백산은 연화봉과 비로봉, 국망봉으로 이어지는 산세가 웅장하고 부드러웠다. 어른이 되면 봄 철쭉으로 갈아입는 소백산을 산행하고 싶었다. 석호 마음은 고향으로 간다는 기쁨에 들떠 산천초목도 반기는 듯했다.

피난 짐을 지고 횡성 공근면에 닿으니 어둑어둑 해는 지고 배는 고팠다. 마침 미군 부대 철조망 너머로 노무자로 보이는 아저씨들이 저녁밥을 먹고 있을 때였다. 염치불구하고 어머니는

— 밥 좀 주세요.

고마운 아저씨 한 분이 흙을 담는 부대에 한 삽 푹 퍼서 담아주었다. 석호네 가족은 길가에 둘러앉아 강낭콩이 드문드문 섞인 밥을 맨손으

로 먹었다. 시장이 반찬이라고 생일 잔치상보다 더 달게 먹었다. 부대에서 가까운 빈집에서 쉬었다. 아침에 일어나서 어제 먹은 저녁밥을 들여다보았다. 부대에 달려있던 흰털이 다닥다닥 들러붙어 있었다.

미군 부대 노무자를 상대로 음식장사를 했다. 어머니는 맛깔나게 캐비지와 양파를 썰어 넣어 물김치를 담갔다. 달걀가루와 밀가루를 섞어 빈대떡도 부쳤다. 남은 밥을 얻어 발효식품 이스트를 고루 섞어 항아리에 넣었다. 며칠 후에 맛을 보니 막걸리가 되었다. 햄과 소시지, 소고기 통조림, 그리고 양파를 넣어 끓이는 부대찌개는 일미였다. 오랜만에 한국음식을 먹으니 입이 가뿐하다고 했다. 입에서 입으로 소문이 퍼졌다. 너도나도 나와서 사 먹었다. 돈을 내는 사람, 소고기 통조림으로 바꾸어 먹는 사람, 밀가루를 가지고 오는 사람도 있었다. 고난 속에 서로 돕는 동정심이 작용하고 있었다.

석호는 미군의 빨래를 해주었다. 천막 사이로 다니면서 외쳤다.

— 린줄리…! 린줄리…! 크리닝…!

빨랫거리와 비누를 내놓으면 개울가로 나가 흘러가는 개울물에 빨래를 했다. 돌 위에 말렸다. 잘 개서 주인에게 돌려주었다. 세탁비로 1달러를 주기도 하고 담배와 초콜릿을 주기도 했다. 일정한 금액도 없이 주는 대로 받았다. 이날도 빨래를 받으러 나섰다. 한 병사가 팬티를 건네주었다. 물에 넣고 빠는데 풀같이 허연 액체가 엉켜 있었다. 끈적끈적한 것이 잘 지워지지 않았다. 찬물에 빠니 얼룩이 져, 깨끗하게 세탁이 되지 못했다. 그 빨래를 가지고 갔다. 품값은커녕 욕만 먹고 돌아왔다. 개중에는 야박한 군인도 있었다.

세탁 거리가 없으면 부대주위를 한 바퀴 돌았다. 쓰레기장을 뒤지는 것이 중요한 일과였다. 그곳에는 요술 상자처럼 별의별 물건이 다 들어 있었다. 황홀하도록 경이로운 보물창고였다. 주전부리하려면 이곳에 와야 한다. 비스킷, 초콜릿, 캐러멜, 젤리, 껌 등 다양한 간식이 한없이 쏟아졌다. 재수 좋은 날이면 기한이 지난 커다란 소시지 통조림이나 소고기 통조림도 얻을 수 있었다. 이 통조림들은 먹으면 정신이 번쩍 드는 영양식이었다. 미군이 버린 쓰레기가 끼니 걱정을 했던 석호네 가족에게는 별미이기 전에 주린 배를 채우기 위한 식량이었다. 은박종이를 뜯었다. 설탕과 우유, 쓰디쓴 가루가 들어있었다. 이 쓰디쓴 가루를 왜 먹을까? 주부를 짜니 흰 액체가 나왔다. 맛을 보니 화하고 달았다.

전쟁 때에는 거지가 따로 없었다. 이런 생활이 거지가 아닌가? 어른은 노무자로, 젊은 여자는 양공주로, 아이들은 모두 거지꼴이 되었다. 우리 전전戰前 세대는 이렇게 절망과 고난을 딛고 일어섰다.

잡지도 주워 보았다. 영어는 모르나 그림은 볼 수 있었다. 흰 눈을 이고 있는 산 아래 맑은 호수, 그 옆에 그림 같은 하얀 집…. 내 현실과는 먼 이야기지만, 그림을 보면 마음속에 꿈을 간직하기에 좋은 책이었다. 미국이라는 나라는 얼마나 잘 사는 나라일까? 지상낙원으로 생각했다. 대학을 소개하는 책도 있었다. 하버드, 콜롬비아, 버클리대학교 등 많은 대학교 중에 만일 석호가 커서 간다면 어느 대학을 갈 수 있는지 행복한 고민도 해보았다.

꿈과 환상의 나라 디즈니랜드를 소개하는 책을 보다가 잠깐 잠이 들었나 보다. 메인 스트리트에서 레일로드를 타고 32평방 킬로미터를 한 바퀴 돌아보았다. 시간 분배를 잘하지 않으면 하루에 6개 구역을 모두 보기 힘들었다. 모험의 나라, 개척의 나라, 곰의 나라, 환상의 나라, 미래의 나라라고 이름 붙인 놀이동산은 각각 독특한 볼거리와 재미가 있어 보였다.

먼저 우주여행을 했다. 의자에 앉아 지구에서 우주로 떠나는데 별이 앞으로 다가오면 요리조리 피해 가는 스릴과 아찔함을 느꼈다. 궤도 열차를 타니 17세기로 돌아간 기분이다. 보물을 찾으러 굴속으로 들어갔다. 박쥐 떼가 날아들었다. 공중에서 해골이 떨어지기도 했다. 귀신의 울음소리가 들리는가 하면 보물 상자도 보였다. 무섭고 음침한 곳이어서 모험심을 기르기에 알맞은 곳이었다. 잠수함을 타고 물속으로 내려가 여러 종류의 고기 떼를 만나기도 했다. 산호, 조개들도 보았다. 물과 친해질 수 있는 좋은 기회였다. 환상의 나라에 배를 타고 들어갔다. 아름다운 노래에 맞춰 세계 여러 나라의 의상을 입은 인형들과 많은 짐승, 가지각색의 새가 특별한 춤을 추며 움직이고 있었다. 즐거움을 한껏 느끼는데 어머니가 흔들어 깨웠다. 석호는 아쉬운 듯 입맛을 쩍쩍 다셨다.

아군이 북으로 전진함에 따라 보급 부대인 스미스 부대도 38선 이북으로 이동하게 되었다. 석호네 가족은 고향을 찾아 대룡산 느릿재를 올라가고 있었다. 산골짜기에는 죽은 말과 전사한 중공군 시체가 여기저기 널브러져 있었다. 오뉴월이라 고린내가 코를 찔렀다. 엄지손톱만 한 시퍼런 왕파리 떼들이 수지맞은 듯 왱왱거리며 시체 위를 날아다녔다.

이 골짜기에서 길을 닦고 있는 백인 병사와 마주치게 되었다. 노골적으로 어머니에게 달려들었다.

— XX. 오—케이.

하면서 어머니를 넘어뜨렸다. 위기감을 느낀 석호는 흙을 병사의 눈에 뿌리고 어머니의 손을 잡고 도망쳤다. 봇짐도 팽개치고 숲속에 숨었다. 더는 따라오지 않았다.

　　　　　　　　　　　　　　　　　　　　커피 향 청춘

어렵사리 위험한 고비를 넘긴 석호네 가족은 대룡산 마루에 서 있다. 그리던 고향 산천이 발아래 놓여 있다. 아득히 산안개 아래 봉의산이 보였다. 피난살이에 얼마나 고생이 많았던가? 자나 깨나 고향으로 가겠다는 희망이 있었기에 어떠한 어려움도 참을 수 있었다. 목숨을 부지하고 드디어 반년 만에 모수물골로 돌아왔다. 그러나 집은 잿더미가 된 채 우리를 맞이했다. 남은 물건이라고는 아무것도 없었다. 도청이 포격을 맞으면서 그 불똥이 튀어 마을에 옮겨붙었다고 장 노인이 말했다.

　우선 급한 대로 도청 앞의 적산 가옥을 청소하고 들어갔다. 마당은 말 그대로 쑥대밭으로 변해 있었다. 잡초를 뽑고 청소를 막 끝낼 무렵이었다. 반파된 앞집으로 미군과 양색시가 손잡고 들어가는 것을 보았다. 호기심 많은 사춘기라 그들이 하는 행동이 보고 싶었다. 앞집은 포격에 지붕이 반파되었고, 벽은 모두 허물어져 있었다. 그 둘은 잡초 사이에서 알몸으로 뒤엉켜 움직이기 시작했다. 감투거리를 하는 행위를 보는 순간 심장이 뛰었다. 성행위를 처음 보는 순간, 추하기보다는 하나의 예술이랄까, 남자의 본능이 되살아나고 있었다.

　여자의 육체는 깨진 향수병 같은 것이라고 했던가? 하여튼 벗길수록 매력은 증발하고 숨길수록 아름다워지는 것이라고 한다. 누드를 보아서 눈이 먼 것이 아니라 정서의 눈이 먼다는 차원에서 눈 먼 톰은 지금도 진리인 것 같다. 그날 성행위의 환영이 오래도록 뇌리에 남아있었다. 인간의 삶을 풍요롭게 하는 것은 감성이요 본능이다. 그 본능을 선하게 활용하면 예찬 받지만, 짐승처럼 타락하면 헤어날 수 없는 길을 걷게 될 것이다. 석호의 통제되지 못한 자위행위는 자신을 죄악시하는데 더 문제가 있었다.

　처음으로 성에 대한 호기심이 생겼다. 성에 대한 궁금증을 마음 편히 물어볼 상담자가 없었다. 성욕이 강할수록 일할 의욕도 강해진다고 이웃 형이 알려 주었다. 그리고 성행위는 성인이 되어가는 과정이니 죄악은 아니라고 했다. 한 번도 성에 대한 교육을 어머니에게 받아본 적이 없었다. 스스로 판단하고 결정해야만 했다.

도청 자리에는 58부대라는 검둥이보급부대가 있었다. 밤만 되면 언덕 아래로 피가 묻은 내복이며 구두를 산더미처럼 내다 태웠다. 아마도 전사한 병사들의 유품임에 틀림없다. 옷가지가 부족한 때라 불 속으로 들어가 연기를 들이마시며 잡히는 대로 옷가지를 꺼내 왔다. 재수 좋은 날이면 비싼 양털 세터 꾸러미를 차지하기도 했다. 노무자들은 매일 내복 위에 양털 세터와 조끼, 그 위의 오리털 잠바, 마지막으로 시오리 잠바를 입고 나왔다. 그 물건들도 되받아 팔면 이익이 남았다.

고향에 왔지만 살길이 막막했다. 석호 어머니는 손쉬운 대로 양색시들에게 밥을 해 팔았다. 포주가 인솔하여 달러를 벌기 위해 오산, 천안, 심지어는 전라도와 경상도 색시들로 오방잡처五方雜處에서 모여들었다. 처녀가 대부분이지만 전쟁으로 남편을 잃은 과부와 아기가 딸린 주부도 있었다. 전시라 은행도 없었다. 번 돈을 어머니에게 맡기고 나가 돈을 벌어왔다. 재수 없게 고약한 미군을 만나면 그것 주고 뺨 맞는 격으로 지니고 있던 달러도 모두 빼앗긴다고 했다. MP가 와도 말이 통하지 않으니 범법자를 보고도 잡지 못하는 인권 사각지대에 놓여있었다.

양색시들의 영어회화실력은 대부분 이 정도였다.

― 꼬꼬 베비. 기부미.

무슨 뜻인지 곰곰이 해석을 하던 검둥이 미군은 배꼽을 쥐고 대굴대굴 구르며 웃었다.

― 에그 데스.

달걀을 갔다 달라는 말이었다.

무엇보다도 무서운 것은 성병이었다. 임질이나 매독 등 보균자가 더러 끼어 있었다. 임질은 페니실링 주사 몇 대 맞으면 완치되었다. 하지만 매독은 걸리면 신세 망치는 병이다. 심하면 코가 떨어지고 아기를 낳아도 뇌성마비나 기형아로 태어나기도 했다. 보건소나 병원이 없는 일선지구라 치료할 곳도 마땅치 않았다. 하루하루 목숨을 걸고 달러와 바꾸는 불쌍한 여성들이었다. 그때는 그들이 달러를 벌어들이는 유일한 창구였다.

양색시들은 스스로 섹스 노동자라고 불렀다. 그중에서 대학을 중퇴했다는 미스 홍은 이렇게 주장했다.

— 쾌락을 바치는 것도 일종의 수고일 수 있고, 노력을 요한다. 그로
    인해 수당을 받을 수 있는 일정한 노동이라고 생각한단 말이다.

섹스 노동은 불법이다. 그럼에도 응달에서 꾸준히 자라왔다. 돈을 벌기 위해 거짓 웃음을 파는 존재일 뿐이다. 섹스는 늘 구매자가 존재하는 한, 오래된 육체노동인 동시에 반도덕적 행위로 억압당하는 이중적인 수난을 당하고 있었다. 양색시들은 남성의 참을 수 없는 심급^{甚急}을 빨고 또 빨아서 마지막 한 방울까지 거덜내고자 했다. 제자리에서 돌아앉아 다른 손님을 받았다. 그런 여자들에겐 미군들은 부풀어 오른 근육덩어리 이상 아무것도 아니었다. 전란 직후 굶주림에 찌든 사람들의 눈물 어린 삶의 명암이 서려 있는 현장이었다. 살기조차 어려웠던 사람들에게 연명의 끈을 이어준 유일한 곳이었다. 어머니는 이런 양색시들에게 석호가 얼씬도 하지 못하도록 엄격히 금하셨다.

그러던 어느 날, 삼거리에서 만난 미군병사가 양색시가 있는 곳이 어디냐고 묻기에 가르쳐주고 1달러를 받았다. 어느 아저씨가 다가왔다. 대짜배기로 석호의 뺨을 갈겼다. 얻어맞고 얼떨떨해하는 그의 멱살을 잡

고 경찰서로 끌고 갔다. 그 형사는 분이 안 풀렸는지

— 앞길이 창창한 놈이 무엇을 못 해먹어서 뚜쟁이 노릇을 해?

모처럼 석호는 혼쭐이 나고 있었다. 그 옆에 앉아 있는 분이 친구인 상운이 아버지였다.

— 내 자식 친구야. 이 학생은 그런 사람이 아닐세.

야단을 맞고 경찰서에서 풀려나왔다.

전쟁으로 학교를 나가지 못하는 형편이었다. 피난 보따리 속에 1학년 영어 교과서를 지고 다녔다. 옆집에서 미군과 살림하는 양색시가 있었다. 그 색시에게 부탁하여 하우스 보이로 들어갔다. 영어회화를 배우려는 목적이었다. 영어 한마디를 익히면 새로운 세계가 열릴 것이다. 미국을 알고 그 문화와 사람들을 이해하게 될 것이다. 그러므로 영어는 훗날에 큰 힘이 되어 돈도 벌 수 있다는 생각에 부대로 들어갔다.

58부대 워커(군화) 보급실에서 일하게 되었다. 세 명의 군인이 일하고 있었다. 그중에서 석호를 데리고 간 존슨 하사가 그의 선임자였다. 그 밑에 있는 검둥이 튀기 병장이 까다롭게 굴었다. 천막 막사라 청소를 해도 티가 나지 않았다. 흰 장갑을 끼고 다니면서 먼지 묻은 곳을 지적하고 다시 시켰다. 영문타자라도 배우려고 하면 가까이 가지도 못하게 했다. 하루는 오징어 다리를 씹다가 들켰다. 미국 사람들이 오징어 냄새를 싫어하는 줄을 몰랐다. 이 일로 보름 남짓 다니다가 쫓겨 나고 말았다.

인근 요선동에 사창社倉 고개가 있다. 보릿고개인 봄에 곡식을 꾸어 주었다가 가을에 받아 오는 곳이었다. 그런데 묘하게도 캠프 페이지라는 미군 부대가 들어왔다. 이후에는 주민들 사이에 사창私娼 고개로 오용되

커피 향 청춘

는 아픈 역사가 숨어있다.

　나지막한 언덕배기에서 부대 정문에 이르는 2백여 미터의 거리에는 판잣집이 다닥다닥 붙어 있었다. 이곳이 양색시 집창촌이었다. 길목은 두 사람이 겨우 비켜나갈 만큼 좁지만, 밤이면 외박을 나온 장병들이 여가를 즐기려고 불야성을 이루고 있었다. 이 부대 어귀에는 군장과 미군들이 즐겨 찾는 기념품 같은 물건을 파는 잡화상이 있었다. 전쟁 속에서도 이곳만은 활기찼다.

　석호는 한 귀퉁이에 좌판을 벌였다. 시중에서 구하기 힘든 양주 조니워커며 럭키스트라이크 담배, 미군의 야전 식량인 C레이션 등 PX 물건이 나오면 싸게 사서 되팔았다. 달러를 손에 만지니 장사가 제일이라는 것을 깨닫기 시작했다. 앞집은 꿀꿀이죽을 파는 음식점이었다. 미군 부대에서 나오는 음식 찌꺼기에는 먹다 남은 빵과 치즈, 햄, 통조림 소고기 등이 들어 있다. 드럼통을 반으로 자른 솥에 이 재료를 넣어 끓이면 짬뽕 음식이 되었다. 석호도 점심에 짬뽕을 사 먹었다. 어떤 때는 꿀꿀이죽에서 담배꽁초나 휴지 조각이 묻어 나왔지만 슬그머니 골라냈다.

　하루는 천정을 바르려고 뜯어보니 대들보에 신문지로 싸놓은 돈뭉치가 있었다. 오백만 원이라는 큰돈이었다. 흔히들 전쟁 통에는 땅속이나 천정에서 보화가 나오면 보는 사람이 임자라고 했다. 석호는 일생에 천재일우千載一遇의 횡재를 했다. 그러나 노력하지 않은 돈은 화를 가지고 온다고 하시며 어머니는 경찰서에 신고했다. 이 모습을 바라보는 석호는 정직이라는 단어를 가슴 깊이 새겼다. 그것은 많은 돈으로도 바꿀 수 없는 값진 교훈이 되었다.

　어머니가 밥장사를 해서 번 돈과 석호가 장사한 돈으로 작은 집을 짓기로 했다. 적산 땅인 동회자리였다. 양지바른 고개 언덕 삼십여 평에,

헌 목재를 사다가 뼈대를 세웠다. 아저씨는 어깨너머로 배운 서툰 목수질이었다. 주춧돌은 석호 어머니가 머리에 이고 날아왔다. 지붕은 널빤지 위에다 레이션 종이상자를 씌웠다. 방 세 칸에 부엌이 딸린 아담한 새집을 갖게 되었다. 모자가 그동안 열심히 일한 결과, 새집으로 이사를 했다. 천장에서 나온 돈으로 기와도 올릴 수 있었는데 하는 아쉬움도 남아 있었다.

석호는 고향에 내려가면 어머니가 지으신 집을 보고 돌아왔다. 이 세상에 어머니는 계시지 않지만, 어머니의 땀이 배어 있는 삼 칸 초옥을 보고 오는 것은 보람된 일과였다. 춘천으로 돌아온 지 십여 년, 고향은 영감의 젖줄이다. 나이도 어지간히 들고 작가로서 글을 쓰니 봉황의 소리도 들을 법하다.

사각지대
死角地帶

창세기에 하나님은 엿새 동안 일을 마치시고 이 세상이 −보시기에 참 좋았더라.− 하시며 쉬셨다. 사람들이 낙원에서 번성하고 행복하게 살기를 원하셨다. 그러나 인구가 많이 늘수록 범죄도 늘어만 갔다.

참지 못한 하나님은 가브리엘 천사를 불러 이렇게 부탁했다.

— 서울에 내려가 악질범죄자를 잡아 오너라. 올바른 영혼으로 교화
  시켜 내려보내리라.

막상 가브리엘 천사가 서울에 내려와 보니, 악질범죄자를 잡는 건 생각보다 힘든 일이었다. 범죄자들이 예상외로 많을 뿐만 아니라, 어떻게 데리고 가야 할 것인가도 고민이었다. 우선 음주운전자 20명을 잡아서 열기구에 태웠다. 지체 없이 하늘로 올라갔다. 그러나 생각보다 쉬운 일이 아니었다. 주정뱅이들이 소란을 피우기 시작했다. 열기구의 불을 끄려고 덤벼들었다. 개중에는 칼로 풍선을 찢는 자도 있었다.

겨우 망우산 정상을 넘으려는 찰나 열기구가 통제력을 잃고 기울어져 망우리 공동묘지에 떨어지고 말았다. 타고 있던 20명 중 살아남은 자는

커피 향 청춘

겨우 3명뿐이었다. 빈손으로 하늘로 올라간 천사는 실패한 자신을 자책하면서 하나님께 용서를 빌었다.

살아남은 자들은 자칭 행운의 삼태성이라 하고, 대포 집에 모여 의논했다. 자본 없이 쉽게 돈 버는 일은 없을까? 의논한 끝에 우선 망우리 공동묘지 공터에 천막을 쳤다. 그리고 간판도 달았다.

— 망우교회

그 밑에 구호도 달았다.

— 너희는 마음에 근심하지 말라—

그들은 영세 상인들이 장사하고 있는 우림시장을 돌아다니며 전도하기 시작했다.

— 우리들이 어디에서 왔는지 아십니까? 우리는 하늘에서 떨어진 삼
　태성입니다. 망우교회에 나와 복 많이 받으세요.

본래 한민족은 예로부터 하늘님을 섬기는 신앙심이 깊어, 종교지도자에게는 존경심을 가지고 있었다. 상인들은 순진했다. 하늘에서 내려온 천사들이라 믿고 복 받으려고 교회에 나오기 시작했다.

설교를 맡은 목사 한 사람과 당 운영을 담당할 장로와 재정을 관리하는 유사가 각각 필요했다. 신학교를 다니다가 그만둔 천왕별이 설교를 맡기로 했다. 은행원이었던 호구만이 재정을 맡고 유사라 불렸다. 허만길은 수석장로가 되었다.

망우산은 일제가 서민의 공동묘지로 조성하여 현재 8천여 개의 묘소가 남아 있다. 가난하고 한 많은 민초가 마지막으로 누워있는 곳이다. 운동선수들이 달빛도 없는 밤, 뼛속까지 휘몰아치는 찬바람에 담력을 키우던 곳이기도 했다. 이 시유지에 불법으로 교회를 세운 것이다.

천왕별 목사는 밤마다 공동묘지를 다니면서 죽은 사람을 살리겠다고

외쳤다.

— 망우골짜기에 누워있는 영혼들이여! 일어나라. 천국이 가까웠느니
라. 뼈마디는 뼈끼리, 살덩이는 살끼리 붙을지어다. 예수의 이름으
로 명하노니 일어나 걸어라!

백 일째 되는 날이었다. 이 소식을 들은 중랑구청장이 찾아왔다.

— 목사님. 그러잖아도 중랑구의 재정은 빈약합니다. 8천 명이 살아
난다면 모두 집도 없는 빈민입니다. 이들을 어찌 구제해야 하겠습
니까?

그렇게 걱정하고 돌아갔다. 중랑구 출신 시의원이 찾아왔다.

— 어서 죽은 자를 살려내십시오. 그래야만 선거구가 새로 책정되어
제가 당선될 확률이 높아집니다. 그렇게 되면 교회건축을 적극적
으로 돕겠습니다.

중년 남자가 찾아왔다.

— 목사님, 제 처를 살려 내신다고요? 그건 안 됩니다. 제발 그러지 마
십시오. 새로 처녀 장가가서 깨가 쏟아지도록 재미있게 살고 있습
니다. 전처가 살아서 돌아온다면 저는 끝장입니다.

이번엔 삼 형제가 찾아왔다.

— 제 아버지를 살려 내신다고요? 절대 안 됩니다. 겨우 상속받은 재
산을 다시 내놓을 수는 없어요. 첫째인 저는 강남에 아파트를 샀
습니다. 둘째는 그 돈으로 사업을 하고 있고요, 셋째는 한식점을
차렸습니다. 욕심 많은 아버지가 다시 살아나신다면 모두 빼앗아
갈 것입니다.

— 지금까지 여론을 들은바, 죽은 자를 살려내라는 분은 한 사람뿐이
고 모두 반대하고 있습니다. 여러분! 이 천왕별이 성령의 이름으로

커피 향 청춘

죽은 자를 살려낼 수 있다는 것을 증명했습니다. 중랑구청장님께서 죽은 자를 살려주지 않는 조건으로 시유지 만 평을 임대해 주셨습니다. 모두 하나님께서 하시는 일이라 감사할 뿐이지요.

신도들은 깨달았다. 우리 목사님은 신의 은총을 입어 죽은 사람도 살릴 수 있다는 것을…. 그런 영력을 가지고 있다는 것을 신도들은 자랑스럽게 여겼다. 이후부터 죽은 자는 죽은 자로 인정하게 되었다.

망우忘憂라는 이름은 경기도 구리시와 서울시 경계에 망우고개가 있어 붙은 이름이었다. 망우고개는 자연경관과 산 모양이 빼어났다. ―우리나라에서 서울만큼 자연경관이 빼어난 곳이 없고, 한양 인근에 망우산보다 더 아름다운 곳이 없다―는 말도 있다. 이승의 온갖 근심을 잊게 할 만한 곳이라 하여 망우였다. 자신의 신후지지身後之地를 동구릉으로 정한 태조 이성계가 망우고개에서 쉬다가 ―이제는 모든 걱정을 잊겠구나.― 했다고 한다.

망우교회는 부흥하여 천막 하나를 더 치게 되었다. 새로 나오는 신도는 4주 의무교육을 받고 입교시켰다. 첫 시간에는 당회장의 소개를 빼놓지 않고 했다. 오리온 성 중에서 가장 큰 별에서 오신 이가 당회장 천왕별이시다. 두 분 장로님도 삼태성에서 오셨다. 즉 당 회원 모두 하늘에서 내려오셨다. 믿음은 보이지 않는 것들의 실상이라고 했으니, 이를 믿는 자는 하나님을 믿는 자요 당회장의 제자가 될지어다.

주로 상담하러 오는 신도는 시장상인들이었다. 운송업자들이 데모를 하여 제때 생선이 도착하지 않으면 어떻게 하나는 생선장수도 있었고, 계속 가물면 흉년이 들어 쌀값이 치솟지 않을까 근심하는 쌀 도매상도 있었다. 여름 내내 가물어 수박 값이 올랐다는 이의 근심은 태산 같았다. 아르바이트를 쓰는 분식집인데 인건비가 오르면 어떻게 운영하나 근심하기도 했다. 이들은 모두 교회로 상담하러 왔다.

　일상에서 이런 근심들은 마음을 흔들어 놓고 낙심하게 만든다. 이런 근심들로부터 마음을 해방시켜 줄 수 있는 방법을 알려주어야만 했다. 근심은 욕심으로부터 비롯된다. 그러나 당회장인 천왕별도 이번 주일에 신도가 몇 명이나 올지, 헌금은 얼마나 들어올지 근심이 있기는 마찬가지였다. 기도하는 가운데 영감을 얻었다.

　— 근심은 예고 없이 때때로 찾아옵니다. 앉아서 근심만 하는 것은 잘못입니다. 지금 앞에 놓인 근심들 때문에 걱정하지 마세요. 기도하면 봄눈같이 사라질 테니까요. 우리 교회의 표어가 무엇입니까? -너희는 마음에 근심하지 말라-입니다. 하나님을 믿는 사람은 근심이 없어집니다. 개울물이 흘러갈 때 바위에 부딪히고 넘어가듯이, 근심을 통해 해결해야 할 지혜를 주십니다. 천국을 소망하는 사람에게는 현실 문제가 작아 보입니다. 근심으로 시간을 낭비하는 대신, 우리 모두 교회에 나와 기도 합시다. 믿는 사람들은 근심이 없어지고, 행복한 미래가 찾아올 것입니다.

　— 근심이 되는 것을 어떻게 없앱니까? 교회에 모든 근심 다 버리고 나오려는데, 강아지가 따라 나오듯이 근심도 내 꽁무니를 졸졸 따라 나옵니다.

　— 공짜라서 그렇습니다. 모든 사람의 근심을 대신해주는 대가로 성금함에 일정한 금액을 넣으십시오. 많이 넣을수록 빨리 근심이 사라질 것입니다. 그러면 먹구름이 활짝 걷히듯이 확신이 생겨 하나님이 모든 문제를 해결해주실 것입니다.

그렇게 해서 모든 신도의 근심거리가 없어졌다. 그러나 다른 근심거리가 생겼으니, 근심이 생길 때마다 돈을 마련해야 한다는 것이었다.

어느 새벽기도 시간이었다. 허만길 장로 앞에 큰 사다리가 놓여 있었다. 이것이 야곱의 사다리로구나. 벧엘로 올라가자. 사다리를 타고 천국으로 올라가자. 회개하고 찬송을 부르며 올라갔다. 한 칸 한 칸 손잡고 흥얼거리며 올라갔다. 사다리 계단마다 지은 죄를 백묵으로 표시하며 올라갔다. 혼자는 외롭다 싶어서 내려다보니 여러 교인이 개미가 나무 위를 기어가듯 뒤따라서 올라오고 있었다. 그를 믿고 따라 올라오는 반가운 얼굴들. 우린 같은 목표를 향해가는 신도들이다.

허만길 장로는 백묵이 모자랐다. 백묵을 가지러 가기 위해 오르던 사다리를 다시 내려갔다.

— 장로님, 왜 내려오세요?

— 백묵을 더 가져가려고요.

내려와 보니 여러 신도가 넘어지지 않도록 사다리를 단단히 붙잡고 있었다. 우리 교회는 천국이로구나. 어느 교회에서는 서로 다투어 먼저 사다리를 올라가려고 하다가 사다리가 쓰러져 많이 다쳤다고 한다. 천국과 지옥은 서로 양보하고 붙들어 주고 질서를 지키느냐, 그렇지 않느냐의 차이일 것이다.

다시 시작하자. 하나님과 처음 만나는 곳이다. 두려워 떨며 올라가자. 말씀에 감격했던 곳, 기도할 때 눈물이 났던 곳, 벧엘로 올라가자. 실패의 장소를 떠나 희망이 꺾인 장소를 떠나 대답이 있는 곳 하나님의 집으로 가자. 응답받고 복 받는 자리로, 근심 걱정 사라지고 하나님의 복을 찾는 망우 교회로 가자.

하룻길을 올라갔다. 배고파 암벽식당에 들어갔다. 세상과 별로 다른 것은 없었다. 다만 수저가 길어서 혼자 먹을 수가 없었다. 둘이 마주 앉아 떠먹여 주어야 한다. 남을 먼저 배려해주는 곳이 천국이로구나. 허만길 장로는 깨달았다. 천국으로 올라가는 마지막 코스는 30미터나 높은 암벽타기였다. 위에서 밧줄이 내려와 있었다. 구원의 밧줄이라고 한다. 신도들의 밧줄은 굵고 튼튼한 동아줄이었다. 장로들 것은 지붕을 해서 덮을만한 밧줄이었다. 성직자의 밧줄은 어떤가 보았다. 삼으로 엮은 손가락 굵기의 노끈이었다.

그 옆에는 넓은 호수가 있었다. 수련이 떠 있듯 붉은 입술이 둥둥 떠 있었다. 관리 천사에게 물어보았다. 그러자 천사는 -설교만 잘했지 실행이 없는 목회자들의 입술-이라고 했다. 연못 여기저기서 개구리들이 놀고 있는데 모두 벌거벗었다. 그 속에 물뱀이 헤엄쳐가고 있었다. 개구리 한 마리가 팬티를 입고 맞은편 바위 위에 앉아 있다. 마치 여름철 해수욕장을 경계하는 경찰 같았다.

— 저 개구리는 뭔데 팬티를 입고 있는지요?

— 파수병이요. 물뱀이 나타나면 -개굴개굴- 경보음을 울리지요. 뱀이 없다면 개구리들은 밤낮 잠만 자고 나태해져요.

천국이란 네가 나의 등을 긁어 주면 내가 너의 등을 긁어 준다는 호혜적 행동을 기반으로 하고 있다는 것을 깨달았다. 사랑, 양보, 신뢰, 우정, 선물, 은혜, 교환 등 무수히 듣는 낱말 속에 천국이 들어 있었다.

천왕별 목사가 중량구청장을 만났다. 지금 사용하고 있는 시유지를 불하받으러 갔다. 공동묘지가 있는 자투리땅으로 시에서도 별로 사용가치가 없다고 판단한 땅이었다. 순조롭게 만여 평을 불하받았다. 그것도 5년 분납하기로 계약을 했다. 그릇이 커야 담는 물건이 많듯, 건물이 커야 신도가 많을 것이다. 신도 이천여 명이 들어갈 수 있도록 지하 일층

커피 향 청춘

에 지상 삼층, 건평 천이백 평을 설계했다.

— 금세기에 한 분 나올까 말까 한 유명한 강사님을 모십니다. 이번
부흥회에서 모두 성령의 불을 받읍시다. 출석만 하면 누구나 불을
받는다고 합니다. 저녁 집회에는 휴가 내고, 가게 문 닫고, 열 일 제
쳐놓고 모두 나오시기 바랍니다.

신도들은 천왕별 목사의 말을 하나님 말씀으로 들었다. 드디어 주일
저녁부터 5일간 총동원 건축헌금 작정 부흥회가 열렸다. 소위 청교도
훈련이라는 부제가 붙어 있었다.

— 여러분, 쪼개져야 해요. 내 설교 앞에 여러분의 이론과 신학은 없
어져야 성령을 받아요. 이 말씀은 성경에도 없다고요.

강사는 설교의 절대성을 주장했다. 신비주의 부흥강사 강의 앞에서는
성경도 신앙고백도 던져버렸다. 교인들에게는 오로지 복 많이 받아 잘
살겠다는 생각밖에 없었다. 벼락부자를 꿈꾸는 로또 인생들만 있을 뿐
이었다. 최면에 걸린 교인들은 양손을 치켜들고 아멘을 연실 외쳐댔다.

— 내 강의를 들으며 마름질하거나 저울질하지 마. 그러는 너는 성령
의 냄새도 못 맡는다. 이상하지? 내 설교를 들으면서 나를 싫어하
면 성령의 역사가 안 나타난단 말이야. 내 강의 잘 듣고 믿으면 여
러분 교회가 달라진다. 설교 중에 방언이 터지고 능력이 나타날 것
이다.

강사는 반말지거리하면서 마치 자신이 하나님이고 절대자인 양 으스
댔다. 가장 많은 헌금을 내라고 강조했다. 집을 은행에 잡히든 전세를
사글세로 바꾸든 해서. 많은 헌금을 하면 복을 주시어 열 배로 갚아주
신다고 했다. 모두 일어나서 건축 헌금을 결정한 사람만 앉으라고 했다.

이 말을 곧이곧대로 듣고 집을 팔아 건축 헌금을 한 차용기 집사는

부부 싸움 끝에 이혼을 하고 말았다. 천 목사는 그를 영웅으로 치켜세워 주었다. 직장이 없는 그에게 교회 수위장을 맡겼다. 다른 신자들도 모두 최선을 다했다. 집문서를 3년 잡히고 은행에서 5백 50억 원을 대출받았다. 그래도 건축금 50억 원이 모자랐다.

망우리 공동묘지에는 시대의 어둠을 촛불처럼 밝혔던 선인들이 묻혀 있었다. 민족대표 33인의 한 사람인 한용운 선사, 조선학운동을 펼친 민족 사학자 문일평 선생, 서예가 오세창 옹, 종두학자 지석영 박사, 아동 문학가 방정환 선생, 이중섭 화가, 박인환 시인, 초대 농림부 장관 조봉암 등 근·현대 애국지사와 선각자, 문인, 예술가, 정치인들이 묻혀 있다. 저항과 수난의 민족사를 온몸으로 헤쳐 간 선인의 자취를 더듬을 수 있는 살아 있는 역사교육장이다.

천왕별 목사는 한밤중에 이들을 방문하여 건축 헌금을 기증받고자 했다. 한용운 선사를 찾아갔다. 1925년 백담사에서 『님의 침묵』을 집필했을 때의 그 별빛들이 지금 이 밤에 찾아온 듯, 만해의 생명사상과 시를 사랑하는 많은 사람에게 아낌없이 비춰주고 있었다.

— 선사님께서 그리워하고 사랑한 님은 조국의 독립과 사랑하는 민족이지요. 그 님이 침묵하고 있는 것이 현실이 아닌지요?

— 그렇지요. 자신이 가는 길에 충실한 것이, 님에게 가까이 가는 길이지요. 종교 지도자들에게 가장 중요한 것은 정직이지요. 거짓말은 신뢰를 무너뜨려요. 예수 잘 믿으세요. 드릴 것이라고는 이 한마디뿐입니다.

— 님을 향한 그리움은 깊어만 갑니다. 님은 갔지만 우린 보내지 않았

습니다. 당신의 시는 영원히 우리 가슴 속에 남아 있습니다.

두 번째로 찾아간 이는 문일평 사학자였다. 무덤 안에는 역사 서적이 성을 이루고 있었다.

— 교육을 받으면 잘삽니까? 가르치는 사람은 더 잘삽니까? 잘산다는
  것은 무엇을 말합니까?

— 그거야 뭐… 부모에게 효도하고 나라를 사랑해야지요.

— 그러면 교육을 많이 받을수록 효도하고 나라를 사랑합니까? 지식
  만 가르치는 학교 교육은 죽었어요. 종교 지도자인 여러분께서 인
  간 교육을 맡아주세요. 지식은 요리사의 칼과 같고, 지혜는 전철
  을 이끄는 기관사처럼 세상을 이끕니다. 지성보다 감성을 키워주세
  요. 지난 역사를 모르는 자는 미래의 뒤안길로 사라집니다. 올바
  른 역사관은 어두운 길에 등불이 되지요.

천왕별 목사는 좋은 말만 들었다. 헌금은 허탕을 쳤다. 다음으로 찾
아간 이는 서예가 오세창 선생이었다. 그는 황량한 공동묘지에 교회당
이 들어와서 반갑다고 했다.

— 신도들의 믿음은 보되 재산은 보지 않으며, 환우들을 돌보되 그
  대가를 바라지 않는 그런 분이 되십시오. 헌금을 도둑질하지 마십
  시오. 그 돈으로 가난한 사람을 도우세요.

천 목사는 가슴이 뜨끔했다. 좋은 일에 쓰라며 서예 한 폭을 기증받
았다. 인사동에 내다 팔면 몇백은 받으리라. 속으로 기뻐했다.

다음으로 종두학자 지석영 박사를 찾아갔다. 지금도 열심히 실험을
하고 있었다.

— 조선 말기만 해도 사람들은 마마님이 왔다고 하면 손도 못 쓰고 며
  칠 사이에 수백 명이 죽어 나갔어요. 어떻게 천연두를 예방할 종

두를 발명하셨는지요?

— 유추해 보았습니다. 서로 관련 없이 멀리 떨어져 있는 것을 연결하는 것입니다. 기존에 있던 생각이나 개념을 새롭게 조합해 새로운 생각을 찾아내는 것이지요. 그것이야말로 창의력이지요.

— 어려운 말씀이라 무슨 뜻인지…?

— 유추의 기초는 은유(메타포)예요. 성경에 보면 열 처녀의 비유, 달란트 비유, 두 아들의 비유, 혼인 잔치의 비유, 포도원과 소작인의 비유로 꽉 차 있지요. 은유를 가장 잘 활용하는 장르는 시입니다. 비유를 통해 전혀 연결성이 없는 것만 같던 단어들의 조합을 보게 되지요. 시를 읽는 건 창의력을 기르는데 도움이 됩니다.

말을 마치고 천 목사를 유심히 보더니 전염병에 걸렸다고 했다.

— 아닌데요. 저는 건강합니다.

— 탐욕이란 바이러스에 걸렸어요. 돈에 미치면 사람은 보이지 않지요. 탐욕은 이성의 판단을 흐리게 하여 인간의 품위를 타락시키지요.

그러면서 굵은 주삿바늘을 들이댔다. 걸음아 나 살려라 도망쳐 나왔다.

어린이의 아버지 방정환 선생을 방문했다. 동안에다가 어린아이 같은 심정을 가지고 있었다. 그는 서른두 살의 나이로 신장염이 재발하여 이곳으로 이사를 왔단다.

— 저승사자가 나를 데리러 왔어. 나는 이제 가네. 어린이들을 부탁하네.

그렇게 유언을 남겼다. 동심여선童心如仙이란 커다란 목판이 문설주에 걸려 있다. 어린이 마음은 천사들의 마음을 닮았다고 했다.

— 예수님도 어린아이 같지 아니하면 천국에 들어갈 수 없다고 하셨지요.

방정환 선생은 주일학교 어린이들에게 동화를 많이 들려 달라고 부탁했다. 선물로 -귀뚜라미 소리-라는 동시를 낭송해 주었다.

화가 이중섭 선생을 방문했다. 그의 생애는 일제시대와 6·25 전쟁으로 얼룩졌으며, 때 이른 죽음이 찾아올 때까지 시대적 궁핍을 벗어날 수 없었다. 그는 방바닥에 화폭을 펼쳐놓고 작업을 하고 있었다. 천 목사는 기억을 더듬어 김춘추의 -내가 만난 이중섭-이란 시의 일부를 낭송했다.

광복동에서 만난 이중섭은/ 머리에 바다를 이고 있었다/ 동경에서 아내가 온다고… /남포동 어느 찻집에서 이중섭을 보았다… /진한 어둠이 깔린 바다를/ 그는 한 뼘 지우고 있었다.

이중섭 화가는 기분이 몹시 좋아 보였다. 그는 -새와 아이들-이란 유화 한 점을 선뜻 내주었다. 평창동 서울 옥션에 내놓으면 적어도 1억 5천은 받을 것이다.

— 야호! 성공이다, 성공이야!

박인환 시인을 찾아갔다.

지금 그 사람 이름은 잊었지만/ 그 눈동자 입술은 내 가슴에 있네.

그 유명한 시 -세월이 가면-의 첫 소절이다. 『목마와 숙녀』등으로 높은 대중적 인기를 누리고 있던 박인환은 1950년대 한국 시인을 대표하는 시인이었다. 수려한 외모와 낭만적인 시풍으로 -댄디 보이-라는 별명을 얻었다. 젊어서 경향신문 기자로 명동 뒷골목을 누비고 다녔던 한국

모더니즘의 대표 시인이었다.

— 나는 젊어서 자유연애를 했지요. 모더니즘과 조니 워커 스트라이
크를 좋아했고요. 성적 쾌락에 대한 무질서한 욕구를 만족시키려
고 방탕한 생활을 했어요. 여자를 조심해야만 했지요.

그 후 인제 박인환 문학관을 36억 원을 들여 준공했다. 그러나 시집,
연구 서적이 없는 빈껍데기 문학관이 되었다. 천 목사는 가난에 쪼들리
는 박 시인에게 몇만 원을 주고 나왔다.

인생은 외롭지도 않고 그저 잡지의 표지처럼 통속인 것을, 목마른 문
학이든 인생이든 사랑의 진리든, 그 모든 것을 떠나서 죽든, 가슴에 남
은 희미한 의식을 붙잡고 쓰러지는 술병을 바라보아야 하는 것이 우리
삶의 전모일까? 천 당회장은 감상에 젖어 있었다.

마지막으로 초대 농림부 장관을 지내고 2·3대 대통령 선거에 출마했
던, 죽산 조봉암 선생의 묘소를 찾았다. 그의 비석은 글자 한자 없는 텅
빈 비석이었다. 빈 공간은 할 말이 너무 많다는 뜻이다. 비석을 자세히
보니 핏물이 나오며 억울한 이야기를 글로 쓰고 있었다. 농지 개혁을 해
서 성공했다. 이 일을 해내지 못했다면 6·25전쟁 후 남한은 공산화되었
을 것이다. 1925년 조선공산당 창립에 참여했으나 공산당과 결별했다. 진
보당을 창당한 그는 북한 간첩과 내통했다는 혐의로 사형선고를 받았다.

— 내 죄는 정치 활동한 것밖에는 없는데…. 목마르니 술 한 잔만 주게.

마지막 말을 남겼다. 억울한 죽음이었다. 천왕별은 -내가 죽으면 비석
에 무슨 말이 쓰여 있을까-가 궁금했다.

3년이란 길고 긴 광야생활을 보내고 웅장한 3층 건물이 가난한 동

네 공동묘지 옆에 그 모습을 드러냈다. 이 건물은 마치 광야생활을 마치고 가나안 땅으로 돌아가는 이스라엘민족처럼, 예수님이 십자가의 고난을 이기고 무거운 돌무덤을 헤치고 부활한 아침 해처럼 망우교회가 우뚝 서 아침 해를 찬란하게 받을 것이라고 천 목사는 말했다.

　— 우리 교회는 망우리 공동묘지에 사는 마귀들에게 굴하지 않고 승
　　리했어요. 앞으로도 고난과 시련을 극복하여 하늘나라를 전도할
　　위대한 교회가 될 것입니다.

이 교회를 보는 신도들도 벅차오르는 감동에 감사기도를 드렸다. 많은 축하객이 문전성시를 이루면서 내 일처럼 기뻐했다. 교회내부를 살펴보면 승강기 2대와 에스컬레이터, 180도 회전하는 강대상, 영상으로 설교를 들을 수 있는 대형 스크린 장치, 이태리 대리석으로 꾸민 내벽 등 최신 시설로 가득했다. 우리는 힘들었지만 교회의 앞날을 이끌어 가야 한다는 사명감으로, 당장은 사치스럽게 느껴질지 모르지만 내일을 살아가야 할 다음 세대를 염두에 두고 건축했다고 했다.

교회가 너무 대형화로 치닫는 것이 아닌가 하고 걱정하는 이도 없지는 않았지만, 교회가 클수록 경제적으로 부유해지며 국력도 같이 성장한다고 했다. 정의가 강같이 흐르는 교회가 되어 세계 중심에 우뚝 설 것이다. 정의란 돈이요, 돈이 곧 힘이다. 힘이 있는 곳에 정의도 있다. 이런 교회당을 세웠다는 것은 하나님이 그만큼 인정했다는 뜻이다.

　— 대형 교회는 인간이 원한다고 세워지는 것입니까? 하나님이 역사
　　하시고 소명이 있어야 세워지는 것입니다.

천 목사는 강조했다. 하나님이 부유한 것 같이 신도들도 모두 부유하고 건강하라고 일일이 머리 위에 안수하며 축복 기도를 해주었다.

추운 겨울이 지나면 꽃피고 새들이 노래하는 봄이 오듯이, 어려운 공

동묘지 위에서의 광야 생활도 끝이 났다. 교회를 문체부에 정식으로 등록했다. 송아지 소파에 앉아 예쁜 비서가 타준 커피를 마셨다. 인간의 욕심은 폭포 같은 것인가? 교회 기금도 넉넉하니 천왕별이라는 이름을 만천하에 드러내고 싶었다.

천 목사는 인기 관리를 잘해 나갔다. 대외기관과의 관계도 원만했다. 인기 관리를 잘한다는 것은 대회 찬조금 내는 큰손이란 뜻이었다. 보수 애국 단체가 3·1절 기념행사에 강사로 초대했다. 정오의 서울시청 광장은 찬란했다. 수천 개의 태극기와 성조기 물결이 파도처럼 출렁거렸다. 이윽고 신비한 마술을 부리듯 대형 애드벌룬과 함께 한 쌍의 거대한 태극기와 성조기가 하늘 높이 떠올랐다.

— 대한민국 만세! 한미 동맹 만세!

우렁찬 함성이 시청사를 들썩 들어 올릴 듯할 기세였다. 두 팔을 높이 들고 만세를 외치니, 배로부터 나오는 큰 소리에 심장에 붙어있던 회색빛 걱정이 뚝 떨어져 나갔다. 선량한 시민들은 봄 하늘에서 희망을 보았다. 수천 개의 풍선이 몸과 몸을 부딪치면서 하늘 높이 올라갔다.

-아! 대한민국의 기백은 살아있구나.-

시민들은 감격의 눈물을 글썽거렸다. 춘삼월의 따스한 태양도 미소를 띠고 있었다. 서울시청 광장을 꽉 메운 시민들은 못해도 8천여 명은 되어 보였다. 반핵, 반 김정일, 자유 통일을 외치는 인파는 해변에 깔린 자갈처럼 단단해 보였다.

— 전우의 시체를 넘고 넘어…… .

6·25 전쟁 때 부르던 군가를 목이 터져라 불렀다. 스크린을 보니 굶주려 초췌한 북한 어린이의 얼굴이 어른거렸다. 티 없이 맑은 하늘을 우러러보며 통일을 염원했다.

천왕별 목사는 3천만 원의 행사비를 지원하고 5백 명의 군중을 동원했다. 게다가 애드벌룬에 대형 태극기를 띄우는 조건으로 주 강사가 되어 상석에 앉아 있었다.

— 김정일은 핵폭탄 실험을 강행했어요. 이 폭탄이 세종로에 떨어졌다면, 반경 1킬로에 불이 번지고, 2킬로 이내의 건물은 모두 파괴됩니다. 그 후 2개월 내에 20만 명이 사망하는 무서운 폭탄입니다. 우리는 이에 대처할 방위 무기가 부족해요. 맨주먹으로 핵폭탄을 어떻게 막습니까?

그는 이렇게 말문을 열어나갔다. 종교 지도자들이 모이는 곳이면 나타나 점심을 샀다. 기독교 TV 방송에도 출연하여 망우교회를 홍보했다.

이 무렵 천 목사는 한국 기독교 연합회 회장 선거에 입후보했다. 물론 허만길 수석 장로가 선거대책위원장을 맡았다. 당회를 열었다. 천 당회장이 짐짓 겸손한 듯 말했다.

— 많은 돈을 써가며 연합회 회장이 된들 무엇 하겠소?

— 그렇지 않습니다. 세상에서는 명예도 중요합니다. 꼭 당선되어야 망우교회도 부흥하고 세상에 널리 알릴 기회가 됩니다.

눈치 빠른 허만길 장로가 화답했다.

— 이번에 후보로 나오시는 진바울 목사님은 신앙으로 보나 인격으로 보나 존경할만한 분이오. 내가 나갈 자리가 못 되는데….

— 선거라는 게 어디 인격으로만 되는 겁니까? (엄지와 검지로 동그라미를 만들어 보이며) 세상은 이거면 다 됩니다.

호구만 유사가 맞장구를 쳤다.

드디어 총회장 선거 날이 다가왔다. 선거 자금으로 5억을 인출했다. 5만 원 지폐로 50만 원씩 돈 봉투를 80개를 만들었다. 그 돈을 007가방에 넣었다. 그리고 나머지 돈은 백만 원짜리 상품권으로 따로 준비했다. 영향력이 있는 대의원에게 덤으로 줄 요량이었다.

선거 전날 작전을 개시했다. 돈을 관리하는 호구만 유사가 앞장서고, 사무실 직원 모두가 동원되었다. 선거권이 있는 목회자 장로들로, 지방 대의원들이 묵고 있는 호텔을 찾아 나섰다. 공짜로 돈벼락을 맞은 대의원들은 입을 다물지 못했다. 뱀이 개구리 삼키듯 슬금슬금 돈 봉투가 호주머니 속으로 들어갔다. 10월 초순이라 선선한 날씨인데도 호구만 유사의 등짝에는 땀이 흘렀다. 안도의 한숨, 한편으로는 실망의 땀과 배신의 땀이 흘렀다. 전국을 대표하는 종교 지도자들이었다. 믿지 않는 시정잡배와 무엇이 다르단 말인가? 아브라함의 간청처럼 의인 열 사람이 있으면 서울을 구원하겠는데, 거절하는 양심적인 이는 한 사람도 없었다. 돈 봉투가 절반 넘게 나갔다.

— 나머지 돈은 내일 아침 식당에 다 뿌리시오.

-소금 먹은 놈이 물켜겠지.-라고 확신하면서 호구만 유사는 직원들에게 부탁했다. 식사하는 대의원들에게 봉투가 잡히는 대로 무릎 위에 놓고 나왔다. 잠시 땀을 닦고 들어가 보니 봉투가 감쪽같이 없어졌다. -코 앞의 진상이라더니 돈 앞에 넘어지지 않는 자는 한 사람도 없구나!- 양심이 죽은 대의원들은 맛 잃은 소금과도 같다고 생각했다.

진 목사에 이어 천왕별 목사가 의견을 발표했다.

— 대의원 여러분! 은퇴하는 원로 목사와 장로님들에게는 아직 은퇴 후 마땅히 쉴만한 집이 없습니다. 망우교회 옆에 여분의 땅이 있습니다. 제가 당선되면 은퇴한 여러분께 아파트를 지어 편히 모시겠습니다.

아파트를 한 채씩 준다니 귀가 솔깃했다. 단체의 이익을 버리고 개인의 이로움을 생각하도록 감정에 호소했다. 그 결과 진 목사를 제치고 천 목사가 한국 기독교연합회 회장에 당선되었다. 아파트를 지어준다는 공약은 그때 가서 볼일이었다.

망우교회 앞에는 한국 기독교 연합회장 당선 축하 현수막이 펄럭였다. 신도들은 모두 축제 분위기로 예배를 드렸다. 호구만 유사는 천 목사의 처남이었다. 이 기회에 연합회장 판공비로 월 천만 원을 책정했다. 기본 봉급 9백만 원에 도서비며 건강 유지비, 차량 운영비에, 두 달에 한 번 나오는 보너스까지 합치면 재벌 총수 부럽지 않았다. 미국 뉴욕 신학 대학원에 재학 중인 아들 학비도 교회 돈으로 송금해 주고 있었다.

망우교회에 전 주일에 등록한 장미애라는 새내기 여신도가 있었다. 중환자로 혈액암을 앓고 있는 남편 문제를 상담하려고 천왕별 목사를 찾아갔다. 목사는 짙은 머리카락을 언제나 기름을 발라 올백으로 넘겼다. 산뜻한 핑크색 넥타이는 물론, 갈색 양복에 맞춰 입은 실팍한 옷차림은 탤런트 이순재처럼 항상 신사다운 풍모가 있었다. 짙은 눈썹에 만수대같이 오뚝한 콧날 하며, 부리부리 쏘아보는 눈빛과 다부진 몸집은 자신만만한 중년신사의 카리스마가 넘쳐났다. 게다가 말씀에 은혜가 넘쳐 존경을 받는 부흥강사로 정평이 나 있었다. 장미애의 애로사항을 들은 천 목사는 말했다.

— 마침 잘됐군요. 다음 주간에 부산 해운대 교회에서 부흥회를 하니 함께 가서 기도합시다.

미애는 부산에 내려가는 일을 친정엄마와 의논했다. 그 기간 동안 그녀의 엄마가 간호해주는 조건으로 남편의 승낙도 받았다. 그런데 밤사이에 갑자기 남편의 병이 악화되었다. 못 갈 것 같다고 천 목사에게 연락을 했다. 이른 아침에 병원으로 나갈 참인데 전화벨이 울렸다.

— 장 자매님, 지금 집 앞에 거의 다 왔으니 빨리 내려와요.

그녀는 거절하기도 딱한 처지였다. 천 목사는 현관 앞까지 와서 재촉을 심하게 했다. 어쩔까? 망설이다가 벤츠에 올라탔다. 조금도 망설임 없이 눈썰매 미끄러지듯 고속도로를 달렸다. 미애는 신혼여행 후 첫 나들이라 마음이 설렜다. 앞에는 여선교회 회장이 타고 있어 마음이 놓였다. 천 목사는 지루함을 달래려고 지난 일을 이야기했다. 인천 부흥회 때 있었던 일이라고 한다.

— 천국은 참 좋은 곳이라고 자세히 설명했지요. 한 젊은이가 예배 후 내게 질문했어요.

— 목사님은 한 번도 가본 적이 없으시면서, 어떻게 천국이 그렇게 좋은 곳인지 알고 계세요?

— 그건 쉽게 알 수 있지.

— 어떻게요?

— 지금까지 천국이 싫다고 되돌아온 사람이 아무도 없거든.

이런 농담 한마디에 유쾌한 여행을 할 수 있었다. 어렵게만 여겼던 분위기가 스팀이 들어오듯 훈훈해졌다. 미애가 창밖을 내다보았다. 들판은 가을빛을 잃어 쓸쓸했다. 곡식도 모두 거둬들인 뒤였다. 마른 논 위로 참새 떼가 날아갔다. 황금 들판을 잃어버린 가을은 저만치 도망치고 있었다. 죽음을 뜻하는 누런 미루나뭇잎이 공중에 떠돌다가 아스팔트 위로 힘없이 떨어졌다. 마치 건강하던 남편이 힘없이 누워버린 모습을 떠올렸다. 낭떠러지에 매달려 나무뿌리라도 잡아볼 심정으로 기도하러 간다고 생각하니 정신이 퍼뜩 들었다.

성황리에 부흥회가 시작되고, 어느덧 마지막 설교 시간이었다. 천 목사는 신들린 사람처럼 목청을 높여 부르짖었다.

— 여자들은 앙큼한 생각, 남자들은 엉큼한 생각을 하지 마시오. 머리카락까지도 세시는 하나님이 내려다보십니다. 이 시간 그런 생각일랑 칼로 베듯이 삭 베어버리시오.

오른손을 치켜들고 칼로 베는 시늉을 했다. 한참 통성 기도하는 도중에 미애의 휴대전화 벨이 울렸다. 기도하던 신도들이 여기저기서 눈을 뜨고 두리번거렸다. 천 목사가 만면의 웃음을 띠면서 신도들에게 말했다.

— 하하하, 축하합니다. 열심히 기도하니까 남편의 병이 완쾌될 수 있다고 하나님께서 응답해 주셨군요.

이제 마지막 안수 시간이 되었다. 미애는 오로지 남편의 병을 고쳐달라는 일념으로 기도했다. 안수기도를 하던 천 목사가 갑자기 마이크를 잡고

— 저기 서울에서 내려온 예쁜 장 자매님, 빨리 앞으로 나오시오.

안내원이 당황해하는 그녀를 강단 앞으로 데리고 나갔다. 미애는 무릎을 꿇고 앉았다. 천 목사는 그녀의 머리에 손을 얹고 기도했다. 그녀의 몸이 전기가 오듯 찌릿찌릿했다. 이것이 성령의 불 받는 줄로 알고 무서웠다.

부산 부흥회를 다녀온 후 3월 어느 주일이었다. 장미애는 예배 후 폐회 찬양에 눈을 감고 묵도하고 있었다. 그때 누군가 지나가면서 그녀의 무릎 위에 무엇을 놓고 갔다.

— 월요일 오후 4시에 동녘파크 커피숍에서. 천 목사.

주보의 빈자리에 그리 적혀 있었다. 미애는 가무잡잡한 얼굴에 분을 발랐다. 강남 텐 미용실에서 부스스한 머리도 손질했다. 흰 블라우스와

검정 투피스에 같은 검정색 스포츠 코트를 입고 나갔다. 거울에 비친 모습을 보니 날씬한 허리에 처지지 않은 가슴은 실제 나이인 마흔보다 젊어보였다. 그녀는 시간에 맞춰 호텔 커피숍에 들어섰다. 미리 와서 앉아 있던 천 목사는 자리에서 벌떡 일어나 다가왔다. -이번 딱 한 번뿐이야.- 스스로 결정했다.

— 아는 사람이 많으니 조용한 곳에 가서 이야기합시다.

귀엣말을 했다. 구면에다가 성직자라 의심 없이 따라갔다. 조용한 빈방이었다. 벽에 기대어 앉으려는 미애를 매가 암탉을 덮치듯이 확 덮쳤다. 억지로 방바닥에 눕히려는 천 목사에게 반항하는 그녀의 흰 블라우스가 찢어졌다. 찢어진 블라우스 사이로 보이는 젖가슴을 잡고 소리쳤다.

— 사람 살려! 아무도 없어요?

외쳐보아도 들어주는 사람이 없었다. 블라우스를 쥐고 있는 사이에, 그는 아랫도리를 억지로 벗겼다. 벗겨진 허벅지 틈새로 머리를 쳐넣고 속옷을 끝까지 다 벗겼다. 천 목사는 강대상에서 보았던 성스러운 얼굴이 아니었다. 원하는 곳에서 나타나는 악귀의 얼굴이었다. 무슨 억하심정으로 곤경에 빠진 그녀를 탐하려 들까?

미애는 수치스러움이 머리끝까지 올랐다. 허리를 비틀면서 막아보았지만 역부족이었다. 피를 빨려는 찰거머리처럼 달라붙은 천 목사에게 깊숙한 곳까지 침범당했다. 그녀가 움직이는 대로 방바닥에 부딪치는 소리만 쿵쿵 울렸다. 억울하고 창피했다. 그는 감전이라도 된 듯 걷잡을 수 없이 숨넘어가는 소리를 냈다. 폭약이 폭발하여 돌산이 무너지듯이 스스로 무너져 내렸다. 그는 욕구를 다 채운 후 옷을 주섬주섬 입었다.

— 둑이 두꺼울수록 무너지는 소리도 요란하구먼!

혼잣말처럼 중얼거렸다. 그리고는 수표 한 장을 화장대 위에 놓고 밖으로 사라졌다. 긴장이 풀린 미애는 활개를 늘어뜨렸다. 손가락 하나 움직일 수 없었다. 나른함이 몰려왔다. 앞날을 생각하니 눈앞이 캄캄했다.

－정말 나는 무엇을 바라고 교회에 나갔던가?－

분하고 원통했다. 남편의 병도 못 고치고 몸만 망쳤으니…. 이참에 죽어 버릴까? 하기야 이 한 몸 죽기로서니 아깝지 않다마는, 병든 남편과 어린 자식들이 불쌍하지. 천 목사는 죄를 짓고도 선을 가르치려는 것일까? 이왕 이렇게 된 바에야 강간죄로 고발을 해야겠어.

미애는 창문으로 다가갔다. 삼각산 기슭에 듬성듬성 눈이 남아 있다. 햇귀 따사로운 양지쪽 산비탈에서 눈이 녹아내렸다. 차츰 검붉은 흙이 드러나면서 보드레한 잡초가 솟아 나오고 있었다. 그 흙더미 위로 아지랑이가 가물거렸다. 앙상한 나뭇가지들도 파르스름한 옷으로 갈아입었다. 우둠나무의 가지에도 새잎이 싹텄다. 슬픔은 삶의 굳건한 동반자요, 살아있음의 증표라는 말이 봄이 오는 소리와 함께 들렸다. 이 시련을 넘기면 내 인생에도 새봄이 오겠지 하는 희망의 소리가 들렸다. 절망의 산, 질병의 산이 앞을 가로막을지라도, 큰 산아, 네가 무엇이냐? 연약하다고 생각할 때 강한 힘을 주시고, 가난하다고 생각할 때 부유함을 주시는 하나님을 의지하고 나가리라. 너는 내 앞에서 드넓은 평지가 되리라.

북부검찰청에 강간죄로 천왕별 목사를 고소했다. 증거물로 찢어진 블라우스와 정액이 묻은 속옷을 제출했다. 그날 밤 미애는 갑자기 날개가 돋힌 듯 가볍게 날아올랐다. 옆에는 천사들이 그녀의 양쪽 팔을 부축하고 있었다. 북극성으로 가는데 꼬박 밤낮 하루가 걸렸다. 일행은 아침에 도착했다. 여기는 영혼을 재판하는 대기실. 천국 카페에 들어섰다.

법원 안에 있는 카페 벽은 브라운의 중간색이고 위는 핑크색을 칠했다. 바닥은 아라비안 카펫이 깔려 있었다. 흰 천장에는 꺼지지 않는 일등별 조명을 달았다. 천사는 미애에게 천국에서 일어날 사건을 보여주고 있었다. 그녀는 댄스 교습소 강사였다.

이때, 뿔테안경을 쓴 천왕별 목사가 점잖게 들어왔다. 그 뒤로 호구만 유사가 007가방을 들고 뒤따라왔다. 가방 안에는 달라가 가득 들어 있었다. 천국의 열쇠를 쥔 베드로에게 줄 급행료였다. 미애는 오리궁둥이를 흔들며 사뿐사뿐 걸어서 그에게 다가갔다.

— 반가와요, 목사님. 음악에 맞추어 춤을 추실까요?

— 여기가 어디라고. 때와 장소를 알아야지.

— 기분 좀 내세요. 찡그리고 인상 써 보았자 재판이 잘 됩니까? 언제
　　보아도 우리 목사님은 멋져!

호구만 유사가 핀잔을 주었다.

— 너 같은 백여우한테 걸리면 거덜 나겠다. 한 번 재미 보았는데 3억
을 달라니. 네 물건은 무엇으로 만들었느냐?

— 호호호…. 우스워 죽겠네. 돈 주는데 싫다는 병신 보았어요? 여기
는 세상 법에 구속받지 않는 완충지대란 말이에요. 심판을 받기 전
에 즐깁시다.

그때 카페담당 천사가 계산대를 내려섰다.

— 세상에서 오신 여러분을 환영합니다. 심판은 오전 열시 정각에 열
립니다. 질서를 잘 시켜주시기를 바랍니다. 환각차를 드시고 조용
히 기다려 주세요.

천 목사가 천사에게 옆에 앉으라고 했다. 천사는 그 말을 들은 척도
안 했다.

— 홍 도도하시군. 수표 한 장이면 코를 꿸 몸이 고상한 척하네.

— 순진한 미애 씨처럼 당하지 않거든요. 성폭행죄로 가중처벌 받아
보실래요?

— 여기도 판치는 검사가 있단 말이지? 오기만 해 봐라. 당장 허리를
꺾어 버릴 테니. 이래봬도 내가 한국 기독교 연합회 회장이야. 성폭
행이라니. 네 손을 잡아보길 했나, 뽀뽀를 했나?

— 언어적인 폭력도 성폭력에 해당돼요. 개 버릇 남 못 준다더니 여성
을 후리는 솜씨는 여전하시군요.

이때 재림 성형외과 김 원장이 흰 가운을 입고 나타났다. 그는 천 목
사로부터 변리 일할에 20억을 빌려 쓰고 아직도 갚지 않은 위인이었다.
그는 망우교회 전도 기간에 새 신자들에게 감기 예방 주사를 공짜로 놓
아주었던 의사였다.

— 납작코, 주걱턱, 뱁새 눈, 잔주름, 검버섯, 작은 유방, 예쁜이수술,

변강쇠… 무엇이든 원하는 대로 다 해드립니다. 월부도 좋습니다. 천 회장님의 포경 수술도 해드렸습니다.

천사는 이제야 알았다는 듯이 말했다.

— 요즘 세상에서 온 분들의 사진과 얼굴이 다른 이유를 알겠네요. 얼굴뿐만 아니라 손금도 고친다지요?

천 목사는 갑자기 일어나 예배를 드리자고 했다.

— 우리는 지금 천국 문턱에 왔습네다. 구원은 행위에서 난 것이 아니라 믿음으로 구원을 얻는다고 했습네다. 죽기 전에 구원받은 강도처럼 지금이라도 회개하면 천국으로 들어갈 줄 믿습네다. 그는 복음 찬송을 불러댔다.

낮에 해처럼 밤에 달처럼/그렇게 살 순 없을까/욕심도 없이/어두운 세상 비추어/온전히 남을 위해 살듯이…

까르르 웃는 소리가 났다. 별난 미애의 웃음소리였다.

— 고만 웃기세요. 천국 법정에서도 속일 거예요? 몇백억을 감추어두고 통장 하나 없다, 은행에 돈 한 푼 없다고 신도들 앞에서 입술에 침도 안 바르고 거짓말했잖아요. 그러고도 해처럼 떳떳하게 살 수 있다고 믿어요? 주님은 사필귀정事必歸正을 내리실 겁니다.

— 왜 예까지 따라와 헐뜯는 거요. 사람은 꿈을 먹고 살아요. 길거리에 좌판 벌이고 채소 파는 할머니들에게도 희망을 갖게 해야지요. 희망은 강한 용기이며 새로운 의지인 걸 몰라요? 지금도 전도하고 있잖아요. 두고 보세요. 예수님은 나를 영접하실 터이니.

보다 못한 천사가 끼어들었다.

— 정신 차리세요. 당신같이 의인이라고 착각하는 죄인이 있어서 주님이 천국에서 얼굴을 못 들고 다니십니다. 가룟 유다처럼 예수의 이

커피 향 청춘

름 팔아 부자 된 사기꾼 종교지도자들이 많다고 들었어요.

천 목사는 화를 벌컥 냈다.

— 고작 물장사나 하는 주제에 무엄해요! 왜 목회자들을 헐뜯는 겁니까? 주의 종을 비방하는 자는 지옥 불에 떨어질지어다.

이때 밖에서 시끄러운 소리가 났다. 가죽 잠바 차림의 남서동 집사가 헐레벌떡 들어왔다.

— 여기가 천국 가는 대기실 맞아요? 하마터면 늦을 뻔했는걸.

천사는 그를 반갑게 맞이했다.

— 캐나다에서 우주선 타고 왔어요. 누구 중고 우주선 살 사람 없나요?

— 여기는 그런 장바닥이 아니에요. 신성한 법정입니다.

— 버릇이 되어 놓아서. 아! 저기 천 목사님 오셨군요. 할렐루야! 제가 사드린 벤츠 요즘도 타고 다니시지요?

— 예끼 이 사람! 법정에서 그런 말 쓰면 되나. 사업은 잘되고?

— 요즘 불경기예요. 되는 사업이 있습니까? 환치기할 달러 있으면 주세요.

— 그렇지 않아도 천국에 가면 백수니까 벌써 천국 은행에 두어 장 이채 시켰네.

출입국을 관리하는 천사가 명단을 살폈다.

— 남서동이라고 하셨지요? 명단에 없어요.

— 우선 목마르니 물 좀 주세요.

— 빨리 나가주세요. 손님은 나중에 초대할게요.

— 여기까지 왔는데 어디로 가란 말입니까? 죽고 사는 것도 내 마음 대로 못 합니까? 운명을 바꾼다는 손금 수술도 했다고요. 어디든

나는 천 회장님과 생사를 같이하렵니다.

— 이건 아주 떼를 쓰는군요. 거기 아무도 없어요? 이 고집불통을 끌
    어내세요.

지옥 사자들이 남 집사를 끌어내려고 했다. 천 목사가 가로막았다.

— 이 사람은 내가 오라고 했소. 법정에서 증인으로 세울 일이 있어
    요. 바쁜 사람이 겨우 왔는데 쫓아내면 되겠어요? 바울 변호사에
    게 말하겠소.

그때 뚜—뚜—뚜 하고 나팔소리가 들렸다. 무거운 철문이 열렸다. 떠
들던 영혼들이 우르르 법정 안으로 들어갔다.

귀신을 봤다는 행인이 –사람 살류!– 하고 소리치며 지나가던 곳이었
다. 1970년대까지 공포의 공동묘지였던 망우리 묘지공원이 야간에도 불
을 밝힌 휴식공간으로 시민들의 곁으로 다가왔다. 서울시는 묘지인근에
조성된 산책로에 가로등을 설치했다. 날이 더워지자 밤 산책을 즐기는
시민이 늘어나고 있다. 묘지 인근에 산책로인 –사색의 길–을 만들었다.
산책로 4.7킬로를 내고 주변을 단장해 음침한 분위기를 없앴다.

주민들은 산책로와 등산로를 즐겨 찾았다. 아마추어 마라토너나 주변
학교의 학생들은 달리기 코스로 이용했다. 서울 동쪽 경계에 자리해 서
울에서 가장 먼저 해돋이를 볼 수 있는 곳 중 하나다. 사잇길 전망대에
서 한강을 내려다보면 구리암사대교 건너편인 강동구 암사동과 고덕동
일대가 한눈에 들어왔다. 주중에는 하루 평균 천육백 명, 휴일에는 삼천
여 명이 찾는다.

저항과 수난의 민족사를 온몸으로 헤쳐나간 선인의 발자취를 더듬을

수 있는 살아있는 역사교육의 장이다. 공원산책로 곳곳에 세워진 이들의 기념비를 훑어보는 것만으로도 민족정신과 예술혼을 느낄 수 있다. 도심의 기피 시설로만 여겨졌던 망우리 공동묘지를 프랑스 파리의 정원 묘지인 페르 라셰즈처럼 가꾸자는 움직임이 1990년대부터 시작되었다. 베토벤, 슈베르트, 브람스가 묻힌 오스트리아 빈 중앙 묘지처럼 시민의 일상 속에 친근한 공간으로 만들자는 취지였다. 유명인사의 묘역을 둘러보며 역사와 인문학, 예술을 배우는 -추모 힐링 투어-를 운영하고 있다. 초·중·고등학생을 위한(묘역 따라 역사여행) 견학 프로그램도 있다.

묘역 입구 좋은 입지에 위치한 망우교회가 있다. 전도하기에 좋은 환경을 시급히 만들었다. 1층에 휴식할 수 있는 공간을 만들고, 커피와 다과를 싼값에 제공하고 있다. 요소마다 전도대를 배치해 시원한 음료수를 무료로 제공하고 물티슈도 나누어 주고 있다. 열심히 전도한 결과 새 신자가 기하급수로 늘어 이천여 명이나 되었다.

천왕별 목사는 새 신자가 늘 때마다 머릿수를 세어보았다. 신도들의 얼굴은 보이지 않았다. 그들이 전부 돈으로 보였다. 그들은 영혼의 볼모로, 때에 따라 매월 돈을 내는 현금인출기였다.

— 아나니야 부부가 땅을 팔고 금액을 속여서 회당에 들어서자 그 자리에서 죽었습니다. 월수입의 10분의 1을 정직하게 하나님께 드려야 복 받습니다.

매주 십일조를 드리는 금액의 순서대로 주보에 신도들의 이름을 공개했다. 게다가 새해 감사, 부활절 감사, 맥추절 감사, 추수절 감사, 연말 감사 헌금은 게시판에 공개했다. 회당 건축 헌금과 해외 선교 헌금, 또 월초일 월삭회라고 새벽기도회에서도 감사 봉투를 내야 했다.

학교의 잡부금도 없어진 지 오래되었다. 병원도 이미 정화되었다. 그런데 이 교회는 성경에 나오는 꼬투리만 있으면 이런저런 구실을 대면서 신자들의 호주머니를 털었다. 봉헌은 감사로 끝나야 은혜가 된다. 내가 낸 헌금이 어디에 쓰였는가를 따지면 시험이 오기 때문이다. 주일 헌금만 해도 3~4천만 원이 입금된다. 연 예산이 몇백억인데 그 많은 돈이 어디에 쓰이는지 감사기관이 없으니 망우교회는 돈 쓰임의 사각지대였다. 풍문에 여의도 백사장에 복음을 심어 고구마 캐듯 금덩어리를 캐냈다고 한다. 천호동 어느 목자는 양을 많이 길러서 수 만평의 땅 부자가 되었다고도 했다.

망우리 공동묘지가 공원으로 개발되면서부터 천 목사는 기분이 좋았다. 주변도 정화되었을 뿐만 아니라 신도 수가 점점 늘어갔기 때문이다. 저녁 산책을 하려고 나섰다. 높은 지대라 망우동을 비롯하여 저 멀리 청량리까지 수많은 십자가가 가로등과 어울려 꽃밭을 이루고 있었다. 가까운 십자가를 쳐다보았다. 십자가마다 노숙자 한 사람씩 못 박혀 고개를 떨어뜨리고 있었다. 어떤 이는 아직 죽지 않고 온몸을 부르르 떨고 있다. 어떤 이는 옆구리에서 피를 흘려서 중랑천을 붉게 물들이고 있었다. 비바람도, 천둥도 치지 않았다.

특별시민은 가족과 강아지까지도 한 밥상에 모아 오순도순 저녁밥을 먹고 난 후였을 것이다. 텔레비전을 보거나 술에 취해 잠들었다. 어떤 부부는 침대에서 사랑을 나누기도 했다. 그러나 그 누구도 서울 밤하늘에 노숙자들이 십자가에 못 박혀 죽어가고 있다는 사실을 까맣게 몰랐다. 먼동이 트고 하나둘 십자가의 불이 꺼졌다. 고단한 숨결이 한창 영글어갈 때, 샛별도 빛을 잃자 누군가 검은 구름을 뚫고 내려왔다. 삼십 대로 보이는 흰 두건을 쓴 구레나룻 청년이었다. 고요한 새벽하늘 아래, 십자가에 매달린 노숙자를 한 명씩 차례로 안아 내렸다. 어느 십자가

밑에서는 두 손 모아 기도하는 소녀가 있었다.

주일 점심시간이었다. 천 목사는 교회 식당으로 들어갔다. 그의 옆으로 누가 다가왔다. 흰 두건을 쓴 건장한 남자였다.

— 내 앞에 서시지요?

— 아니오. 목이 마르오.

두건을 쓴 청년은 목줄을 맨 수컷 호랑이를 데리고 다녔다.

— 호랑이는 왜 데리고 다니시나요?

— 본래 호랑이는 용감하고 거침없이 달려 나가지요. 이 호랑이는 어려서부터 우유를 먹여 길렀어요. 바로 한국 교회의 모습을 닮았지요. 사람의 손길에 길들여져 너무 순하게 되었어요. 길들여진 교회, 황금만능 교회, 잠자는 교회, 병든 교회. 야성을 잃어버린 교회가 한국 교회가 아닌가요?

혼잣말로 -의인은 간데없고 아직 악의 등불은 꺼지지 않았구나!- 탄

식하면서 지나갔다. 한참을 생각하니 새벽에 본 그 얼굴이었다. 그분은
무척 피곤한 얼굴로 망우리 고개를 넘어가고 있었다.

그날 칠십 대의 남루한 할아버지가 망우교회에 등록하러 왔다.

— 이 교회에 다니고 싶은데요?

— 더 기도해 보고, 일 년 후에 다시 오시지요.

일 년 후에 그 남자가 교회를 찾아갔다.

— 목사님, 기도해 보니까 이 교회에 가지 말라고 하던데요?

천 목사는 반가운 목소리로

— 그렇지요? 오지 말라고 하셨지요?

— 그런데 예수님도 일 년 전에 이 교회당을 못 들어가게 했대요.

그렇게 말하며 그 영감은 가버렸다. 그때 소리가 들렸다.

— 천왕별아! 내가 주릴 때 너는 따듯한 밥을 먹었고, 내가 노숙할 때
너는 편히 잠들었구나. 내가 헐벗었을 때 너는 비싼 양복 입었고,
내가 병들었을 때 너는 외면했구나. 내가 성만찬 하며 돈 받는 것
보았느냐? 내가 안수기도하면서 감사헌금을 받았느냐? 십자가에
나는 없고 돈만 주렁주렁 매달렸구나! 회개하라. 정신 차려라!

— 언제 오셨습니까?

— 방금 왔다 가지 않았느냐?

누워있는 침대 위로 돌을볕이 창문 가득 쏟아졌다. 그는 눈을 번쩍
떴다. 지난밤 잠자리가 뒤숭숭해 늦게 잔 탓일까? 머리가 땅—하다.

— 오늘이 중요한 날인데 변호사들도 믿을 수 있어야지…?

혼잣말로 중얼거렸다. 깨진 독에 물 붓듯이, 소송 비용이 억 소리 나

게 들어갔다. 다행히 그 비용은 교회에서 대고 있지만, 호주머니 돈이 쌈짓돈이라고 알토란같은 생돈 나가는 것이 아깝다. 선임 변호사를 갈아치워야겠다.

— 빵빵….

요란한 경적이 울렸다. 차가 왔다는 신호다. 천왕별 목사는 마시던 토마토 주스를 내려놓고 부랴부랴 벤츠에 몸을 실었다. 법원입구에 낯익은 신도들이 보였다. 보도 경쟁이라도 하듯 기자들의 발걸음도 부산스럽다.

— 뒷문으로 돌려!

그는 배 기사에게 볼멘소리를 냈다. 떳떳하지 못한 사건이라 도둑고양이처럼 뒷문으로 몰래 들어갔다. 검색대를 통과하려는 순간, 그를 향해 카메라 셔터가 터졌다. 계단을 향해 올라가는 그를 향해 연거푸 찍어댔다. 남몰래 들어가려다가 들키니 몹시 불쾌했다.

— 내가 뭘 잘못했다고 예까지 쫓아와서 이러노? (-못된 새끼들…)

욕이 나오는 것을 꿀꺽 삼켰다. 배 기사가 카메라 렌즈를 손바닥으로 가로막았다. 초상권 침해라고 항의했다. 기자들은 마지못해 물러섰다.

사건 담당인 김 검사는 천왕별 목사를 횡령 및 배임 혐의로 법원에 사전 구속영장을 청구했다. 담당판사는 영장심사에 들어갔다. 애간장이 타는 반나절이 지나서야 영장이 발부되었다. 그를 구속하기로 결정이 난 것이다. 법원에서 나오는 그는 모든 것을 포기한 듯, 담담한 표정이었다. 짓궂게도 신문 기자가 질문했다.

— 지금 심정은 어떻습니까?

— 편안합니다.

속에서는 우라질 놈들하고 분통이 터지는데도 태연한 척했다.

— 우리 회장님이 100억을 횡령했다니 거짓이다. 음해하려는 마귀의
　짓이다.

마당에 모인 신도들은 큰소리로 외쳤다. 법원 현관을 걸어 나오는 천
목사는 연한 베이지색 양복과 백구두를 신고 있었다. 올백으로 넘긴 검
은 머리는 나이보다 젊게 보였다. 물소테 안경 너머로 수심 깊은 얼굴은
억울하다는 표정이었다.

수사관 두 명이 그를 양쪽 팔에 끼고 휘장걸음으로 호송차에 태웠다.
기다리고 있던 백여 명의 신도들이 우르르 몰려와 호송차를 가로막았
다. 앞길에 드러눕기도 했다. 이런 방해로 잠시 차는 멈춰 서 있을 수밖
에 없었다.

— 여러분, 공무집행을 방해하면 구속합니다.

주의방송을 해도 꿈적하지 않았다. 소방호수로 물을 뿌리면서 길을
열고 나갔다.

성남시 방향으로 한 시간쯤 달렸다. 나무 한 그루 보이지 않는 메마
른 땅에 높다란 벽돌담이 성곽처럼 둘러쳐져 있는 건물이 보였다. 교도
소 지붕은 뿌연 회색이 돌고, 붉은 벽돌은 우중충한 분위기였다.

— 내가 있을 곳이구나!

스산한 느낌이 들었다. 높이 쌓아 올린 벽돌에 드문드문 콧구멍만 한
창이 뚫려 있다. 음산하고 살기를 뿜는 듯 검붉은 빛이었다. 쥐로 둔갑
하여도 넘기 어려운 높다란 담장이 눈길을 막았다. 담장 위로 여러 개의
망루가 보였다. 그것도 안심이 안 되는지 담장에 철조망이 서너 줄 쳐져
있다. 그 담장 아래 시꺼먼 철문이 닫혀 있다.

정문 앞에는 제복을 입은 교도관이 호송차를 기다리고 있었다. 잠시
검문을 한 후 드르릉 소리를 내며 육중한 철문이 열렸다. 마치 지옥으

　　　　　　　　　　　　　　　　　　　커피 향 청춘

로 들어가는 절망의 문 같았다. 천 목사는 마치 고래 속으로 삼켜지듯 철문 속으로 빨려 들어갔다.

감방 안은 깜깜했다. 너무 참담해 눈이 뽑힌 듯했다. 조급증이 나서 두 손으로 더듬거리다가 벽을 쓸어안고 주저앉았다. 정신이 아득해지면서 높은 벼랑 아래로 떨어지는 느낌이었다. 쪽창은 천장 아래 높이 걸려 있고, 회벽은 까맣게 손때가 탔다. 한쪽 귀퉁이에는 담요 몇 장이 포개져 있다. 안개 속에서 보듯 차차 동공 속으로 낯선 얼굴이 하나둘 들어왔다.

— 인사나 나눕시다. 나는 백골파 두목 백가요.

— 뭐? 그 유명한 깡패 두목!

— 그렇소만. 당신은 무슨 죄를 지었소?

천 회장은 꿀 먹은 벙어리가 되었다. 솥뚜껑만 한 손을 내밀어 악수를 청한 백가는 대뜸 반말지거리다.

— 손을 보니 노동자는 아니고, 남 등쳐먹고 들어온 놈이구먼…?

존경만 받던 몸이 졸지에 반발을 들으니 화가 치밀었다.

— 아니오. 나는 목사요.

— 오라. 바로 네가 목사인가 하는 그 사기꾼이구나? 며칠 전에 TV에 나왔지. 연봉은 억대로 받으면서 신도들의 피 같은 헌금 빼내 별장 짓고 아들 이름으로 땅 투기도 했다던. 종교 지도자란 권위와 신망의 대상이지. 이런 권위와 신망에 따라서 존경을 받는 것일 게다. 목사의 위신이 마치 흰밥이 시궁창에서 구르듯 땅에 떨어졌구나! 꼴 좋다.

백가는 입에 거품을 물고 항변했다. 둘러보니 감방에도 TV가 놓여있다. 천 목사는 둘러댔다.

— 그동안 너무 힘들게 살았는데… 이 정도는 보상 차원에서 괜찮겠지요?

— 양심이 있지. 신도들의 피땀 묻은 돈을 훔치면 쓰나.

— 돈은 들어올 때 모아야지요?

옆에 앉아 있던 감방장이 듣다못해 빈정거렸다.

— 아, 이 시키야! 네가 목사냐? 독사지?

— 에…?

— 오라, 네가 예수이름 팔아 좋은 옷 입고 맛있는 음식 먹으며 배를 두들기던 목사렸다?

감방장이 천 목사의 가슴을 주먹으로 내리쳤다.

— 으악…!

천 목사는 외마디 소리를 내며 쓰러졌다.

— 우헤헤. 이 자슥 봐라? 겨우 한방에 쓰러졌네. 지금부터 신고식이다.

그들은 천 목사를 잡고 우회전 굴리기, 좌회전 굴리기 등, 마치 눈덩이 굴리듯 굴렸다. 담요를 덮어씌워 마구 때렸다. 그는 비명조차 못 지르고 때리면 맞고, 굴리면 돌아가기만 했다. 마치 눈 빠진 삼손처럼 조롱당하며 어깨들의 노리개가 되었다.

밥은 밥상 위에 있어야 제격이지 시궁창에 버려지면 볼꼴 사납듯이, 목사는 목사다워야 존경을 받지 욕심을 부리면 시궁창의 밥 신세와 같았다. 번쩍인다고 모두 금은 아니듯이 강단에서 설교한다고 모두 주님의 종은 아닌 듯싶다.

— 이 시키, 재미 하나도 없네. 야! 저기다 치워버려.

감방장이 말하자 똘마니가 그를 끌고 가 변기 옆에 내팽개쳐 버렸다.

깡패들에게 머리를 얻어맞은 천 목사는 뇌 속 측두엽에 큰 충격을 받았다. 한바탕 난리를 치른 후 취침 점호를 시작으로 모두 잠자리에 들어갔다. 그가 꿈인지 생시인지 어렴풋한 가운데 옥문이 열렸다. 바울이 찬송하니 옥문이 열리고, 쇠고랑이 풀렸다는 성경 말씀이 생각났다. 그도 성령께서 신기한 일을 베푸시나 보다 하고 일어났다. 뜻밖에도 갑옷 입은 장군이 칼을 빼 들고 흰말 위에 앉아 있다.

— 나는 영국의 혁명가 크롬웰이다.

— 장군님이 어떻게 이 누추한 곳까지….

그는 황망히 말했다. -크롬웰, 크롬웰이 뉘더라?- 들은 이름 같기도 하고 아리송했다. 그러나 아는 척 반기며,

— 저를 호위하러 왔군요. 감사합니다.

— 네 목을 가지러 왔다.

— 제가 무슨 잘못을 했기에?

— 네가 지은 죄를 정말 모르겠느냐? 성직자란 신도들에게 도덕적으로 행동할 의무가 있지. 그 이유는 누구보다 주님의 은혜를 많이 입었고, 사회적 혜택을 받았기 때문이다. 명예는 무거운 짐이다. 목숨을 앗아가는 독이니라. 그 짐을 견디는 능력은 눈과 같은 깨끗함에 있다. 너는 더러운 하수도 구정물과 같은 인간이다.

— 아닌데요? 억울해요. 망우리 공동묘지에서 성도 2천 명을 전도했고요, 한국 기독교 연합회 회장이라고요! 동방신학대학교 이사장이기도 하고요. 약점만 보지 마시고 좋은 점도 봐주세요.

— 그래. 성직자란 직함이 얼마나 귀하냐? 그런데 그것도 모자라서 회장이라는 자리를 얻자고 수억 원의 돈을 뿌렸느냐? 대학교 이사장 자리도 체육관 지어주는 조건이 아니냐? 그 많은 돈은 누구의 것이냐?

— 아버지 하나님의 것이라면, 그 아들인 제가 쓰면 안 됩니까?

— 조자룡 헌 칼 쓰듯 바른말을 한 허만길 장로는 왜 내쫓았느냐? 생사가판生死可判이 네게 있더냐? 목 없는 나를 보아라. 말년에 아들을 권좌에 앉히려다가 이 꼴이 되었다. 너도 아들에게 세습했지. 네 목을 가져가겠다.

장군은 칼을 높이 들어 그의 목을 쳤다.

— 아이쿠, 나 죽어…!

머리를 감싸 쥐고 굴렀다. 옆의 똘마니가 궁둥짝을 발길로 걷어차는 바람에 눈을 떴다.

어려운 시절 배고팠고 헐벗었을 때는 서로 감싸주었지. 배부르고 돈 생기니 서로 의심하며, 남보다 더 많이 가지려는 다툼이 생겼다. 교회가 커지니 호구만 유사는 천목사에게 업자들로부터 받은 이익금 일부를 나누어 먹었다. 이에 허만길 장로는 불만이 커졌다.

— 믿는 도끼에 발등 찍힌다더니… 허만길 장로가 나를 고발해!

화는 불행의 원인이다. 화를 안고 사는 것은 독을 품고 사는 것이다. 화를 풀자. 원한, 미움, 절망과 같은 감정에서 자유로워지자. 그는 스스로 눈을 감고 울분을 삭였다. 그러나 이 사건을 어떻게 풀어나가야 할지 막막했다. 우선 신도들을 달래는 옥중편지를 썼다.

이렇게 편지로나마 안부를 드립니다. 저의 기도에 때가 되면 하나님께서 반드시 응답해 주실 줄로 믿습니다. 베드로가 옥에 갇혔을 때 온 성도가 열심히 기도함으로써 그는 편안히 잤습니다. 마귀가 총공세를 펴고 있습니다. 저와 망우교회가 할 일이 크므로 흑암의 세력이 이기지 못하고, 우리는 반드시 승리할 줄로 믿습니다. 부디 낙심하지 말고 계속 기도해

주시기 바랍니다.

　바울도 몇 년이나 감옥 생활을 했고, 요셉도 억울하게 2년이나 감옥 생활을 했습니다. 그러나 하나님은 합심하여 옳은 일을 하는 사람에게 더 큰 복을 내리셨습니다. 하나님의 아들도 포승줄에 묶여 끌려다니며 온갖 고초를 당하시다가 십자가에 달려 피를 다 쏟고 죽기까지 하셨습니다.

　사랑하는 성도 여러분!

　마음 흔들리지 말고 더 열심히 기도하고, 더 열심히 예배드린다는 소식을 들으면 저는 괴로움을 넉넉히 이길 수 있습니다. 이 어려운 환란이 지난 후, 망우교회 성도들의 가정에 더 큰 은혜와 복을 주실 줄 믿습니다.

부족한 종 천왕별 드림

　금요 심야기도회에서 천 목사의 아들이자 후계자 천득한 전도사는 슬픈 목소리로 이 편지를 읽어 내려갔다.

— 요셉이 색동옷, 노예 옷, 죄수복, 총리 옷으로 갈아입듯이 목사님도 아무 죄 없이 죄수복으로 갈아입으셨습니다.

울음 섞인 말로 이어갔다.

— 목사님은 우리가 짊어질 십자가를 대신 짊어지고 계시다는 생각이 듭니다. 우리가 더 열심히 기도하면 모든 문제가 해결될 겁니다.

천 전도사는 기도했다.

— 하나님이 검사의 꿈에라도 나타나셔서 그의 마음을 움직여 주세요. 검찰이 마귀와 사기꾼의 말을 듣지 않게 해주시고…. 주님! 능력의 팔로 도와주세요.

천왕별 목사의 화법은 성경을 인용하여 말하다가 끝에 가서 몇 마디의 거짓말을 섞는 것이었다. 신도들은 이를 전부 진실로 받아들였다. 부전자전이라고, 천 전도사도 그 화법을 배웠다. 신도들에게 두 손 들고 소리 높여 통성기도 하자고 했다.

회당에서 기도하고 있는 그 시간에 감방에 갇힌 천 목사를 예수님이 찾아오셨다. 머리에는 가시관을 쓰고, 양손과 발에는 못 자국이 뚜렷했다. 그리고 엄청나게 큰 십자가를 지셨다.

— 주님, 왜 십자가를 지셨습니까? 제가 지겠습니다.

— 아니다. 너는 질 수 없다. 네가 진 십자가가 힘들어 보여 내가 더 지려고 왔다.

— 저는 십자가가 없는데요?

— 성령 없이 설교하기가 얼마나 힘드냐? 다시는 성직자인 척하지 마라. 치밀한 가짜가 진짜보다 더 진짜 같은 법이지. 일부 대형 교회의 부패가 나라를 어지럽게 하는구나.

예수님이 앞장서서 나가자 감옥 문이 철컥하고 열렸다. 교도관 눈엔 보이질 않는지 주님 뒤를 따라가는 천 목사를 붙잡지 않았다. 그는 있던 자리를 뒤돌아보았다.

어찌 된 일인가? 감옥에서 천 목사가 돈을 세고 있었다.

— 감옥 속에도 똑같은 내가 있네요?

— 영혼이 나간 허상이니라.

더 가까이 가보니 그는 퉤, 퉤 침을 뱉어가면서 열심히 돈을 세고 있었다. 돈에서는 지독한 새우젓 냄새가 났다.

— 저 냄새 나는 돈을 왜 세고 있는지 모르겠네요?

— 그러게 말이다. 돈을 움켜쥔 손으로는 영혼을 구원할 수 없지. 돈이 보이면 가난한 신도들은 보이지 않지. 새들이 곳간을 짓지 않는

건 하늘을 높이 날으려 함이다. 설령 천국에 도둑이 든들 천국을 훔쳐다가 숨길 곳이 어디 있겠느냐? 움켜쥔 손을 펴라. 하늘을 품는 손은 활짝 펼친 빈손이니라.

— 돈은 병균 덩어리 아닙니까?

— 그럼. 일만 악의 근원이니라.

— 돈을 들고 왜 웃는지 모르겠네요?

— 허파에 바람이 가득 들어있기 때문이지.

— 바람이라니요?

그는 어린아이처럼 질문했다.

— 순식간에 없어질 탐욕 말이다. 탐욕을 버린다고 하지만 벗어날 수는 없지.

— 그렇군요. 가장 무서운 게 탐욕이군요.

— 바로 자네가 탐욕에 빠져 있네. 탐욕은 덕의 씨를 말리지. 덕성이 깃들지 않는 사회는 아무리 부자가 되어도 행복할 수 없다네. 절제야말로 행위의 원칙이지. 자네에게 중요한 것은 가치가 아니라 수단이었어. 어떤 수단과 방법을 쓰든 돈만 모으려고 했지. 그래서 자네는 감옥에 있는 것이야.

그때 감옥 속의 천 목사가 지진에 흔들리듯 움직이기 시작했다. 한 손에 돈다발을 움켜쥔 채, 만족한 웃음을 짓고 서 있던 자리가 점점 땅 위로 솟아올랐다. 그의 발밑에는 장로들이 깔려 있다. 그 아래층에는 안수 집사와 여자 권사들이, 밑바닥에는 신자들이 무릎을 꿇고 외마디 비명을 지르고 있다. 그들은 괴롭고 힘든 얼굴이었다. 원망과 저주가 가득 담긴 얼굴로 돈다발을 쥐고 웃고 서 있는 천 목사를 쳐다보고 있었다.

— 천국에 저축하세요. 수입금 10분의 1은 하나님의 것입니다. 만일

속이는 자가 있다면 하나님께서 큰 벌을 내리실 것입니다.

염불보다 잿밥이라더니. 그는 예배보다 헌금에 더 관심이 많았다. 구치소를 나오는 순간 예수님은 사라졌다.

-자비로우신 주님이 저를 구해주셨군요. 할렐루야!

그는 감격의 눈물을 흘리면서 택시를 타고 망우교회로 향했다. 예배당 안으로 들어가다가 깜작 놀랐다. 기도실에서 울부짖는 소리를 들었기 때문이다.

— 주님, 우리 목사님을 풀어주세요. 결코 낙심하지 않게 하시고 강건
    하고 담대하게 이 시험을 이기게 해주세요.

-이런 믿음직한 양떼들이 있기에 내 말이 먹혀 들어갔군.-

천 목사는 미소를 지었다. 문 열고 들어가니 호구만 유사가 먼저 알아보았다.

— 목사님···

— 오, 호 유사···

두 사람은 부둥켜안고 눈물을 흘렸다. 그는 창백한 얼굴에 왼쪽다리를 절었다. 월남전에서 부상을 당한 상이용사였다. 어깨는 여자처럼 가냘프나, 날카로운 턱과 제갈공명의 꾀를 가지고 있었다. 천 회장이 빨리 나오리라고 기대하지 않았던 신자들도 그를 에워싸고 눈물을 흘렸다. 감정이 한창 오르고 있을 때, 갑자기 누군가 소리쳤다.

— 일어나, 아침점호야!

감방장이 그의 엉덩이를 걷어찼다. 그는 아쉬운 듯 입맛을 쩍쩍 다시면서 일어났다.

종교계를 대표하는 한국 기독교 연합회장 천왕별 목사가 구속됐다는 뉴스는 모든 목회자들에게 큰 충격을 주었다. 한국 기독교의 메카로 불리는 서울 종로5가 기독교 100주년 기념 대강당. 8월 중순 오전 7시에 공금횡령혐의로 구속기소 된 천 목사는 이날만은 교계의 위대한 애국지사 반열에 올랐다.

한국교회 수호대책위원회가 개최하는 천 목사 석방을 위한 특별 기도회에 천여 명의 목회자와 신도가 모였다. 단상에는 -공권력에 억압받는 천왕별회장 구출하자!-라는 현수막을 크게 내걸었다. 좌경친북세력에 대항하는 애국지사 천 회장의 구속은 기독교탄압이라고 주장했다. 이곳에 모인 이들은 아마 늦더위라도 먹은 것 같았다.

유 목사는 -교회를 파괴하는 사탄의 세력을 막기 위하여-라는 설교로 열변을 토했다. 대책 위원장인 전 목사는 이렇게 말했다.

— 열심히 통성기도 하면 천 회장님이 예정보다 일찍 석방될 것이라 믿습니다. 그는 한국 기독교를 대표해서 남산에서 떨어진 돌을 대신 맞은 것입니다.

사회를 본 채 목사가 말했다.

— 천 회장의 구속은 어떻게 보더라도 한국교회에 대한 탄압입니다. 대형 교회 50개를 순번을 정해놓고 국가기관이 친다는 말이 있습니다. 모조리 죽인다는 말입니다. 천 회장은 그 첫 번째 희생자일지도 모르겠습니다.

호구만 유사는 구치소에서 천 목사와 면회를 했다. 그는 지시 내용을 성경 속에 쪽지를 넣었다가 비밀리에 호 유사에게 건네주었다. 천 목사가 보석으로 나오려면 목돈이 필요했다. 광장동 사택이 천 목사의 명의로 되어 있었다. 그 빌라를 은행 담보로 삼아 30억을 대출받았다. 두 명의 변호사가 있었지만, 현직 검찰총장에서 퇴직하여 개업한 진 변호사를 더 선임했다. 그의 능력을 믿고 착수금 10억을 주었다. 그가 보석으로 풀려나오면 변론비의 두 배를 더 주기로 서약했다.

진 변호사는 전관예우라는 좋은 조건으로 여러 통로를 거쳐 로비를 하고 있었다. 때마침 피고인의 인권을 존중하여 극악범 이외는 인신구속을 신중히 하라는 법무부 장관의 공문이 북부검찰청에 내려왔다. 검찰 측과는 순조롭게 문제가 잘 풀렸다. 보석의 열쇠는 이제 재판장에게 달려있었다. 진 변호사 로펌에 재판장과 같은 학교를 다닌 동문이 있어 그가 담당하기로 했다. 노력한 결과 천 목사는 보석금 1억을 내고 40일 만에 풀려나왔다. 보석사유는 노령에다가 당뇨합병증이 우려된다는 것이었다. 상자 속에 썩은 사과 한 알이 전체 사과를 오염시키듯이, 한 목회자의 탐욕이 법조계를 오염시키고 있었다.

죄수복을 벗고 신사복으로 갈아입은 천 목사는 피고석에 앉아 있다. 그는 초조한 표정을 감추지 못하고 붙들어 놓은 개처럼 안절부절 불안에 떨고 있었다.

허만길 장로가 증인으로 나와 답변했다.

— 천 당회장이 기획위원회를 소집하여 사안을 처리합니다. 장로들은 순종이 미덕이라고 당회장의 의중대로 -예-라는 답변과 함께 공개거수로 통과시킵니다. 회의록에는 참석했다는 서명을 하지만, 도장 찍은 사실이 없습니다. 장로들은 예비로 사무실에 도장을 맡기고 있습니다. 제가 맡긴 도장은 플라스틱입니다.

회의록에 찍힌 도장이 본인이 직접 찍은 것인가, 아니면 제삼자가 찍었나. 변호사 측과 검사 측이 함께 감정을 했다. 모두 대리인이 찍은 것이었다. 도장의 눌린 강도가 일정했기 때문이다.

김 검사는 허만길 장로에게 발언권을 주었다.

— 주님은 이 땅 위의 모든 사람이 함께 잘 살기를 원하고 계십니다. 그늘진 곳에 빈민층은 늘어만 가고 있습니다. 반면 대형교회는 너무 많은 부를 누리고 있습니다. 중국 장개석 정부가 왜 망했으며, 월남 고틴디엠 대통령이 왜 망했습니까? 제정 러시아도 종교가 부패하여 공산혁명이 일어났습니다. 모두 부정부패 때문입니다. 민주주의를 썩게 만드는 부정부패가 일부 대형 교회에서 시작되었습니다. 성직자의 탐욕이 교회를 썩게 만들고 있습니다. 북한의 핵폭탄보다 무서운 것이 부정부패입니다. 천 목사님, 교회 1년 예산 2백억 중 구제비는 고작 3백만 원입니다. 이 돈으로 누구를 구제하자는 것입니까? 신도들은 대부분 우림시장에서 좌판을 벌여놓고 장사하는 소상인들입니다. 그들이 한 푼 두 푼 푼돈을 모아 낸 헌금을 어디에 쓰십니까? 이런 신도들을 생각하면 벤츠를 타고 다니거나 호텔에서 곰 발바닥 요리를 먹는 것이 가당찮습니다. 빼앗아가는 교회가 아니라 베푸는 교회가 많아야 희망이 있습니다. 한국 교회의 신도 수가 매년 줄어드는 이유는 무엇을 말합니까?

비리는 감출수록 뻔뻔해지며 작은 죄가 큰 죄를 낳습니다. 사죄는 변명이 아닙니다. 사죄는 아로새긴 은쟁반에 금빛 사과와 같은 것입니다. 솔직한 사죄는 용기입니다. 하늘 문이 열리는 축복입니다. 성직자 한 분이 회개하면 하늘 문이 열려 우리 민족을 구원할 수 있는 계기가 될 것입니다. 끝으로 망우 당회원 3명은 모두 가짜입니다. 가짜가 진짜인 것처럼 신도들을 속였습니다. 사기꾼인 우리를 처벌해 주십시오.

천왕별 목사는 속으로 말했다. —바보 같은 사람. 내가 다 시인하면 돈

방석에서 내려와야 한다. 그건 절대 안 되지.-

다음으로 김 검사가 호구만 유사를 심문했다.

— 선거자금이 어떤 명목으로 나갔습니까?

— 당회 동의로 낸 특별후원금입니다.

— ABC TV의 프로그램 내용은 천 목사 개인의 명예 훼손입니까? 교회 명예도 포함됩니까?

— ABC TV의 프로그램 내용은 모두 거짓입니다. 이는 당회장뿐만 아니라 망우교회의 명예도 걸려 있어 교회 차원에서 적극 대응했습니다.

— 연합회장 선거 때 교회의 돈을 쓸 수 있습니까?

— 교회 돈을 쓸 수 있습니다. 한국 기독교 교단 대표로 어떤 분이 나오느냐는 교단으로 볼 때 중요합니다. 우리 목사님이 되는 것이 매우 복음적인 일로 크게 문제 삼지 않습니다.

— 그렇다면 교회 돈을 써도 하나님의 영광을 위한 일이라고 생각합니까?

— 연합회장이 되려면 그 정도의 돈은 써야 합니다.

— 교회 헌금은 어떻게 사용해야 합니까?

— 인건비, 사례비 등 일반 사회에서 쓰는 것과 같이 쓰며, 교회당 운영비, 전도, 지역 사회 협력을 위해 써야 합니다.

— 범죄행위나 뇌물 등으로 사용해서는 안 되지요?

— 사람들에게 좋은 인상을 주려는 곳과 선교에 도움이 된다면 써도 됩니다.

— 천 목사가 교회 건축 헌금으로 10억을 사용했습니다. 이 돈은 교회의 공금이었습니다. 교회의 돈을 빼서 다시 교회에 헌금하면 안

되지요?

— …?

— 범죄행위나 뇌물 등으로 사용하면 안 되지요?

— 그렇습니다.

— 신도들이 드린 헌금을 범죄행위를 은폐하기 위해 사용할 수 있습니까?

— 아니요.

변호인은 검찰이 내세운 혐의사실 대부분을 부인했다. 그 이유로는 천 목사 없는 망우교회는 생각할 수 없으며, 천 목사를 위한 어떤 공금 지출도 교회명목으로 지출될 수 있다는 논리였다.

김 검사는 이와 같은 논리로 맞대응했다.

— 하나님의 영광을 핑계 삼아 개인의 탐욕을 충족시켜서는 안 됩니다. 생선 가게를 고양이에게 맡긴 꼴이 되었습니다. 설령 당회의 동의를 거쳤더라도 교회 공금을 뒷거래나 변호사비, 혹은 개인의 땅을 사는 수단으로 사용했다면 신도들이 깨끗하게 드린 돈을 더럽게 썼다는 말입니다.

이에 변호사가 변론했다.

— 검사님, 당회가 의미 없고 유명무실하다고 하는데, 그것은 막연한 추측입니다. 또한 서류에는 도장이 찍혔으므로 위조된 것이 아닙니다. 연합회장 선거 때 분명 당회를 거쳤으므로 정당하게 사용된 것입니다. 비자금으로 10억을 횡령했다고 하는 이 부분에서는 논란이 있을 수 있겠으나, 이 돈은 본래 피고의 돈입니다. 양평 별장 지출 부분은 일시적으로 피고의 처 명의로 되어 있었습니다. 그러나 현재는 교회 명의로 되어 있습니다. 미사리 병원 부지에 대해서

커피 향 청춘

도 천 목사의 아들 이름으로 되어 있어 횡령이라고 하지만 지금은 교회재산으로 되어 있기에 범죄가 아닙니다. 인천 아파트도 피고의 처 이름으로 되어 있으나 아직 입주하지 않은 상태입니다.

천 목사의 근본 신앙은 모든 재산은 하나님의 것이라는 것입니다. 하나님이 필요하시다면 언제든지 내놓을 준비가 되어 있습니다. 그래서 명의를 그리 중요하게 여기지 않습니다. 변호사 비용 지출 부분에서는 굳이 선교가 아니더라도 목사의 명예를 위해 교회의 돈을 사용할 수 있습니다. 교회 내부의 문제이기 때문에 사회법으로 처벌하기 어려울 것입니다. 선처를 바랍니다.

김 검사는 다시 반론했다.

— 성직자는 이 시대에 마지막 남은 양심의 척도입니다. 사회의 빛과 소금의 역할을 해야 할 성직자의 부패는 종교의 부패로 이어집니다. 종교의 부패는 걷잡을 수 없이 사회 전체로 번져나갈 것입니다. 그러니 엄격하게 징계하고 다스려 한국 사회의 마지막 남은 희망의 빛이 꺼지지 않도록 해야 합니다.

오늘날 예수님의 이름 팔아 헌금을 도적질하는 위선자들이 있습니다. 이를 알고도 방관하는 장로들은 동조자요, 이 헌금을 나누어 먹는 자는 악덕 동업자입니다. 또한 이런 비리를 보고도 울분에 차지 않는 자는 비겁한 자입니다. 정성과 눈물로 드린 거룩한 예물은 정의와 사랑이 지배하는 하나님나라를 확장하는데 써야 합니다. 지구촌 곳곳에서 굶주리고 죽어가는, 가난하고 소외된 이웃들에게 베풀어야 합니다. 그렇게 쓰여야 할 돈이 한 호랑이의 아가리에 들어가서야 되겠습니까? 이번 사건도 성직을 빙자하여 진실을 왜곡하고, 증인을 매수하여 재판을 굽게 합니다. 권력자에게 뇌물을

쓰며 정당성 없는 세습을 강행하여 물의를 일으키고 있습니다. 이
것은 더러운 탐욕을 만족시키는 수단이므로 결코 용납될 수 없습
니다.

잠시 무거운 침묵이 흘렀다.

— 천왕별 목사 구형 5년!

그는 고개를 떨어뜨렸다. 조용하던 방청석에서는 아직 법이 살아 있
구나 하는 환호성이 들렸다. 이어서 천 회장의 최후 진술이 있었다.

— 20여 년간 목회자로 살면서 중심을 보시는 하나님 앞에 바르게 살
려고 노력했습니다. 그러나 세상물정과 법을 몰라 어수룩하게 여
기까지 왔습니다. 남은 기간 더 밝게 헌신하며 목회를 하겠습니다.

회개의 빛이나 잘못에 대한 사과는 단 한마디 없었다. 언죽번죽한 얼
굴로 장님 개천 나무라듯이 억울하다는 표정이었다.

커피 향 청춘

붉은 백일홍

一 쉬 ㅅ—쾅

고막이 터지도록 엄청난 굉음이 났다. 봉의산 봉우리가 무너져 내리는 줄 알았다. 창문이 들들들들 마주 흔들렸다. 정우는 동네 사람들과 함께 뒷산으로 올라가 보았다. 폭탄이 떨어졌다. 콩밭에 사람 한 길 넘게 구덩이가 파여 있었다. 영문을 모르는 어른들은 어두운 표정을 지었다.

— 새벽에 인민군이 쳐들어왔대.

— 그게 정말이요?

모두 강 건너 불구경하듯 소양강 건너 우두벌을 바라보았다. 아군이 쏘는 포탄이 보리밭에 떨어졌다. 펄썩하면서 누런 흙먼지가 구름처럼 피어올랐다. 보리밭 사이로 까만 물체가 개미 떼처럼 움직이는 것이 보였다. 포탄이 쌩— 소리를 내면 멀리 가는 것이다.

— 쐬 쐬 쐬.

폭탄이 머리 위로 지나 떨어졌다. 이번에 날아온 폭탄은 가까운 지점에 떨어지는 포탄이었다. 모두 걸음아 날 살려라 하며 달아났다.

　　　　　　　　　　　　　　　　　　　　커피 향 청춘

정우는 빨리 학교로 오라는 연락을 받았다. 벌써 상급생과 동급생, 수십 명이 운동장에 모여 있었다. 군인트럭에 나누어 타고 옥산포로 갔다. 제16 야전포병대대 탄약고는 대대본부 영내 구석진 곳에 있었다. 부대에 쌓여있는 포탄을 춘천역 앞으로 나르는 작업이었다. 민간인 차량 두 대도 징발했다.

이 작업은 적이 대대본부 5백여 미터 전방까지 바짝 대들었을 때도, 포기하지 않고 인근주민들과 합심하여 계속 진행됐다. 부근에 있는 제사공장 여자공원들은 주먹밥을 만들어 군인들과 우리 학생들에게 나누어 주었다. 총탄이 날아와도 동요하거나 도망치지 않고 침착하게 힘든 작업을 마치고 저녁때에 정우는 집으로 돌아왔다.

비 오는 날씨에도 군인과 학생, 민간인이 한 덩어리가 되어 포탄 5천여 발과 소총 실탄을 안전지대인 춘천역으로 옮겼다. 그 노력으로 제6사단은 포탄의 재보급 없이 3일간 버틸 수 있었다.

6·25 전쟁은 날벼락이었다. 그날 아침까지 몰랐고, 일선군인들도 새벽까지 까맣게 몰랐다. 일요일이라 군인들은 외박을 나왔다. 아무준비 없이 쓰나미처럼 갑자기 밀려 온 참극이었다.

해방 후 5년 동안 북한에서는 팔로군을 중심으로 미리미리 전쟁을 준비하여 소련제 탱크며 자주포로 무장했다. 우리군인들은 미군이 두고 간 소총과 고사포 몇 문이 고작이었다. 나라를 지키는데 외적을 막기 위한 사전준비가 그렇게 부족하다는 것은 부끄러운 일이었다. 전쟁에 대비하지 않는 국가는 전쟁을 포기해야 한다. 싸울 준비가 되지 않은 국민은 정신적으로 항복할 준비를 해야 할 것이다.

알 수 없는 전쟁은 반성해 보라는 전쟁이었다. 우리 국민모두가 매 맞는 전쟁이었다. 마치 수업시간에 꾸러기들이 장난치다가 선생님께 끌려

나온 모양새였다. 둘이 마주 보고 뺨을 때리라고 했다. 한 친구가 세게 때리면, 상대친구는 더 세게 때리는 것과 같았다. 남한은 북한을 침략할 준비도, 통일할 힘도 없었다. 그러므로 왜 남침했는지 그 까닭을 알 수 없었다. 마치 챔피언 권투선수와 훈련도 부족한 아마추어선수가 억지로 링에 끌려가 한 판 붙는 시합 같았다. 북한선수는 라이트 훅으로 남한선수를 한 방에 넘어뜨렸다. 녹 다운되어 좀처럼 일어설 기세가 보이지 않는 그런 시합이었다.

6월 26일 아침. 다시 동원령이 내렸다. 정우는 근화동둑으로 달려갔다. 벌써 학도호국단봉사대원들이 부상자들을 들것에 실어 춘천역으로 나르고 있었다. 적군 자주포 4대가 소양강 북쪽모래사장에 나타났다. 전열을 가다듬고 봉의산 대대 관측소에 포사격을 가했다. 전투상황은 아군에게 불리해졌다. 김 대위는 전방에 있는 적군 자주포에 2.36인치 로켓포사격을 명령했다.

— 지금 싸우지 않으면 나라는 없다.

싸움을 독려했다. 집중사격으로 한 발이 명중했다. 그러나 전차처럼 두꺼운 철판을 뚫지 못하고 튕겨 나왔다. 오히려 아군의 위치가 드러나 적 자주포가 9중대 정면으로 포신을 조준하여 몰아 쏘았다. 적군자주포 한 대의 위력이 1개 중대의 화력보다 훨씬 강했다.

펑— 하는 폭음과 함께 백여 미터 전방에 여러 명의 아군사상자가 생겼다. 정우가 급히 달려가 보니 중대장이 왼쪽다리에 관통상을 입었다. 얼굴을 자세히 보니 정우학생 입학금을 마련해 준 김 대위였다.

— 김 대위님 정신 차리세요!

소리를 지르니 눈을 겨우 뜨시고는 고개를 끄덕이셨다. 평소에 배운 대로 구급 배낭에서 모르핀주사를 꺼내 다리에 놓고 큰 붕대로 싸맸다.

그리고 서울로 막 떠나려는 병원 열차에 실었다.

김 대위는 정우네 집 사랑방에 살았다. 그는 금년 4월 정우가 고등학교에 입학하는데 입학금이 없어 애타는 어머니를 보고 방세를 미리 마련해주신 고마운 분이었다.

― 하나님 너무하십니다.

정우는 하늘을 우러러 원망 섞인 말을 했다. 하나님은 왜 이런 비극각본을 짜셨을까? 자비하신 하나님이라고 하셨는데 지금 눈앞에는 지옥이 따로 없다. 깜빡할 사이에 젊은 군인들의 팔이 잘려나가고 다리가 부러졌다. 눈이 먼 병사도 있었다. 시체가 둑 주변에 널브러져 있다. 같은 민족끼리 싸우는 이런 아비규환이 어디에 또 있단 말인가? 하나님의 시간은 영원한 현재인가? 이 전쟁이 전능하신 하나님의 예정된 계획이란 말인가? 교회목사도 있고, 성당에 신부도 계신데 예레미야 선지자처럼 예언할 성직자가 한 사람도 없었단 말인가? 우리 민족이 무슨 죄를 그리 많이 지었단 말인가? 유비무환有備無患, 미리 준비가 되어 있으면 근심할 일이 없다고 군부대며 사무실마다 써 붙여 놓았다. 구호만 메아리 쳤지 5년 동안 무엇을 준비했으며, 무엇을 훈련했단 말인가?

적 포탄에 맞아 시내 여기저기서 집들이 타고 있었다. 그리고 105밀리 곡사포 중대가 근화동으로 이동하고 있었다. 정우는 다시 둑으로 돌아왔다. 전쟁은 수세로 몰려 부상자가 곱절로 많아졌다. 이날 학도봉사 대원들은 4명씩 8조로 나누어 2킬로가 넘는 춘천역까지 하루 종일 환자를 날랐다. 궂은 날씨에 비가 내려 걷기조차 힘들었다. 그러나 포화 속에 들어가 부상자를 한 명이라도 더 구해 왔다. 이 일이 나라를 돕는 일이라고 믿었기에 부상자들을 춘천역까지 운반할 수 있었다.

정부는 장님처럼 앞을 못 본 채 북한을 오판하고 말았다. 그러나 국군 6사단 7연대는 소양강 둑을 경계로 열심히 싸웠다. 무기의 열세임에도 불구하고 소양강 전투에서 목숨을 걸고 사투를 벌인 장병들의 용기와 희생정신은 감동적이었다. 전투가 벌어진 지 삼 일째 되는 날이었다. 동틀 무렵, 잔뜩 흐린 하늘에 빗방울이 떨어지기 시작했다. 적이 총공세를 퍼부었다. 적 2개 사단과 아군 1개 연대가 소양강을 사이에 두고 펼친 그 형세는, 마치 수양제가 살수에 진을 친 그것과 흡사하여 실로 큰 산이 앞을 누르는 형세였다.

소련군 특수임무 팀이 사전에 작전을 세웠다. 인민군으로 하여금 실전토록 한 6·25 전쟁 작전 계획은 군사용어로 광정면대우회 포위기동廣正面大迂廻 包圍機動의 개념이었다. 춘천 전투를 총지휘한 인물은 인민군 제2군단장 김광협 중장이었다. 인민군 제1군단이 서울을 공격하면, 화천에서 자신은 제2군단을 이끌고 춘천을 공략하여 하루 만에 점령한다는 계획이었다. 연이어 이천·수원으로 돌아 국군 본부 수뇌부들을 한강 이남에서 포위하여 무찌르겠다고 큰소리친 자였다.

정우는 그해 고등학교에 입학했다. 학교에 들어오자마자 군사훈련을 받았다. 일선에 나가 노력봉사도 했다. 학도호국단 학생들은 군인천막을 치고 야영을 하면서 고지로 올라가는 길닦기를 했다. 날이 갈수록 요령이 생겼다. 빨리 길이 완성되면 38선 구경을 시켜준다는 중대장의 약속을 믿고 모두 열심히 길을 닦았다.

38선 꼭대기가 가까이 보이는 곳까지 길이 이어졌다. 정상이 가까워질수록 대원들은 말이 줄었고 엄숙하기까지 했다. 중대장의 허락을 받고 드디어 정상에 올라섰다. 그러나 생각했던 38선과는 너무나 딴판이었다. 38선을 나타내는 말뚝 하나 없었다. 자연 그대로의 산이었다.

6·25 전쟁은 38선 때문에 일어났다. 이집트에서 이스라엘 백성이 노

임을 받은 것같이, 36년간 일본 놈들 밑에서 노예로 살던 우리에게 해방은 하늘이 내려주신 선물이었다. 뜻밖의 선물을 받은 한국 사람들은 감격했고 서로 얼싸안고 기뻐했다. 하나님은 댓가 없이 소생의 길을 열어주셨다. 그런데 뜻밖에 국토 한가운데 38선을 그어 놓았다. 그 선을 뛰어 넘어보라는 것이다. 운동회 때 둘이 한 조가 되어 다리를 묶어 이인삼각 경주를 하는 것처럼, 배달민족이 하나가 되어 38선을 뛰어 넘어보라는 시험문제였다.

대체 숨도 못 쉬도록 허리를 졸라맨 자가 누구인가? 루스벨트와 스탈린인가? 우리는 하나가 되지 못하고 통일을 이루지 못했다. 38선은 민족의 허리를 자른 선이며, 우리 민족 스스로 해결해야 할 숙제였다.

해질녘 북한 땅은 좁은 들판에 올망졸망 논배미가 펼쳐져 있었다. 6월이라 한창 모심기에 바빴다. 북한강에는 유유히 나룻배가 떠다니고 있었다. 강물 위로 모진교가 그림같이 걸려 있다. 너무도 고요하고 한가로웠다.

이곳이 민족의 허리를 졸라맨 원한의 38선이란 말인가? 분단의 아픔과 이산가족의 한이 서린 곳이었다. 평화를 위장한 38선은 언제 전쟁이 터질지 모르는 활화산이었다.

적 1군단은 벌써 서울을 점령하고 기다리고 있었다. 그러나 오늘 형편은 그리 호락호락하지 않았다. 계획한 대로 쉽게 풀리지 않자 김광협은 인민군 2사단장을 바꾸고 홍천 방향으로 나가려던 인민군 7사단을 소양강 전투에 더 보탰다. 그러나 적군의 전투능력과 지휘관의 작전 지휘능력은 아군 7연대에 미치지 못했다.

27일, 적은 소양강 남쪽 둑과 봉의산 일대를 자주포와 전차 직사포로 마구 때렸다. 포탄이 떨어져 불과 연기가 온 시내를 덮었다. 한편 장맛

비 속에 딱—콩 딱—콩 콩 볶듯 하는 소리와 함께 붉은 깃발을 앞세우고 개미 떼처럼 악착같이 소양교에 달려든 것은 인민군들이었다. 그때마다 범 바위에서 기관총탄이 바람에 눈 날리듯 날아갔다.

맏아들은 지상낙원을 찾아 월북한 다리 위에서, 적군은 낙엽 떨어지듯 시체가 되어 쌓여만 갔다. 붉은 피가 도랑물 흐르듯 흘러 강 밑으로 떨어졌다. 소양교는 말없이 무거운 시체를 이고 서 있었다. 어머니는 무거운 쇳덩어리를 가슴에 안고 소양강을 바라보고 있었다. 소양교는 다리에 탄환을 맞고 피를 흘리며 서 있다. 누군가를 죽여야 내가 살 수 있었다. 동생은 국군. 형은 인민군. 서로 많은 피를 흘리며 싸우고 있었다. 어머니는 심장에 탄환을 맞고 쓰러졌다.

정각 11시, 강물이 얕은 가래모기로 2개 연대로 보이는 적들이 건너오기 시작했다. 한편 1개 연대 병력이 동북쪽 원진나루를 건너 구봉산을 향해 갔다. 또 한 무리는 소련제 T-34 대형 전차를 앞세워 시체를 밀치면서 소양강 다리로 밀어 닥쳤다. 이 기회를 기다리며 잠잠히 있던 아군 포대의 모든 포가 불을 토했다. 범 바위 뒤에서는 화기중대가 기관총을 몰아 쏘았다. 소양강다리 위로 거침없이 달려오는 적을 쓸어버리니, 다리 위에는 시체가 산더미처럼 쌓여 전차도 건너올 수 없게 되었다. 한편 가래모기로 건너오는 적병이 강을 반쯤 건너올 무렵, 105밀리 곡사포를 퍼부니 푸른 소양강이 순식간에 붉은 피로 물들었다.

그러나 적은 뒤에서 권총을 뽑아 들고 싸움을 독려하고 있었다. 강남쪽에서 전투 활동의 근거지를 만들기 위해 앞서가던 병사가 쓰러지면 시체를 치우고 전진 또 전진했다. 적은 2시간 동안 시체를 밀어내며 피나는 싸움을 했으나 많은 사상자를 내면서 후퇴하고 말았다. 국군이 소양교를 폭파하여 다리가 끊어질 것을 걱정했다.

　다시 전차를 다리위로 밀어붙이는 한편, 적은 서쪽가래모기를 건너 남쪽근화동 둑을 차지했다. 드디어 적의 전차가 시체를 넘어 소양강 남쪽을 점령했다.

　소양강 남쪽이 무너졌을 뿐만 아니라 구봉산방면으로 계속 남침이 이어졌다. 보급로가 끊어지고 아군연대가 포위될 염려가 있었기에 대룡산 방면으로 후퇴하게 되었다.

　화천에서 춘천으로 들어오려면 꼭 건너야 할 다리가 모진교였다. 이 다리를 두고 중간에 38선을 긋고 남북이 대치하고 있었다. 인민군이 기습 남침하려면 먼저 건너야 할 다리였다. 북에는 적군 초소가 있고, 남쪽에 아군 7연대 초소가 있었다. 모진교를 사이에 두고 지뢰를 매설하고 철조망을 쳐서 방위하고 있었다.

　6·25 전쟁이 일어나기 이틀 전 오후에 모진교에서 사고가 일어났다.

가랑비가 부슬부슬 내리고 강물 위로 물안개가 피어올라 음산했다. 그때 아군초소에서 근무하고 있던 사병은 흰옷 입은 사람이 건너편 다리 입구에 나타나는 것을 보고 깜짝 놀랐다.

— 저게 뭐야? 민간인 같은데.

— 남한으로 넘어오는 주민이 아닐까?

— 영감님이다. 어떻게 된 거지?

— 이상한데. 다리만 건너면 사살하는데 왜 가만두는 거지?

초병들은 놀라서 수군거렸다. 이상한 인민군 보초병이었다. 영감이 다리 남쪽으로 걸어와도 그냥 방관하고 있었다.

— 그대로 놔둘 놈들이 아닌데 왜 저러지. 어? 위험해!

영감은 계속 걸어오고 있었다. 남쪽다리에는 아군이 매설해 놓은 지뢰가 있었다.그것을 밟으면 끝장이다. 보초병들은 일제히 외쳤다.

— 오지 말아요. 위험해…! 돌아가요, 돌아가, 지뢰가 있어요!

악을 썼지만 장 노인은 그냥 다가오고 있었다. 그 순간 쾅— 하는 파열음과 함께 지뢰가 터지며 노인이 다리중간에서 꼬꾸라졌다. 이 참변은 남침이 있기 이틀 전의 일이었다. 이 작은 사고는 사단본부에 보고되지 않았다.

이 사고는 남침을 앞둔 적이, 모진교의 방어 상태를 알아보려고 꾸민 예행연습이었다. 인민군이 공격을 시작하고 국군이 밀리게 되면 기계화 부대와 보병의 도강을 막으려고 먼저 이 다리를 폭파해 버릴 것으로 예상했다. 모진교는 춘천을 공략하는데 그만큼 중요한 다리였다. 북측은 당연히 다리중간에 폭파장치를 해놓았을 것으로 생각했다.

그러므로 춘천을 공격하자면 중요한 다리인 모진교를 확보하는 게 선결과제였다. 인민군 2군단장인 김광협은 2사단에 직접 명하여 모진교의 방어태세를 점검하라고 했다. 그러자 정치보위부 군관을 시켜 공작을 꾸미도록 했다. 군관 이시혁은 화천에 사는 주민 중에 38선으로 인해 분단가족이 된 장 모라는 노인이 있다는 사실을 알아냈다. 장 노인은 딸이 출산하여 외손자를 보러 왔다. 그는 사위집에 얹혀살면서 아들이 사는 춘천에 가기를 원했다. 차일피일하다가 38선이 막혀 춘천으로 돌아갈 수 없는 처지였다. 그 사정을 알아낸 군관 이시혁은 그 노인을 찾아가 춘천으로 월남시켜 주겠다고 꼬였다. 노인은 끝내 믿지 않으려고 했으나, 반 설득 반 협박으로 어쩔 수 없이 모진교를 건너게 되었다.

장 노인이 건너갈 때 총 한 발 쏘지 못하게 했다. 그가 한 발자국씩 내디딜 때마다 인민군장교들은 숲속에 숨어서 긴장한 채 바라보고 있었다. 그러다가 노인이 다리 중간에 가설된 지뢰를 밟고 즉사했다. 그들은 사람을 해치는 지뢰만 매설되어 있을 뿐, 다리를 파괴할 폭파장치는 없다는 사실을 확인했다. 이 보고를 받은 인민군 2군단장 김광협은 만면에 미소를 지으며 큰소리쳤다.

― 춘천은 개전 한 시간 이내에 점령할 수 있다.

돌이켜 보건대 춘천 소양강전투에서 지속된 3일간의 지연방어전이, 6월 28일에 서울을 빼앗겼음에도 불구하고 국군의 주력부대가 한강 이남으로 철수할 수 있는 큰 역할을 한 것이다. 이는 국가와 군의 지도자는 신뢰를 받아야만 국민들의 충성심을 이끌어내고 함께 국난을 극복할 수 있다는 교훈을 남겼다. 손자도 말했다. 도(道)란 백성들로 하여금 국가와 뜻을 같이하여 함께 죽고 함께 살아서 백성이 위험을 두려워하지 않게 되는 것이라고 했다.

정우는 어머니가 걱정되어 걸음을 재촉해 집으로 돌아왔다. 하늘이 쪼개지듯 요란했던 총소리가 뚝 끊겼다. 이런 때엔 고요함이 더 불안했다. 미처 피난가지 못한 어머니와 동생 정구. 텁석부리 수염을 자랑하는 방귀장이 뿡뿡 할아버지와 음식 솜씨 좋은 승배 어머니가 함께 방공호 속에 숨어 있었다. 총알이 솜을 뚫지는 못할 거라고, 각자 솜이불을 덮고 있었다. 세상이 변한다면, 앞으로 어떻게 살아갈지 불안했다. 방공호 입구를 담요로 가렸다. 흔들리는 등잔불에 얼굴이 어른거렸다.

보리밥을 먹었는지 할아버지는 뿡— 뿡— 줄방귀를 뀌셨다. 입술이 두꺼운지 낮은 베이스 소리를 냈다. 지루한 시간에 옛날이야기를 들려주셨다.

— 옛날 옛날에, 이백여 년 전 조선 숙종 때 사북면 원당리에 명탄 성 채헌 공이 살았단다. 그는 병자호란 이후 청나라에 조공을 바치는 나라 사정이 안타까웠다. 보다 못한 그는 벼슬을 버리고 이 산속에 숨어 살았어. 그때 병자호란의 통분이 민심 속에 널리 퍼져 있는 터라, 춘천지방민들에게 남다른 데가 있는 명탄 공은 예언가로 추앙받고 있었지.

모진강 나루에 나룻배가 있었다. 강을 건너려고 여러 사람이 배안으로 들어갔어. 참외장수도 참외 한 짐을 지고 들어갔고, 뒤따라 등에 아이를 업은 아낙네도 들어갔다. 그때 등에 업힌 아이가 참외를 보더니 그것을 달라고 칭얼거렸어. 아이엄마가 달래는 참인데, 아이는 끝내 울음을 터뜨리고 말았지. 배 안에 있는 사람들은 참외 장수에게 우는 아이에게 참외 하나 주어보라고 넌지시 일렀지만, 참외 장수는 참외가 한 접 고리가 찬 것이어서 뺄 수 없다고 한마디로 거절했단다. 이때 명탄 공이 들어왔다. 이 광경을 보고 그는 참외 장수에게 이리 말했지.

— 거기 참외 곁에 붙은 참외 씨 한 개만 주구려.

커피 향 청춘

참외 장수는 이상한 생각이 들었지만 참외 씨쯤이야 못 줄 것 없다고 생각했구먼. 참외에 붙어있는 씨 한 개를 건네주었지. 명탄 공은 배 바닥에 모래 한 줌을 모아 그 속에 참외 씨를 넣었어. 그리고는 요술을 부리듯 두 손으로 이리저리 흔들며 주문을 외웠지. 그러자 한 줌의 모래 속에서 참외 싹이 돋아났어. 금방 참외 넝쿨이 자라서 배 바닥을 덮으며 노란 꽃이 피더니 참외가 주렁주렁 달렸어! 그는 이 참외를 우는 아이도 주고, 배 안에 탄 사람에게도 모두 하나씩 주었구먼. 참외 장수도 사양하는 걸 굳이 주었지. 모두 돌아가며 즐겁게 먹었어. 참외 장수가 뒤늦게 배에서 내렸지. 참외 소쿠리를 지고 일어나 보니 무겁지 않은가? 다시 내려놓고 세어보니 배 안에서 먹은 숫자만큼 돌멩이가 섞여 있더란다.

명탄 공은 죽기 전에 자손들을 모아 놓고 유언을 했어.

— 모진강에 철마가 들어오면, 이곳을 떠나라.— 그리 부탁하고 90세 나이에 돌아가셨지. 후손들은 철마가 무엇인가를 알지 못하고 여러 대 입으로 전해 내려왔어. 이윽고 일제 때 모진교가 놓이고 화천 행 버스가 다니게 되었다.

— 버스가 철마로구나.

후손 중 일부는 조상의 말씀을 기억하며 떠났어. 일부는 원당리에 버스가 들어와 살기 좋은 세상이 되었다며, 그대로 주저앉았다. 버스가 달리고 10년도 안 되어, 해방이 되었지. 바로 38선이 이 마을 앞마당 모진교 가운데에 그어지고 말았단다.

정우가족은 흥미롭게 이야기를 들었다. 뽕—뽕이 할아버지는 헛기침을 하시고 곰방이 담뱃대를 물고 밖으로 나가셨다. 어둠에 잠길 때 우리는 막장에 갇힌 광부처럼, 앞으로 어떻게 세상이 변할지 아무도 모른다면서 방공호 바닥에 웅크리고 앉아 밤을 새웠다.

모처럼 비는 그치고 아침 해가 불끈 솟았다. 배가 고파 보리밥을 먹으려고 하니 끈적끈적하고 쉰내가 물씬 풍겼다. 밥도 지을 수 없는 긴박한 형편이었다. 일곱 살 난 동생 정구가 방공호 밖에서 소변을 보고 있는 것을 본 인민군이 저벅저벅 쫓아왔다. 인민군을 처음 보니 몹시 두렵고 분해서 치를 떨었다.

— 쌍간나 새끼들, 굴속에서 나오라우. 국방군 새끼 없지비?

땀과 먼지로 때 묻은 누런 군복에 위장망이 덮여 있다. 정우 또래로 짐작되는 소년병이 그의 가슴에 장총을 들이댔다. 개 비린내 같은 역겨운 냄새가 났다. 며칠 동안 씻지 않았는지 아주 더러운 병사였다. 아름다운 장미꽃에서 구린내가 난다면, 그건 장미꽃이 아니다. 냄새는 정체성이다. 결코 냄새로부터 자유로울 수는 없다. 인간의 가슴속으로 들어간 냄새는 그곳에서 관심과 무시, 혐오와 애착, 사랑과 증오의 범주에 따라 분류한다. 소년병에게서 나는 냄새는 사람을 많이 죽인 피의 냄새요 죽음의 냄새며 증오의 냄새였다.

정우는 자기 또래의 소년병이 불쌍해 보였다. 겁에 질려 말도 못 하고 고개만 절레절레 흔들 줄 알았는데 싱긋 웃어 주었다. 의외의 반응에 장총을 내려놓으며 그도 안심이 된 듯 미소를 지었다. 어깨에서 허리 쪽 대각선으로 내려뜨린 장총 탄띠와 순대 같이 생긴 비상식량 자루를 X자로 멘 소년병은 피곤해 보였다. 그 소년병이 든 장총은 더덕을 캐기에 좋을 듯한 기다란 창이 꽂혀 있었다. 총을 어깨에 메면 작은 키보다 길어 땅에 끌릴 것처럼 힘겨워 보였다.

인민군 병사가 화염방사기를 굴속에 대고 쏘았다. 굴속에는 승배 어머니가 호빵을 만들려고 준비한 재료가 있었다. 막 부풀어 올라온 밀가

212　　　　　　　　　　　　　　　　　　　　　　　　　　　커피 향 청춘

루 반죽이 뜨거운 열에 익었다. 호빵이 되어 높이 솟아오르더니 하늘로부터 내려온 만나처럼 땅바닥에 떨어졌다. 몇 끼를 굶주린 피난민들은 주워 먹었다. 인민군들도 안심이 된 듯 호빵을 맛있게 먹었다. 먹을 때는 말이 없었다. 같은 음식을 함께 먹는다는 동질감은 서로가 믿고 정이 통한다는 것이리라. 얼굴은 검게 타고 눈알은 새빨간, 따발총을 든 분대장은 부드럽게 말했다.

— 여러분! 미제국주의로부터 해방되었으니 안심하시라요.

정우 어머니는 하얗게 얼굴색이 변했다. 입속말로 -어쩜 좋으냐? 어쩜 좋으냐?- 탄식하면서 몸이 휘청거렸다. 아들을 해병대에 보낸 손맛 승배 아주머니의 눈은 정기 없이 희미하게 풀려 보였다. 경찰 아들을 둔 뿡뿡이 할아버지는 얼굴이 파랗게 사색이 되어 수염이 부들부들 떨렸다. 소낙비가 오듯 갑자기 변한 세상에 모두 심한 낯가림을 하고 있었다.

그 인민군 분대장이 정우네 집을 가보자고 했다. 마당에 들어서니 화단에 붉은 백일홍이 피어 피를 본 듯 섬뜩했다. 안방 문은 열려 있었다. 벽에는 백두산 천지와 태극기가 그려진 포스터가 보였다. 그 포스터를 찢어버리라고 따발총으로 윽대기었다. 어느새 동생이 마루에서 장난감을 가지고 놀고 있다. 인형 장남감과 동물 장난감 열댓 개는 미국으로 유학을 간 정구의 삼촌이 보내준 어린이날 선물이었다. 그 디즈니 인형들이 손을 흔들며 저벅저벅 걸어 나왔다. 깜짝 놀란 인민군은 마당에 따발총을 내려놓은 채 뒤로 자빠졌다. 신기한 듯 보다가 작은 인형 하나를 가슴에 품고 바쁘게 나가버렸다.

하루아침에 세상이 바뀌었다. 정우는 나라를 잃은 슬픔에 두 다리 뻗고 한참을 흐느껴 울었다. 날씨가 추워진 후에야 소나무는 굳건하다는 것을 알게 되듯이, 나라를 잃고서야 태극기가 중요하다는 사실을 깨달왔다. 역사적으로 고려 때는 몽골과 싸웠으며, 임진왜란 때는 왜놈들과 싸웠고, 병자호란 때는 뙤놈들과 싸웠다. 그러나 이 전쟁은 같은 민족끼리, 형제끼리 싸우는 전쟁이다. 이데올로기로 싸우는 황당한 싸움이었다. 뚜렷한 이유도 모르면서 서로 죽이고 죽였다. 신을 믿는 사람과 신을 믿지 않는 사람의 전쟁이다. 무신론자와의 싸움이다. 내 생각과 네 생각이 다르다고 죽이고 죽이는 전쟁이다. 아들이 아비를 고발하고 형이 아우를 죽이는 전쟁이다. 정직하지 못한 백성들, 하나님의 뜻을 거역하고 범죄를 저질렀기 때문에 한국 백성 모두 매 맞는 전쟁이었다.

치안의 공백 상태. 인민군이 지나간 뒤 하루 동안은 무법천지였다. 아군 6사단 정보처가 쓰고 있던 2층 건물로 난민들은 우르르 몰려들었다. 그곳 창고를 열어서 쌀과 소고기를 쓸어갔고 침대보도 뜯어냈다. 제각각 힘닿는 대로 지고 갔다. 그뿐이랴. 빈 상점에 들어가 필요한 물건을 훔쳐 갔다. 피난 간 집에서 귀중품을 집어가는 사람도 있었다. 이렇게 모두 떼도둑이 되었다.

법이 없는 세상이다. 무의식 속에 감추어 두었던 이글거리는 인간의 욕망이 분수처럼 뿜어져 나오고 있었다. 남보다 더 많이 가지고 싶어 하는 욕망, 전쟁 통에 언제 죽을지 모르는 순간에도 잘살아 보려는 욕망, 남의 물건을 훔쳐가는 모습에서 정우는 자신의 모습도 더 나을 것이 없다는 허무한 생각이 들었다.

지방 빨갱이들은 제 세상이 왔다고 미친 듯이 천방지축 날뛰었다. 정우네 집에 하숙하고 있던 최 서방은 목재소 일꾼이었다. 그도 붉은 완장을 차고 공산당 앞잡이가 되어 군인과 경찰 가족들을 잡아냈다. 자본주의는 도망가고 붉은 완장이 판치는 세상이 되었다. 노총각 최 서방은 명화에게 음식점을 차려주고 장가를 갔다. 완장을 차고 거들먹거리는 서방에게 명화는 충고했다.

— 도 위원장이나 시 위원장이 완장 차고 다니는 것 보았소? 진짜배기
완장은 눈에 안 보이지. 공산당 밑에서 심부름하는 하질이 바로 완
장이요. 이럴 때일수록 정신을 차리고 어려운 사람 도우세요. 세상
은 돌고 도니까요. 권세는 백일홍이지요.

최 서방 여편네는 자기 경험에서 나오는 바른 소리를 했다.

자본주의 사회에서는 출세가 완장이고, 돈이 완장이고, 빽이 완장이
며, 학력이 완장이었다. 그러나 세상이 바뀌니 공산주의가 완장이다. 무
식해도 좋고 가난해도 좋다. 머슴도 좋고 식모도 좋다. 사상만 철저하
여 빨간 완장만 차면 행세하는 세상이 되었다.

그들은 매일 지칠 줄 모르는 흥분의 도가니 속에서 쌀 속의 뉘를 골
라내듯 지주나 부자들, 군인·경찰의 가족을 골라냈다. 반동분자라는
이름으로 숙청했다. 장학리의 악질 지주를 잡아 왔다. 여러 사람이 모인
광장에서 인민재판이 시작되었다.

— 인민들의 피를 빨아먹은 거머리 같은 인간입니다. 어떻게 처벌할까
요?

— 죽여요. 때려죽여요.

붉은 완장이 제창했다. 그 자리에서 죽창으로, 또는 몽둥이로 때려죽
이는 만행을 저질렀다. 정우네 앞집에 사는 김 노인은 태극기를 감추어
두었다고 악질 반동분자로 몰려 그날 인민재판을 받았다. 나라를 빼앗
긴 곳에 태극기는 존재할 수 없다는 사실을 뼈저리게 느꼈다. 시체 위에
피 묻은 태극기를 꽂아놓았다.

생각지도 못했던 일들도 일어났다. 정우네 반에서 줄곧 반장을 했던
영천이 아버지가 강원도 인민위원장이 되었다. 가난한 노동자들이 공산

당으로 전향하는 줄 알았다. 그러나 춘천에서 제일 부자요, 할아버지는 일제 때 군수를 지낸 영천이네가 공산당 우두머리가 될 줄이야? 꿈에도 상상하지 못할 일이었다.

영천이 아버지와 같이 지식인들을 손아귀에 넣고 자연스럽게 그 지식인들을 꼭두각시로 만들어 공산당이 그 배후에서 권력을 쥐고 흔드는 것이다. 맹목적으로 받드는 교조주의적인 주자학과 교조 사회주의 논의가 비슷한 점이다.

무소유 피해자인 노동자나 농민에게 땅과 재산을 똑같이 나누어주고는 평등한 세상이 되었단다. 그러니 모두 혹하고 넘어갔다. 공산주의의 약점은, 내 땅이나 내 재산도 내 마음대로 쓸 수 없다는 것이었다. 거주 이전의 자유가 없을뿐더러 언론의 자유도 없다. 선거의 자유도 없다. 계급이 없는 사회라고 너도 나도 서로 동무라고 부른다. 형식적으로 부르는 구호요, 당 간부들은 상층계급으로 주로 평양에 거주하고 있다. 공산당원들이 감독하는 지방백성들은 하층계급으로 배급을 타 먹고 산다. 내 땅은 없고 집단농장에서 노예 같은 생활을 하고 있다. 속이 빈 공갈빵처럼 새빨간 거짓말만 하기 때문에 공산당을 빨갱이라고 불렀다.

정우네 집에도 큰 변화가 일어났다. 붉은 완장을 찬 최 서방이 정치보위부 군관과 함께 나타났다. 아버지가 항일투사였으니까 대우를 해준다고 했다. 아버지는 작은 인쇄소를 하셨다. 3·1운동 때 독립선언문을 몰래 인쇄해 주고 일경에게 고문을 받았다. 감옥살이를 하다가 해방되는 해 정월에 옥사하셨다.

정우의 어머니에게 전리품인 쌀과 옷감을 지켜달라고 했다. 그리하여 옥천동 적산가옥인 속칭 도깨비 집으로 우리 가족은 이사를 가기로 했다. 콩나물죽과 시레기죽으로 입에 풀칠만 했던 시절이었다.

이사 간 날 밤이었다. 정우는 하늘에서 쌀과 옷감이 낙하산을 타고 내려오는 꿈을 꾸었다. 푸른색, 붉은색, 초록색, 노란색 낙하산에 매달린 비단 옷감이며 쌀가마가 정우네 집 마당에 수북이 떨어졌다. 기뻐하며 거두어들이려는 찰나 얼굴은 붉고 머리에 뿔 난 도깨비들이 나타났다. 그들은 무지막지스러운 철퇴를 흔들며 마당에 들어섰다.

우리들은 봉의산의 도깨비다 /김일성 수령께서 주시는 선물 /옷 나와라 뚝딱 쌀 나와라 뚝딱
이밥에 쇠고기 국 먹으려는/ 인민을 사랑하는 어버이 마음 /밥 나와라 뚝딱 국 나와라 뚝딱

도깨비들은 그 많은 물건을 모두 메고 대들보 위로 사라졌다.
하루아침에 흥부네 집처럼 방마다 쌀과 고급옷감이 산더미처럼 쌓여 있었다. 이런 좋은 세상이 오다니! 꿈만 같았다. 공산당은 정우네 가족에게 은인이요 구세주였다. 새로 이사 온 집은 50여 평이 넘는 기와집이었다. 전쟁 통에 식량난이 극심한 때라 세 식구 밥걱정 안 하게 된 걸 다행으로 여겼다. 밥뿐만 아니라 비단이나 옥양목으로 옷도 해 입을 수 있었다.
우중충한 도깨비 집이 마음에 걸렸다. 모험을 좋아했던 정우는 도깨비가 들어간 대들보로 올라갔다. 원숭이처럼 여기저기 살펴보았다. 먼지만 수북이 쌓여 있었다. 구석진 곳의 헌 신문지 속에 봉투가 들어 있었다. 두근대는 가슴을 진정시켰다. 풀어보니 달러 80장이 들어 있었다. 군관 몰래 어머니 귀에 대고 속삭였다.
— 어머니, 대들보에 미국 돈 달라가 있어요.

— 얼마나?

— 보세요.

봉투 속에서 달러를 보여드렸다.

— 내 복에 없는 돈은 화근을 불러온다더라.

도로 제자리에 갔다 놓으라고 하셨다. 적산가옥인 그 집은 검사장 관사로 쓰고 있었다.

정우는 6월이 돌아와도 겨울교복을 그대로 입고 있었다. 흰 옥양목으로 여름교복을 해 입었다. 정우가족을 위해 새 세상이 온 것 같았다. 이제는 큰 집에서 쌀 걱정, 옷 걱정 안 하고 남부럽지 않게 살 수 있으니 이곳이 낙원이요 천국이었다. 옷 자랑을 하려고 학교에 나갔다. 피난 가지 못한 학우들이 여럿 모여 있었다.

— 장백산 줄기줄기 피어린 자국, 압록강 줄기줄기 피어린 자국….

첫날 김일성장군 노래를 불러댔다. 두 손으로 책상을 두드리며 불러대니 마룻장도 들썩거리는 듯했다. 영어를 열심히 가르치던 선생이 공산주의자로 변신하여 가르쳤다. 얼마나 부르기 쉽고 씩씩한 노래인가! 한 번만 들어도 주먹을 휘두르며 부를 수 있는 신명나는 노래였다. 노래란 뇌 속을 자극하고 감정을 감화시키는 위력을 갖고 있었다. 글은 뒷전이고 매일 맑스·레닌 이론을 가르쳤다. 가르치기보다는 세뇌교육을 시키는 것이었다. 사회주의 이론대로라면 민주주의를 왜 동경했겠는가?

학습 내용은 노동당신문의 전면을 차지한 김일성수령의 교시를 돌아가며 읽고 예찬하는 일이었다. 목소리가 작거나 열광하는 몸짓이 작으면 불순분자로 낙인찍히기 십상이다. 우러나오지 않는 열광은 정우를 지치게 했다. 몸에서 서서히 열기가 증발해가고 있음을 느꼈다. 죽지 않으려고 악을 쓰는 그 소리는 틀림없이 가짜였다. 매일 같은 교시의 복습

커피 향 청춘

은 약비나고 식상했다.

어느 날 오후, 정우는 전에 살던 모수물골로 갔다. 검은 사제복을 입은 소양로 천주교회당 신부가 잡혀가는 모습을 보았다. 모수물 고개를 지나가던 행인이 소리쳤다.

— 저 외국 놈을 쳐 죽여라!

— 생명은 하느님께서 주신 것인데 그런 말을 함부로 하면 못씁니다.

타이르면서 잣고개 쪽으로 끌려갔다. 정우는 슬펐다. 왜 성직자들도 고난을 받아야만 하는 것일까? 기도하는 시간보다 독주를 마시는 시간이 더 많지 않았던가? 목회자도 잡혀갔다. 신도들의 믿음을 보되 재산은 보지 않았으며, 환우들을 돌보되 그 대가를 바라지 않는, 오직 예수 그리스도의 사랑으로만 살았는가? 신도들은 국가를 위해 낙타무릎 되도록 열심히 기도했는가?

공산당들은 –일하기 싫으면 먹지도 말라– 는 성경구절을 구호로 인용했다. 그래서 신부, 목사, 스님을 싫어했다. 신앙심은 사회주의 이론을 받아들이기 어렵기 때문이다. 그들은 하나님자리에 위대한 김일성장군을 앉혀 신격화했다. 그리하자면 성직자들을 노동은 하지 않고 놀고먹는 밥버러지로 치부하고 소멸시켜야만 했다.

종교는 아편이라고 하면서 종교지도자들을 모두 숙청했다. 잣고개는 동면으로 가는 봉의산 동남쪽에 있는 가파른 고갯길이다. 골짜기도 깊어 잣나무가 우거진 곳이었다. 인민군은 사상범들을 하루에 몇 명씩 이곳으로 끌고 가 총살했다. 무고한 사람을 죽이는 건 인류의 인간성을 죽이는 것과 같다. 제일 좋은 종교는 너그럽게 받아들이고 용서하는 것이다.

한두 달 지나고 보니 공산당의 실체가 서서히 보이기 시작했다. 정치보위부 군관은 우리가족을 항상 감시하고 있었다. 그 군관에게 점심을 차려 줄 때면 정우 어머니는 다리를 후들거리면서 실수를 연발했다. 밥상을 둘러엎거나, 접시를 깨뜨리고, 반찬의 간도 짜거나 싱거운 등 맛을 내지 못했다. 가끔 행주치마로 손을 씻으며 -내가 왜 이러지?- 뇌까렸다. 군관제복의 어깨에 달려있는 붉은 별 계급장을 보면 가슴이 철렁 내려앉곤 했다.

정우도 마찬가지로 실의에 빠져 하루하루를 죄인처럼 살얼음 밟듯이 조심조심 지냈다. 인간은 먹고 입는 것으로 만족할 수 없다는 사실을 깨달았다. 목줄에 매여 있는 개가 자유로울 수 없듯, 밤낮으로 집만 지키고 있자니 지루했다. 이렇게 지루하게 살기보다는 차라리 열정적으로 살다가 죽는 게 낫겠다는 생각을 했다. 공산주의는 자유와 인권, 시장경제가 없는 국가라는 것을 알았다.

정우는 예감이 좋지 않았다. 바늘방석에 앉은 것처럼 불안한 하루가 천 년 같았다. 걱정하던 일이 크게 터지고야 말았다. 인민군관은 철없는 정구를 살살 꾀여 우리 집안의 내역을 캐냈다. 외삼촌이 도 경찰국 공보실장이라는 약점을 찾아냈다. 정우도 자원하여 의용군으로 나가 싸우라고 권고했다. 길거리에서 청년들을 마구 잡아가 낙동강 전투에 투입했었다. 그도 징집되었으나 다행히 키가 작아 총알받이를 면하게 되었다.

이런 여러 가지 이유로 정우네 가족은 다시 모수물골 초가집으로 돌아왔다.

─ 똑똑똑. 나가서 놀아도 될까요? 우리들이 맘껏 뛰어놀 수 있는 세상은 언제 오나요? 전쟁 없는 세상에서 행복하게 살 수 있나요? 깨끗한 집에서 건강하게 지낼 수 있나요?

어른들 싸움에 어린이들은 먹을 것이 없어 굶어 죽고, 포탄에 맞아 죽어가고 있었다. 수수밥을 먹은 정구가 배탈이 났다. 설사를 하고 피

똥을 쌌다. 어디서 약을 구할 수도 없었다. 익모초를 구해 달여 먹였으나 효험이 없었다. 속수무책으로 하루하루를 보냈다. 정구는 앙상한 나뭇가지처럼 움푹 파인 눈에 뼈만 앙상하게 드러났다.

순식간에 큰 집과 그 많던 물건이 신기루처럼 사라졌다. 물가에 서서 물고기를 부러워하기보다는 집에 돌아가 그물을 짜는 것이 낫다고 했다. 잘살기 위해서는 부지런히 일을 해야 했다. 그러나 일자리가 없었다. 백성을 속여먹고 있는 것은 보이지 않는 훨씬 큰 조직의 힘이었다. 남들이 다하는 부역을 밤새도록 하고 집으로 돌아오는 길이었다. 제대로 먹지 못한 탓인지 심한 허기와 전쟁의 공포가 꿈결같이 아득하게 느껴졌다.

— 에이구, 숨차. 세상이 왜 이리 뒤숭숭한지…

정우 어머니는 나무 등걸에 걸터앉아 땀을 닦고 있었다.

— 아니, 어딜 갔다 오는 길이유?

그곳을 지나가던 또래 여인이 다가서며 말을 걸었다.

— 어디긴 어디겠수, 부역 나갔다 오는 길이지.

— 그럼 식량 운반에 동원됐구먼.

— 그렇다오. 인민위원회에서 나오라니 안 나갈 수도 없구…. 말 안 들으면 어떤 화를 당할지도 모르니 어쩌겠수.

정우 어머니는 비행기 폭격을 피해 전날 밤에 봉의동에서 칠십 리를 걸어 원창 고개 너머 동산면 사무소까지 군량미를 나르고 오는 길이었다.

— 무슨 소문 못 들었수?

초면에 늙수그레한 부인이 친근하게 다가왔다.

— 소문이라니, 금시초문이요.

그 부인은 사방을 살펴본 다음 귀에다 대고 속삭였다.

— 그렇게 우쭐대던 동 인민위원장이 기운이 쭉 빠져 있대지 뭐유.

― 아니, 그럼 무슨 일이 생긴 게 아니유? 난 아무 말도 못 들었수.

― 글쎄, 요즘 같아서는 세상이 어떻게 돌아가는지 종잡을 수가 있어
  야지 원?

그 수상한 부인은 무슨 말이 나올지 정우 어머니를 유도해 보았다.

― 어디 살겠수, 빨리 세상이 뒤집혀야지.

그 여인과 헤어지고 난 후 마음이 찝찝했다. 서로를 고발하는 믿지 못
하는 세상이었다. 때는 1950년 상달 초순, 발 없는 말이 천 리 간다더니
유엔군이 인천상륙작전으로 서울을 도로 찾았다는 소문이 입에서 입으
로 퍼져나갔다.

다음날 내무서원 두 명이 와서 정우 어머니를 연행해 갔다. 짐작으로
는 -빨리 세상이 뒤집혀야지.- 하며 나쁜 소문을 퍼뜨렸다고 염탐꾼이
발쇠를 했던 것이다.

― 이보오, 여성 동무. 오라비가 악질반동 경찰이요?

― 예 그렇습니다만….

― 우리와 같이 가주어야겠소.

어머니가 끌려간 곳은 내무서였다.

― 어서 들어가 있어!

내무서원은 유치장을 손가락으로 가리켰다. 사흘이 지났다. 어머니를
나오라고 했다.

― 에… 우리는 반동분자들에게 착취당하고 억압받던 남조선을 해방
  시켰소. 그러니 우리에게 적극 협조해야 하오?

이런 말을 하면서 어머니의 표정을 살폈다.

― 빨리 세상이 뒤집혀야 한다고 뜬소문을 퍼뜨린 적이 있소?

어머니는 묵묵부답이었다.

커피 향 청춘

— 불량 사상을 인정하는 것으로 알고 넘어가겠소. 에… 여성 동무, 경찰을 어디에 숨겨두었소? 솔직히 말하면 살려주겠소.

— 전 모릅니다.

— 시치미를 떼겠나?

— 정말 모릅니다.

— 음—맛 좀 봐야 정신을 차릴 모양이구만! 이 반동 년이…

내무서원은 눈을 부릅뜨고 욕이 튀어나왔다. 그는 물푸레 몽둥이를 들더니 어머니를 사정없이 때렸다.

— 아이구! 아이구! 나 죽어…!

비명을 지르다가 정신을 잃고 말았다. 한참을 지난 후 눈을 떠보니 유치장 안이었다. 피투성이인 몸을 가눌 수가 없었다.

다음 날도 고문이 시작됐다. 전날과 똑같은 말이 되풀이되었다.

— 이봐, 여성 동무! 그만큼 맛을 보았으면 자백할 때도 된 것 같은데?

내무서원은 비꼬듯 말했다.

— 아무리 그래도 모르는 걸 어떻게 합니까? 거짓말을 하라는 건가요?

— 뭐야! 이 악질 반동간나 새끼가 아직도 정신을 못 차렸구먼!

내무서원은 벌떡 일어나더니 권총을 뽑아 들었다. 어머니는 겁에 질려 그의 하는 꼴을 바라보고 있었다.

— 이 간나 새끼, 아가리를 벌려!

내무서원은 다가서면서 소리를 버럭 질렀다.

— 너 같은 악질은 살려둘 필요가 없어.

권총을 입안에 들이밀었다. 이젠 끝장이구나, 생각하면서 눈을 감았다.

— 자… 이제 마지막으로 할 말이 있으면 해 보라우.

— 할 말이 있으니 총을 치우세요.

— 좋아!

그는 어머니 입에서 총을 뺐다.

— 나는 가정주부요, 집안 살림을 하는 사람이 어떻게 알겠어요.

— 건방진 소리….

내무서원은 어머니를 다시 유치장에 집어넣었다.

오늘도 하늘은 푸르다. 기다리던 쌕쌕이 호주전투기가 왔다. 시내 한복판에 폭탄을 한바탕 퍼부었다. 정우가 놀던 봉의산 엄성바위에서 인민군의 대공포가 터졌다. 기관총 소리에 조마조마하여 겁이 났다. 그러나 마음 한편은 후련했다. 비 오는 날이면 비행기가 뜨질 못했다. 그날은 섭섭했다.

어머니가 어디로 잡혀갔는지 불안했다. 설상가상으로 영천이 어머니는 여성동맹 회장으로 정우네 가족에게 세뇌교육을 시켰다. 정우에게는 김일성장군 노래를 불러보라고 했다. 정구에게는 인민공화국 국기를 그려보라고 했다. 종이 한가운데 붉은 별 하나를 그려 넣었다. 그리고 양 옆으로 붉은색을 칠했다. 흰 줄을 띄고 푸른색을 칠했다. 정구가 그린 국기를 가지고 여성동맹원은 가버렸다. 정우는 동생에게 틈틈이 인공기를 그리는 연습을 시켰던 것이다. 그런 재치로 정우네 식구는 시달림을 면하게 되었다. 반동분자라는 낙인을 받지 않으려고 정우는 소년단에 가입했다. 매일 밤 학습을 하고 자아비판을 했다.

학습 내용은 매일 같았다. 부르주아인 지주의 땅을 빼앗아 못사는 농민에게 고루 나누어주어 똑같이 잘사는 세상이 왔다. 그러니 우리의 피를 빨아먹고 잘사는 지주와 재벌을 없애야 한다고 공산주의자들은 외쳤다. 머슴이 지주를 때려죽이고 아들이 제 아비를 고발했다. 이것이 위대한 혁명과업이었다. 이런 식으로 인간이 가지고 있는 야수성, 증오심,

열등감을 자극했다. 그 결과 같은 동네에서 서로 죽이고 세상이 바뀌면 보복하는 연쇄살인이 일어났다. 피를 본 좌익들은 눈이 뒤집혀 평소에 사사로운 감정을 가졌던 이웃을 불순분자로 몰아 보복했다.

정우어머니는 컴컴한 감방에서 하루를 더 지새웠다.

-이제는 죽었구나!-

슬퍼하면서도 자식들을 생각하니 꼭 살아야겠다는 꿈을 놓지 않았다. 바로 앞에 죽음이 닥쳐와도 뭔가 할 수 있다는 믿음이 있었다. 살아 있는 한 희망이 있었다. 오직 힘이 되는 것은 무한한 우주와 시간의 역사를 특별하게 이어주는 사랑의 결실인 아이들이었다. 동이 틀 무렵, 창틈으로 큼직한 손이 들어 왔다. 최 서방이 쇠톱을 넣어주었다. 쇠창살을 자르고 새벽에 정우 어머니는 집으로 돌아왔다. 창살에 찔려 왼쪽 다리에서 피가 흘러 내렸다. 유별나게 지독지애舐犢之愛한 어머니는 그길로 정우형제를 데리고 시밀 사촌댁으로 몸을 피했다. 우리가족은 살아남아야 한다. 어떤 환경 속에서도, 지옥 같은 공산치하에서도 살아남아야만 한다.

아니나 다를까. 그날 내무서원들이 어머니를 잡으러 왔으나 허탕을 치고 돌아갔다. 그들이 돌아가는 길에 김일성 눈알이 빠져 있는 벽보를 보았다. 눈알이 빠진 곳에서 피가 흐르고 있었다. 동 위원장을 비롯하여 당원들이 포스터 앞에 꿇어앉아 자아비판을 했다. 그날, 비가 보슬보슬 내려 포스터 위에 인쇄된 붉은 깃발의 잉크가 흘러내렸던 것이다. 이 사건으로 모수물골이 발칵 뒤집혔다. 범인을 찾아낸다고 밤새도록 주민들을 괴롭혔으나 헛일이었다.

추수철이 되었다. 공산치하에서도 농사는 평년작이었다. 산골짝이라 메밀, 팥, 콩, 수수들을 추수했다. 오늘은 콩 타작을 했다. 멍석을 깔고 도리깨로 콩깍지를 힘껏 내리쳤다. 콩은 제각기 콩콩 달아났다. 멍석에도 떨어졌다. 툇마루 속으로도 들어가고 부엌문 앞에도 떨어졌다. 콩콩 튀어 쥐구멍 속으로 쏙 들어갔다. 벌어진 빈 콩깍지만 수북이 남았다. 한 형제끼리 죽이고 죽는 이 전쟁은 마치 콩깍지로 콩을 삶는 그런 비극이었다. 추수의 풍요로움은 가을마당에 몽당빗자루를 들고 춤을 추어도 농사 밑이 수북하리 만큼 타작마당에는 흩어진 곡식들이 많았다. 내무서에서는 콩 한 나무의 낱알 수를 세어 세금을 매겼다.

타작을 마치고 개울가로 나가 목물을 하고 돌아왔다. 어스름 땅거미가 내릴 무렵, 마당에 멍석을 펴고 늦은 저녁을 먹었다. 귀뚜라미는 합창을 하고, 개똥벌레들은 불꽃놀이를 시작했다. 늦더위에 모기가 극성을 부렸다. 마당가에 모깃불을 피워 올렸다. 모깃불이라고 해서 잡초와 쑥을 말려 태웠다. 모깃불은 활활 타는 모닥불이 아니라 연기가 모락모락 피어나는 연기 불이다. 연기가 매워서 바람이 부는 반대편에 앉아야 했다. 연기를 마시면 눈물이 나고 목이 막혔다. 그래도 모기에 쏘여 가려운 것보다 백번 낫기에 모닥불 주위에 앉아 있곤 했다.

캄캄한 하늘에는 하나둘 별들이 놀러 나왔다. 청청한 밤하늘에 유난히 반짝이는 별 하나를 보았다. 문득 별들의 세상에서 살고 있는 동생정구의 얼굴이 떠올랐다. 갑자기 이질을 앓기 시작한 동생에게 제대로 약한 번 못 쓰고 하늘나라로 보냈다. 그 별이 동생이 살고 있는 초인종으로 보였다. 초인종을 누르면 형아— 하고 달려 나올 것만 같은 그런 생각이 들었다. 별을 보면 누군가를 그리워하는 정우는 가슴 속에 별을 품고 살아간다. 정우에게 별처럼 빛나는 추억을 만들어가며 살라고 속삭여 주고 있다. 어느새 셀 수 없이 많은 별이 꽃밭처럼 별 밭을 이루고 있었다.

저 별들의 세계에는 전쟁도, 사상도, 굶주림도 없겠지. 별은 왜 이토록 아름답게 보일까? 꺼지지 않을 만큼 빛을 남겨놓기 때문이겠지. 별은 왜 이토록 아름답게 보일까? 어머니가 자식에게 주고 또 주듯이 사랑이 많기 때문이겠지.

이토록 아름다운 세상에 수많은 별이 반짝이며 속삭였다. 은하수의 저 많은 별은 그냥 잠들도록 놓아주지 않았다. 하늘의 저 끝에서 이 끝까지, 그 넓은 하늘 모두 가득 메운 별들을 어떻게 잊을 수 있단 말인가! 가린 곳 하나 없이 온전히 드러난 그 넓은 하늘에 있는 것은 오직 별뿐이다. 정우는 별자리를 확실히 알지 못했다. 그러나 별을 바라보고 있노라면 꿈의 향연이 끝없이 펼쳐져 있었다.

북두칠성의 일곱 개 별은 앙상블을 이루고 있다. 희미한 별이라고 괄시하지 않고 서로 손잡고 다정하게 살아간다. 더불어 수놓고 아름다움을 창조함으로써 사랑의 물결을 이루고 있다. 가을밤은 자연 속에 있다. 가을밤의 정취를 맛보지 않고 어떻게 자연의 아름다움을, 그리고 삶의 환희를 말할 수 있겠는가? 별들이 정우의 꿈을 한없이 키워주는 행복한 밤이었다.

시골 밤하늘은 장대했다. 티 없는 하늘과 은하수는 정우의 가슴을 활짝 열어주었다. 정우가 저 먼 은하계와 연결되어 있다는 걸 깨닫게 했다. 그것은 인민공화국도 아니요, 세계인도 아닌, 지구인으로서의 새로운 인식이었다.

갑둔재를 넘어 대룡산 깊은 골 굴속에는 사촌 형을 비롯하여 여러 명의 청년이 몸을 숨기고 있었다. 낙동강 전선에서 밀리고 있는 공산당은 청년들을 의용군이라는 이름으로 전쟁터로 내몰고 있었다. 정우는 수시로 숨어사는 형들에게 음식을 날라주었다. 밤에는 찬 기운이 돌았다. 오늘도 옷과 음식을 주고 내려왔다. 동구 밖에서 내무서원과 마주쳤다. 검문을 당했다. 정우 호주머니에서 삐라가 나왔다. 비행기에서 떨어진 것을 주웠다고 했으나 면 내무서로 연행해 갔다. 동네청년들을 어디다가 숨겼는지 대라고 고문을 했다. 고정간첩이라고 했다. 내일 즉결처분을 한다고 유치장에 가두었다.

공산당이란 괴물은 얼마나 많은 피를 원하는가? 시베리아 벌판, 중원의 넓은 땅, 그것도 모자라서 손바닥만 한 반도를 모두 삼키려 하고 있었다.

— 천 년을 살 삶의 원칙은 무엇입니까?

— 서로 미워하지 말고 사랑하라.

잠깐 꿈을 꾸었다. 하이에나 수십 마리가 나타나 사슴을 포위하고 목덜미를 물어뜯었다. 사자는 용포 같은 깃털을 날리며 사슴에게 달려들었다. 사자가 날카로운 발톱으로 사슴을 밟았다. 북극곰은 뒤에 서서 웃고 있었다. 사자가 사슴을 차지했다. 물러간 자리를 하이에나가 잽싸게 달려들어 한 조각씩 물어뜯었다. 죽어가는 사슴 앞에 핏발선 눈빛들. 주둥이를 서로 밀치며 으르렁 소리를 높였다. 얼마 남지 않은 살점을 서로 물어뜯기 시작했다. 물고 물리면서도 배를 채우려는 하이에나. 사슴이 숨이 넘어가려 할 때 코끼리들이 달려 나와 산 사슴들을 구해주었다.

인민군은 정우를 개천가 말뚝에 묶고 검정 천으로 눈을 가렸다. 총살을 당한다고 생각하니 몹시 두렵고 떨렸다.

— 나의 신은 죽은 신입니까? 사랑의 신입니다. 살려주세요.

간절히 기도했다. 소문을 듣고 정우어머니와 당숙, 동네 노인들이 몰려왔다. 내무서장에게 사정을 했다. 집에서 기르는 황소를 주면 풀어준다고 했다. 그 황소는 일을 잘할 뿐만 아니라 사촌형의 장가밑천이었다. 며칠 전부터 그 황소를 해방군을 위해 기부하라고 했다. 황소를 주고 정우는 풀려났다. 황소는 소고기국밥으로 변하여 후퇴하는 인민군들의 보신거리가 되었다.

— 쿵…! 쿵…!

대포소리가 점점 가깝게 들렸다. 반가운 소리요, 자유의 소리였다. 기쁜 소식을 전해주는 생명의 소리였다. 내무서원들도 야간도주 했다. 정우가족은 모수물골로 돌아왔다.

영천이가 정우를 찾아왔다. 보자기에 싸가지고 온 밥사발만 한 백금 두 덩어리와 그의 여동생을 맡기고 갔다. 생전 처음 보는 물건이기에 값이 얼마나 나가는지도 몰랐다. 방공호의 이불갈피 속에 넣었다. 열 살가량 되어 보이는 그의 여동생은 윤곽이 뚜렷한 예쁜 소녀였다. 그 소녀와 방공호 속에서 하룻밤을 지냈다. 처음으로 이성에 대한 야릇한 감정을 느꼈다.

이튿날 아침. 영천이는 허둥거리며 여동생과 맡겨놓은 백금덩어리를 찾아갔다. 백금보다는 그 여동생과 헤어지는 것이 섭섭했다. 전쟁은 신분을 허물고 애정을 갖게 했다. 빈부의 성곽도 무너졌다. 전쟁의 북새통에서도 애정은 싹터 오르는가?

포성이 유난히 가깝게 들렸다. 포 소리를 들으면 부푼 기대로 가슴이 울렁거렸다. 남쪽에서 들리는 포 소리는 구원의 소리요 자유의 소리였다. 가평 쪽에서 화광이 충천하고 폭격과 포격이 숨 돌릴 새 없이 하늘을 짓눌렀다. 정우는 모수물 고개 너머 도청 앞 커다란 은행나무 밑에 숨어서 국군이 들어오기를 기다렸다. 며칠을 기다리다가 지친 정우가 모수우물에 물을 길러간 사이에 국군이 들어왔다. 마치 봉선화 봉오리가 지키고 있다가 잠시 한눈팔고 있는 사이에 피는 것처럼 슬그머니 들어왔다. 국기를 보아야 지금 머리에 이고 있는 하늘이 대한민국의 하늘인지 인민공화국의 하늘인지 알 수 있는 것이다. 다시 확인하니 강원도청 깃대봉에 태극기가 휘날리고 있었다.

이렇게 기다리던 국군이 정오쯤 춘천에 들어왔다. 그들의 표정은 개선장군인 양 당당하고 위엄과 영광이 넘치고 있었다. 실로 백일 만에 자유를 다시 찾았다. 모수물골 출신 승배도 해병대로서 늠름한 모습으로 그의 어머니 품에 안겼다.

— 죽음이 내 머리 옆을 스쳐 지나가도 국가를 위해 저는 총을 놓지
    않았습니다.

그는 말했다. 포탄이 멈추고 밤의 적막이 찾아오면 어머니의 따듯한 밥 한 그릇이 사무치게 그리웠다고도 했다.

휘날리는 태극기를 바라볼 때, 그 감격은 죽음직전에 새 생명을 얻음이요, 매임에서 풀림이요, 노예에서 해방된 기쁨이었다. 국기는 아군과 적군의 구별이요, 사느냐 죽느냐 생사의 갈림길이다. 속박이냐 해방이냐의 분수령이요, 조국의 표상이다. 국기는 우리의 자유이고 희망이다. 민

커피 향 청춘

족의 용기이며 겨레의 등불이다.

태극기를 보고 설레는 가슴은 조국에 대한 사랑과 존경을 뜻한다. 국민 모두가 방방곡곡에서 휘날리는 태극기를 바라보고 가슴이 설렐 수 있다면 어떠한 어려움도, 지역 간의 갈등도 능히 이겨낼 수 있을 것이다. 붉은 별이 있는 인민공화국 국기를 볼 때면 피를 연상 시켜 섬뜩했다.

심지어 마당에 핀 붉은 백일홍을 보고도 놀랐다. 올해도 백일홍은 흐드러지게 피었다. 백일홍은 난리 통에 억울하게 죽은 시체에서 썩어가는 고린내를 맡으며 고개 숙이고 백 일을 참아왔다. 인민군은 성직자들, 군인·경찰의 가족들, 땅 많고 돈 많은 부자들을 부르주아 반동이라 싸잡으며 후퇴하면서도 도청 방공호 앞에서 무참히 사살하고 북으로 도망쳤다. 그 옆 화단에도 백일홍은 피었다. 말 못하고 견디다 못해 백 일쯤 피었다가 지고 마는 애처로운 백일홍이었다.

백 일 만에 세상이 다시 바뀌었다. 석 달 동안, 장년들은 볼 수 없었다. 어디에 그렇게 감쪽같이 숨어 지냈을까? 차돌처럼 차디찬 얼굴과 풀어헤친 긴 머리하며 제멋대로 자란 수염으로 얼마나 고통스러운 나날을 지냈는가 알 수 있었다. 기나긴 시간 진저리치도록 고통스러운 목숨을 이어온 괴로움을 앓았다. 숨어 사느라고 영양이 부족해서 얼굴이 누렇게 떴지만 웃음이 되살아나고 있었다.

우리 가족만 힘든 게 아니었다. 기둥 같은 아버지, 사랑하는 아들이 죽은 가족도 있다.

-나만 그런 건 아니구나.

위로하는 정우의 마음속에는 얼마나 여린 아이가 울고 있을까? 서로 위로받을 때는 많은 어려움을 겪는 사람을 볼 때였다. 이웃의 고통과 비교하며 정우는 다행이다 싶었다.

학교를 비롯한 큰 건물들은 폭격에 불타고 파괴되었다. 몇 날 며칠을 전쟁으로 파괴된 거리를 손질하는데 너, 나 가릴 것 없이 모두 나와 복구하는데 힘썼다. 전쟁이란 두 번 다시 일어나선 안 된다. 지금도 그렇고 앞으로도 그럴 것이다. 국가는 부강해야 한다. 군사력이 강해야 평화를 유지할 수 있다. 약하면 먹히고 강하면 산다. 그보다 더 중요한 것은, 무한한 가능성이 잠재된 사람의 화합이다. 우리 모두 하나가 되는 것이다.

우리는 지금 어디에 서 있는가? 국토는 그대로 갈라진 채, 하늘도 그대로 끊어진 채 강물도 바다도 끊어진 채, 사상도 이념도 끊어진 채, 역사도 문화도 끊어진 채, 생활도 그대로 끊어진 채다.

오늘 이 겨레는 6·25 때 흘린 저 붉은 피가, 우리의 분노와 슬픔이 아직도 그 상처마다 새겨져 있다. 7연대 장병들이 흘린 그 뜨거운 피가 유유히 흐르는 소양강이 되었다. 그래서 강물은 푸르다. 그 빛나는 눈동자들이 찬란한 별이 되었다. 그래서 이 밤도 총총하다. 어느 이름 모를 골짜기의 하얀 백골이 녹아 샘이 되었다. 그래서 샛말갛다. 그들의 숫된 마음 푸른 바람결, 이름 석 자 바람결, 혼령들은 햇살이 되어 오늘 저 볕살 속에 살아 있으리라.

아침 해는 봉의산 위로 다시 떴다. 모두 나랏일을 돕고 백성들이 편안한 세상을 만들자고 오늘도 복구 작업에 삽을 들었다. 시민들은 자유 평화 통일만을 빌었다.

황혼

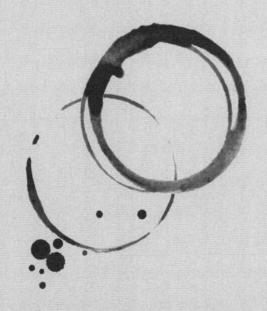

─ 그냥 팔아버려요!

날카로운 목소리가 유리조각처럼 아프게 홍 선생 귀에 꽂혔다. 아내 얼굴은 풋고추처럼 붉으락푸르락 달아올랐다. 뱁새눈은 위로 치켜떴다. 일 년 전에 내놓은 아파트가 통 기별이 없었다. 웬일인지 며칠 전부터 부동산소개소에서 팔라는 전화가 불타나게 왔다. 그러나 홍 선생은 전혀 팔 생각이 없었다. 곧 용문가는 전철이 개통되고, 구리에 한강 다리가 새로 놓이기 때문이다.

─ 다시 생각해 봐요. 남의 집 전세로 갈 수도 없지 않소. 이 늙은 나이에….

─ 사돈과의 약속은 어떻게 하구요?

우리야 전세로 가면 되고, 작은 아들네 아파트를 빨리 사줘야 체면이 서는 게 아니냐고 목청을 높였다. 홍 선생은 큰아들 내외를 불러 2년만 함께 더 살자고 사정을 했다.

─ 더는 못 기다려요. 우리는 새집으로 이사 갈래요.

큰며느리가 딱 잘라 말했다. 시금치의 시 자도 싫다는 요즘 젊은이들도 있다는데, 결혼 후 시부모와 다섯 해를 살아준 것도 고마운 일이었다. 헌 집을 사둔 것이 재개발되어서 큰아들은 33평짜리 아파트를 분양받았다. 홍 선생은 그 아파트를 세놓아 그 돈으로 작은아들 집 마련하는데 보태줄 속셈이었다. 하지만 큰아들 내외는 동생에 대한 배려보다는 자기 가족끼리 따로 나가 살기를 원했다. 홍 선생은 사돈과의 약속을 두고두고 후회했다.

그러니까, 벌써 2년 전 일이었다. 작은아들의 결혼식을 오클랜드에서 치렀다. 예식장인 호텔 나들방에는 12월인데도 열대 꽃들이 만발했다. 천정에는 꽃호박이 달린 듯 오색고무풍선이 주렁주렁 매달려 있었다. 해거름이 다되어 퇴근한 아들회사 친구 삼십여 명이 둥근 테이블에 옹기종기모여 앉았다. 주례도 없고 형식도 갖추지 않은 별난 결혼식이었다. 신혼부부가 마주 보고 섰다.

― 수진아! 무슨 말을 할 수 있겠니? 세월이 가도 변치 않고 진심으로
　　사랑할게. 우리가 사귄 시간은 비록 짧지만, 앞으로 많은 시간이 남
　　았으니 처음 봤을 때의 떨림 그대로 작은 모습 하나까지 아껴줄게.

신랑이 신부에게 반지를 끼워주고 입을 맞추었다. 신부엄마가 축가를 불렀다. 오래오래 변치 말라는 사랑의 노래가 잔치 분위기를 돋우어 주었다. 홍 선생도 가족을 대표해서 인사말을 했다.

― 이 결혼을 축복이라도 하듯 이슬비가 오고 있습니다. 이런 날씨에
　　많이 참석해 주셔서 감사합니다. 새 가정의 출발을 격려해주시고
　　이끌어주시기 바랍니다.

작은아들은 호주 버클리 대학 시절 인터넷채팅으로 오클랜드 통신사 매니저로 일하던 신부와 사귀어 결혼까지 하게 되었다. 흰 드레스를 입

은 신부는 좀 뚱뚱해 보였지만, 험한 세상을 헤쳐 나가기에는 바위처럼 튼튼해 보였다. 신혼부부 머리 위로 꽃잎이 날리면서 경쾌한 왈츠음악이 울려 퍼졌다. 신랑·신부가 춤을 추기 시작했다. 기다렸다는 듯이 하객들도 모두 나와 홍학이 춤추듯이 덩실덩실 춤을 추었다. 차례로 나와 신혼부부내외에게 선물과 축하인사를 했다.

홍 선생과 사돈도 아들 내외가 오클랜드 남섬으로 신혼여행을 떠나는데 함께 가기로 했다. 타우포호수 위로 무지개가 떴구나. 고운무지개는 쉽게 사라지듯, 달콤한 신혼생활도 쉽게 잊을 것이다. 힘들고 괴로울 때마다 무지개를 생각해라. 눈물의 벽돌로 행복을 한 개 한 개 쌓아 올리자.

일행은 퀸스타운으로 가는 도중에 연어양식장으로 들어갔다. 연어 회를 먹으면서 바깥사돈이 뜬금없이 말했다.

— 타국살이가 그러잖아도 힘들 텐데 월세라니요. 사돈, 이참에 1억씩
　　보태서 집 한 채 사줍시다.

홍 선생은 정신이 퍼뜩 들었다. 한편 부끄러웠다. 맛있던 회가 대번에 고무처럼 질기게 느껴졌다. 작은아들 신혼집은 월세아파트였다. 한국이라면 남자 쪽에서 집을 마련해주었어야 마땅한 일이었다. 홍 선생은 마지못해 그러자고 승낙을 했다. 하지만 1억이 누구 집 강아지이름도 아니고, 아무래도 살고 있는 집을 내놓고 전세로 갈 수밖에 별도리가 없었다.

홍 선생의 아내는 황소고집이었다. 매사에 한 번 결정하면 중간에 양보하는 법이 없었다. 성격도 꼼꼼하여 냄비 하나라도 손잡이 구석까지 반짝반짝 빛날 정도로 깨끗하게 닦았다. 냄비뿐만 아니라 살림을 똑소리 나게 잘했다. 쓰레기로 버려야 할 비닐봉투나 빨대, 심지어는 고무

　　　　　　　　　　　　　　　　　　　　　　　　커피 향 청춘

밴드까지도 분리해 두었다가 썼다. 미장원 가는 돈이 아깝다며 그물을 씌워 끈으로 단정하게 묶어 올린 생머리는 늘 깔끔하게 보였다. 그뿐만 아니라 콩 한 단을 사더라도 마트에서 돌리는 전단지를 보고 한 푼이라도 싼 곳에서 구입했다. 은행 돈을 찾을 때도 꼭 그 은행 환전소에 가서 찾았다. 이렇게 알뜰하게 모아서 아파트를 사는 기틀을 마련했다.

하지만 이런 아내가 홍 선생의 마음에 썩 드는 것은 아니다. 지나침은 부족함만 못하다고, 그의 아내 행실이 그러니 하고 살 수밖에 없었다. 식성이 달라 아내는 채식을 좋아했다. 반면 홍 선생은 육식을 좋아했다. 외식을 하려 해도 의견 일치를 보기가 국회에서 의견일치를 보는 것보다 어려웠다. 그의 아내는 부부 싸움으로 화가 나거나 일이 잘 풀리지 않으면 집을 나가는 버릇이 있었다. 이번 아파트 파는 문제로 티격태격한 뒤에도 이박삼일 동안 거제도로 동창야유회 간다고 여행 가방을 챙겨 나갔다.

아내는 중학교 시절 좋아하던 남학생이 있었다. 그가 동창회장이 되자 아내는 총무를 맡았다. 손발이 척척 맞았다. 처녀시절 그가 고시공부하고 있는 절로 자주 찾아가 반찬을 주고 왔다는 말을 우연히 들은 적이 있었다. 그런 아내는 나이 들어서도 동창회에 간다는 핑계로 자주 집을 비웠다. 그때마다 곰국이나 미역국을 한 솥 끓여 놓고 갔다.

세상을 살다 보면 남에게 도움을 받거나 신세를 질 때가 있다. 아내가 좋아했던 그분은 한때 청와대 민정비서관으로 있었다. 그 무렵 홍 선생은 과장에서 국장으로 승진하지 않으면 이러지도 저러지도 못해 명예퇴직을 해야 하는 진퇴유곡進退幽谷에 빠져 있었다. 이를 보다 못한 아내는 그 비서관에게 부탁했다. 다행히 그분이 문제를 잘 해결해주어서 서울시청국장으로 승진하게 되었다. 하지만 그는 남편으로서의 자존심을 버리고 밸도 없는 인간이 되어 버렸다며 한숨을 길게 쉬었다. 아내 덕에 감원을 면했을 뿐만 아니라 국장으로 승진을 해 그의 삶에 굵은 획을 그을 만한 행운을 얻은 셈이다. 그 후로 좋은 게 좋다고 옛 애인과 아내의 관계를 모른 척 묻어두고 말았다.

그 후로 박 비서관은 국회의원 후보로 나왔다. 고향 양평에서 처음으로 나오는 후보자라고 동창들은 모두 발 벗고 나섰다. 아내도 홍 선생에게 그냥 보고만 있을 거냐고 안달을 했다. 베푼 사람은 쉽게 잊어버린다고 하지만, 신세 진 사람은 가슴 깊이 기억하고 마음의 빚으로 남는 법이다. 홍 선생은 어쩔 수 없이 아내를 따라 나설 수밖에 없었다.

양수리 다리를 들어서면서 현수막이 빨래를 널어놓은 것처럼 바람에 펄럭였다.

— 주민의 심부름꾼으로 나를 찍어주세요!— 이렇게 호소하는 듯했다. 그의 약력을 들여다보았다. 양평 시골 출신이지만 서울법대를 나온 엘리트였다.

선거사무실로 들어섰다. -필승 당선-이라고 쓴 구호가 한눈에 들어왔다. 앞면 벽에는 고속도로 완성, 전철 연내 완공, 상수도 보존 지역 해결 등 주민 생활에 절실한 요구를 골라 선거공약으로 내세웠다. 커피 향이 풍기는 사무실은 생기가 넘쳐나고, 당원들은 분주하게 움직이고 있었다.

마침 박 후보자도 자리에 있었다. 키는 조그마하고 살짝 곰보였다. 그러나 광채 나는 큰 눈과 단단한 체구에서 카리스마가 느껴졌다. 어변성룡魚變成龍이라고 시골에서 큰 인물이 나왔으면 좋겠다.

— 군민들이 믿고 따르는 당으로, 후보자의 인품을 보고 투표하면 당선되리라 확신합니다.

홍 선생은 둥굴레차를 마시며 아첨 섞인 격려를 했다. 후원금이라는 이름으로 두툼한 봉투를 안주머니에서 꺼내놓고 나왔다. 남에게 신세지기는 쉬워도 신세 갚기란 어려운 것이로구나! 혼잣말로 중얼거렸다. 그 후에도 아내는 선거운동을 해줍네, 동창회에 나갑네 하면서, 벌이 꿀 따러 나가듯이 밖으로만 나돌았다. 옛말에 유리그릇과 여자는 밖으로 나돌면 금이 간다는 말이 있다. 홍 선생은 영 맘이 편치 않았다.

아내가 친정에 다녀오던 날, 홍 선생에게 느닷없이 말했다.

— 아파트에 내 이름도 넣어주세요? 호주제도도 없어지는 판인데….

당당하게 부동산 공동등기를 요구했다. 처남이 무슨 바람을 넣었는지는 알 수 없지만, 갑자기 아내는 부부간에 동등한 재산권을 주장했다. 이번 처남 생일축하금도 홍 선생의 주머니에서 나갔다. 모든 애경사는 그의 주머니에서 나갔다. 그러나 명절 때 자식들은 그의 아내에게만 용돈을 주었다. 용돈뿐만 아니라 매사를 어머니하고 의논했다.

장모 산소가 중앙선복선으로 되는 바람에 이장을 했다. 홍 선생은 얼굴도 모른다. 1·4후퇴 때 용문산전투가 치열했다. 우글거리는 중공군 속에서 비행기폭격에 맞아 돌아가셨다고 했다. 그 와중에 이불을 쓰고 방안에 여럿이 앉아 있었다. 하필이면 폭탄파편이 장모의 배를 뚫고 나갔다. 아내가 10살 때의 일이라고 했다.

— 아이고, 내 딸 불쌍해서 어떡하나!

눈을 감으면서 어린 딸을 애타게 불렀단다.

일꾼들이 파는 묘 앞에서 홍 선생은 땅속을 들여다보았다. 전쟁 통이라 밭머리에 가매장을 했었다. 60여 년이란 세월 속에서 아카시아나무뿌리가 골수까지 파고들어 머리뼈가 백지장처럼 되었다. 남은 것이라곤 두개골과 어금니 두 대, 환도뼈가 끝이었다. 홍 선생은 살아온 세월이 허무하다는 생각이 들었다. 아파트가 몇 채면 무엇하고, 땅이 몇만 평 있다고 자랑한들 무슨 소용 있는가? 죽으면 이렇게 뼈만 몇 개 남을 뿐인데….
탈무드에서는 선행만이 무덤 속에 함께 들어간다고 하지 않았던가!

그의 아내는 어려서부터 많은 서러움을 받고 살았다. 어머니가 돌아
가신 후, 그녀는 시골 큰집에 더부살이를 했다. 시골서 콩나물밥이나 시
래기죽을 먹고 자라서 그런지 음식을 가리지 않고 잘 먹었으나, 고기라
면 저만치 도망을 갔다. 그리고 고아처럼 눈칫밥을 먹은 탓에 어머니의
사랑이 무엇인지 모르고 자랐다. 그래서 그런지 매사에 감사할 줄 모르
고 남을 의심하는 버릇이 생겼다. 달마다 생활비를 꼬박꼬박 주는데도

— 광 열쇠는 예부터 안방마님이 가지고 있었잖아요. 그러니 연금통
　　장을 내놓으세요?

하며 경제권마저 빼앗으려 들었다. 매월 은행에서 홍 선생에게 보내온
대금명세서를 보며 무엇에 썼는지 조목조목 따지곤 했다.

— 어떤 친구는 자식들에게 빌딩을 물려준다는데…. 빨리 아파
　　트 팔아요!

아내는 아파트 병이 다시 도졌다.

— 팔자, 팔면 되잖아!

홍 선생은 버럭 소리를 질렀다. 그래놓고 홧김에 등산을 갔다. 그가
등산을 간 사이에 아내는 아파트계약을 하고 말았다. 살 사람을 놓칠까
봐 어쩔 수 없었다고 변명을 했다. 추석이 지나고 날이 갈수록 아파트값
이 오르기 시작했다.

— 설마 계약금 받은 것보다 배는 더 올라가려고?

머뭇거리는 사이에 딱 그 받은 만큼의 배로 올라갔다. 해약을 하자니

위약금을 배로 내주어야 하니 아까웠다. 그는 망설이고 있었다. 이때 장관까지 나서서 -국민이 몰라서 집을 사고 있다. 지금 집을 사면 후회한다.-고 강남권 집값 붕괴론을 힘주어 말했다.

하지만 가을이사 철을 맞아 전세난과 맞물려 수도권 온 지역의 집값이 올랐다. 정부에 대한 믿음이 바닥에 떨어졌다. 이 정부 들어 다섯 번이나 금리를 내려 부동산 시장에 기름을 부었다. 차오르는 기름 탱크에 세금이라는 폭탄을 던졌다.

— 이런 정부를 믿고 집을 판 내가 바보였지!

아파트 계약한 지 한 달쯤 지난 뒤였다. 밖에 나갔던 아내가 허겁지겁 집으로 들어왔다.

— 내일이 중도금 치르는 날이잖아요. 해약하러 법률사무소로 갑시다.

얼떨결에 아낼 태우고 홍 선생은 차를 몰고 나섰다.

— 내용 증명서에 오늘 날짜로 적어 놓으면 무를 수 있대요.

번잡한 길을 오르락내리락해도 법률사무소는 보이질 않았다. 내용증명서를 쓰려고 그렇게 호들갑을 떨었다. 급한 김에 매매계약서도 없이 빈손으로 나왔다. 홍 선생은 아내에게 배신감을 느꼈다. 내용증명이라면 집에 있는 컴퓨터로 작성하면 될 일이었다. 남편을 믿지 못하는 병이 도졌다. 구매자가 계약서에 적은 전화는 불통이었고, 그 주소에 살고 있지도 않았다. 그래서 법원에 공탁금을 걸어야 하는 번거로움이 있었다.

티격태격 부부싸움만 하고 있는 사이에 손 한 번 써 보지도 못한 채, 중도금이 온라인 통장으로 입금되었다. 중도금을 받은 후에도 아파트는 널뛰듯 더 올랐다. 아내는 저절로 억 소리를 내며 부엌에 주저앉았다. 며칠 머리를 싸매고 눕고 말았다.

홍 선생은 큰 병에 걸려 입원한 셈 치고 잊어버리자고 마음을 돌려먹었다. 그러나 분한 마음은 쉽게 가라앉지 않았다. 그는 마음에 걸리는 일이 있을 때 흔히 -○○한 셈 치고-라는 말을 잘 썼다. 이번에 큰 손해를 보고도 병원에 간 셈치고 마음을 돌렸다. 삶을 저울에 달듯 살아갈 수 없는 법이다. 때로는 손해를 봐도 ○○한 셈 치고 살아가자고 되뇌며 안정을 찾으려고 노력했다.

아파트를 내주고 전세로 가자니 우라질 하고 화통이 터졌다. 홍 선생은 아내에게 싸움을 걸었다.

— 암탉이 울면 집안이 망한다던데…

— 암탉이 울면 왜 집안이 망해요? 새벽이 오지요. 그리고 알도 낳았
    다는 환호성이잖아요.

그의 아내는 즉시 대꾸했다.

— 왜 아파트를 마음대로 계약했어?

화가 치밀어 뒤늦게 또 따졌다.

— 당신이 즉시 해약하면 되지. 이제 와서 따져요?

적반하장으로 미안한 기색도 없이 대들었다. 결과야 어떻든 간에 가장이 책임을 저야 한다는 그녀의 주장이었다.

— 우리 이혼해요!

아내는 끝장을 내고야 말겠다는 듯이 최루탄을 쏘았다. 이혼하자는 말에 홍 선생은 충격을 받고 할 말을 잃었다. 손이 부들부들 떨렸다.

— 이혼이 애들 장난인 줄 알아? 이혼 못 해!

그는 슬그머니 꼬리를 내렸다. 막상 이혼을 하면 패가망신이다. 손익계산을 곰곰이 따져보았다. 아내가 없다면 일 년 안에 폐인이 될 것이다. 하나부터 열까지 아내의 손이 닿지 않으면 살아있는 일조차 의심스러운 애어른이었다. 냉장고에 무엇이 들어있는지, 와이셔츠는 어떻게 다리는

커피 향 청춘

지조차 모르고 살아왔다. 이혼을 한다면 재산도 연금도 둘로 쪼개야 한다. 본래 붙은 헝겊이 낫다고, 악처라도 본처가 낫다고 생각했다.

홍 선생은 달랐다.

— 살아서는 함께 늙고 죽어서는 한 무덤에 묻힌다고 하지 않소. 황혼이혼이 유행처럼 번져서 우리 주변에서도 이혼하고 외롭고 쓸쓸하게 사는 사람들을 어렵사리 볼 수 있는데, 이게 아무렇지도 않소?

이혼하고 가정부를 두느니 차라리 요리 잘하고 살림 잘해주는 마누라가 훨씬 낫다. 효부 며느리보다 등 긁어 주는 악처가 낫지 않는가? 부부싸움은 칼로 물 베기라고 했다. 칼로 물을 베면 아무 흔적도 남지 않지만 두부는 힘 안 들여도 뚝 갈라진다. 가정을 지키기 위해서는 참아야 한다. 말썽은 아내가 피우고 용서는 홍 선생이 비는 꼴이 되었다. 이혼할 용기가 나지 않는 홍 선생은 그렇게 마음먹었다.

70 평생 함께 살아오는 동안 여러 번 어려운 고비를 지나갔다. 계가 깨지는 바람에 계주였던 아내는 책임을 져야 했다. 결국 집을 경매해야하는 처지에 놓였다. 그때도 홍 선생은 평소에 알고 지내던 변호사를 통해 그 집을 구해냈다. 이 아파트도 그때처럼 막아주지 않았다고 아내는 원망을 했다. 금전적으로는 손해를 보더라도 아내의 멋대로 하는 버릇을 고쳐주려고 방관하고 있었다.

말로는 표현할 수 없는 예감이라는 것이 있다. 이번에 홍 선생의 예감은 들어맞았다. 실낱같은 예감이라도 옆에서 북돋아 주면 현실이 된다. -아파트 팔아요- 라는 아내의 말 한마디가 아파트값이 올라가리라 던 홍 선생의 예감을 아예 싹 자르고 말았다. 예감이란 이것이다 하고 꼭 찍어 말할 수 없다. 그럴 것이라는 예측에 불과하다.

— 당신이 부동산을 알기나 해요? 신문에 끼어오는 부록도 보시구요,

인터넷 부동산도 보시라구요.

이혼소리에 찔끔한 홍 선생에게 아내가 역공을 가했다. 젊었을 때는 말대답도 제대로 못하던 순덕이었다. 그런 아내가 대들기까지 한다. 결혼조건으로 순종이 미덕이라고 한 가지만 보았는데⋯. 늙은 나이에 무를 수도 없고 돌이킬 수도 없는 노릇이었다.

취미 생활로 사진촬영을 했다. 먹고 싶은 거 먹고, 가고 싶은 곳 가보고, 배부르고 등 따스하면 된다. 돈 들여가며 사치스럽게 무슨 취미 생활이냐고 그만두라고 했다. 그 돈을 모아서 아들 주면 얼마나 좋은 일이냐고도 했다.

— 글 쓴다고 엎드려 있지만, 어디 돈 되는 일이에요? 돈 쓰는 일만 하고 있잖아요?

말 그대로 좌충우돌이다. 아내는 대놓고 타박을 준다. 홍 선생은 시집 몇 권을 내면서 모두 자비를 들였다. 책이 팔리든 그렇지 않든 간에 한 가지 일에 빠져 즐거움을 느낀다면 그 자체로 보람된 일일 것이다. 일에 빠져든다는 것은, 일의 세계가 자연스럽게 자기의 세계로 바뀌어 가는 과정을 가리킨다. 따라서 일 속에 자기 세계를 만들어 놓고 빠져들면 점점 더 자기의 세계에서 희열을 느낄 수 있다. 이런 점에서 일은 무엇인가를 창조하는 행위라고 볼 수 있다. 일을 통해 자기 세계에 빠지게 되니 어찌 즐겁지 아니한가?

그러나 그의 아내는 일이라면 무조건 돈을 벌기 위한 수단으로밖에 보질 않았다. 신혼시절엔 시를 좋아했던 아내였다. 이제 와서는 문학이 밥 먹여주느냐고 오리발을 내놓았다. 돈도 못 벌어오는 주제에 밤낮 철학이 어떻고 하는 소크라테스에게 구정물을 끼얹은 그의 부인이 악처로 소문난 까닭을 이해할 것 같았다.

— 측은지심側隱之心으로 살아주는 줄 아세요!

그의 아내는 홍 선생 가슴에 마지막 대못을 박았다. 갑자기 자신이 가련해 보였다. 말 한마디에 희망을 주기도 하고 절망도 준다지만, 아내의 이 말은 새벽에 겨우 일어나는 기운마저 꺾어버리고 말았다.

요즘은 여인천하다. 홍 선생은 음식점에 들어갔다. 여자들로 만원이다. 어떻게 돌아가는 세상인지, 어디를 가나 여자들 판이다. 고급음식점에도 여자들이요, 사우나 휴게실에도 여자들 세상이다. 이러다간 남자는 번식을 위해 씨만 뿌리는 수벌 신세가 될지도 모르겠다. 가정에서 아이들을 훈육하는 호랑이 아버지가 없어졌다. 호랑이 아버지는 어디로 갔을까? 게다가 호주제도도 없어졌다. 아버지는 다만 돈 벌어오는 자동인출기인가? 가족을 부양하는 가장으로써의 권위를 잃은 지 오래였다. 그는 급변해가는 세상이 무서웠다.

홍 선생 부부는 단양팔경으로 금혼여행을 떠났다. 초여름 바람은 부드럽게 뺨을 스쳐 갔다. 그는 뱃전에 나가 흥겹게 산타루치아를 불렀다. 파란 하늘, 푸른 산, 쪽빛 호수 모두가 푸르렀다. 세월 가는 줄을 알고나 살라고 청산이 손짓이라도 하는 듯했다.

그날, 조촐한 저녁상을 받았다. 반지를 끼워주기 전에 크게 심호흡을 했다. 아내가 반지를 받고 기뻐할 모습을 상상하자 가슴이 두근거렸다. 아내의 손을 잡고 반지를 손가락에 끼워주었다. 비누처럼 매끄럽던 손이 거칠어졌고 손마디도 굵어졌다. 결혼반지로 싸구려 자수정 반지를 해준 것이 쭉 마음에 걸렸다. 틈틈이 모은 돈으로 작은 다이아 반지를 몰래 준비해 두었다. 여태껏 적은 봉급으로 자식들 뒷바라지하느라고 얼마나 수고가 많았던가? 잠잠히 가정을 가꾸고 가계를 보탠 아내가 고마웠다.

— 감사해요. 여보!

아내는 얼굴을 붉히며 미소를 지었다. 감사하다는 말을 좀처럼 하지 않던 아내였다. 감사는 종과 같아서 쳐야 소리가 난다. 아무리 감사한 일이 있어도 소리 내어 말로 감사하지 아니하면 더 큰 감사를 경험하지 못한다.

홍 선생은 아내에게 자작 시 -황혼-을 읽어주었다.

별과 같이 많은 사람 중에 나와 한평생 살아온 당신
이제 노을 진 하늘처럼 인생의 황혼이 찾아왔네요.
구름은 가도 하늘은 남듯이 세월은 가도 사랑은 변함없어요.
그대 보기만 해도 뛰는 가슴은 목련보다 아름다웠지요
뒤안길 걸으며 손잡았을 때 그 떨림이 사랑이었나 봐요

아이들은 자라서 민들레 홀씨처럼 흩어지고 우린 오붓하게 남았구려
푸르던 청춘은 사라지고 당신 머리엔 서리가 내렸네요
그렇다고 슬퍼 말아요 고난을 헤쳐 온 면류관이죠
이마엔 주름살 늘었어도 입가에 미소 여전히 사랑스러워요
꿈결같이 지나간 신혼시절 앞날은 우리 앞에 황금길이지요

하루라도 못 보면 그리워 서로가 사랑에 빠졌던 젊은 날
우리의 사랑은 은근히 식지 않은 질그릇 같은 사랑 그 사랑!
뜨거운 태양은 서산으로 기울었지만 황혼의 빛이여!

커피 향 청춘

그 빛 아름답듯이 젊은 날은 갔어도 우린 소망이 있어요

우리 살아있음에 감사해요, 남은 날도 좋은 꿈 꿈꾸며 살아요

　홍 선생 부부는 말만 부부였지 처음엔 가정환경, 취미, 성격, 종교, 기호, 선호하는 음식 등 모든 것이 맞지 않았다. 처음부터 잘 맞는 부부가 아니었다. 홀어머니를 모시고 사는 과정에서 고부간의 갈등도 심했다. 홍 선생에게는 동생이 있었다. 허나 동생은 돈벌이가 신통치 않았다. 세 식구가 때를 놓고 살다시피 했다. 이를 보다 못한 시어머니가 쌀 한 말을 며느리 몰래 갖다준 것이 화가 되었다.

　— 손발이 멀쩡해 가지고 쌀 도둑질을 해요?

　— 아니다. 내가 갖다주었다.

며느리와 크게 싸운 시어머니는 화병에 입원을 하게 되었다. 쌀 한 말로 고부간의 의리를 끊어놓고 말았다. 살림살이가 어렵더라도 서로 돕고 베풀 줄 아는 덕이 아쉬웠다. 그런 아내가 백여우 같다는 생각이 들어 소름이 끼쳤다. 오랜 세월이 흐르는 동안 식성도 같아지고 아량도 넓어졌다. 얼굴도 서로 닮게 되어 오누이 같다고도 했다. 없는 돈을 모아서 천호동에 20평짜리 아파트를 사서 동생에게 사주자고 아내가 먼저 말했다.

홍 선생 아내는 먹고 싶다는 막국수를 사주어도 하루만 지나면 효력이 없어졌다. 가고 싶다는 곳에 갔다 와도 그 효과는 하루뿐이었다. 여자가 늙으면 여성호르몬이 줄어들고, 남성호르몬이 늘어난다고 했다. 그래서 과격한 성격으로 변하게 된 것일까? 늙을수록 아내의 비위를 맞추기가 점점 어렵다고 홍 선생은 느꼈다. 말속에 복이 들어 있는가 하면, 반대로 말속에 저주가 들어있기도 하다. 집안이 화목해야 모든 일이 잘 풀린다는 말을 홍 선생은 뒤늦게 깨달았다. 부부가 마음을 합할 땐 행복하지만, 서로 반대되는 의견을 고집하면 지옥이었다. 늙어가면서 누가 헤게모니를 쥐느냐는 기싸움을 하고 있는 것 같았다.

나이가 들수록 아내가 무서웠다. 곰보다 여우가 낫다지만, 아내는 백여우다. 어느 시처럼 아내가 시비를 걸어오면 저만치 도망이라도 해야겠다. 작은 불씨라도 불바다가 되는 순간 열 손가락이 불쏘시개가 되어 심장이 타오를 것 같다. 저 불길에 닿기만 해도 결단난다. 뼈도 남지 않을 것이다. 산불만 무서운가? 아내에겐 백 년도 더 타는 불길이 있어 무섭다.

이런 불길을 끄려면 사랑이 필요하다. 세상에 사랑이 필요치 않은 곳이 있겠냐마는, 가장 필요한 곳은 부부사이다. 부부간의 사랑은 저절로 생기는 것이 아니라는 것을 깨달았다. 홍수가 나면 물이 넘쳐흘러도 마실 물이 없어 목마르듯이, 아무리 좋은 것으로 채워준다 할지라도 그 안에 사랑이 없으면 아무것도 아니다.

부모와 자식은 핏줄로 맺어졌기에 사랑하는 마음이 저절로 생긴다. 그러나 부부간의 사랑은 저절로 생기는 것이 아니다. 부부는 핏줄이 아닌 계약관계로, 평생 함께 살자는 서로의 약속인 것이다. 사랑의 감정은 식는 것이 아니라 변하는 것이다. 식은 사랑은 데우면 되지만, 변한 사랑은 화학적 변화라 어쩔 수가 없다.

그렇지 않아도 낡은 자동차엔진에서 불나듯이, 이미 구십만 구천오백 시간을 뛴 그의 심장에 불이 났다. 공기의 고마움을 모르고 살 듯, 심장의 고마움을 모르고 살았다. 사랑의 상징인 홍 선생의 심장을 혜화동 네거리에 펼쳐 놓았다. 행인은 얼굴을 찡그리고 들고양이도 등을 돌렸다. 그는 언제 끓는 라면처럼 뜨겁게 사랑해본 적이 있던가? 심장에 담아갈 보배는 오직 사랑뿐. 심장이 멈추는 순간까지 아내를 더욱 뜨겁게 사랑하리라.

끝전을 치르는 날이 되었다. 아파트를 사는 사람은 여자인데 우락부락한 남자를 데리고 왔다. 홍 선생의 아내는 사정을 했다.

— 억울해요. 세금 낼 돈이라도 더 생각해주세요.

— 계약서대로 합시다. 억울하긴 우리도 마찬가지요.

남자가 퉁명스럽게 거절했다. 홍 선생은 울며 월남 고추 먹기로 도장을 찍고 말았다. 아파트를 팔고 나니, 종부세와 보유세니 하며 몇천만 원이 세금으로 나갔다. 은행 돈 갚고, 큰아들 아파트 잔금 보태주고 나니 목돈이 푼돈 되었다.

— 아파트를 해약하려고 했지만 몸이 움직이질 않아요. 그 사람, 신통

술을 쓰나 봐요.

아내는 후회하고 있으면서 슬쩍 변명을 했다. 자존심 때문에 솔직하게 사과를 하지 못했다. 사돈과의 약속대로 1억을 작은아들에게 송금해주었다. 그 돈을 종잣돈으로 작은아들은 오클랜드 중심에 있는 새 아파트 15층으로 이사를 했다. 그러나 사돈은 약속을 지키지 않았다. 홍 선생은 큰 아들네 아파트 옆으로 이사를 했다.

오랜만에 만난 구 사장이란 친구가 홍 선생에게 이런 말을 했다. 그 친구는 빌딩을 여러 채 가지고 있는 부동산 부자였다.

— 자네 작가라고 하지만, 그거 돈 되는 일인가? 요즘 진짜 재테크가
  뭔지 아나?

그 친구 말을 빌리자면, 21세기의 최고 관심사는 돈 되는 일이라고 했다. 요즘 젊은이들을 붙잡고 물어보면 최고의 관심사는 재테크 같은 것이라고 했다.

— 돈 되는 일을 해. 근데 자네 아파트는 올랐나?

포장마차에서 칠순이 넘은 홍 선생과 그의 친구는 격에 맞지 않게 처량한 부동산 얘기를 나누고 있었다. 솔직히 부동산 관련기사만 봐도 그는 현기증이 났다. 부동산에 투자할 돈도 없거니와, 사람들이 부동산에 대해 말하고 바라보는 관점이 너무 똑같아서 어떨 땐 무서운 느낌마저 들었다. 그러고 보면 청문회 때 나오는 장관후보자들도 보면 부동산 투기 안 한 사람이 드물다. 어느새 국민 모두가 부동산 투기꾼이 되어버렸다. 어째서 모두 강남 아파트에 목을 매고, 들떠 날뛰고 있을까? 왜 집을 사는 사람이 보금자리가 아닌 투자대상으로만 생각하는 걸까? -강

커피 향 청춘

남 입성- 같은 터무니없는 말이 두루 쓰이는 것도 그렇다. 입성이란 말은 성에 들어갈 때나 쓰는 말이다. 말이야 바른말이지 서울의 웬만한 성곽은 다 강북에 있지 않은가?

강남한편으로 쏠리는 기사는 폭력이다. 같은 동네길 하나를 사이에 두고 계급을 나누는 학군이야기도 섬뜩하다. 그러니 이 죽일 놈의 부동산이란 이야기가 말끝마다 나오는 것이다. 왜 아니겠는가. 집값 때문에 부부 사이가 벌어지고, 죽고 싶다는 생각이 들 정도로 아파트값은 시한폭탄이다. 죽고 싶다는 사람이 훨씬 더 많은 세상에서 살기 싫은 건 홍 선생만은 아닐 텐데 말이다. 이것이 대책 없는 가난한 사람들의 항변이라고 해도 -당신이 사는 곳이 당신을 말해준다- 따위의 아파트 광고는 정말 싫었다.

요즘 부동산이 마약을 먹었는지 미쳐 날뛰고 있다. 아침 신문에 60대 남자가 -아파트야 올라라, 뛰어라. 나도 뛴다.-는 유서를 남기고 18층 아파트에서 뛰어내렸다는 기사를 읽었다. 홍 선생은 자기를 대신해서 뛰어내린 용기 있는 남자라고 생각했다. 얼굴도 모르는 그의 죽음을 통해 대리만족을 했다. TV 가족 오락 프로그램에서 배우들이 돌리던 꽃 폭탄마냥, 언제 터질지 모르는 아파트라는 시한폭탄을 안고 있다가 자폭하는 사람이 얼마나 많은가?

홍 선생의 핼쑥해진 얼굴을 본 친구가 화제를 슬쩍 농담으로 돌렸다.

— 한 사나이가 있었는데 말이야, 그 친구가 마누라와 싸움을 했던 거야. 결국 마누라의 무릎을 꿇게 했지.

— 그거 잘했군. 그런데 그 부인이 무릎을 꿇고서는 뭐라고 했지?

— 거기서 썩 나오지 못해! 했다는 거야. 흐흐흐…. 무슨 말인지 알겠어? 남자가 마누라를 피해 침대 밑으로 숨었던 거야.

홍 선생도 웃음이 나왔다. 자신을 보고 한 말 같아서였다. 부동산 부자라는 이 친구는 여유작작했다. 돈이 있으니 느긋하게 노년을 즐기고 있었다. 홀아비인 그는 요즘 외도한 이야기를 자랑삼아 늘어놓았다.

— 십만 원이면 하루 즐길 수 있지. 그것도 칼 대자마자 쭉 쪼개진다는 수박 같은 40대하고 말이야.

— 정력이 있어야 무슨 일이라도 하지?

— 그거 있잖아. 비아그라라는 거. 효과 만점일세. 그 약 발명한 사람 노벨상감이야.

— 부작용은 없나? 심장이나 눈에 나쁘다는데…?

— 이것저것 따지면 인생을 어떻게 즐기겠나? 전화방에 가서 한 시간에 만 원만 주면 맞선을 보면서 전화로 고를 수 있지. 주로 이혼녀나 과부란 말이야. 이들과 약속장소와 시간만 맞추면 돼. 그래서 모텔들이 성업 중이지.

인생은 쾌락을 즐기려는 성생활과 밀접한 관계가 있다고 프로이트는 말했다. 아기일 때 입속을 거쳐 다시 늙으면 입으로 오는 것일까? 일자리에서는 팽을 당해도 잠자리에선 팽을 당하지 말아야지. 홍 선생은 그렇게 생각하면서 남편의 권위를 되찾으려고 했다. 솔직히 말하자면, 가장으로서 무참하게 짓밟힌 자존심을 회복하기 위해 성인방이라는 곳을 처음 찾았다.

2층으로 돌아 올라가는 계단은 삐걱거렸다. 누가보고 있나 싶어 고개를 숙이고 들어갔다. 안이 보이지 않게 덕지덕지 바른 출입문을 열고 들어갔다. 딸랑딸랑 초인종이 울렸다. 뚱뚱한 남자가 앉아 있다가 반사적으로 벌떡 일어났다. 홍 선생은 멋쩍은 듯이 자기도 모르게 머리를 긁적거렸다.

커피 향 청춘

— 구경 좀 하려고요.

— 구경하세요. 새로 들어온 물건 많습니다.

주인은 아편환자처럼 얼굴이 창백하고 입술이 파랬다. 형광등 아래 비친 물건들은 하나같이 외로운 사람들을 기다리고 있는 듯했다. 두 평도 안 되는 방에는 여자에게 필요한 물건이든 남자에게 필요한 물건이든 본능을 만족시키기 위해 손끝으로 쓰는 기구들로 가득 차 있었다.

입구에는 속이 다 들여다보이는 여자팬티를 몇 개 걸어놓았다. 굵은 반지 모양의 링이 세 쌍씩 들어 있다. 버섯모양으로 만든 여러 가지 두꺼운 콘돔이 놓여 있었다. 이 기구들은 여자를 만족시켜주기 위해 거시기에 씌워 사용한다고 했다. 여자들이 자위할 수 있는 거시기 모양의 기구들이 크기별로 신전 돌기둥처럼 우뚝 솟아 있었다. 이 부드러운 실리콘으로 만든 거시기는 주로 동성애자나 과부들이 사용한다고 했다. 셀로판으로 포장된 것 속에는 작게 만든 여자의 하체가 들어 있었다. 이 물건은 남자들이 자위할 때 사용한다고 했다. 지난해 해군들이 함정생활에서 공동으로 이 물건을 사용해서 모두 성병에 걸렸다는 신문기사를 본 적이 있었다.

홍 선생은 주인 눈치를 힐끔힐끔 보면서 이것저것 만져보았다. 물건을 보니 더 주눅이 들었다. 남근모형은 모두 자기 것보다 커 보였다. 어릴 때 본 흑인병사의 거시기만큼이나 컸다. 눈치를 챈 주인이 말했다.

— 이 물건들은 어디까지나 보조기구예요. 크다고 다 좋은 것은 아니지요. 중요한 건 내 물건이 얼마나 힘차게 오래 서 있는가지요. 그러니 비아그라를 드세요.

주인은 의사가 처방하듯이 말했다. 홍 선생은 가짜인지 모를 비아그라 한 알을 비싼 값에 샀다.

그날 밤을 천 년처럼 기다렸다. 그는 아내에게 다가가서 슬그머니 껴안았다.

— 갑자기 안 하던 짓을 왜 해요. 흉측스럽게.

아내는 펄떡 일어나서 베개를 끼고 나가면서 중얼거렸다.

— 빌어먹을 놈의 여편네!

문을 향해 소리를 질렀다.

— 이젠 변태성욕자가 되었나봐…?

건넌방 문이 꽝하고 닫혔다. 홍 선생은 닭 쫓던 개 신세가 되고 말았다. 영화 -죽어도 좋아-에서 노부부는 얼마나 다정하게 살고 있는가? 그 노부부는 사랑의 스킨십은 불결한 것이 아니라 아름답다는 것을 보여주고 있었다. 욕정에 따른 접촉은 피해야 하지만, 사랑의 스킨십조차 무조건 기피하는 것은 잘못된 부부관계다. 육십엔 등 돌리고 자고, 칠십엔 각방 쓴다더니 자신이 그 꼴이 되는가 싶어서 입맛이 씁쓸했다.

바람은 차도 벌써 햇빛은 따사롭다. 훈훈한 기운에 베란다 철쭉은 활짝 폈다. 홍 선생은 그 꽃을 바라보면서 흔들의자에 앉아 일탈을 꿈꾸었다. 신문에서 오클랜드 피오레 흡슨 아파트를 한국 업자가 분양한다는 광고를 보았다. 기다리는 사람에게 기회가 온다더니, 홍 선생은 있는 돈으로 계약금을 치렀다. 북동쪽 10층에 위치한 침실 2개와 거실이 있는 30평짜리 아파트였다.

— 여우야 짖어라. 아파트야 뛰어라. 나는 날아간다.

서너 시간 눈을 붙였을까. 동살이 잡히기 시작하면서 하늘이 밝아졌다. 그는 햇살이 창으로 쏟아지는 돈을볕에 흠뻑 젖은 채 새 아침을 맞이했다. 비행기는 구름바다를 헤엄치고 있다. 붉은 하늘은 색색의 꽃구름을 만들어내고 있었다. 내려다보이는 뭉게구름은 겨울개골산 같았다. 구름사이로 언뜻언뜻 푸른 바다가 보이고 섬들이 떠 있다. 저 멀리 새털구름이 둥실 떠내려간다. 비행기는 구름 속으로 들어갔다. 그는 시인 보들레르처럼 구름을 좋아했다. 사랑할 것이 아무것도 없을 때, 구름은 그에게 다가와서 벗이 되어주었다. 그가 부탁하지 않았는데도 옆에서 함께 가자고 했다. 아내 곁을 떠나와도 언제나 위로해주는 건 흰 구름뿐이었다.

때론 일상의 삶으로부터 벗어나 또 다른 세상을 경험하는 것이 명상이고 수행이었다. 여행을 떠날 때는 따로 책을 들고 갈 필요가 없다. 세상이 곧 책이다. 그는 평소에도 아내와 살다가 싫증이 나면 홀로 여행을 떠났다. 낯선 고장을 떠돌며 새로운 풍물을 보는 것은 지친 삶을 얼마나 멋지고 윤택하게 해주는지 모른다. 그의 커다란 욕망가운데 하나는 여행을 하는 일이다. 가야하는 목적지가 어디인지는 큰 문제가 아니다. 그저 어디고 자유롭게 떠난다는 그 자체가 즐겁. 그것도 가능하면 태극기가 선명한 여객기를 타고 이 넓은 세계를 보다 빨리, 보다 멀리 여행할 수 있다면 더할 나위 없는 즐거운 일일 것이다.

그는 자유의 도시 오클랜드에 도착했다. 흰 새가 날개를 펴듯 요트가 있는 별천지였다. 새로 이사한 아파트에 여정을 풀었다. 창문을 열고 시내를 둘러보았다. 동쪽으로는 남반구에서 가장 높은 건물인 스카이 타워가 손에 잡힐 듯 가까이에 있다. 북쪽엔 노스 쇼어 시티와 오클랜드를 연결하는 하버브리지가 반원을 그리고 있는 웅장한 모습이 한눈에 들어왔다. 남쪽으로는 마누카우 항구와 맞닿아 있어 푸른 바다가 꿈처럼 펼쳐져 있었다.

우선 대표적인 고급주택가 미션 베이로 갔다. 이곳은 해수욕과 요트를 즐기는 해양 스포츠의 낙원이었다. 홍 선생은 요트를 탔다. 대학시절에는 요트선수였다. 힘이 들면 도로 주변에 있는 카페에 들려 블랙커피를 마셨다. 길엔 조깅, 자전거, 롤러 블레이드를 즐기는 사람들로 활기가 넘쳤다. 봄에는 골프, 여름엔 요트, 가을엔 낚시로 세월을 낚으리라.

— 여보! 나는 지금 평소에 가고 싶었던 길을 가고 있소. 부부는 같이 손잡고 가는 편안한 헌 옷과 같은 것이라 하였소. 오랜 세월 속에 된장 삭듯 포근한 것이 부부의 사랑이라 하였소. 그러나 삶은 달걀처럼 생명 없는 이 몸은 기약 없이 떠나왔소. 긴 세월 속에 내가 먼저 떠나가면 당신 혼자 남아 어떻게 이 거친 세상을 살아 가리요. 우리함께 살아온 긴 세월을 생각해 보시오. 그리고 가야 할 남은 세월을 세어 보시오. 우리가 사랑만 하며 살아간다 할지라도 우리 여생은 얼마나 짧은가를…. 벌써 당신모습이 삼삼해 모든 게 마음을 아프게 하오. 지난 일은 모두 잊어버리고 용서하겠소. 여보, 사랑하오.

아내에게 이메일을 보내고 있었다. 그때 초인종이 따릉따릉 하고 울렸다. 홍 선생은 깜짝 놀라 눈을 떴다. 잠깐 낮잠이 들었나 보다. 슈퍼마켓에서 산 물건이 배달되었다. 아내는 수영장에 가고 없었다.

인생은 봄날의 짧은 꿈과 같은 것인가?

찐빵 동생

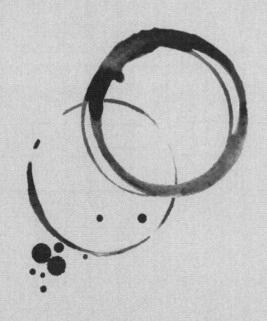

한국 해군함 엘에스티는 떠나가고 이제 살길은 단 한 가지, 탈출 헬리콥터를 타는 길뿐이었다. 시트커버를 찢어 띠를 만들었다. 봄비를 들쳐 업고 뛰었다. 달러벨트는 허리에 찼다. 집결지인 미 대사관 오락센터 후문 앞으로 갔다. 넘쳐나는 인파로 숨이 막힐 지경이었다. 미 해병대원들이 스크럼을 짜고 철문 앞을 막아섰다. 장바닥처럼 비좁은 사람틈새를 뚫고 앞으로 나갔다. 미국 문화정보국 신분증을 보이니 곧 철문 틈을 열어주었다. 수영장 안은 초조함과 긴박감이 뒤범벅이 되어 오후의 뜨거운 태양 밑에서 이글거리고 있었다. 미국, 한국, 캄보디아, 필리핀, 유럽인과 월남인을 포함해 3천여 명의 피난민이 여행가방과 보따리에 엉켜 올챙이 떼처럼 바글대고 있었다. 지니고 있던 월남지폐가 휴지처럼 밟혔다. 옷가지, 소모품들도 아무렇게나 굴러다녔다. 어떻게든 살려고 발버둥 치는 현장이었다.

오후 4시경, 첫 번째 MH—60R 시호크 헬리콥터가 날아와 폭풍을 일으키고 있었다. 오락센터 담 뒤편마당 착륙지점에 내려앉았다. 동체에

흰색 해병표시가 선명한 헬리콥터였다. 오락센터와 착륙장사이에 있는 철문이 열렸다. 길게 줄지어 섰던 난민이 60명씩 선착순으로 나갔다. 이윽고 탑승자들은 시호크 창으로 손을 흔들며 날아갔다. 그들의 표정은 살았다는 환희에 차 있었다. 본관과 오락센터는 높이 5미터의 담으로 막혀 있었다. 탑승대기 장소인 오락센터에서 본관으로 나갈 수 있는 길은 하나밖에 없는 철문이었다. 우선 이 문을 통과해야 헬리콥터착륙장에 갈 수 있었다. 미 해병대원은 철문을 철저하게 막고 있었다. 탑승 순위에 따라 사람들을 통과시켰다. 미 대사관을 둘러싼 담 밖에서 자주 총소리가 들렸다. 월남인이 몰려들어 틈만 나면 높은 대사관담장을 넘으려고 발버둥 쳤다.

영석은 밤 9시가 넘도록 자라목이 빠지게 탑승을 기다렸다. 조바심이 점점 심장을 죄어왔다.

— 아니, 이거 뭐야? 외교관대우를 요구해야지. 그냥 있다간 안 되겠
　는걸.

대사관원이 불평을 했다. 한국외교관과 교민들은 무시된 채, 미국시민권을 가진 사람만 뽑혀 나갔다. 거의 다 떠나고 나머지 사람들의 탈출이 보장되지 않을 형편이었다. 이제 남은 사람은 한국과 월남 등 다른 나라국민이었다. 헬리콥터도 더 이상 날아오르지 않았다. 남은 이천여 명의 난민들이 초조하게 발만 구르고 있었다.

자정이 되자 무서운 순간이 밀어닥쳤다. 미 해병대원들이 대오를 흐트러뜨리면서 슬금슬금 착륙장으로 통하는 철문을 잠그고 후퇴해 갔다. 눈 깜빡할 사이에 마지막 해병이 사라졌다. 난민대열이 일시에 허물어지면서 울부짖는 소리, 쇠문 두드리는 소리가 사이공 새벽하늘을 찢었다. 최후의 탈출 작전이 중단된 건가? 일순간 경악했고, 절망의 나락

으로 굴러 떨어졌다. 영석이 역시 도깨비방망이를 맞은 것처럼 캄캄한 절망을 맛보았다. 아내의 얼굴이 뇌리에 스쳐 갔다. 그리고 적지에 떨어진 자신의 운명을 떠올렸다.

잠깐 스쳐 가는 아이디어가 있었다. 넓이 90제곱미터의 전자체중계처럼 생긴 로봇발판에 날 수 있는 장치를 달고, 리모컨으로 조작하면 드럼처럼 공중 부양하여 5미터나 되는 높은 담을 넘어 자유롭게 목적지로 갈 수 있는 -나는 발판-을 발명한다면 얼마나 많은 생명을 구할 수 있을까? 일종의 니치(niche) 산업이라고 할 수 있겠다.

새벽 1시 반. 철문이 천국의 문처럼 겨우 열렸다. 피난민은 철문 틈으로 한 사람씩 통과했다. 옥상착륙장에 수용되려고 영식이는 아홉 번째로 문턱을 넘어 들어갔다. 미 해병대가 제재를 했다.

— 뒤에 업은 아이는 내 딸이다. 일심동체란 말도 모르느냐? 그 대신 짐이 없다.

해병들도 살벌했다. 사납게 손을 낚아채며 빨리 움직이라고 몰아쳤다. 총성이 자주 울리고 신호탄이 터졌다. 서류를 태우는 불길이 대사관 옥상에서 피어올랐다. 지상착륙장에는 자동차 헤드라이트를 빙 둘러 밝혀 놓았다.

드디어 새벽 3시경, 한 대의 시호크가 굉음을 내며 어두운 밤하늘을 날아와 대사관 옥상에 내려앉았다. 영석은 발전실 옥상에서 순서를 기다리며 날아오는 시호크를 세어 보았다. 10대 안에 수용되기를 기원하며 앞쪽으로 들어가려는 노력을 계속했다. 새벽 4시, 그는 10번째 시호크 헬리콥터를 눈앞에 두고 있었다. 마지막 기회인 것이다. 프로펠러가 윙윙 전속력으로 돌아가고 있었다. 두 개의 프로펠러가 뜨거운 폭풍을 일으켰다. 그 폭풍열기에 진동하는 공기로 물체들이 신기루처럼 어른거렸다. 흔들리는 공기 속에 저만치 시호크는 검은 입을 벌리고 기다리고 있었다. 빨리 뛰어오라고 몸짓하는 해병대원 모습도 진동하는 공기 속에 흐느적거렸다. 폭풍의 압력 때문에 마음처럼 시호크로 뛰어들 수 없었다. 앞서가던 부인과 어린이가 폭풍에 밀려 비틀거리는 사이에 그는 마침내 시호크 뱃속으로 기어들어 갔다. 어두운 조명이 시호크의 몸통을 꿈결처럼 비추고, 빽빽이 들어앉은 사람들 중 누구도 말 한마디 없었다. 떠오르려고 갑자기 힘을 더하는 프로펠러의 강렬한 금속성 울림만이 귓전을 때렸다. 시호크는 지체 없이 공중으로 솟아올랐다.

4월 30일 새벽. 시가지가 한눈에 들어왔다. 어느 쪽에서도 포화나 섬광은 보이지 않았다. 사이공은 별같이 초롱초롱한 외등 속에 아무 일 없었다는 듯 졸고 있었다. 가로등의 행렬이 판틴풍, 래로, 투로, 원후에 등 텅 빈 거리를 비춰주고 있었다. 미국대사관 옥상에서 피어오르는 봉화불길만이 사이공의 절명을 알리는 유일한 표시였다. 그야말로 위급존망지추危急存亡之秋에서 겨우 빠져나왔다.

불빛은 잠깐 뒤로 멀어지고 어두운 숲과 강이 띠를 두르듯 눈 아래로 지나갔다. 드디어 탁 트인 바다가 어둠속에서 훤히 나타났다. 바다위로 날아가는 동안 긴장감이 풀리고 살았다는 안도감에 밀물처럼 피로가 밀려왔다. 깜빡 잠이 들었다. 덜커덕, 시호크가 비행갑판에 내려앉았다. 새벽 5시경. 7함대 구조함들이 떠 있는 남중국해의 해군상륙운반선 덴버 호에 내려앉은 것이다.

전운이 가실 날 없는 월남. 소용돌이치는 쿠데타의 월남. 연일데모가 끊이지 않는 월남. 한마디로 말하자면 민심이 돌아서고 천심이 떠난 월남은 망할 수밖에 없었다. 월남인들의 운명은 민주주의냐 공산주의냐를 떠나서, 누가 진정 백성들을 위한 정치를 하느냐에 향배가 달려있었다. 용맹한 사자도 늑대에게 자주 물리면 넘어지듯, 월남정부군은 쿠데타로, 중들은 끊임없는 데모로, 학생들도 불만을 노출했다. 그 결과 월남정부는 역사뒤편으로 사라질 운명이었다. 부패한 민주주의가 멸망한 본보기가 될 것이다.

모든 상황은 너무 급격하게 변하고 있었다. 미국대통령 포드는 최악의 경우 안전한 철수를 위해 미군병력을 사용할 권한을 국회에 요청했다. 탤런바이스라는 철수 계획이었다. 텔런바이스란 독수리 발톱으로 움켜쥐고 나른다는 뜻이다. 공산군이 사이공으로 들어올 경우 생명의 위협을 받는 월남인 대상자 20만 명을 빼내는 계획이었다. 구체적으로 헬리콥터에 피난민을 탄손누트 공항으로 나른 다음 C—5 에이 갤럭시 초대형 수송기로 실어 나르거나 붕타우해상으로 철수시킨다는 계획이었다. 그러나 탄손누트 비행장은 이미 적군의 수중으로 들어간 뒤였다. 철수할 수 있는 곳은 붕타우해상뿐이었다.

영석은 고오 맛뿌 고아원으로 달려갔다. 거기엔 22명의 고아와 4명의 수녀가 피난 갈 준비를 하고 있었다. 갑자기 봄비가 열이 나고 오른쪽 배가 아프다고 했다.

봄비는 그가 돌보기로 했다. 갓난아기들은 언니들이 업고, 간단히 몸만 빠져나갈 준비는 이미 되어 있었다. 관광버스로 붕타우에 정박 중인 엘에스티 군함을 향해 떠났다.

봄비는 밤새도록 앓았다. 열이 올랐다. 지프에 봄비를 태우고 의료원으로 달렸다. 교민사회의 출국바람은 한월의료원에도 몰아쳤다. 의료진 20여 명의 철수는 다른 어느 기관보다 빨랐다. 외과병동에는 다낭에서 부상당한 월남군 대위가 누워 있었다. 김 의사에게 사정을 했다.

— 우리 봄비 좀 살려주세요.

아이는 파리한 얼굴로 힘없이 신음하고 있었다. 김 의사는 짐을 싸던 걸 멈추고 진찰실로 갔다.

— 급성 맹장염이군요. 수술하지 않으면 복막염으로 가겠는데요.

꾸렸던 짐을 풀고 수술을 했다. 봄비는 정신을 차리게 되었다. 회복기간은 일주일이라고 했다. 그 뒤 의료진은 모두 철수하고 말았다. 3일간 병원에 머물며 봄비를 간호했다. 하지만 더 기다릴 수 없어서 지프를 몰고 미 대사관으로 향했다.

영석은 춘천에 있는 고등학교 입학시험에 모두 떨어지고 말았다. 그의 형 영재는 옛 은사를 찾아갔다. 보결로 N고에 입학을 시켰다.

— 앞으로 정신 차리고 공부 잘해라.

건성으로 대답하는 것으로 보아 믿음이 가질 않았다. 아버지 없이 키운 동생이라 형의 책임이 크기 때문이다. 나무도 어릴 때 가지를 잘 잡아주어야 바르게 크듯, 사람도 어릴 때 바로잡아주지 않으면 그 시기를 놓치고 만다는 이치를 늦게나마 깨닫게 되었다.

영석은 고등학교에 진학했으나 공부할 생각이 없었다. 공부는 뜬구름같이 남의 일로 생각했다. 하루가 멀다 하고 동네아이들을 때렸다. 밖에서 와자지껄 떠드는 소리가 났다. 영석에게 언어맞아 눈퉁이가 밤퉁이가 되고, 코피가 질펀했다. 치료비 내라고 미친개 달려들듯 달려들었다.

— 아이들 싸움에 무슨 치료비요?

영석이 어머니가 말했다.

— 얼굴을 쭈그러진 깡통으로 만들어놓고 뻔뻔스럽게… 그 자식에 그
　어미지.

따라온 피해자식 어머니는 입에 거품을 물고 대들었다. 애들 싸움이
어른 싸움 되었다. 다급히 나가 싸움을 말렸다. 곧바로 영재의 멱살을
잡기에 손을 뿌리쳤는데, 그 바람에 그녀가 뒤로 나가떨어졌다.

— 아이구 허리야! 사람 잡네! 사람 잡아! 선생이란 자가 사람을 쳐?

창피하여 방으로 피했다.

— 애비 없는 후레자식이라더니 형제가 같구나, 같아.

동네방네 소리소리 질렀다. 후레자식이란 말이 영재의 가슴을 비수로
찌르는 듯 아팠다. 하필이면 요선동장바닥에서 술장사하는 거적눈이라
는 과부의 아들을 때렸다. 처음엔 맞고 들어오는 것보다 이기고 들어오
는 편이 좋다고 했다. 하지만 계속 쌈질만 하니 짜증이 났다. 요구대로
치료비를 물어주었다.

영석이 책가방을 열어보았다. 교과서는 몇 권 없고 작은 망치가 나
왔다.

— 이 망치로 무엇 하는 것이냐?

영석은 실습용이라고 핑계를 댔다.

쉬는 시간에 유행했던 -케세라세라-라는 노래를 -될 대로 되라-라고
가사를 바꾸어 불렀다. 영석은 수학시간에 선생들의 별명을 지어 만화
로 돌렸다. 교장은 대머리여서 까진 도토리, 영어선생은 살짝 곰보여서
귤껍질, 음악선생은 노래하는 기생, 교련선생은 똥개였다. 친구들은 그
쪽지를 돌려보고 숨어서 낄낄거렸다. 웃음소리에 놀란 수학선생은 돌아
다니는 쪽지를 뺏었다. 교무실로 불려간 그는 반성문을 쓰고 나왔다. 똥
개라는 별명이 붙은 교련선생은 현역 대위였다. 교련시간만 되면 영석에

게 기합을 주고 못살게 굴었다. 동생은 N학교교표 대신 딴 학교교표가 달린 모자를 쓰고 다녔다. 똥통학교라고 놀린다며 창피하다고 했다. 그러면서 늘 모자는 가방 속에 넣고 다녔다.

퇴근 시간에 영석이 담임과 영재의 은사가 함께 가정방문을 왔다. 어머니는 휘둥그레지고 영재도 예감이 좋지 않았다. 담임이 그를 불러 세우더니 옆에 있는 다듬이방망이로 때리려고 달려들었다. 어머니는 눈물을 글썽이며 말했다.

— 이 애는 유복자로 아버지도 못 보고 자란 자식이오. 퇴학을 시켜
　도 좋으니 나가 주세요.

바로 전날이었다. 가지고 다니던 망치가 말썽이었다. 영어수업시간이었다. 교과서를 읽히려고 하니, 반수가 책이 없다.

— 책을 왜 안 가지고 왔니?

모두 벙어리였다. 이상한 느낌이 들어 백지에 그 이유를 쓰라고 했다. 답은 영석이가 빼앗아 갔다는 것이다. 그 책을 팔아서 찐빵을 사 먹었다. 그날 방과 후 교문에서 지키고 있던 영석은 비겁한 고발자라고 자기 반 학생들의 머리통을 망치로 때렸다. 학생들은 밤톨만 하게 머리가 부어서 집으로 돌아갔다. 학부모의 항의가 빗발치듯했다.

다음 날 그는 태연하게 학교에 출석했다. 그러나 수업에 들어오는 선생마다 영석이의 이름을 부르지 않았다. 교무회의에서 퇴학을 결정했다. 그는 교무실로 달려가 영어선생을 향해 돌을 던지고 집으로 돌아왔다. 이미 그 시기를 잃었으므로 매를 댄다는 것은 분풀이밖에 되지 않았다.

— 영석이가 학교에 갈 수 없다면 할 수 없지요. 다른 길을 찾아보겠
　어요.

어머니는 딱 잘라 말했다. 결코 아들 앞에서 눈물을 보이지 않았다. 이 뜻하지 않는 비보에 비굴해진다거나 낙심하지 않았다. 주어진 환경에서 극복하고 나가는 어머니였다.

— 푸성귀는 떡잎부터 알아본다고 했다. 이제부터라도 정신 차려라.

어머니는 엄하게 꾸짖었다. 그러나 자식들을 원망하거나 너희들 때문에 고생한다고 내색하는 법이 없었다.

뚜렷한 이유로 퇴학을 시켰다고는 하지만, 마치 무인도에 버려진 난민처럼 앞길이 막막했다. 인격이 완성되지 않은 상태에서 영석은 학교를 못 다닌다는 사실 자체에 이미 큰 충격을 받았다. 그를 힘들게 하는 것은 외로움과 소외감뿐만이 아니다. 중퇴한 것이 마치 전과자라도 된 것처럼 평생 후유증으로 남아 있을 것이다.

아버지가 안 계시니 형이 그 역할을 해야 한다. 자식은 부모 앞에서 크는 것이 아니라 부모 뒤에서 큰다는 말이 있다. 그렇다면 그의 인격은 형인 영재 자신이 만들어내는 것이다. 그의 인격은 미꾸라지밖에 키울 수 없는 더러운 개천이나 다름없다는 것이 아닌가 반성해 보았다. 행동의 씨앗을 뿌리면 습관의 싹이 나오고, 습관의 싹이 크면 성격의 줄기가 자라고, 성격의 줄기가 자라면 운명의 열매가 열린다고 했다. 과연 동생은 사람 노릇을 할 수 있을지 걱정스러웠다.

영재 어머니는 이야기책을 구성지게 낭독했다. 신식교육이라고는 받아보지 않았다. 그러나 책읽기를 무던히 좋아했다. 옛 글씨체로 다닥다닥 붙어, 띄어쓰기가 전혀 안 된 글을 개울물이 흘러가듯 줄줄 읽어 내려갔다. TV가 없던 시절이라 저녁때면 동네노인들이 안방에 그득 모여들었다. 어머니가 성대모사를 해가며 책을 읽는 소리를 듣고 눈물을 닦는 할머니도 있었다. 등잔불 밑에서 어머니가 여러 노인에게 둘러싸인

커피 향 청춘

얼굴은 환하고 돋보였다. 주로 춘향전, 심청전, 장화홍련전, 홍길동전 등 옛 소설책이었다.

으슥한 밤이면 찬밥에 김치를 썰고, 들기름을 넣어 들들 볶은 삼색 비빔밥으로 노인들을 대접했다. 어머니의 손에 배고 익은 솜씨가 맛을 좌우했다. 같은 밥이라도 일단 어머니의 손을 거치면 맛이 살아났다. 음식 간을 맞추는 데도 비결이 있었다. 눈물에서 나는 짠맛을, 혓바닥에서 맛을 감지하는 미역味域에다 입력해놓고 그에 알맞은 간을 했다. 그것이 간 맛깔이다. 비빔밥에 음식의 빛깔과 모양새가 조화로운 배합을 맞춰 먹고 싶은 욕구를 자극하는 눈 맛깔도 있었다. 어머니는 비빔밥 하나를 만드는 데도 정성을 들이는 전통스타일을 고집했다. 당장 내일 쌀이 떨어져도 이웃에게 베풀기를 좋아했다.

퇴학을 당한 영석은 형만 없으면 어디론가 사라졌다. 그리고 소양단이라는 깡패집단의 일원이 되었다. 그 집단 두목의 이름은 떡국이었다. 이제 형도 어쩔 수 없는 한계에 와 있었다. 형의 말은 안 들어도 두목은 생명을 걸고 쫓아 다녔다. 비록 사회에서 손가락질 받는 깡패이기는 하나, 그들에게도 엄격한 규율이 있었다. 의리에 살고 의리에 죽자는 것이었다.

만일 동료가 감옥에 가면 나올 때까지 그 가족의 생계를 돌봐준다. 비밀을 지킨다. 아지트와 동료의 이름을 대지 않는다. 배신하지 않는다. 그 집단에서 이탈하면 없애버린다. 그러므로 끝까지 생사를 같이해야 한다는 서약을 했다. 옳다고 판단될 때 주먹을 써라. 약한 자를 보호해주어라. 이것이 그들의 벼리綱領였다.

영석이는 이제 독불장군이 아니라 깡패조직의 일원으로 성장해 나갈 것이다. 하루는 명동거리에서 패싸움이 벌어졌다. 평소에 안하무인격으로 명동거리를 누비고 다니던 보안대사병들과 한 판 붙었다. 명동을 차지하려는 영역싸움이었다. 그곳에 영석이는 엉버틈한 자세로 맨 앞에 서 있었다. 스포츠머리에 사복을 한 보안대 한 놈을 보기 좋게 때려눕혔다. 평소에 익혀 두었던 태권도 실력을 발휘했다. 또 다른 놈이 칼을 빼 들고 정면으로 공격해 왔다. 순간 옆차기로 걷어찼다. 다른 나머지는 겁을 먹고 비실비실 도망쳐 버렸다. 그날의 수훈은 마땅히 영석이에게 돌아갔다.

명동에서 영석이는 몰라도 찐빵이라면 아는 사람이 점점 많아졌다. 찐빵을 단번에 열 개는 먹어야 직성이 풀렸다. 뜨거운 김으로 익힌 찐빵처럼 야무진 몸매에 매서운 주먹을 휘두른다 하여 붙여진 별명이기도 했다.

명동 이층에 자이언트카페가 있었다. 영석은 크리스마스캐럴을 들으면서 커피를 마셨다. 카페아가씨가 모 대학생의 발에 걸려 바지에 커피를 흘렸다.

— 야! 눈깔도 없냐?

대학생은 거친 말을 하고 뺨을 때렸다. 보다 못한 영석이 말렸다.

— 너는 뭐냐? 건방진 놈!

때리는 매를 얻어맞았다. 더 참을 수 없어 한 대 친 것이 화근이 되었다. 서울 모 대학에 다니는 학생이었다. 그는 송도말년의 불가사리 같은 자였다. 겨울방학에 놀러 내려왔다고 했다. 늑골이 부러져 5주 진단이 나와 병원에 입원하게 되었다. 그런데 하필이면 형이 춘천검찰청 검사였다. 지방에서 검사라면 새파랗게 젊었어도 영감님으로 대접받던 시절이

커피 향 청춘

었다. 검사는 공소장으로 말한다는 전가傳家의 보도寶刀처럼, 그들이 휘두르는 권력은 무소불위無所不爲였다. 영재는 교원 출신인 김 변호사를 찾아갔다. 보석금 백만 원 내면 빼내 주겠단다. 집 한 채 값이니, 포기할 수밖에 없었다.

기세등등한 검사의 동생을 때렸으니 즉시 구속되어 유치장에 수감되었다. 영석은 미결수감방에 들어갔다. 그곳에서도 아래위가 있었다. 대변을 보는 새우젖 항아리 옆에 앉았다. 여섯 명의 죄수가 있었는데, 신고식을 했다. 신고식이란 새내기를 담요로 씌우고 집단 구타하는 것이다. 맞지 않으려고 주먹을 휘둘렀다. 그 주먹이 공교롭게도 영석이 옆에 있던 녀석이 맞고 앞니가 부러졌다.

이 사건을 자세히 조사해 보지도 않고 영석에게 죄를 모두 씌웠다. 우리 법은 평등하게 적용되는 것일까? 굵고 힘센 물고기는 다 빠져나가고 송사리같이 힘없는 민초들만 충실히 법을 지키는 법치국가는 아닐는지? 감방사건으로 특별감호를 받고 독방에 감금되었다.

교도소장은 영석이 버릇을 단단히 고쳐주기로 작정했다. 그 해 겨울은 몹시 추웠다. 가느다란 구리철사로 채찍을 만들었다. 눈 위에 발가벗겼다. 험하게 생긴 간수가 언 몸에 채찍질을 가했다. 첫 채찍질은 따끔따끔 아팠으나 이내 살갗을 파고들었다. 몇 대를 맞았는지 모른 상태에서 정신을 잃고 말았다. 얼마만큼의 시간이 흘렀는지 알지 못하는 상태에서 정신이 났다. 반 평짜리 독방에 머리에는 가죽모자가 씌워져 있었다. 입에는 재갈을 물리고 포승줄로 손이 묶여 있었다.

어머니에게 회초리 한번 맞지 않고 자란 영석은 생전처음 큰 형벌을 받았다. 얼은 몸이 녹으면서 이스트를 넣은 호빵처럼 점점 부어올랐다. S자로 피멍이 맺혀 맹수가 할퀴고 간 자국 같았다. 미결수에게 이토록 혹독한 형벌을 가해도 어디다가 호소할 길은 없었다. 형이 확정되지 않고 재판이 진행되는 도중의 인권은 보장되어야 할 것이다. 하지만 그곳은 아무런 힘도 없고 돈도 없는 민초들에게 벌을 가해도 항변할 수 없는 무법지대였다. 요즘 세상에는 법보다 권력이나 돈의 위력이 더 큰 영향을 미치고 있다고 많은 국민은 생각하고 있었다.

어느 날 오후. 면회라기에 나가보니 유리창너머로 어머니가 서 있다. 아무 말 없이 다정한 눈으로 그를 바라보았다. 그 모습이 천 마디의 말보다 영석의 마음을 뭉클하게 했다. 그는 눈물이 날 지경인데 어머니는 담담히 서 있었다. 그가 좋아하는 찐빵과 치약을 넣어주었다. 면회를 마치고 감방으로 돌아왔다. 그동안 못된 짓만 골라서 했다. 그러나 어머니는 단 한 번도 등 돌리지 않고 사랑으로 품어주었다. 세상에 하나밖에 없는 어머니는 그의 허물을 용서했다. 창밖에 자유롭게 날아다니는 까치도 부러웠다. 높다란 담장 너머 언덕 위에 교회당이 보였다. 밤새 내린 눈 위로 나뭇가지에 까치가 앉았다.

— 자유가 좋구나.

비로소 자유의 소중함을 깨달았다. 재판을 받고 영석은 일반감방으로 옮겼다. 현관 입구에 액자가 걸려있다.

— 自强不息. —

스스로 힘써 몸과 마음을 가다듬는 것을 쉬지 않고 하라는 뜻이리라. 자진해서 변기청소를 하고 몸이 불편한 사람을 간호해 주었다. 그러자 담당간수에게 인정을 받게 되었고, 교도소에서 목공소 일터로 나가게 되었다. 반으로 자른 드럼통에 식기를 넣어서 두 사람이 목도를 했다. 그 통이 무거워 중심을 못 잡고 비틀거렸다. 식사당번은 배를 주리지 않고 먹는 자리라 서로 하려고 했다. 1년 형을 열심히 살았다.

형기를 채우고 출소하는 날이었다. 두목인 떡국을 비롯하여 소양단 형제들이 영석을 맞이했다. 거리를 두고 어디서 본 듯한 아가씨가 다가와 인사를 했다. 일전에 카페에서 봉변을 당할 때 도와준 그 아가씨였다. 이름은 서영이라고 했다. 교통사고로 부모를 하루아침에 잃고 그때 처음 카페에 나왔다고 했다. 기분 좋은 날이었다.

친구들과 술을 마셨다. 오랫만에 취기가 확 돌았다. 아침에 눈을 떠보니 낯선 침대에 누워 있었다. 서영이가 꿀물을 준비하고 있었다.

서영이 이모는 냉동기술자인 미국인과 살고 있다. 그 무렵 월남으로 갈 준비를 하고 있었다. 영석에게 함께 가자고 제안을 해 왔다. 기술도 없고 영어도 못한다고 사양했다. 그러자 같이 가서 신원보증도 서주고 서로 의지하면 좋겠다고 했다. 단 한 가지 조건은 서영이와의 결혼식을 마치고 가라는 것이었다.

결혼식에서 주례는 사생동고 死生同苦하라며 작은 금반지를 교환했다. 첫날밤 꿈을 꾸었다. 그가 낭떠러지 위에서 허공으로 한 발을 내딛고 있었다. 그는 달랑 풍선 한 개를 손에 들고 있을 뿐이다. 아래로 떨어지면 목숨이 위험하다. 이 풍선 한 개를 믿고 자기 몸을 몽땅 맡긴다는 건 너무 위험한 일이었다. 위험을 무릅쓰고 날아가 볼까? 앞날에 대한 결정은 자신이 해야 한

다. 하지만 위험을 무릅쓰지 않는다면, 그는 어디에 있을까? 아마도 계속 같은 자리에서 서성거릴 것이다. 모험은 새로운 길을 개척하는 용기다. 믿고 내딛어 보자.

꿈에서 깨어났다. 깡패 노릇을 계속하면서 결과가 달라지길 바라는 건 미친 짓이다. 한 번밖에 없는 청춘. 사회의 기생충으로 살 것인가? 인생에서 중대한 변화의 물꼬를 터야 하는 건 퍽 겁나는 일이다. 그런데 그보다 훨씬 더 무서운 건, 변화하지 않았다는 걸 뒤늦게 후회하는 삶이다. 깡패 일을 버리고 새로운 천지로 가자.

무운장구를 비는 백마부대의 환송식이 파레트호에 탄 채, 부산항에서 성대하게 치렀다. 만국기물결 속에 뱃고동을 울리며 떠났다. 그 물결 속에 어머니의 얼굴이 떠올랐다. 세계평화를 지키는 자유의 십자군으로서, 조국의 이름을 세계만방에 떨치려는 월남파병부대에 영석이도 같이 가게 되었다. 민간인 신분으로 따라가지만 나라를 사랑하는 마음은 한결같았다.

갑판에 나가 바다를 바라보았다. 남지나해에 이르니 푸른 물결 위로 이따금씩 물고기가 날아오르는 묘기를 부려 시선을 끌기도 했다. 석양이 붉게 물들었다. 서영이 얼굴처럼 둥근 해가 바다 속으로 숨어들어갔다. 신혼 초에 만나자마자 헤어졌다. 바닷가 모래알처럼 많고 많은 사람 중 부부의 연이 되어 그를 축복해주는 마음 착한 아내가 있다. 어떠한 위험이 올지라도 살아서 돌아갈 수 있다는 믿음이 그에게 생겼다.

열흘간의 항해 끝에 내일이면 월남 땅에 도착한다. 영석은 갑판에서 우연히 중학교 동창생인 양 중위를 만났다. 그는 헌병병과로 사이공에서 근무할 것이라고 했다. 미래에 대한 불안감과 기대감이 공존하고 있었다. 서로 위로하며 희망을 이야기했다. 검푸른바다는 달빛에 반사되어 희끄무레한 파도가 뱃전에 부딪쳐 와르르 무너졌다. 꿈틀거리며 솟구쳐 오르는 파도는 마치 성난 고래가 달려드는 듯했다. 반대로 실낱같은 달은 어린아이 손처럼 연약해 보였다.

실낱같은 달, 하늘에 걸린 달을 마치 가로등 전구를 갈아 끼우듯 둥근 새것으로 교체할 수는 없을까? 오늘 밤 흐릿한 달도 유난히 크고 밝은 밤이 되었으면 좋겠다. 달 배달원이 잘 충전시킨 빛 좋은 보름달로 바꿔주고 갔으면 얼마나 좋을까?

그는 양 중위와 헤어졌다. 혼자 구부정하게 난간에 기대어 서서 밤바다를 구경했다. 남십자성과 바다, 어둠과 초승달, 바람과 파도 소리, 이 모두가 무엇을 암시해 주고 있는 것일까? 보트를 타고 무인도로 가듯 예측할 수 없는 미래로 떠밀려 가고 있었다. 선실 냉동창고처럼 쌓아 올린 둘째 침대칸에서 눈을 감았다. 눈을 뜨니 해는 높이 솟아 있었다. 며칠간의 피로가 겹쳤나 보다.

영석은 서영이 이모부와 외출을 했다. 프랑스 식민지의 수도였던 사이공은 동양의 파리라고 불리는 아름다운 도시였다. 라솜 궁이 있는 넓은 거리는 고급승용차의 전시장이다. 삼륜차로 합승택시인 람보래다, 바이크, 시크로 등과 자전거가 뒤섞여 도로를 질주하고 있었다. 사이공은 화려하고 신난 기분이 들떠있는 도시였다.

시장으로 갔다. 그가 좋아하는 망고, 망고스틴, 빵나무 열매, 춈춈 파파야, 두리안, 브어이, 얀과 같은 과일들이 저마다 예쁜 얼굴을 내밀고 자태를 뽐내고 있었다. 6·25전쟁 때의 한국처럼 장바닥에는 미제 물건으로 뒤덮여 있었다. 영석은 PX 물건을 시장에 내다 팔면 돈을 벌 수 있다는 생각이 들었다. 한국인을 비롯하여 돈에 미친 사람들이 세계 각국에서 몰려들었다. 가진 놈이 덜 가진 놈의 주머니를 털어 더 가지려는 욕망이 뜨거운 아스팔트처럼 이글거렸다.

오늘 밤도 지뢰가 어디서 터질지 모른다. 그러나 바, 댄스 홀, 캬바레, 나이트클럽은 불야성을 이루고 있었다. 밤의 꽃들은 미군과 무리지어 논다. 쾌락이 덜 팔리고 위스키가 잘 팔리게 되었다고 한다지만, 시민들은 누구도 그런 것에 아랑곳하지 않았다. 요즘은 한밤중에 도색桃色 파티가 유행하고 있다. 자정이 지난 시간부터 통금 해제 전까지 나체로 밤새워 놀아나는 곳이다. 벌 만큼 벌고, 놀 만큼 노는 전쟁이 가져다준 피탈避脫이다. 사이공은 향락의 도시요, 관능이 넘쳐나는 도락道樂의 거리였다.

다음날, 도박과 환락가가 함께 기생하는 촐론으로 갔다. 은행을 비롯한 고층 건물이 하늘을 찌를 듯 빽빽하게 들어선 거리하며 유흥가가 벌집처럼 늘어서 있다. 상권은 화교가 틀어쥐고 있었다.

거기서 멀리 떨어진 빈민굴이나 다리 아래에서 하루살이 하는 사람들. 공원을 어슬렁거리거나 일거리가 없어 벤치에서 낮잠을 자는 사람들. 이런 형편이 사이공의 민낯이며 천민자본주의의 본모습이었다. 자유경제제도 좋지만 빈부의 격차가 너무 심했다. 대낮같이 환한 세상이 있는가 하면, 어둡고 더러운 세상이 함께 공존하고 있었다. 이 밝고 어둠의 격차가 월남의 운명을 가늠하는 계기가 될 것이다.

영석은 가정집에 방을 얻었다. 통금이 지난 시간이었다. 대문을 두드리는 소리가 요란했다. 지프와 트럭에서 무장군경 이삼십 명이 한꺼번에 뛰어내려 그 집을 둘러쌌다. 침대 밑이나 다락방까지 빈틈없이 뒤졌으나 그 집 아들은 찾지 못했다. 옆집 청년은 개처럼 창살 두른 트럭에 태웠다. 20세에서 25세까지의 젊은이는 병신이나 독자, 학생 이외는 병역면제를 인정하지 않았다. 그러나 부잣집 자식은 해외유학을 보내고, 높은 관리의 아들은 고급차와 여자를 달고 다니는 곳이기도 했다.

— 군인은 명예를 향한 첫걸음! 약속받은 장래! 젊은이의 모험심과
　자유분방한 정신을 기를 수 있는 영광의 길로 나오라!

이런 순진한 생각이 깨지는 순간이었다.

— 요즘 누가 군대에 갑니까? 솔직히 까놓고 말하자면, 빽도 돈도 없
　는 집 자식들이 군대 가는 거 아닌가요?

독 속에 숨었다 나온 주인집 아들이 하는 말이었다. 월남분위기로 보아 병역기피는 선명한 선택이다. 여기서 선명한 선택이란 도덕적 차원이 아니라 현실적으로 드는 비용과 편익분석을 해본 결과였다. 예를 들어 1만 불의 뇌물 주고 군 면제를 받았다고 치자. 군 생활 기간만큼 취업해 받은 돈과 경력을 따져보면, 1만 불을 주고 군대 가지 않는 게 확실히 남는 장사다. 만약 적과 싸우다가 병신이라도 된다면, 누가 장래를 보장해 줄 것인가? 내가 아니더라도 대신 싸워줄 사람이 얼마든지 있다. 미군, 한국군, 기타 직업 군인들이 아무리 신성한 병역의 의무라고 목소리를 높여 봤자 ―유전면제 무전의무―다. 부잣집 아들은 멋진 벤츠를 타고 다닐 때, 없는 집 자식은 총 들고 베트콩과 싸우러 다니니 이 나라가 제대로 굴러갈까 걱정스러웠다.

영석은 사업차 부탁이 있어 헌병대 양 중위와 외박을 했다. 우선 피곤할 테니 스팀베이스로 같이 갔다. 입장료가 1인당 5불이었다. 티켓에 적힌 번호표를 가지고 베이스에 들어갔다. 삼각팬티에 브레지어만 걸치고 있는 샤워 걸이 웃음으로 맞이했다. 문을 잠근 후 손짓으로 옷을 벗으

라고 했다. 샤워 걸은 옷을 받아 탈의실에 넣었다. 다 벗은 후 사방 1미터 정도 되는 베이스실에 들어가 앉았다. 의자에 앉으니 스팀이 들어왔다. 열탕처럼 뜨거운 스팀이 나와 온몸이 땀으로 흠뻑 젖었다. 10분 정도 지나자 나오라고 손짓을 해 침대에 누웠다.

뒷목에서부터 등과 발목까지 때를 민 다음 바르게 누웠다. 창피하고 쑥스러웠다. 이마에서부터 가슴과 배, 사타구니를 부드러운 손으로 샤워 걸은 정성껏 때를 밀었다. 염치도 없이 우뚝 솟은 심볼을 쥐고 씻어 내릴 때는 아무것도 보이지 않았다. 심장에 불이 붙어 활활 타오르는 것 같았다. 샤워 걸 역시 숨소리가 거칠어졌다.

참아내기 힘든 형벌이었다. 서영이의 얼굴을 떠올렸다. 외도를 하지 않기 위해 안간힘을 썼다. 어깨위에 와 닿는 부드러운 살결은 오장육부를 뒤집어 놓았다. 꼭 끌어안고 싶은 욕망을 참느라 혀를 깨물었다. 경험이 많은 샤워 걸은 고개를 갸우뚱한 다음 다시 시작했다. 넙적 다리에 그녀의 유방을 닿게 하여 더욱 열정을 일으켰다. 영석이는 꿀꺽 침을 삼키면서 발바닥을 서로 비볐다. 너무나 참기 힘든 형벌이었다. 객고를 참아가며 몇 개월을 살았으나 견디기 어려운 시험이었다. 그녀는 뽀로통한 입술을 내민 채 로켓 포탄같이 솟아오른 심볼을 부드러운 손으로 용두질을 해댔다. 고여 있던 분수噴水가 터지듯이 우유 같은 액체가 치솟았다. 하필이면 고개 숙이고 있던 그녀의 얼굴을 덮어버렸다.

스팀 베이스란 말만 들어왔는데, 바로 이런 짜릿함 때문이구나! 얼마나 많은 따이한 씨관(한국군 장교)들이 이곳에서 녹초가 되었을까? 일순간의 실수로 성병에 걸린다면 그의 꿈은 허사로 돌아갈 것이 아닌가? 그보다 더 큰 이유는 서영을 떳떳하게 대할 수 없다는 것이었다. 샤워 걸은 목적을 달성했다는 듯이 차가운 물로 몸을 씻어주었다. 친구 대접

한다고 했는데 도리어 영석이 힘들었다. 5불 팁을 더 주고 나왔지만 뒤통수가 부끄러웠다. 양 중위는 먼저 나와 담배를 물고 있었다. 사이공에서 분위기가 좋다는 레스토랑에서 저녁 식사를 대접했다. 아가씨가 음식을 나르면서

— 모이 옹 소이 꼼(맛있게 드십시오).

인사를 했다. USIS(미국 문화정보국 요원) 출입증을 내주기로 약속했다.

트럭을 빌려 타고 영석은 미군 PX로 향했다. 보초에게 출입증을 보여주었다. 수고한다며 양주도 선물했다. 전자제품 이외는 무엇이든지 살 수 있었다. 트럭에 음료수와 맥주, 양주, 과자류 등 한 트럭 가득 싣고 위병소에 전표를 보여주면서 통과했다. 곧바로 도깨비시장으로 향했다. 베트남 상인들이 서로 사려고 덤벼들었다. 하루에 한 트럭 싣고 나가면 본전의 배가 남는 장사였다. 간혹 미군 MP에게 걸리면 상인들이 덤벼들어 먹고살려는데 한 번만 눈감아달라고 떼를 쓰기도 했다. MP는 월남인들에게는 너그러운 편이었다. 한번은 크게 걸렸다. 물건을 압수당하게 되었다. 양 중위에게 연락해 물건을 다시 찾아왔다. 서로 돕고 사는 세상이니 양 중위에게도 섭섭지 않게 답례를 했다.

그러나 고민이 생겼다. 월남 돈을 달러로 바꾸는 문제였다. 월남 은행에서는 환전할 수가 없었다. USIS에서 환전 업무를 맡고 있는 존슨 상사와 교제를 시작했다. 환불액의 10%를 수고비로 주기로 했다.

— 온갖 욕심에 조심하라. 생명은 재물에 달려있는 것이 아니다.

이런 성경 구절도 있다. 그러나 견물생심見物生心이라고, 돈이 눈앞에 왔다 갔다 했다. 기회는 일생에 한 번뿐이니 잡아야겠다고 결심했다. 영석

은 부라퀴같이 회사를 차리고 PX에서 물건을 빼 오는 일은 직원들이 계속하기로 했다.

USIS는 사이공에서 첩보, 선전, 위문을 맡고 있는 기관이었다. 양 중위와 함께 그 사령관을 만났다. 가수와 무희를 모아 외로움을 느끼고 있는 미군 병사들의 사기를 높여주는 위문 공연을 하자고 제안했다. 쾌히 승낙을 받았다. 그 답례는 부대장이 알아서 하기로 했다. 캬바레에서 일하고 있는 한국 가수와 월남의 연예인으로 구성된 30여 명의 단원을 인솔하게 되었다. 그 이름은 -브라보 위문단-이었다. 타국 전선에서 지친 몸과 마음을 위로해 주니 그 호응은 대단했다. 이동은 초청받은 부대의 차로 했다. 비용은 부대장이 주는 사례비와 부족한 돈을 영석이 보탰다. 위문 공연은 대단한 호응을 불러일으켰고 영석은 미국 첩보 기관으로부터 신임을 얻었다.

한국군 채 사령관의 부탁으로 사이공에서 멀리 떨어진 캄란으로 갔다. 거기서도 환영을 받았다. 퀴논 지역으로 가기로 했다. 월남 북부 전선인 퀴논 지역에는 맹호사단을 비롯하여 많은 부대가 머물러 있었다. 퀴논으로 떠나기 전날 밤에 꿈을 꾸었다. 서영이가 화관을 쓰고 나타났다. 그 화관을 버스 안에 던졌다. 영석은 화관을 주우려고 버스로 갔다.

아침 일찍 퀴논으로 떠났다. 퀴논에 이르는 도로의 중간이 베트콩 손아귀에 있었다. 헌병지프의 선도를 받으며 길을 떠났다. 영석은 지프에 탔다. 한국 여가수가 갑자기 복통을 일으켰다. 그는 구급약을 가지고 트럭으로 옮겨 탔다. 닌호아 북방 4킬로 앞에는 험준한 고갯길이 있었다. 이 고개는 굽이돌이가 심해 차가 속도를 줄여서 나아갔다. 긴장감 속에서 차는 느린 속도로 기어가듯 했다.

고개정상에 도달할 무렵, 앞서가던 지프가 꽈—o 소리와 함께 옆으로 쓰러졌다. 운전병은 사망, 인솔 장교는 찰과상을 입었다. 뒤에 타고 있던 무전병은 크게 다쳐 후방으로 후송되었다. 적이 묻어 놓은 부비트랩 두 개 중에서 한 개가 터졌다. 아찔한 순간이었다. 이러한 위험한 사생관두 死生關頭를 감수하고 위문 활동은 계속되었다. 맹호부대산하 퀴논지역의 공연을 성공리에 마치고 사이공으로 돌아왔다. 영석은 열심히 위문봉사도 하고 돈도 벌었다. 그래서 미국 문화정보국장으로부터 감사장과 정보국신분증도 받았다.

사이공 교외에 있는 고오맛뿌 고아원을 방문했다. 수녀가 경영하는 고아원이었다. 외국군인과 현지인 여성 사이에서 태어난 사생아가 대부분이었다. 노란 머리, 깜둥이, 한국 아이, 베트남 고아 등 인종전시장을 방불케 했다. 그중에서도 봄비를 딸처럼 사랑했다.

어느 날 도깨비시장에 PX에서 가지고 온 물건을 막 부리려는데, 길 건너편 카바레입구에서 시한폭탄이 터졌다. 달려가 보니 사상자가 10여 명이나 발생했다. 엄마는 즉사하고 3살 난 여자아이가 기절해 있는 걸 발견했다. 그 여자아이를 업고 가까운 병원으로 뛰었다. 아이는 다리부상을 치료받고 한 달 만에 퇴원했다. 이름을 봄비라 짓고 양녀로 받아들였다. 타락한 사회의 영향으로 사생아의 경우 버림을 받아 인간 쓰레기장인 이곳으로 오게 된다. 영석은 브라보위문단을 이끌고 한 달에 한 번, 개인으로는 일주일에 한 번꼴로 이곳을 방문했다. 그가 나누어주는 과자를 받아먹으며 아이들은 행복해했다.

— 땡큐. 아저씨 땡큐.

그는 이곳에서 땡큐 아저씨라는 애칭을 갖게 되었다.

브라보 위문단과 PX 물건을 판매·관리하는 사무실에 월남 아가씨 홍화가 있었다. 늘 흰 아오자이를 입고 출근했다. 오늘따라 한껏 멋을 냈다. 머리는 제비꼬리처럼 날렵하게 빗어 올렸고, 핑크빛 줄무늬의 고급스러운 블라우스를 몸에 착 붙게 입었다. 가는 허리엔 검정 벨트를 맸다. 주말이라 교외로 나가자고 그녀는 데이트를 신청했다. 영석은 일에 파묻혀 교외로 나가본 일이 없었다.

자전거로 붕따우를 향해 내달렸다. 페달을 밟는 기분이란 이루 말할 수 없이 경쾌했다. 장마철이 끝날 무렵의 산천은 눈부시게 깨끗했다. 바다로 들어서자 길가에는 반나무, 자우나무가 초록빛 가지를 흔들며 영석을 환영해주는 듯했다. 바닷가에 앉아 수평선을 바라보았다. 더위를 피해 그늘 속으로 한 걸음만 들어가도 꿈결 같은 나른함이 밀려오는 땅이었다. 고국을 떠나온 지 1년이 넘었다. 아내는 남자아이를 순산했단다. 이름을 지어 보내라는 편지를 받았다. 이런저런 고향생각을 하고 있는데 홍화가 망고를 영석 앞에 내밀었다. 과일을 안주삼아 시원한 맥주를 마시며 고향을 생각했다.

민족에 따라 새소리 벌레소리, 그리고 삶의 소리가 다르기에 고향을 그리워하는 향수가 있다. 따라서 한국 사람의 감정 사이클에만 주파수가 들어맞는, 그래서 한국인임을 확인하는 한국적인 소리를 듣고 싶어하는 심정을 무엇으로 표현해야 할까? 붉은 태양이 찬란한 금빛나래를 저으며 바다 속으로 잠자러 들어가고 있다. 수평선 저 멀리 짙은 어둠이 죽음의 수레바퀴처럼 서서히 굴러오고 있었다.

파도는 마치 사나운 짐승이 울부짖듯 으르렁거리며 이빨을 벌려 흰 물결을 들이켰다 토해냈다 한다. 저 깊은 바다의 마음처럼 거친 파도가 찾아와도 다시 잔잔한 평온을 되찾는 그런 넉넉한 마음을 갖고 싶었다.

어느덧 하늘엔 반짝이는 십자성이 보석처럼 나타났다.

— 남쪽 나라 십자성은 어머니 얼굴….

어릴 적에 형이 부르면 따라 부르던 유행가가 저절로 나왔다. 아직도 영석의 한쪽 영혼은 고국에 있는 것일까? 갑자기 고향이 그립다. 고향은 어머니의 땅이다. 고향 땅에는 어머니가 계시기 때문이다. 그는 타향 땅에서 괴로울 때나 슬플 때, 기쁘고 즐거울 때도 고향을 생각했다. 그런 따사로운 마음의 고향이 그에게는 있다. 그 고향은 어머니였다. 어머니는 항상 빛으로 나타났다. 그때 홍화는 베트남 어머니 노래를 불렀다.

산 넘어 부는 바람은/ 머물어 머물어 불지만/ 우리 엄마 부채 바람 머무름을 모르네/산 넘어 부는 바람은 창 너머로 오는데/ 우리 엄마 바람은/ 가슴으로부터 불어온다네.

이 세상에 따사로운 바람이 있다면 어머니 가슴에서 부는 바람일 것이다. 꾸러기로 어머니를 얼마나 괴롭게 만들었던가? 눈물이 핑 돌았다. 단 한 번도 기쁘게 해드리지 못하고 떠나온 어머니를 생각하면 가슴이 아리다. 자식으로서 어머니 마음을 너무나 모르고 지냈다는 자괴감 때문에 슬펐다. 불효자식의 회한이 가슴을 아프게 때렸다.

미스 홍화가 슬그머니 얼굴을 그의 어깨에 기댔다. 낭만에 젖어있던 영석은 정신이 번쩍 들었다. 어머니는 그에게 두 가지를 당부했다. 하나는 돈에 정직하라는 것이고, 또 하나는 여자를 조심하라는 것이었다. 청개구리처럼 철없이 굴었으나, 이국땅에서는 어머니의 말씀을 새삼 귀담아듣게 되었다. 홍화는 부탁이 있다고 했다. 꼭 필요하니 월급 석 달치를 가불해달라고 했다. 그녀는 월맹의 첩자였다. 월급은 해방 전선자금으로 쓰고 있었다. 그의 오빠는 월남 해방 전선(베트콩)의 지휘관이었다. 홍화같이 수박처럼 겉은 퍼렇고 속은 빨간 그런 민간인들이 많았다.

요란한 총소리에 영석은 눈을 떴다. 아직 어둠의 늪에 빠져 있었다. 밖에서는 웅성거리는 소리가 들렸다. 전차 굴러가는 무거운 굉음이 지축을 울렸다. 총소리는 독립궁 근처에서 들려왔다. 총소리에 놀란 시민들은 영문도 모른 채 거리로 쏟아져 나왔다.

— 쿠데타다!

누구의 입에서 나왔는지 모르겠으나 입에서 입으로 삽시간에 전염되듯 모두가 쿠데타를 외쳐댔다. 누가, 어떻게, 왜 일으켰는지 참모습은 알길이 없었다. 거리는 무거운 공포에 휩싸였다. 영석은 휴대용 라디오를 켰다. 삐— 소리만 날 뿐 헛수고였다. 그때 옆에 있던 군인이 독립궁을 차지했다는 외침이 들려왔다.

— 누가 독립궁을 차지했습니까? 어느 부대인가요?

붙들고 물어보았으나 대답은 막연했다. 사방에서 몰려든 시민들로 소를 사려는 우시장처럼 북적거렸다. 거기서 소문을 들었다.

— 혁명군이 독립궁을 차지했다. 육군 본부, 탄손누트 공항, 경찰 본
　부, 방송국도 차지했다.

한 치 앞도 못 보는 정국이라지만, 쿠데타가 일어난 것만은 사실이었다. 길 요소마다 붉은 베레모를 쓴 낙하산 부대 군인들이 경계를 서고 있었다. 해병대들도 패거리로 순찰을 했다. 무장군인을 실은 차량도 분주하게 이동하고 있었다. 여러 대의 장갑차는 인도에 올라가 있었고, 그 포구는 독립궁을 향해 있었다.

뜬소문은 여전했다. 누구는 친위여단이 무장해제 되었다 했고, 누구는 친위부대와 낙하산부대가 맞붙어 싸우고 있는 중이라고 말했다. 장갑차에 서 있는 군인에게 물어보아도 함구무언이었다. 그 이상의 뉴스는 알지 못했다. 오직 대통령이 집무하는 독립궁이 어떻게 되었는가? 그

것이 신경 쓰였다. 쿠데타가 일어났다면, 이것으로 7번째가 된다. 시민들은 쿠데타에 시달려 누가 정권을 잡았느냐는 것보다 군인끼리 싸움질하는 현장을 보고 싶어 할 뿐이었다. 월맹은 손 하나 대지 않고 월남군끼리 싸우게 했다. 마치 한 집안의 개와 고양이가 물고 뜯고 싸우듯이 국력을 소비시키는 이전투구泥田鬪狗 심리전에 월맹은 성공한 것이다.

— 적국이 강하면 협상하라. 적국이 약하면 점령하라.—

평화공존 하자는 기만전술에 걸렸다. 미국과 월맹이 파리평화협정을 조인한 후, 사이공은 불안했다. 말이 허울 좋은 평화협정이지 미군이 철수하면 월맹군이 곧바로 접수하여 사이공도 호찌민시로 바뀔 운명에 처해 있었다. 월남백성들도 호찌민을 위대한 영도자로 지지하고 있었다. 그는 결백한 지도자로 오직 조국에 모든 생명을 바친 위대한 영웅으로 거론되고 있었다. 반면 고딘디엠 월남대통령은 편협하게 천주교도들만 요직에 임명했다. 관료들은 부패했다. 주민등록증을 떼려면 보통 일주일은 걸렸다. 급행요금을 내야 빨리 나왔다. 베트콩은 사생결단하고 싸우는데 정부군의 군기는 홍길동 군대였다.

월맹정부를 지지했던 월남부통령과 장관들은 통일 후 대우는 커녕 변절자로 총살당했다. 십만 명이 넘는 군인과 경찰가족, 종교지도자, 기관장, 기업가 등 월남 백성이 소리 없이 숙청당했다.

영석은 구사일생으로 탈출하는데 성공했다. 필리핀을 거쳐 고향으로 돌아왔다. 시청 옆 골목에 3층짜리 건물이 나왔다. 여관을 하던 건물인데, 빚으로 경매에 넘어가게 되었다. 그 건물을 월남에서 벌어온 돈으로 샀다. 은행 돈을 빌려 유명한 인테리어를 불러 아담하게 꾸몄다.

지하는 노래방으로 작은 방, 중간 방, 큰 방으로 구분했다. 방음장치에 특히 신경을 썼다. 1층에는 -희래등-이라는 북경전통음식점을 차렸다. 주방장으로 서울서 이름 있다는 요리사를 모셔왔다. 2층은 룸살롱으로, 이곳에 들어오면 모든 근심과 걱정 사라지고 행운이 온다는 뜻에서 -세분 살롱-이라고 불렀다.

세월이 흐르는 동안 깡패두목 떡국이는 간암으로 세상을 떠났다. 후계자로 그 자리를 영석이 물려받았다. 고향이 좋은 것은 어떤 사업을 하든 건드리는 파리들이 없다는 것이었다. 그러나 똘마니들을 먹여 살려야 하는 책임이 있었다.

노래방은 방이 없어 고민이었다. 좁은 바닥이라 희래등이 음식을 잘 한다는 소문이 파다하게 춘천시를 덮었다. 예약을 해야 하는 약혼식이며 회갑연, 동창회 등에서 빛이 났다. 이층 싸롱은 술을 취급하는 곳이었다. 예쁜 아가씨 조달과 취객들을 잘 안내하는 것이 신경 쓰였다. 보건소와 경찰서, 검찰까지도 섭외를 잘해야 한다. 영석은 타국에서 고생한 보람이 있어 사장님이라는 호칭을 듣게 되었다.

선거철이면 바쁘게 돌아갔다. 이 정당, 저 선거사무실에서 협조해 달라고 전화가 걸려 왔다. 입후보자들은 총알(돈)도 필요하지만, 법은 멀고 주먹은 가까운 세상이라 그에 못지않게 조직을 보호해주고 방패가 되어줄 수 있는 주먹을 필요로 했다. 선거철은 깡패대장의 주가가 최고로 올라가는 계절이었다. 여당 후보를 지지했다. 여당 후보는 별로 경찰이 간섭하지 않을 뿐만 아니라 오히려 보호해주기 때문이다.

중앙당 추천을 받아 나온 이●● 후보는 강촌이 고향이었다. 주로 서울서 학교를 다녀 동창생이 거의 없어 불리했다. 영석은 다니던 학교를 중퇴했지만, 동창생이라고 C 공동묘지 사장이 찾아왔다. 이 후보의 선거자금으로 보태 쓰라고 봉투를 내밀었다. 말로는 동창이다 혈연이다 하지만 당선 가능한 후보에게 후원금을 주는 것이었다. 조를 짜서 매일 똘마니들과 아가씨들을 요소요소에 배치했다. 후보 플래카드 밑에서 꽃을 손가락에 끼고 카드섹션을 했다. 로고송도 함께 불렀다.

〈자전거 곡〉
따르릉따르릉 비켜나세요/ 호랑이가 나갑니다 고양이 비켜요/ 우물쭈물하다가는/ 큰일 납니다─. /야─야─야 이●● 후보 승리/ 짝짝 짜짜짝 짝짝/3*3*7박수

〈산토끼 노래 곡〉
쥐뿔도 모르면서/ 쥐뿔도 없이/ 쥐뿔 나게 굴지 마라/ 쥐구멍에 들어가라 여기에 호랑이 이●● 후보 나가신다/ 다들 비켜라 다들 비켜라─

선거전에 처음으로 영석은 로고송을 지어 불렀다. 다른 후보들에게 항의를 받았다. 선거관리위원회에서는 합법이라고 했다. 시민들에게 신선한 반응을 얻었다. 개표 당일, 시소게임 끝에 영석이 민 이●● 후보자가 천 표 이상의 차이로 경쟁자를 누르고 국회의원에 당선되었다. 그는 중앙에 올라가 문화부 장관을 했다.

국회의원선거를 치르면서 여러 사람을 알게 되었다. 인맥을 쌓게 되었다. 영석은 입후보하여 한국요식업 강원도지회장 자리에 앉게 되었다. 그는 중대한 결심을 했다. 소양단 깡패조직을 해산했다. 어디든지 가서 자유롭게 살라고 정착금 1천만 원씩 주어 보냈다. 똘마니들은 눈물을 흘렸다. 감사한 마음으로 서로 축복해주면서 헤어졌다.

강영석 지회장은 강원도지사를 인사차 찾아갔다. 초면이라 인사만 하고 나왔다. 후일 골프를 치기로 약속을 했다. 쾌청한 가을날 골프를 쳤다. 푸른 초장에서 샷을 날리는 기분은 상쾌했다. 한 코스를 돈 다음 휴식 시간이었다. 강 회장이 말했다.

— 지사님, 드릴 말씀이 있습니다.

최 지사는 빙그레 웃었다.

— 우리 도에서도 규제를 풀어 주시지요. 타도에서는 벌써 영업시간을 연장해주고 있습니다.

— 그래요. 어떻게 말인가요?

— 현행은 자정까지인데, 2시간만 더 연장해 주십시오.

— 연장해 주면 시민단체에서 반발이 있겠는데요.

— 그 문제는 저도 생각이 있습니다. 요식협회에서 이해를 시키겠습니다.

— 연구해 봅시다.

반승낙이 떨어졌으니 오늘 로비는 성공한 셈이었다. 즉시 건의할 내용을 도청 실무자에게 팩스로 넣어주었다. 이리하여 가까스로 강원도의 영업시간을 2시간 연장하는데 성공했다. 영업점에서는 한 테이블이라도 더 받아 보탬이 되었다. 강 회장이 지방출장을 나가보았다. -경축! 영업시간 연장-이라고 쓴 현수막이 여기저기 걸려있었다. 현수막을 보니 일한 보람을 느끼기 시작했다.

KBS 방송국에서 영업시간 연장에 따른 좌담회를 하니 참석해 달라는 연락이 왔다. 그 알림을 받고 부랴부랴 준비를 했다. 고문변호사에게 함께 참석해 달라고 하니 바쁜 일이 있다고 꽁무니를 뺐다. 맞서는 참석자들은 YMCA 총무, 소비자 보호 협회, 청소년 선도위원장들로 막강한 파워를 가진 사회단체장들이었다. 이쪽은 강 회장 단신으로 나갔다. 방송국에서는 생중계로 내보낸다고 법석이다. 벌써 학부모, 신문기자들로 발 디딜 틈 없이 꽉 차 있었다.

먼저 YMCA 총무가 설문지 분석 결과를 근거로 영업시간 연장의 부당성에 대해 발표를 했다. 이어서 강 회장 차례였다.

— 그 설문지는 YMCA 유치원 학부모에게서 받은 것이지요. 설문지는
     한 학생당 2장씩 돌린 것으로 알고 있는데, 맞습니까?

YMCA 총무는 다 죽어가는 얼굴빛이 되어 아무 말 못하고 있었다. 강 회장은 이어 말했다.

— YMCA는 기독교 정신으로 설립한 시민단체로 알고 있습니다. 이런
     단체에서 설문지를 부정하게 돌려 통계 수치를 거짓으로 발표한다
     면 그 신뢰도가 어떤지 시청자 여러분은 잘 알고 계실 것입니다.

이야기가 여기까지 나오자 다음 발표자인 강원대 교수도, 다음 단체 발표자도 슬금슬금 빠져나갔다. 강 회장은 혼자 남아 영업시간 연장에 따른 이해득실을 따지고, 끝으로 청소년 선도에 대한 대책을 발표했다. 학부모들의 찬성한다는 뜻을 담은 박수로 좌담회는 끝났다.

어머니는 기관지염으로 여러 해 고생하고 계셨다. 좋다는 약을 써도 듣지 않았다. 칠순을 바라보면서부터 몸이 쇠약해져 자주 누우셨다. 그렇게 풍성해 뚱뚱보라는 별명을 가진 분이었다. 이젠 야위어 다리에 살이 빠지고 뼈만 앙상했다. 마치 마른 삭정이 위에 가죽만 씌워 놓은 것 같았다. 날씨가 추우면 병세가 더 악화되었다. 기침이 나와서 꼬박 밤을 새우기도 했다. 거의 앉아서 뜬눈으로 밤을 밝히며, 당장 숨넘어가

듯 허—ㄱ 허—ㄱ 숨을 토해냈다. 그 모습을 보고 안쓰러워 병원에 모셔 가도 별 효험이 없었다. 이런 고생스러운 나날을 보내면서도 손자를 본 인의 손으로 길러내고 살림도 돌봐주셨다.

— 너는 자식에 자식을 보니 복되도다.

성경의 말씀처럼 어머니는 손자를 보셨으니 복 받은 어른이시다. 다음 해 9월, 칠순 축하연을 베풀었다. 초등학교 2학년 대풍이가 할머니라는 글을 지어 읽었다.

— 할머니 칠순 축하드려요. 대풍이는 누구 아들, 하면 할머니 아들 하고 대답하지요. 할머니 곁에서 잡니다. 할머니 냄새는 라면 냄새처럼 구수하지요. 아빠가 용돈을 드리면 치마 춤에서 과자를 꺼내 주세요. 두고두고 나누어 주지요. 요술 손을 가진 할머니.

말썽을 부려 아빠가 회초리를 들면 아범아, 왜 그러니 하며 슬그머니 치마 뒤로 감싸주시지요. 재롱을 부리면 누런 금니를 드러내 호—호— 웃으시는 우리 할머니. 머리털이 허연 우리 할머니. 오래오래 건강하세요.

장수하셔서 영석이 더 잘사는 모습을 보고 영화를 누리셨으면 하는 바람이었다. 허나 그 해 추운 겨울날, 하늘나라로 가셨다. 울음길 모퉁이를 돌고 돌아서 생사의 지름길을 꽃상여 타고 가셨다. 형제간에 우애 있으라는 한마디 남기고 훌훌 떠나가셨다. 땅이 꺼진 듯 컴컴해지고 고아가 된 것 같은 막연한 마음을 가눌 길 없었다.

이제 다시는 어머니를 뵙지 못하니 이보다 더 큰 슬픔이 어디에 있을까? 좋아하시던 녹두 부침과 냉면을 보면 문득 어머니가 떠오른다. 이 세상에 아름다운 말이 많지만, 어머니라는 말처럼 아름다운 말은 없을 것이다. 항상 불러도 싫지 않은 그 이름. 지금도 어머니 모습이 눈에 선하다. 세상에서 누구의 사랑이 이보다 더할까? 연인은 금방 달아오르는 냄비 같은 에로스 사랑이라면, 형제는 이해관계를 들여다보는 유리그릇 같은 사랑이다. 그러나 어머니의 사랑은 뚝배기에 담긴 된장찌개처럼 오래도록 식지 않는 아가페 사랑이다.

어머니는 넓은 대지요, 생명이며 뿌리다. 천륜이며 조건 없는 사랑이다. 영석이 머리에 서리 내리듯 희끗희끗 나이가 들어도, 어머니는 늘 그립다. 항상 빛으로, 용기로, 그의 가슴에 일렁이는 어머니의 미소! 영원한 희망처럼 일렁이는 어머니의 사랑이다. 봉의산을 보면 어머니의 얼굴이 떠오른다. 살아계시면 정성껏 모실 터인데…. 세상 어디를 둘러보아도 어머니는 안 계신다. 어머니의 대형 초상화를 거실에 걸어놓고 물끄러미 바라보는 것을 하루의 낙으로 삼았다.

어머니는 갓 마흔에 영석을 낳았다. 후유증으로 하혈을 해 기절한 후 하루 만에 깨어나셨다. 옆에 누워 있는 아기가 아들이라는 것을 위안으로 삼고 기뻐했다. 어머니 마음 한가운데에는 자기 멸시와 여성 멸시, 그리고 남성에 대한 콤플렉스가 잠재의식 속 검은 그림자처럼 자리하고 있었다. 지금까지 가시밭길을 걸어왔고, 앞으로도 이 자식이 성장하기까지 어려운 고비를 수없이 맞이할 것이다. 그러나 아들을 낳았으니 그 아들을 믿고 그로부터 힘을 얻어 먼저 간 남편 대하기가 떳떳할 것이다.

영석은 유복자로 태어났다. 어머니는 아버지가 돌아가신 후 석 달 만에 태어난 자식이라 더 애정을 쏟았다. 늦둥이로 낳은 것이 노후보험 들어놓은 것처럼 든든해 하셨다. 영석을 통해 아버지의 얼굴을 볼 수 있었기에 위로를 받고 살았던 것이다. 어머니는 아들 형제가 있기에 약자에서 강자로, 가난한 자에서 부자가 된 듯, 희망을 안고 당당하게 살아가셨다.

프로이트 심리학에서 말하자면, 아들을 낳고 당당해지는 여성은 아들이 음경을 달고 있는 것을 자신이 단 것과 동일시하는 사람이라고 했다. 어머니에게 영석은 자신의 분신이거나 자기 자신이었다. 그러므로 영석을 낳은 어머니는 이제 자신이 여성이었다는 사실로부터 멀리 떨어져 갔다. 어머니는 하숙 손님 치기, 땔나무 하기, 돼지 기르기 등 반쯤 남자와 같은 일을 해냈다. 그분은 평생 영석을 위해 산 분이고, 영석은 그만큼 속을 썩였다.

그 바쁜 일상 속에서도 어머니는 영석에게 때를 맞추어 모유를 먹였다. 어머니의 유방은 그 아기의 생명을 자신의 생명과 연결하는 곳인 동시에 영석이 생명을 키워내는 원천이었다. 형이 젖을 먹으려는 시늉을 하면 그는 젖꼭지를 꼭 쥐고 놓지 않았다. 엄마의 유방은 참으로 풍요롭고 아름다웠다. 그분은 영석에게 젖을 먹이는 시간만은 평화롭고 자애로운 얼굴을 하셨다. 생활은 고달파도 자식들을 두었다는 자부심으로 산다는 것은 참으로 중요한 일이었다. 영석은 이렇게 어머니 사랑을 먹고 무럭무럭 자랐다.

어머니가 영석을 업고 자장가를 부르면 스르르 잠이 들었다. 엄마의 등이 우주만큼 크다고 생각했다. 그 아늑한 등에 머리를 묻고 평화롭게 잠을 잤다. 어머니에게는 아기를 업을 때 특별한 기술이 있는 듯하다. 누가 도와주지 않아도 혼자서 척하니 아기를 업는다. 엄마는 아기를 업고 처네 띠로 감싸고 빙 둘러 묶는다. 아기의 심장 소리가 엄마의 등으로 전달되는 참으로 느긋하고 편안한 자세가 되었다.

누군가 말했다. 여성은 약하나 어머니는 강하다고, 어머니의 모성보다 더 감동적이고 원초적인 사랑이 있을까? 어머니는 생산과 생태를 관장하는 분이며, 생명을 주관하는 신령스러운 존재다. 어머니는 생명을 키우는 작은 신이며 아름다움을 만드는 불멸의 힘이 있다.

강 회장은 소양정으로 향했다. 오르막길을 꺾어서 올라가 조그만 비석 앞에서 멈추어 섰다. 비바람에 씻기고 씻겨 희미해진 비석 위에는 지금도 가슴 아픈 사랑 이야기가 숨어 있었다.

— 春妓桂心殉節之墳.

소양강을 배경으로 오두막 서 있다. 아리새가 울더니 그 묘비 속에서 아담한 몸매를 가진 아가씨가 나왔다. 그는 깜짝 놀라 뒤로 주저앉았다.

— 놀라지 마세요. 저는 기생 전계심이라 해요. 이팔청춘에 춘천 부사 김처인의 소실이 되었지요. 부사가 다른 곳으로 부임해 갔어요. 집 안 사정으로 서울 기방에 팔려 불량배에게 정조를 빼앗겼지요. 끝

내 절개를 지키지 못한 저는 자결하고 말았습니다. 그 원한이 소양 강물처럼 깊고, 봉의산처럼 솟구쳐요. 저의 원한을 풀어주세요. 지금도 아리새가 되어 울며 날아다니지요.

등산길에 비켜 앉은 작고 초라한 비석이었다. 깨지고 희미한 글 속에 담겨있는 애틋하고 절개 굳은 계심의 뜻이다. 누구나 가슴 속에 되새겨 보아야 할 향토 유적이다. 이 정신을 길이 살려 축제로 거듭나게 해야 마땅할 것이다.

그리하여 봄이 올 때마다 춘천시는 개나리축제를 크게 열었다. 그중 에서도 춘천 기생 전계심의 정절을 기리기 위해 접객업소 여인들이 한 복에다 청사초롱을 들고 시가 행렬을 하는 것이 볼만했다. 저녁에는 - 절기 전계심-이라는 국악 뮤지컬을 춘천 문화예술관에서 발표했다. 양 성평등권에 관한 발표도 있었다. 축제란 신께 제사를 드린 후 제단 아래 에서 음주와 가무를 즐기는 행사였다.

요즘 안보상황이 불안하다. 강영석 회장은 TV를 켰다. 미국 대통령 트럼프와 김정은 북한 국무위원장이 판문점 평화의 집에서 재차 만났다. 반가움에 서로 얼싸안고 인사를 나누었다. 트럼프가 자랑삼아 말했다.

— 김 위원장은 내 좋은 친구지요. 임대아파트 114달러를 받는 것보다 한국방위비 10억 달러 받는 게 더 쉬웠어요.

— 잘하셨네요. 그 돈으로 무엇을 하시려고요?

— 글쎄. 금고에 넣어둘까. 아— 멕시코 국경 담벼락에 써야지.

— 북한에서 통일을 하려고 하는데요. 남한 인민들의 목숨은 보장하 겠어요.

— 좀 생각해 보겠어요. 한·미 연합훈련에도 엄청난 돈이 들기 때문에 좋아하지 않아요. 주한미군을 철수시키고 싶은 것이 솔직한 심정입니다.

— 요즘 연습 삼아 탄도미사일 실험을 하고 있는데 미리 양해를 구합니다.

— 그거요? 괘념치 마세요. 어느 나라나 다하는 작은 것이니까요. 미국에 대한 위협이 아니니 괜찮습니다.

북한이 한국의 동맹인 미국 대통령에 기대 한국을 공격하고 있다. 트럼프가 과연 대한민국이 북한으로부터 공격을 받았을 때, 수천조 원의 비용이 드는 병력증원을 해줄까? 우리국민은 불안해하고 있다. 실제 한·미 상호방위조약에는 –어느 쪽이 무력공격의 위협을 받을 때, 적절한 조치를 취한다.-고만 되어 있을 뿐, 증원병력 관련 내용은 작전계획이나 미군의 사나리오에만 담겨 있다. 그때 상황에 따라 미국 대통령과 의회의 결단에 달려있다고 볼 수밖에 없다. 동맹은 공동의 위협에 맞서 얻은 이익을 공유하는 관계다. 한미동맹은 한반도 평화체제의 기축이라는 점에 이의를 제기할 수 없다. 그러나 상대의 처지를 배려하기는커녕 돈 계산에만 급급한 트럼프의 행태를 볼 때, 한미동맹은 혼란스러울 뿐이다.

같은 날 평화의 집 옆방에서는 남북 외무부 장관 회의가 열렸다. 북에서는 외무성 국장이 나왔다. 그 이유인 즉, 핵폭탄 보유국이기 때문에 국위가 높아졌단다.

— 새벽잠까지 설쳐대며 허우적거리는 꼴이 마치 겁먹은 개 같군요.

— 곧 한미연합훈련이 끝나면 북·미 대화가 시작될 것 같아서….

— 우리가 여러 차례나 이스칸데르와 신형전술 미사일, 신형 대구경방사포를 발사했는데 왜 꿀 먹은 벙어리입니까?

— 미사일 도발은 남북재래식 전력균형과 군비감축을 고려한 핵 포기를 대비해 미리 무기를 빵빵하게 만드는 것 아니오?

— 꿈보다 해몽이 좋소. **장관, 웃기는 사람이군요?

— 왜요⋯?

— 삼척목선 사건도 그렇고, 미사일 사거리 하나 제대로 판정 못 해 쩔쩔매니, 겁먹은 개처럼 우습지 않나요? 새벽잠 설쳐대며 허우적거리는 꼴이 참으로 가관이군요. 주적도 모르는 사람이. 바보는 클수록 더 큰 바보가 되지요. 하하하!

한국 **장관이 평양에 갔다. 양머리 걸고 있는 푸줏간에 가서,

— 양고기 주세요.

— 양고기 안 팔아요. 개고기 있어요.

— 그렇군요. 북한 말이 우리하고 다르군요. 그 진의가 중요하지요. 남한은 귀가 틀려서요. 죄송합니다. 우리는 보고 싶은 것만 보는 희망 안보로 거짓말도 긍정적으로 해석하려고 들지요.

— 남한 당국자들은 단순한 어린아이 같군요. 아전인수我田引水 격으로 생각하면 큰코다쳐요?

— 핵폭탄 포기하실 건가요? 남북 간의 경제협력으로 평화경제가 실현되면 우리는 단숨에 일본을 따라잡을 수 있어요.

— 꿈 깨세요. 삶은 소대가리도 양천대소 할 노릇이군요. 삼대에 걸쳐 우리의 지상 목표는 적화통일, 그 수단은 핵보유국 인정입니다. 남반부정부, 우물쭈물 미군철수하면 월남처럼 망할지도 몰라요? 정신 차리세요.

— 소 대가리든 젯상 위의 돼지 대가리든 김정은 위원장 한 번만 만나게 해주세요. 한미 합동훈련이 끝나면 저절로 대화하게 되겠지요?

— 우리는 남조선 당국과 다시 마주 앉을 생각 없습니다. 정말 보기
　드문 뻔뻔한 사람이군. 사고가 건전하세요?

미국의 핵우산약속도 불안하기는 마찬가지다. 한국이 핵 공격을 받으
면 미국이 핵으로 보복한다는 내용의 합의문은 없다. 한·미 정상회담
에서 확장 억지력을 제공한다는 말이 핵우산을 의미할 뿐이다. 한국도
핵을 보유하자는 여론이 돌고 있다.

1992년 노태우 대통령은 남북비핵화선언 완전 타결을 세계에 널리 알
렸다. 핵무기 시험, 생산, 접수, 저장, 배치, 사용을 금지한다는 내용이었
다. 그 후 남한은 북한의 평화공존이라는 기만전술에 걸려 27년이란 세
월을 어화라 둥둥 태평꾼으로 살아왔다. 그러나 북한은 삼대에 걸쳐 몰
래 동굴 속에 숨어서 수소폭탄을 만들었다. 게다가 이스칸데르 미사일,
신형 전술미사일, 400밀리급 방사표인 신무기 3종 세트로 한국을 조롱
하고 있다.

한국 사회여론조사에서 전술핵을 배치하자는 의견의 지지자가 68%나
상승했다. 아랍 국가들이 이스라엘을 무서워하는 이유는 핵을 가진 강
대국이기 때문이다. 핵도 없으면서 운전석에 앉겠다는 게 우리나라다.

— 힘없는 정의는 무력(無力)이다.

힘없는 정부를 누가 믿겠는가? 북한의 군사력이 100이라면 우리의 군
사력은 10도 안 된다. 위축된 국군의 사기도 높여주어야 한다. 5천만 국
민은 불안하다. 국가는 국민의 생명을 지켜줄 의무가 있다. 그러나 어떻
게 지켜주겠다는 확신이 없다. 총은 총으로, 핵은 핵으로 막을 수밖에
없다. 골수 공산당들은 짐승이나 다름없다. 그들의 눈에는 민족도 형제
도 없다. 오로지 적화통일이 김일성의 유시이며 최상위 목표다. 미군이
철수하면 74시간 내에 남한을 접수하겠다고 큰소리치고 있다.

수풀 속 귀뚜라미 울음소리 듣지 못하고 더러운 개천 속 지렁이 소리 듣지 못하고 탁상에서 복지예산을 세우는 자들이여! 노인들 소일거리 만들고 취직자리 늘었다고 눈 가리고 아웅 하는 자들이여! 칼자루 쥐었다고 백성들의 살가죽 벗기고, 사람 기름을 짜 비누 만드는 자들이여! 그리고도 가난한 백성 돕는 공복이라고 자칭하느냐?

참아라. 참아라. 생명은 하나님이 주신 것이니…. 만류하는 어머니의 음성을 듣고 밤새 고민했다. 골리앗과 같은 불황과 대적할 수 없는 나약함과 참을 수 없이 터지는 분수 같은 분노. 영세 상인들의 십자가를 대신 지고 가리라.

이불변 응만변以不變 應萬變 하라. 변하지 않는 것으로 만 가지 변화에 대응한다는 뜻이다. 유명한 호찌민의 말이다. 그는 공산주의자이기 이전에 민족주의자로서 계급을 초월한 민족의 단합을 외쳤던 베트남의 최고지도자였다. 베트남국민이 추앙을 받았지만, 어떤 부귀영화도 누리지 않았다. 그래서 원칙의 중요함을 강조한 이 말은 베트남 국민에게 큰 울림을 주었다. 그의 재산이라고는 지팡이와 헌 옷 한 벌 뿐. 이런 분은 진짜 공산주의자였다.

불 속에라도 들어가서, 자유 민주대한민국을 구해내리라. 살고자 하는 자는 죽을 것이요, 죽고자 하는 자는 영원히 살리라. 이 한 몸 불살라 기본적인 자유인 생존권을 지키리라. 가난은 부끄러운 것이 아니라 다만 불편한 것일 뿐이다. 부자가 더 가지려고 욕심부리지 말고 불쌍한 이웃 도와주고 일으켜 주자. 그래야 공산당 세상이 안 온다. 똑같이 잘 사는 평등한 세상이 왔다고 거짓말하지 마라. 언젠가 들어본 새빨간 거짓말이다. 자유대한이여, 속지 말자. 북한백성의 참담한 생활을 직접 보고 말하자.

오천만 동포여, 정신 차리자. 우리는 자유시민이 되느냐 노예가 되느냐의 갈림길에 서 있다. 6·25전쟁 당시, 미군은 전사자 5만 4천여 명, 실종자 8천여 명으로 대한민국의 자유를 지키려고 천금과도 바꿀 수 없는 귀중한 생명을 바쳤다. 워싱턴 국립묘지에는 ─우리나라의 아들들은 만나본 적도 없고 알지도 못하는 어느 우방국가의 부름을 받아 국가를 수호하고 방위함으로써 조국의 명예를 드높였다.─고 무명 용사의 묘비에 적혀 있었다.

조국이 자신을 위해 무엇을 해주기를 묻지 말자. 우리가 할 수 있는 것은 모두 화합하여 조국의 자유평화를 위해 무엇을 할 수 있는지를 생각하는 것이다. 사나운 파도도 떠오르는 태양을 막을 수 없듯이, 불의는 결코 정의를 이기지 못하리니. 정의의 불길이여! 영원히 타오르라. 우리 모두 단결하여 자유대한만국을 수호할 때까지 선한 싸움에 나서서 승리하리라. 평화공존하자는 거짓말에 속지 말자.

대한민국의 존망이 트럼프의 혀끝에 달렸구나. 자유 대한국이여! 영원하라!

─ 전쟁은 여호와께 속한 것이니 죄 많은 백성을 불쌍히 보소서. 국가는 나무요, 가정은 새의 둥지니, 나무가 뽑히면 둥지가 온전하겠습니까? 위란의 시기에 헛되지 않게 보람 있는 삶을 살게 하소서. 영석은 기도했다.

미
용
사
가

된

상
욱

孫 교장이 전근해 온 때는 이른 봄이었다. 전에 있던 학교에 비교하면 건물이 낡았다. 아직 정도 들지 않아 어수선한 기분이었다. 화단에 나가 손질을 하고 쉬고 있었다. 일하는 아저씨들이 목련가지를 자르려고 했다. 급히 뛰어나갔다.

— 나뭇가지를 자르지 마세요!

쳐다보니 벌써 가지마다 누런 털 껍질을 벗었다. 신부드레스처럼 흰 꽃송이가 봄을 찬양하듯 활짝 웃고 있었다. 나무들은 아직 두터운 외투 속에 곰실거리는데, 목련은 버선발로 나와 새봄을 맞이하고 있다. 가지치기를 못하도록 말린 것은 잘한 일이라고 마음 놓고 숨을 내쉬었다. 그때 교장실로 들어오는 사람이 있었다.

— 실례합니다.

머리가 덥수룩한 중년남자였다. 보아하니 책장수인 듯했다.

— 어떻게 오셨는지요?

손 교장은 사무적으로 물었다.

커피 향 청춘

— 혹시 손동규 선생님 아니신지요? 전상욱입니다. 저를 아시겠어요?

— 자네가 상욱인가? 구천 학교에….

상욱은 솥뚜껑만 한 손으로 은사님의 손을 덥석 잡았다.

작년 5월, 스승의 날을 며칠 앞두고 교육청에서 스승 찾아드리기 운동을 펼쳤다. 몇십 년 만에 스승과 제자가 만나 감격하며 얼싸안았다. 그런 광경을 TV에서 본 상욱은 부러움에 가득 차 있었다. 그토록 뵙고 싶은 스승님과 초등학교 시절 아름답던 추억이 되살아났다.

여러 해 동안 상욱이는 초등학교 때의 은사님을 찾아뵙고자 갖은 노력을 했으나 어디에 계신지 소식은 꿩 구워 먹은 자리였다. 혹시나 하고 별 기대 없이 -스승 찾아드리는 창구-에 전화를 하자 잠시 후 기별이 왔다.

— 전상욱 씨가 찾고 계시는 은사님이 손동규 선생님이라고 하셨죠?

지금은 교장 선생님으로 근무하고 계세요. 아마 틀림없을 거예요.

상담 아가씨의 말에 상욱이는 뜻밖의 기쁜 소식에 복권에 당첨이나 된 듯 어리벙벙하기만 했다. 이렇게 쉽게 은사님을 찾을 수 있는 길을 왜 몰랐던가. 그는 스스로를 나무랐다. 후회스러웠다. 그 길로 망우학교 은사님을 찾아 나섰다. 교장실로 들어서니 희끗희끗 머리에 찬 서리 내리고, 이마엔 주름살이 파여 있었다. 그러나 온화한 얼굴과 맑은 미소는 옛날 모습 그대로 살아 있었다.

30여 년 전, 구천 초등학교에서 선생님의 가르침이 없었다면 지금의 상욱이가 존재했겠는가? 감사의 눈물이 흘러내렸다. 상욱이도 자식들을 길러보니, 옛 스승에 대한 고마움에 새삼 감사를 드리지 않을 수 없었다.

상욱을 본 손 교장은 아련한 옛날을 회상해 보았다. 순환근무제에 따라 변두리 학교인 구천 초등학교로 손 선생은 발령이 났다. 천호동에서 동남쪽, 시내버스로 30여 분 더 가는 거리였다. 여기저기 비닐하우스가 흩어져 있는 것으로 보아 꽃이나 채소를 가꾸며 생활하는 사람들이 사는 곳인 듯 했다.

현대식 3층 건물인 학교를 보자 변두리 학교라는 생각이 들지 않았다. 운동장에도 여러 종류의 놀이기구가 있기에 시내학교 못지않게 좋은 곳이었다. 그러나 논밭 사이로 널려 있는 주택들이 정돈되어 있지 않아 어수선한 느낌이 들었다. 몇 년 전만 해도 농촌마을로 인심이 꽤 좋은 곳이었단다. 서울로 편입된 후로는 약수동과 청계천 판자촌 철거민들이 흘러들어 왔다. 그들은 일정한 직업이 없어 생활이 말이 아니라고 했다. 학부모 대부분은 노동자로 시내로 나가 날품팔이로 생활하는 가난한 이들이었다. 작년에 중학교 진학한 학생은 졸업생의 절반도 되지 못했다. 통학 거리도 넓어 경기도 2개의 리에서 아동들이 모여서 온다. 학교에서 이십여 리 떨어진 가래골에서도 걸어서 통학하고 있었다. 그러나 5천여 명의 졸업생을 내보낸 이 학교는 유구한 역사를 가지고 있었다.

손 선생은 6학년 5반 담임이었다. 시내와는 딴판으로 아이들의 옷차림은 초라하기 이를 데 없었다. 뒷좌석에는 덩치 큰 남녀학생들이 킥킥거리며 잡담을 하고 있었다. 첫날이라 교실청소만 하고 하교시켰다. 교무실에 다녀와 보니, 교실 책상 위에 편지가 놓여있었다.

상욱이라는 아이는 여자애들을 괴롭히고 있어요. 팔씨름을 하자고 대들기도 하고요. 남자아이들을 꼼짝도 못하게 하고 있으니 기를 꺾어 주세요. 제발 부탁드립니다.

                                                            서인숙 올림

커피 향 청춘

첫날부터 골치 아픈 사건이 생겼다. 이런 사정을 말하는 편지는 처음 받아보았다. 어쨌든 학급분위기는 원만하지 않았다. 상욱의 정보를 알고자 생활기록부를 꺼내 보았다.

— 성격은 거칠고 사나워 비위에 거슬리면 아무나 때리고 칼로 찌른다. 돈이나 마음에 드는 물건은 무조건 빼앗는다. 부랑아들과 어울려 도박이나 흡연을 한다. 일하기 싫어하고 참을성이 없으나 모험을 좋아한다. 전북 이리가 고향이며, 아버지는 첩을 얻어 별거하고 있다. 어머니는 품팔이 노동을 하며 두 식구가 하일동 철거민촌에 산다. 교과 성적은 5학년 말 평균 45점이고, 수학은 20점이다. 지능지수 78에 흥미도 측정검사에서 공작이 90으로 나타났다.—

전 학년 담임선생의 말도 들었다.

— 말도 마세요. 그 깡패 같은 녀석 때문에 얼마나 속이 썩었는지 아세요? 훔치는 버릇이 심한데다가 심술은 놀부 저리가라지요. 육성회비 4개월 치를 어머니로부터 받고, 그 돈으로 하일동 깡패들과 어울려 전부 써버렸어요. 며칠 동안 학교에 나오지 않은 적도 있는 몹쓸 아이예요. 속깨나 썩힐 겁니다.

교우조사를 해보았다. 모든 아이가 상욱이는 나쁜 아이라고 지적했다. 그러나 5학년 때 어린이회장을 지낸 명철이만은 유달리 상욱이가 좋다고 표시를 했다. 그 까닭은 외롭고 불쌍한 친구를 도와주어 좋은 친구로 만들어보겠다는 희망을 가지고 있었기 때문이다. 외톨이인 상욱도 명철을 좋아한다고 했다. 그래서 명철이 곁에 상욱을 앉혔다.

방과 후에 상욱이와 조용히 면담을 했다. 가무잡잡한 얼굴에 딱 벌어진 어깨와 어른주먹만 한 손은 15살이라고 보기엔 너무 커 보였다. 두 손을 잡아주면서 부탁을 했다.

─ 상욱아, 약한 여자들을 괴롭히면 되겠니. 남자답지 못한 짓이야.

나직한 말로 타일렀다. 고개만 숙인 채 대꾸가 없었다. 야생마…? 순한 말보다 억세지만 거친 말을 잘 길들이면 명마가 될 수 있겠지. 알렉산더 대왕의 준마 부케팔로스도 원래는 야생마가 아니었던가! 상욱이가 야생마와 같다면, 잘 길들여보자.

학교에서는 착한어린이라는 굴레를 씌워 개성 없는 교육을 할 때가 있다. 담임선생의 심부름을 잘하고 교과 성적이 좋으며 친구끼리 다툼한 번 없이 시키는 대로 하는 인형 같은 인간을 만들 때가 있다. 상욱이를 잘 교육시킨다면 말썽꾸러기가 아닌 개성이 뚜렷한 인간으로 성장할수 있을 것이다. 하지만 막상 상욱을 어떻게 지도해야 할지 앞이 캄캄했다. 상욱이의 아버지가 되어 관심을 가지고 사랑으로 교육해보자. 내 자식을 키우듯이 정성을 들여 보자고 결심했다.

어느 새벽에 상욱은 부랑아 몇 명과 함께 학교에 숨어들어 왔다. 책과 주전자며 돈이 될 만한 물건을 꺼내가다가 숙직 선생에게 들켰다. 반성문에는 용돈이 궁해서 저질렀다고 했다. 하지만 상욱이의 등 뒤에는 부랑아들이 있었다. 상욱이를 부량아 집단에서 벗어나게 하려면 우선일거리를 주어야 할 것 같았다.

천호동 이발기구도매상에 가서 이발 기계 2개와 가위 2개, 머리빗과 흰 커버 등을 사 들고 왔다. 우리 반 복도 귀퉁이를 포장으로 가렸다. 그곳에 무료이발관을 차렸다. 교장 선생님도 거울을 보내며 격려해 주었다. 이발사로는 상욱이와 명철이, 슬기와 영광이가 자원했다. 이발하는법과 여자 머리카락 자르는 법을 가르쳐 주었다. 손 선생이 시골 분교장에 근무하며 해본 경험이 있었다. 그 경험을 바탕으로 아이들에게 자신있게 머리 깎는 기술을 전수할 수 있었다.

이발관을 차려놓고 머리를 깎기 시작했다. 먼저 손 선생이 시범을 보였다. 사각사각 머리가 깎여 나가는 것을 보고 있는 네 명의 꼬마 이발사들의 눈망울은 유난히 빛났다. 우리 반 어린이들을 점심시간이나 방과 후에 대여섯 명씩 이발해 주었다. 변두리라 이발관이 없어 천호동까지 버스로 나가야만 했기 때문이다.

성질이 급한 상욱은 가끔 쥐가 썰다 남은 머리처럼 깎아놓았다. 머리카락이 이발 기계에 끼어 따갑게 할 때도 있었다. 그러다가 한 달쯤 자난 후부터는 기술이 놀랍도록 늘었다. 상욱이와 명철이는 번갈아 가면서 아이들의 머리를 깎아 주었다. 슬기와 영광이는 여자아이들의 머리를 커트해 주었다. 일을 나누어 맡아 오후 5시가 되도록 열심히 해 냈다.

무료 이발관이 생겼으니 이왕이면 전교생에게 고루 혜택을 주자고 교장 선생님이 손 선생에게 부탁을 했다. 1학년은 월요일부터 요일 순서대로 머리를 깎게 되었다. 이처럼 무료 이발관이 소문이 나면서 학생들 사이에서는 물론 동네에까지 소문이 났다. 머리가 긴 꼬마 손님들이 몰려와 머리를 깎아달라고 했다. 즐거운 소식이 아닐 수 없었다. 이럴 때마다 상욱이는 마치 이골 난 이발사처럼 소매를 걷어붙이고 부지런히 머리를 깎아 댔다. 상욱이는 기분이 좋을 때면 싱글벙글 웃었다. 손 선생은 그 아이의 웃는 모습에서 만족해하는 즐거움을 볼 수 있었다. 이렇게 바쁘고 즐거운 하루하루가 지나갔다. 손 선생은 창고로 쓰고 있던 사택을 수리하고 학교 울타리 안으로 이사를 했다.

초여름. 5학년과 6학년 모두 통일동산으로 송충이잡이를 갔다. 상욱은 거기서 본마음을 드러내고야 말았다. 뱀을 잡아서 칡넝쿨에 매달왔다. 그 뱀을 여자아이들이 모인 곳에 가서 휘둘렀다. 놀란 여자아이들은 풍비박산 도망치기에 정신이 없었다. 이 소동으로 인숙이가 넘어져 머리가 깨어졌다. 그 까닭을 알아보았다. 학년 초, 담임선생에게 상욱이를 편지로 일러바친 화풀이라고 했다. 그러나 상욱은 인숙이가 좋아서 행동으로 표현한 것이었다. 문제라면 뱀을 던졌다는 것이었다. 이성에 눈을 뜨기 시작한 상욱의 격정은 위태롭게만 보였다. 어른들처럼 감정을 통제할 수 없기 때문에 언제 터질지 모르는 간헐천 같은 것이리라.

청소년기에는 정서적으로 불안정하다. 그렇다고 정서전체를 억압해서는 안 된다. 손 선생은 놀이로서 정서보다 학습을 더 우선시했는지 반성해 보았다. 행복은 정서의 영역에 있다. 이성에 눈뜨기 시작하는 첫발을 내딛은 상욱이었다. 그 왕성한 감정을 바른길로 안내해 보자. 멀리 보이는 꽃이 아름답듯이 멀리 보이는 이성은 신기하기만 하다. 그러나 직접 만나보고 함께 일해 본다면 생각이 달라질 것이다. 손 선생은 인숙이에게 이발관에서 일해 달라고 부탁했다.

오후 늦게 하일동 판자촌에 있는 상욱의 집을 방문했다. 집이라고 해봐야 방 두 칸. 그나마 그중에 한 칸은 세를 주고 단칸방에서 사는 처지였다. 노동자로 보이는 남자와 잔을 주거니 받거니 하며 소주를 마시고 있는 그의 어머니는, 쉰을 바라보는 듯했다. 얼굴은 햇볕에 그을려 가무잡잡했다. 상욱이가 학교에서 생활하는 모습을 자세히 설명했다. 담임의 힘으로는 어려우니 협조해달라고 부탁했다.

— 새벽 5시에 나가 김을 매고 저녁 늦게 들어와도 일당 4백 원밖에 벌지 못합니다. 먹고 살기 바쁘니 어디 상욱이를 돌볼 틈이 있어야 지요?

상욱이 어머니는 연신 담배 연기를 뿜어대며 긴 한숨을 내쉬었다. 단

두 식구 그나마 살기 위해 새벽에 일을 나가면 상욱이 혼자서 밥을 먹고 학교에 간다. 어머니의 사랑도 사랑이려니와, 누구 하나 그를 따뜻하게 대해 주는 사람이 없었다. 그에겐 다정한 친구가 필요하고, 아버지의 사랑도 필요했다. 학교가 파하고 집에 돌아와도 반기는 식구가 없었다. 그래서 하일동 불량배와 어울리게 되었다. 그 탓에 공부는 공부대로 흥미가 없다. 아이들 앞에서 제대로 발표 한 번 못하면서 5학년까지 지내온 상욱이었다. 이 고독하고 소외된 심정이 쌓여서 주먹을 휘두르게 되었고, 아무에게나 울분을 터뜨리는 반항아가 되었으리라.

상욱에게 더 많은 관심을 가져보자. 학교사택으로 이사를 온 후부터 이발이 끝나면 집으로 오라고 했다. 우리가족과 어울려 저녁식사도 함께 했다. 틈나는 대로 한두 시간씩 수학 공부를 했다. 안사람은 양말도 사서 신겨 주었다. 공책, 스케치북, 그림물감 등 학용품도 제때 준비해 주었다. 학교에서 잘한 일이 있으면 통신공책을 만들어 어머니가 보도록 써서 보냈다. 집에서 할 말이 있으면 이 통신 공책에 써 보냈다.

처음엔 많은 아이들이 찾아와서 머리를 깎았다. 3개월이 못 가서 이발관은 시세가 나빠졌다. 찾아오는 손님이라고는 가뭄에 콩 나듯 했다. 아이들에게 학교 이발관이 왜 안 되고 있는지 그 까닭을 알아보았다. 너무 머리를 빡빡 깎아서 까까중이라고 놀리는 게 싫단다. 거기다가 4층까지 올라가는 것이 귀찮다고 했다. 그때 어린이들 사이에서는 상고머리가 유행이었다.

이발소의 타격이 컸다. 상욱의 일자리가 없어지면 어떻게 하나 하는 걱정도 앞섰다. 손 선생은 단골로 다니는 풍납 이발관 주인에게 부탁하여 남몰래 상고머리 깎는 법을 배웠다. 배운지 일주일 만에 상욱이에게 상고머리 깎는 기술을 가르쳐 주었다. 불과 열흘 동안 실습하여 자신

있게 상고머리를 깎을 수 있게 되었다. 그 아이가 여간 대견해 보이지
않을 수 없었다.

— 자, 배우고자 하는 마음을 먹으면 안 되는 일이 없어. 우리 더욱 힘
  내자.

격려를 해주었다. 상욱이도 열심히 해보겠다고 두 주먹을 불끈 쥐었
다. 그 아이가 상고머리 깎는 시범을 보여주게 했다. 전교생이 모인 운동
장 구령대 위에서 상고머리를 멋지게 깎아 보였다. 전교생 모두 부서져
라 손뼉을 쳤다. 그 때 많은 아이들이

— 괜히 80원씩 주고 먼 천호동까지 나가 이발을 했구나. 학교 이발관
  에서 이발을 해야지.—

커피 향 청춘

이런 생각이 이심전심으로 퍼져 나갔다. 또 한 가지 어려운 일인 4층까지 올라가는 고민도 해결되었다. 동관출입구 한쪽을 베니어판으로 막고 이발관으로 쓰기로 했다.

어떤 일이든 머리를 쓰고 실천하면 발전을 하게 마련이었다. 새로 이사 온 학교 이발관에 의자 2개를 설치하고 거울을 걸었다. 수돗물로 머리를 감겨주는 세면대도 마련했다. 기다리는 어린이들에게 보라고 동화책과 만화책을 준비해 놓았다. 제법 그럴듯한 기분이 들었다.

〈정성을 다하자. 친절하자!〉라는 표어도 G 펜으로 써서 거울 위에 붙여 놓았다. 한동안 곤란을 겪어야 했던 이발관이 다시 활기를 되찾기 시작했다. 선생님들께 이발관 이름을 모집했다. -싱글벙글 이발관-이 좋다고 하여 그대로 현관을 써서 붙이게 되었다. 비누와 화장지는 학교에서 대어주기로 했다. 이제 제법 이발관다운 느낌이 들었다. 상욱이는 새로운 이발관으로 이사를 오자 아이들 머리 깎아주는 일에 여간 재미를 붙였다. 쓸데없는 생각은 할래야 할 틈이 없었다.

어느덧 1학기가 끝나는 날이었다. 상욱이, 명철이, 이슬이, 인숙이, 영광이와 함께 그동안 수고가 많았다며 동네에 있는 작은 중국음식점으로 갔다. 칭찬도 할 겸 흉금을 털어놓고 이야기 할 수 있는 자리를 마련했다. 상욱이는 자장면을 먹으며 자장면 말만 들었지 실제로 먹어보긴 처음이라고 했다. 그러면서 한 그릇을 더 주문했다. 처음이건 두 번째이건 간에 어려운 일을 척척 해낸 아이들이 대견했다. 특히 상욱이의 행동이 어긋나지 않도록 얼마나 신경을 써 왔던가. 기쁜 마음으로 1학기를 마치고 여름방학을 맞이하게 되었다.

개학을 하고 며칠이 지난 어느 날이었다. 상욱이를 비롯한 6분단 아동 3명이 함께 결석을 했다. 파출소에서 오라는 기별이 왔다. 과수원 주인에게 붙들려 와서 한쪽 구석에서 벌을 서고 있었다. 등교 길에 황산 포도밭에 들어가 포도를 따 먹다가 들켜서 모두 책가방을 빼앗겼단다. 포도밭 주인은 볼멘소리로 말했다.

— 요즘 많은 포도를 도둑맞았어요. 요놈들이 한 짓이여….

도둑맞은 포도 값을 모두 물어내라고 고래고래 소리를 질렀다. 사장님도 어릴 때 한두 번 서리를 한 적이 있지 않으시냐고, 앞으로 담임인 자신이 잘 지도할 터이니 용서해달라고 했다. 파출소장도 거들어서 겨우 풀려났다.

며칠 후 국어시간이었다. 상욱이는 책도 안 보고 책상 속에서 계속 손장난을 하고 있었다. 빼앗고 보니 검정색에 플라스틱으로 된 네모난 물건이었다. 처음 보는 물건이라 어디서 났느냐고 물었다.

— 이사 올 때 아베가 준 선물이란 게로.

태연하게 대답했다. 의심쩍어 그 물건을 빼앗았다. 퇴근길에 천호동 네거리 전자제품상점에 들렀다.

— 무엇에 쓰는 물건입니까?

가게 주인은 그 물건을 만지작거리면서 시간을 끌었다. 얼마나 시간이 흘렀을까. 검은 지프가 가게 앞에 섰다. 건장한 청년 두 명이 손 선생의 양어깨를 끼고 억지로 차에 태웠다. 그 길로 D 경찰서 505 수사대에 잡혀갔다. A 형사는 쓰고 있는 안경을 벗으라고 하더니 손 선생의 면상을 주먹으로 쳤다. 얼굴이 얼쩍지근했다.

— 즉시 장물아비로 구속하겠소.

죄인으로 얽어매려고 했다. 손선생은 자초지종을 설명했다. 도난당한 물건을 가지고 있으니 현행범으로 영장을 발부하겠다고 으름장을 놓았다. 평생 처음 당하는 일이라 난처한 입장이었다. 만일 영장이 발부되면 교육청에 통보될 것이다. 그렇게 되면 징계를 받는 것이 아닌가? 여기까지 생각하니 겁부터 났다. 밤늦도록 취조실에 있으니 불안했다.

취조하던 수사관이 타협조로 나왔다.

— 수사비가 부족하니 밤참 값 좀 보태주시오.

끝까지 결백을 주장할 것인가, 돈을 줄 것인가? 고민스러웠다. 손 선생의 양심으로는 이해가 가지 않았다. 화장실에 가는 척하면서 평소에 알고 지내던 김 변호사에게 전화를 걸었다.

— 미친개에 물린 셈 치고 달라는 대로 주세요.

싱글벙글 이발관에서 봉사하는 영광이 아버지가 가나안 농군학교 교목이었다. 그분이 어떻게 알고 오셨다. 서장과 통화를 했다. 손 선생은 자정이 넘어서야 풀려났다.

이튿날 아침, 형사들이 등굣길에 교문에서 기다렸다가 상욱이를 데리고 갔다고 명철이가 뛰어와서 말했다. 그 길로 경찰서로 갔다. 취조실에서 귀때기가 뻘겋게 부은 상욱이가 무릎을 꿇고 앉아 있었다. 그 모습을 보는 순간 손 선생은 가슴이 아려왔다. 지금까지 쌓아 올린 공든 탑이 와르르 무너지는 심정이었다. 모든 일을 손 선생이 했다고 말할 것을, 사실대로 말한 것이 후회스러웠다.

문제가 된 물건은 그제 밤에 신장버스에서 뜯어낸 신형카세트 녹음기 여덟 대 중 한 대였다. 소년원에 넘기겠다는 형사에게 손이 발이 되도록 빌었다. 카세트 녹음기 여덟 대 값을 변상하기로 했다. 앞으로 사고가 나면 담임이 책임진다는 각서를 쓰고서야 풀려나왔다.

계획대로 되는 듯 하다가 다시 엉뚱한 짓을 하는 상욱이에게는 이제 희망이 없어 보였다. 그러나 여태까지 노력한 시간이 아까웠다. 이렇게 큰일을 저질렀는데 상욱이 혼자서 했으리라는 생각이 들지 않았다. 계속 캐물으니 형들이 시켜서 한 일이라고 했다. 단독범일 경우, 상욱이 하나만 지도하면 된다. 하지만 이 경우는 불량배 조직의 한 사람이기 때문에 그 조직 속에서 완전히 떼어놓는 것이 가장 먼저 해야 할 일이었다.

맹모삼천지교孟母三遷之敎란 말이 있지 아니한가. 상욱이 어머니와 상의하여 학교 근처로 이사를 했다. 상욱이는 이발관 일이 끝나면 사택에서 공부도 하고 우리 가족과 함께 생활했다. 세 살짜리 꼬마도 -형아, 형아.- 하며 따르게 되었다. 어머니가 집에 돌아올 무렵이면 집에 데려다주었다. 아침에는 바로 학교에 오도록 하여 불량배와 접촉할 기회를 주지 않았다. 상욱이는 차차 마음을 잡고 이발관 일에만 열중하게 되었다.

상달 중순, 교육청 버스로 어린이회관 견학하러 가기 전날이었다. 상욱이는 등굣길에 나섰다. 장난삼아 볏단을 싣고 가는 삼륜차에 껑충 올라탔다. 학교 쪽으로 갈 줄 알았던 차가 천호동으로 방향을 돌렸다. 당황하여 내리려는 찰나, 공중제비로 아스팔트 위에 떨어졌다.

손 선생은 교통순경이 일러주는 천호동 외과병원으로 갔다. 상욱이는 정신을 잃고 축 늘어져 있었다. 담당의사의 말을 빌리자면 왼팔은 골절되었고 뇌진탕인지는 시간이 지나 봐야 안다고 했다. 그보다 급한 일은 피를 많이 흘려 수혈을 해야 한다는 것이었다. 상욱이의 피는 O형이었다. 우선 급한 대로 같은 O형인 손 선생 피를 수혈했다. 정오가 훨씬 넘어서야 숨을 길게 몰아쉬었다. 그리고 입을 쫑긋쫑긋했다. 보리차를 수저로 떠 넣어 주었다. 그때 상욱이 어머니가 허둥지둥 응급실로 들어왔다.

　　　　　　　　　　　　　　　　　　　커피 향 청춘

― 나도 갈래, 어린이 회관에 갈래.

상욱은 헛소리를 했다.

― 며칠 전부터 어린이 회관은 꼭 보내 달라고 하기에 품삯을 아껴서
　 새 옷도 마련하고 쌀밥도 싸주마고 했는데….

상욱이 어머니는 말끝을 맺지 못했다. 그간 위험한 순간들을 간호사
에게 들었다.

― 선생님께서 상욱이에게 많은 피를 주시다니요. 이렇게 고마울 때
　 가 어디 있겠습니까?

눈물을 흘리며 고마워했다. 왼팔골절은 한 달 입원을 해야 퇴원할 수
있다고 했다. 주사를 안 맞으려고 하면 의사 선생님은 말했다.

― 빨리 나아야 어린이 회관에 가지.

그러면 상욱은 마지못해 주사를 맞곤 했다.

싱글벙글 이발관에서 머리를 깎아주던 상욱이가 입원했다는 소식을
듣고 전교 어린이회 임원들이 모금에 나섰다. 너도 한 푼 나도 한 푼 보
태어 치료비를 냈다. 그 결과 돈 5천 원과 쌀 7말이 들어왔다. 선생님들
도 5천 원을 보태어 입원비에 쓰게 했다.

퇴원한 상욱을 껴안아 주었다.

― 이 세상에 필요 없는 사람은 하나도 없어. 상욱이가 다시 살아난
　 이유는 장차 이 세상에 꼭 필요하기 때문이지. 부디 훌륭한 사람
　 이 되어주길 바란다.

그 아이는 어느새 두 주먹으로 눈물을 닦고 있었다. 그 후로는 행동
이 판이하게 달라졌다. 완치되지 않은 왼팔에 붕대를 감고 열심히 머리
를 깎고 있는 모습을 본 선생님들은 협조를 아끼지 않았다. 홍 선생은
집에서 쓰던 전기이발기계를 기증했다. 양호 선생은 틈나는 대로 여자

아이들의 머리카락을 다듬어 주었다. 직접 제자들의 머리를 깎아주는 담임도 있었다.

이 소식을 알리려고 소년동아일보 기자 두 분이 취재를 해갔다. 이튿날 -이발사가 된 상욱-이라는 제목으로 기사와 함께 사진이 실렸다.

서울 구천 국민학교(교장 이영한)에 -싱글벙글-이라는 무료 이발관이 생겨 오늘 현재까지 618명이나 이발을 했다. 선생님들도 앞을 다투어 제자들의 머리카락을 깎아주고 있다. 이발관에는 6학년 5반 담임 선생님과 5명의 어린이가 봉사하고 있다. 특기할 만한 사실은 말썽꾸러기 상욱이가 착한 사람이 되어 열심히 일하고 있다는 사실이다.

어린이들은 신문 기사를 돌려가며 읽고 좋아서 함성을 질렀다. 선생님들도 기쁜 마음으로 신문을 읽었다.

중학교 입학 원서를 쓰는 시기가 다가왔다. 상욱이는 진학을 못 하게 되어 풀이 죽어있었다. 그 어린이뿐만 아니라 우리 반 아동 중 반수가 진학을 못하는 딱한 가정형편이었다. 상욱이를 진학시키려고 황산 정윤 중학교를 찾아갔다. 설립자인 정윤 할머니는 칠순이 넘어 허리가 꼬부라졌다. 아들이 미국 주의원이라는데, 그분의 후원으로 20년 전에 이곳에서 고아를 가르치며 이 학교를 설립했다고 한다.

상욱이에 대해 자세히 설명했다. 표창장을 받는 모범생이라면 장학생으로 입학시켜준다는 허락을 받았다. 이 학교도 이발관이 있으니 계속 봉사하면 어떻겠냐고 부탁도 했다.

크리스마스가 며칠 남지 않은 어느 날, 학급 어린이회에서 의논한 대로 영락경로원에 위문을 갔다. 이발 기구를 싸 들고, 사탕 몇 봉지와 김

커피 향 청춘

밥도 준비해 가지고 갔다. 원장님의 안내로 식당에 들어섰다. 할머니와 할아버지들이 박수로 반겨주셨다. 무용도 하고 노래도 불렀다,

— 높고 높은 하늘이라 말들 하지만….

방안 가득 메아리쳤다. 할아버지께는 이발을 해드렸다. 할머니들은 머리 커트를 했다. 안마도 해드리며 하루를 즐겁게 봉사했다.

2월 초순, 눈 쌓인 졸업식장은 한결 깨끗하게 느껴졌다. 상욱이는 아침 일찍 교무실로 손 선생을 찾아왔다. 손에는 빨간 카네이션 한 송이를 쥐고 있었다.

— 이거 달으세유.

거뭇한 손으로 가슴에 달아주었다. 상욱이는 서울시 교육감 표창장을, 다른 4명의 아이에게는 학교장상이 수여되었다. 지성이면 감천이라고, 상욱이는 정윤 중학교에 장학생으로 진학하게 되었다. 그 후에도 상욱이는 중학교 이발관에서 봉사도 잘하고 공부도 열심히 한다는 소식을 듣게 되었다.

그 후 30년이 지난 지금, 생각지도 않았던 상욱이가 불쑥 나타났다.

— 선생님, 이발하러 가시지요?

손 교장은 꿈에서 깨어난 듯 정신이 들었다.

— 그렇지. 이발할 때도 되었구먼.

손 교장은 상욱이를 따라나섰다. 장안평 이스턴호텔의 미용실로 들어섰다.

— 여기는 이발 요금이 비쌀 터인데….

— 선생님은 평생 특급 회원으로 모시겠습니다. 이리 앉으세요.

사각사각 머리 깎는 소리는 먼 옛날의 메아리처럼 들려왔다.

— 어릴 때 배운 솜씨가 평생 직업이 되었어요. 선생님 덕분에 미용원
원장이랍니다.

상욱은 빙그레 웃었다. 이름 있는 탤런트도 단골이라고 자랑했다.

손 교장의 얼굴에는 기쁨이 가득했다. 교사에게 있어 최고의 선물은
제자들의 인생에 변화를 일으켰다는 걸 알게 되는 것이리라. 얼마나 친
구들을 괴롭혔던 상욱이었던가? 얼마나 선생님들의 이맛살을 찌푸리게
했던 상욱이었던가? 꾸러기이고 기운이 강해 마치 야생마처럼 천방지축
날뛰던 상욱이가 아니었던가.

교육이란 지식만 넣어주는 게 아니라는 생각이 들었다. 사랑과 성실
은 곧 교육의 혁신을 가져오는 지름길이라고 굳게 믿었다. 손 교장은 상
욱이가 이발해준 이 머리를 안사람에게 자랑하고 싶었다.

소설은 가공의 세계이면서도 언제나 현실보다 더 현실적이다. 그것은 소설이 인생과 현실의 반영이면서도 상상에 의한 새로운 창조이기 때문이다. 현실은 냉혹하나 창작의 세계에서는 사랑과 꿈을 실현할 수 있어 행복했다.

커피는 매일 마실 수 있는 차로 일상에서 떼려야 뗄 수 없는 국민 차로 자리매김하였다. 커피의 매력은 향기에 있다. 향기 없는 차는 덕성 없는 인간과 같다. 청춘은 인생의 향기가 많이 날 때이다. 그래서 소설 제목을 『커피 향 청춘』이라고 지었다.

시집을 내다보니 소설도 쓰고 싶었다. 너무 과욕일까? 누가 보면 노망이 들었다고 하겠다. 원고를 땅속에 묻어두기 아까웠다. 바위 속에 숨어있는 여인을 조각하듯이 몇 년을 다듬고 다듬어서 세상에 내놓았다.

다섯 편은 순수한 단편이고, 세 편은 자서전적 고향 전설을 자연스럽게 접목시켰다. 졸작에 아낌없는 비평을 바란다. 원했던 단편소설을 세상에 내놓으니, 일생의 한 부분을 정리한 것 같아 마음 가뿐하다.

　건강과 지혜를 주신 하나님께 영광 올리며, 후원해주신 춘천문화재단에 감사드린다.

2019년　10월 25일

청봉　정능수